D. H. Lawrence

The Rainbow

•

무지개 2

창 비 세 계 문 학

103

무지개 2

데이비드 허버트 로런스

강미숙 옮김

창비

차례

•

일러두기

1. 이 책은 D. H. Lawrence, *The Rainbow* (Cambridge: Cambridge University Press 1989) 를 번역 저본으로 삼았다.
2. 각주는 옮긴이의 것이다.
3. 원서에서 대문자로 표기한 부분은 ' '로, 이탤릭으로 표기한 부분은 고딕체로 표기하거나 풀어 썼다.
4. 외국어는 가급적 현지 발음에 준하여 표기하되, 일부 우리말로 굳어진 것은 관용을 따랐다.
5. 이 책에 인용된 성경 구절은 주로 공동번역 성서(대한성서공회 1977; 1999)를 따랐다.

10장
넓어지는 원

어슐라는 집안의 맏이인 게 상당히 부담스러웠다. 열한살이 되자 소녀는 구드런, 테리사, 캐서린을 데리고 학교에 다녀야 했다. 아버지와 혼동되지 않도록 늘 빌리로 불리는 남동생 윌리엄은 귀엽고 몸이 약한 세살배기로 아직 집에 있었다. 그 아래로 막내 여동생 카산드라가 있었다.

아이들은 한동안 마시 농장 근방의 자그마한 교회 부설 학교에 다녔다. 그곳은 인근의 유일한 학교로 소규모라서 애나가 안심하고 아이들을 보낼 수 있었다. 비록 동네 사내애들이 어슐라를 '어틀러'로, 구드런을 '굿러너', 테리사를 '티폿'이라는 별명으로 놀리긴 했지만 말이다.

구드런과 어슐라는 단짝이었다. 둘째인 구드런은 길쭉한 몸매에 나른했고, 끝도 없이 공상에 빠져서 실제적인 것들과는 아무 연관이 없을 것 같았다. 그애는 그런 것들은 따르지 않고 자기만의 공상에 빠지기를 좋아했다. 실제적인 일들을 중시하는 쪽은 어슐라였다. 그래서 구드런은 그런 것들은 죄다 언니에게 맡기고 맹목적으로 무심하게 언니를 믿어버렸다. 어슐라는 이 단짝 동생을 특히 아꼈다.

구드런에게 책임감을 심어주려고 아무리 노력해도 허사였다. 그애는 바닷속 물고기처럼 자신만의 존재와 고유함이라는 매개 속에서 완벽한 상태로 떠다녔다. 주위의 다른 것들은 거슬려하지 않았다. 오직 어슐라만 믿고 신뢰했다.

맏이는 어린 동생들에 대한 책임감으로 마음을 많이 졸였다. 특히 다부지고 대담한 눈빛의 테리사는 싸움꾼 기질이 다분했다.

"어슐라 언니야, 빌리 필린스가 내 머리카락 잡아당겼어."

"개한테 뭐라고 했는데?"

"아무 말도 안 했거든."

이렇게 되면 브랭귄네 딸들은 필린스인지 필립스인지 하는 애들과 싸움에 휘말렸다.

"빌리 필린스, 다신 내 머리 못 당기게 해주마." 테리사가 자기 자매들과 함께 걸음을 옮기며, 주근깨투성이의 붉은 머리 소년을 거만하게 쳐다보고 말했다.

"왜 못 해?" 빌리 필린스가 대꾸했다.

"어딜 감히 당긴다는 거야." 약이 오른 테리사가 종알거렸다.

"그럼 이리 와봐, 티폿, 내가 당기는지 못 당기는지."

티폿이 앞으로 나서자 빌리 필린스는 냉큼 삼단 같은 그애의 검은 머리채를 잡아당겼다. 분이 난 테리사가 그에게 달려들었다. 그러자 어슐라와 구드런에다 어린 케이티까지 대번에 돌진했고, 필립스네 형제들인 클렘과 월터, 에디 앤서니가 맞붙었다. 한바탕 싸움이 벌어졌다. 브랭귄네 딸들은 발육이 좋아서 웬만한 남자애들보다 힘이 셌다. 겉치마와 긴 머리만 아니었으면 너끈히 이겼을 것이다. 그러나 소녀들이 집에 돌아갈 무렵이면 머리가 헝클어지고 겉치마가 찢어져 있었다. 필립스네 소년들은 브랭귄 딸들의 겉치마를 찢는 게 정말 신났다.

그러면 한바탕 난리가 났다. 애나는 이런 일을 결코 용납하지 않았다. 도저히 용납할 수 없었다. 위엄과 고고한 성격을 타고난 터라 가만있지 못했다. 그런 일이 있은 후에는 목사가 학교에서 훈계를 했다. "코세테이 마을 남자애들이 자기 마을 여자애들한테 좀더 신사답게 행동하지 못했다는 건 참으로 유감이다. 도대체 어떻게 생겨먹은 녀석이 여자애한테 싸움을 걸고 차고 때리고 겉치마를 찢는단 말이냐? 그런 애는 엄벌을 받고 겁쟁이 소리를 들어 마땅하다. 정말 겁쟁이가 아니고서야 이렇게 이런 짓을 할 수 있냐……"

이런 설교를 들을 때면 필린스네 아이들은 기가 죽으면서도 화가 치민 반면, 브랭귄네 소녀들, 특히 테리사는 엄청 우쭐한 기분을 맛보았다. 반목이 계속되었지만 간혹 잘 지내는 기간도 있어서, 그럴 때면 어슐라는 클렘 필립스의 애인이 되고 구드런은 월터의, 테리사는 빌리의, 그리고 쪼그만 케이티까지 에디 앤서니의 애인이 되어야 했다. 똘똘 뭉쳐 다니기도 했다. 무슨 일만 생겨도 브랭귄과 필립스네 아이들의 작은 패거리가 함께 몰려다녔다. 그렇지만 어슐라나 구드런 어느 쪽도 필립스네 아이들과 진심으로 친해지지는 못했다. 자매들에게 이렇게 짝 맞추기를 하고 동맹을 맺고 하는 건 일종의 상상 속 이야기였다.

애나는 또 분기탱천했다.

"어슐라야, 네가 사내애들과 길거리를 쏘다니는 건 절대 용납 못해, 알아듣겠니. 당장 그만둬, 그래야 동생들도 그만둘 테니까."

어슐라는 자기가 늘 브랭귄네 애들이라는 이 조그만 집단을 대표하는 게 지긋지긋했다. 결코 자기 자신일 수 없었다, 정말로 불가능했다. 늘 어슐라-구드런-테리사-캐서린으로 이어졌고 나중엔 빌리까지 덧붙었다. 게다가 소녀는 필립스네 사내애들을 좋아하지 않았다. 걔들한텐 관심도 없었다.

그렇지만 브랭귄네 딸들의 어쭙잖은 우월감 때문에 브랭귄-필립스 동맹은 손쉽게 와해되었다. 브랭귄 일가는 부유했다. 마시 농장에도 자유로이 드나들었다. 학교 교사들이 이 집안 소녀들에게 정중하게 대할 정도였고 목사도 동등한 입장에서 말했다. 브랭귄 소녀들은 건방지게 굴었고, 고개를 빳빳이 들고 다녔다.

"어틀러 브랭귄, 이 얼뜨기야, 너 하나도 잘난 거 없거든." 얼굴이 새빨개지며 클렘 필립스가 말했다.

"어쨌거나 너보다 낫거든." 어틀러가 대꾸했다.

"생각은 자유지, 어틀러 브랭귄, 얼뜨기 낯짝하고는." 그애는 비아냥거리면서 다른 애들도 어슐라를 놀리도록 부추겼다.

그러면 다시 적대적인 관계가 되었다. 걔들이 비아냥대는 게 소녀는 정말이지 너무 싫었다. 필립스네 아이들한테 정나미가 떨어졌다. 어슐라는 자기 집안에 대단한 자부심이 있었다. 브랭귄네 딸들의 행동거지에는 어떤 기묘하고 암묵적인 품위와 일종의 고귀함까지 깃들어 있었다. 어느 정도는 혈통과 가정교육의 결과로, 그들은 남들에게 어떻게 보일지 신경 쓰지 않고 자기네 삶을 자신 있게 살아가는 듯했다. 다른 사람들이 자신을 얕볼 수도 있다는 생각이 소녀에겐 아예 스치지도 않았다. 소녀는 자신을 아는 누구든 자기가 대단한 걸 알 것이며, 그런 존재로 인정할 것이라고 생각했다.

이 세상이 자기와 같은 부류로 이루어졌다고 생각했다. 어느 누구라도 경멸할 수밖에 없는 상황에 처하면 너무 고통스러웠고, 그 사람을 절대 용서하지 못했다.

이런 태도는 대다수 소인배들을 정말 열받게 했다. 브랭귄 집안 사람들은 평생토록 그들을 끌어내리고 하찮게 만들려는 이들과 부딪히곤 했다. 신기하게도 어머니 애나는 앞으로 일어날 일을 알아서 자식들에게 늘 유리한 고지를 마련해주고자 했다.

어슐라가 열두살이 되어 공립 초등학교의 분위기나 쩨쩨하고 질투심 많은 동네 아이들과의 관계에 영향을 받기 시작할 무렵, 애나는 그애와 구드런을 노팅엄의 문법학교로 보냈다. 그러자 어슐라는 엄청난 해방감을 느꼈다. 이런 쩨쩨한 환경, 사소한 질투, 사소한 차이, 사소하고 치사한 행동 들에서 벗어나기를 온 맘으로 열망하고 있었던 것이다. 필립스네 애들이 자기보다 더 가난하고 상스럽다거나, 치사한 수법을 써서 쩨쩨하게 자잘한 이익이나 챙기는 게 너무 괴로웠다. 어슐라는 자신과 동등한 사람들과 지내고 싶었지만 자기를 낮춰서 그렇게 하고 싶진 않았다. 소녀는 클렘 필립스가 자신과 동등하기를 진심으로 바랐다. 하지만 무슨 얄궂은 운명인지 실제로 같이 있으면 머리가 조여드는 기분이었다. 소녀는 자기 이마를 탁 치고 거기서 벗어나고 싶었다.

그때 소녀는 간단하게 벗어나는 길을 생각해냈다. 이 환경에서 아예 떠나버리는 거였다. 문법학교로 가서 이 조그만 학교, 변변찮은 선생들, 소녀가 가까이하려 했으나 실패한, 그래서 용서할 수 없는 필립스네 애들을 떠나버리는 거였다. 소녀는 사슴이 개를 무서워하듯 소인배들에 대한 본능적인 두려움이 있었다. 사람들을 재거나 평가하는 눈이 없었기 때문이다. 모두 자기와 똑같다고 생각할 뿐이었다.

소녀는 아버지와 어머니, 할머니, 삼촌들 같은 자기 집안사람들을 기준으로 다른 이들을 쟀다. 사랑하는 아버지는 행동거지는 그렇게도 철저하게 소박하지만 강하고 어두운 영혼이 뿌리처럼 형언할 수 없는 심연에 고착되어 있어, 소녀를 매혹하면서 또 두렵게 만들었다. 어머니는 돈과 인습과 걱정거리 모두에서 기이할 만큼 벗어나 세상사에 전적으로 무관심했고, 아무런 연관 없이 홀로 있었다. 할머니는 아득히 먼 곳으로부터 와서 저 넓은 지평선에 중심을 두고 있었다. 그러니 어슐라의 사람이 되려면 이런 기준들에 도달해야만 했다.

그래서 그애는 열두살 소녀였지만 제한된 사람들만 사는 코세테이의 좁은 경계를 박차고 나가는 게 기뻤다. 바깥은 너무나 광대했고, 소녀가 사랑할 자부심 넘치는 진짜 사람들 무리가 있을 테니까.

열차로 통학했으므로 어슐라는 아침 7시 45분에 집을 나서서 저녁 5시 반이 되어서야 돌아올 수 있었다. 이것도 마음에 들었는데, 집이 비좁고 아이들로 복작거렸기 때문이었다. 왁자지껄 정신없이 돌아가서 도망갈 구석 하나 없었다. 소녀는 언니 노릇이 지긋지긋했다.

집안은 왁자지껄 정신없이 돌아갔다. 아이들은 튼튼했고 설쳐댔지만, 어머니는 자식들이 몸만 건강하면 다른 건 상관하지 않았다. 어슐라가 좀더 자라자 이런 상황은 그애에게 악몽이 되었다. 나중에 한 무리의 발가벗은 아기들을 그린 루벤스의 그림을 보고 제목이 '다산'이라는 것을 알았을 때,[1] 소녀는 몸서리를 쳤고 그 단어가 혐오스러웠다. 소녀는 다산의 찜통 같은 열기 속에서, 바글대는 아

---

1 페테르 파울 루벤스의 작품 중 실제 이런 제목의 것은 없으나 「베누스의 향연」
 (1635~36) 등 다수 작품에 어린아이들이 등장한다.

기들 틈바구니에서 산다는 게 어떤 건지 아이 적에 알았다. 그래서 아이 적에 어머니에게 맞섰으며, 격렬히 어머니에게 맞섰으며, 뭔가 정신적이고 기품 있는 것을 갈망했다.

궂은날이면 집 안은 아수라장이었다. 아이들이 빗속을 들락날락거리고 컴컴한 주목 아래 물웅덩이로 뛰어갔다가 부엌의 젖은 돌바닥을 가로지르면, 도우미 아주머니가 구시렁거리고 잔소리를 했다. 아이들은 소파 위에 바글거리다가 거실 피아노를 발로 차서 벌집 쑤신 소리를 냈고, 난로 앞 깔개 위를 구르다가 다리를 공중으로 쳐든 채 책을 서로 잡아당겼다. 가는 데마다 마주치는 극성맞은 동생들은 우리 어슐라 언니 어디 있나 보려고 살금살금 위층으로 올라와 침실 문간에서 속살거리거나 문빗장에 매달려, 책을 읽으려고 문을 잠그고 들어앉은 이 소녀에게 "어슐라!" "어슐라!" 하고 괴상한 소리로 불러댔다. 그러면 정말 도리기 없었다. 잠긴 문이 아이들의 궁금증을 더 자극했기에 그 유혹을 쫓아버리려면 문을 열어주는 수밖에 없었다. 아이들은 동그랗게 뜬 눈으로 소녀에게 매달려 열띤 질문을 날려댔다.

어머니 애나는 이 모든 상황 중에도 더없이 잘 지냈다.

"시끄러운 게 대수야, 애들이야 안 아프면 그만이지." 그녀는 말했다.

그러나 성장하는 딸들은 돌아가며 정말 힘들었다. 어슐라는 이제 안데르센과 그림 형제의 동화를 벗어나 「아서왕의 목가」[2]와 낭만적 연애담으로 들어서려는 단계였다.

---

2 테니슨의 12편으로 된 담시. 이어지는 인용구는 그 가운데 한편인 「일레인」 (1859)의 일부다.

아름다운 일레인, 사랑스러운 일레인,
애스톨랫 성의 백합 아가씨 일레인,
동녘 높이 솟은 탑 자기 내실에서
랜슬롯의 성스러운 방패를 지켜냈다네.

소녀는 이 구절을 얼마나 사랑했던가! 부스스한 검은 머리카락
을 어깨에 드리운 채 넋을 잃은 듯 달아오른 얼굴로 침실 창가에
기대어 교회 마당과 자그마한 교회당을 얼마나 바라보았던가. 그
러면 그곳은 작은 탑이 있는 성이 되었고, 거기서 랜슬롯이 당장이
라도 말을 타고 나타나 검은 주목들 뒤를 지나 들판 사이로 진홍색
망토를 휘날리며 손을 흔들 것만 같았다. 그러면 소녀는, 아, 소녀
는 높다란 탑에 외떨어진 고독한 처녀가 되어, 무시무시한 방패를
닦고 진기한 장치가 달린 덮개를 엮으면서 아득하고 높다란 곳에
서 기다리고 또 기다릴 터였다.

바로 그때, 계단에서 희미하게 투닥거리는 소리와 방문 밖에서
높은 목소리로 속살대는 소리가 들리더니, 마침내 삐걱 문고리가
돌아가고 빌리가 들뜬 목소리로 속삭였다.

"잠겼어, 잠겼다고."

그러고 나면 문을 두드리고, 아이들이 무릎으로 방문을 차고, 숨
넘어가는 소리가 이어졌다.

"어슐라, 어슐라 누나? 누나? 어, 어슐라 누나 없어?"

대답이 없었다.

"어슐라! 어, 어슐라 언니?" 이제 아주 소리쳐 이름을 불러댔다.

그래도 대답이 없었다.

"엄마, 언니 대답 안 해." 고함이 터졌다. "죽었어."

"꺼져, 안 죽었어. 왜 자꾸 그래?" 어슐라의 성난 목소리가 터져 나왔다.

"문 열어줘, 어슐라 누나." 칭얼거리는 소리가 들렸다.

이젠 어쩔 수 없었다. 문을 열어야 했다. 아래층에서 아주머니가 부엌 바닥을 닦느라 돌바닥 위로 양동이 끄는 소리가 들려왔다. 동생들이 어슐라의 방을 여기저기 기웃거리며 물었다.

"뭐 하고 있었어? 문은 왜 잠갔어?"

그후에 소녀는 교구실 열쇠를 발견해서 책을 몇권 가지고 들어가 자루 더미 위에 자리 잡고 앉았다. 거기서 또 한편의 백일몽이 시작되었다.

소녀는 늙은 군주의 외동딸이고 마법의 힘을 타고났다. 몽환적인 침묵의 나날이 흐르며, 소녀는 고요한 고성을 유령처럼 배회하거나 모두가 잠든 테라스를 스치듯 달렸다.

이 대목에서 슬픔이 무겁게 어슐라를 덮쳐왔다. 자신의 머리카락이 검었던 것이다. 금발에 하얀 피부여야 하는데 머리카락이 검어서 속이 상했다.

신경 쓸 거 없어, 어른이 되면 염색할 거야, 아니면 금발로 바랠 때까지 햇볕에 나가 있든가. 그동안은 순수 베네찌아식 레이스로 된 연미색 머릿수건을 쓰면 돼.

소녀는 테라스를 따라 소리 없이 달렸다. 거기 돌 위에서 보석처럼 반짝이는 도마뱀들은 소녀의 그림자가 드리워도 꼼짝하지 않았다. 완벽한 고요 속에서 소녀는 분수 떨어지는 소리를 들었고, 소리 없이 피어난 풍성한 장미꽃 향기도 맡았다. 그렇게 소녀는 아리땁고 그리움에 찬 발걸음으로 여기저기 떠돌다가 백조가 있는 강을 지나 우아한 공원에 이르렀다. 그곳에는 커다란 참나무 아래 얼룩

무늬 암사슴 한마리가 가느다란 네 다리를 한데 모은 채 누워 있었고, 그 옆에 새끼 사슴이 햇볕을 받으며 바싹 기대어 있었다.

아, 이 암사슴은 나의 정령이야. 말을 걸겠지, 난 마법사니까, 햇빛이 말을 하듯 이 암사슴이 내게 이야기를 풀어놓을 거야.

그러던 어느 날, 어슐라는 늘 그렇듯 무심하고 조심성 없이 교구실 문 잠그는 걸 잊어버렸다. 그래서 동생들이 들어가게 되었고, 케이티는 손가락을 베여 울고불고하고 빌리는 얇은 끌로 홈을 파서 여기저기를 엉망으로 만들어놓았다. 한바탕 소동이 벌어졌다.

엄마의 불편한 심기는 곧 풀렸다. 어슐라는 다시 문을 닫아걸고 소동이 끝났다고 생각했다. 그러던 중, 아버지가 이 빠진 연장들을 들고 나타났다. 인상을 잔뜩 찌푸리고 있었다.

"도대체 누가 문을 열어논 거야?" 그가 화가 나서 소리쳤다.

"문을 연 건 어슐라야." 엄마가 말했다.

그는 손에 먼지떨이를 들고 있었다. 그가 돌아서더니 먼지떨이로 딸의 얼굴을 찰싹 세게 때렸다. 맞은 곳이 얼얼했고, 딸은 잠시 정신을 잃은 기분이었다. 그러고 나서 소녀는 가만있었다. 굳고 완강한 표정이었다. 그러나 마음은 활활 타오르고 있었다. 자기도 모르게 눈물이 왈칵 쏟아지더니 점점 더 쏟아졌다.

자기도 모르게 얼굴이 일그러졌다. 소녀는 얼굴을 찡그려 참아보려 했지만 눈물이 막 쏟아졌다. 서러운 마음에 자리를 떴다. 그러나 활활 타오르는 소녀의 마음은 격분했고 굽힐 줄 몰랐다. 아버지는 딸이 나가는 모습을 보자 유쾌한 통증같이 승리감과 손쉬운 권위의식으로 가득 찼지만, 금세 불쌍해지며 마음이 아팠다.

"애 얼굴을 때리다니, 꼭 그래야 되겠어?" 애나가 냉랭하게 말했다.

"먼지떨이로 한대 맞는다고 어디 덧나." 그가 말했다.

"이로울 것도 없잖아."

여러 날, 여러 주 동안 어슐라의 마음은 이 일격으로 인해 불타올랐다. 소녀는 비참할 만큼 연약하다고 느꼈다. 아버지는 소녀가 얼마나 상처받기 쉽고, 얼마나 연약하고 과민한지 알지 못했나? 그 누구보다 잘 알았다. 그래서 딸한테 이런 짓을 하고 싶었다. 소녀의 가장 내밀하게 예민한 곳을 뚫어 상처 입히고, 소녀를 수치스럽게 대하고 모욕해서 망가뜨리고 싶었다.

소녀의 마음은 불 밝힌 횃불처럼 외로이 타올랐다. 소녀는 잊지 않았고, 잊을 수 없었고, 결코 잊지 못했다. 아버지에 대한 사랑이 되살아났을 때도, 불신과 반항의 불씨는 안 보이게 숨어 있었으나 꺼지지 않고 타오르고 있었다. 소녀는 이제 무조건적으로 그에게 속하지는 않나. 천천히, 천천히 불신과 반항의 불길이 속에서 타올라 아버지와의 연결을 태워 없앴다.

소녀는 움직이고 활동적인 것들을 좋아해서 혼자 뛰어다닐 때가 많았다. 작은 시냇물을 좋아했다. 흘러가는 시냇물을 보면 언제나 즐거웠다. 흐르는 물과 함께 소녀의 마음도 같이 흐르며 노래하는 것 같았다. 소녀는 몇 시간이고 시냇가나 개울가에, 혹은 오리나무 둥치에 앉아 냇물이 자갈돌 위나 부러진 잔가지들 사이로 춤추듯 흘러가는 모습을 지켜볼 수 있었다. 때로 작은 물고기들이 알아채기도 전에 환영처럼 휙 사라지고, 할미새들이 강가에서 폴짝거리거나 또다른 작은 새들이 다가와 물을 마시기도 했다. 물총새 한 마리가 파란빛을 그리며 쏜살같이 날아드는 걸 보았을 때는 너무나 행복했다. 물총새는 마법의 세계로 가는 열쇠이자 마법계를 나타내는 증표였기 때문이다.

하지만 소녀는 복잡하게 얽힌 자기 삶의 환상에서 벗어나야 했다. 아버지가 바깥세상에서 오디세우스 같은 삶을 산다고 생각하는 환상, 머리에 푸른 화관을 쓴 시골 소녀들, 썰매와 동장군, 검은 수염의 젊은 할아버지, 결혼과 전쟁과 죽음 같은, 너무도 희미하고 아득한 현실이라 신비로운 상징이 된 할머니에 대한 환상, 그리고 사실 자신은 폴란드 공주인데 영국에 와서 마법에 걸렸다든가, 또는 지금 이 모습의 어슐라 브랭귄이 아니라는 자신에 대한 끝도 없는 환상과 독서에서 비롯된 망상 등, 자기 삶의 이 모든 다채로운 환상에서 벗어나 노팅엄의 문법학교로 가야만 했다.

소녀는 수줍음이 많아서 힘들었다. 무엇보다 손톱을 물어뜯었는데, 손끝을 지나치게 의식했고 그것이 수치스럽고 거기 과민했다. 이런 수치심이 말도 안 되게 소녀를 괴롭혔다. 어떡하면 장갑을 벗지 않을 수 있을까, 손을 데었다고 할까, 장갑 벗는 걸 잊은 체할까 궁리하며 여러 시간 괴로워했다.

소녀는 상급학교에 가면 자신의 터전을 물려받을 것 같았다. 거기 소녀들은 모두 숙녀일 거야. 거기 가면 자유로운 영혼인 친구들과 동등한 사람들 사이에서 지낼 테고, 쩨쩨한 것들은 다 치워질 거야. 아, 손톱만 물어뜯지 않으면 얼마나 좋을까! 이런 결점만 없다면! 소녀는 완벽해지기를, 흠도 결점도 없이 높고 고상한 삶을 살기를 간절히 바랐다.

아버지가 소녀를 너무 볼품없이 소개한 것이 슬펐다. 심부름 온 아이가 용건 말하듯 간단히 소개했고, 복장도 격에 안 맞게 평상복 차림이었다. 그에 비해 어슐라는 예복을 입고 격식을 갖춰 이 새 터전으로 들어갔더라면 하고 아쉬워했다.

소녀는 학교에 대해 새로운 환상을 품었다. 교장인 그레이 선생님은 은빛으로 빛나는 교사다운 품위 같은 게 있었다. 학교 자체는 예전 어느 신사의 저택이었다. 어둡고 침침한 잔디밭이 학교를 어두컴컴하고 고급스러운 진입로와 구분해주었다. 하지만 교실들은 널찍하고 외관도 훌륭해서, 뒤편에서 보면 잔디밭과 관목 숲과 수목원의 나무들과 경사진 풀밭이 내려다보였고, 움푹한 분지에 뾰족지붕과 둥근 지붕과 그 그림자들로 즐비한 시내까지 보였다.

그렇게 어슐라는 학문의 전당에 자리 잡고서 매연 내뿜는 혼잡한 광경과 제조 활동에 여념 없는 도심을 내려다보았다. 행복했다. 여기 높다란 문법학교에서 소녀는 공기가 더 청명하고 공장 매연을 초월해 있다는 공상에 빠졌다. 소녀는 라틴어와 희랍어, 프랑스어와 수학을 배우고 싶었다. 난생처음 희랍어 알파벳을 쓰는 순간에는 예비 수녀처럼 온몸이 떨렸다.

소녀는 한번도 정상까지 오른 적 없는 또다른 산비탈에 서 있었다. 가슴속에는 반드시 올라가 그 너머를 보겠다는 엄청난 열망이 한결같이 존재했다. 라틴어 동사가 소녀에게는 미개척지 같았다. 거기서 새로운 향기를 맡았고, 뜻을 몰라도 뭔가 대단한 의미가 느껴졌다. 그런데 알고 보니 의미심장한 말이었다. $x^2-y^2=(x+y)(x-y)$라는 방정식을 풀었을 때는 자신이 뭔가 통달해서 드물고 매인 데 없으며 도취되는 분위기 속으로 해방되는 기분이었다. "나는 내 남동생에게 빵을 주었다"(J'ai donné le pain à mon petit frère). 프랑스어 문장 쓰기 연습을 하면서도 너무 행복했다.

이런 것을 배울 때마다 가슴에 신나는 팡파르가 울리며 소녀를 완벽한 곳들로 데려다주었다. 소녀는 갈색 표지의 『롱맨 초급 프랑스어 문법』과 붉은 테두리의 『라틴어 왕도』, 그리고 회색빛의 얇은 대수책을 한시도 잊지 않았다. 그 책들에는 언제나 마법이 깃들어 있었다.

학습 면에서 어슐라는 영민하고 지혜롭고 본능적이었지만 '철저'
하지는 않았다. 어떤 것이 직관적으로 다가오지 않으면 이해하지
못했다. 그럴 때면 수업이 죄다 지긋지긋해지고 교사들을 전부 심
할 정도로 경멸했으며, 동물적이고 격렬하게 건방진 태도를 보여
서 아주 밉살스러웠다.

소녀는 자유롭고 기죽지 않는 동물 같은 존재여서 자신을 규제
할 법이나 규칙 따위는 존재하지 않는다고 선언하며 반발했다. 소
녀는 오로지 자기 자신만으로 존재했다. 그러면 주위의 모든 이들
과 긴 다툼이 이어졌고, 볼 장 다 볼 만큼 뻗대고 나면 끝내 허물어
져 서러운 마음에 하염없이 흐느껴 울었다. 그런 다음엔 누그러지
고 완전히 지쳐 흐물흐물해져서 전에 없던 이해심으로 수용했고,
전보다 더 슬프고 더 지혜롭게 자기 길을 갔다.

어슐라와 구드런은 학교에 같이 다녔다. 구드런은 수줍고 조용
하며 길들지 않는 아이였다. 이 빼빼한 여자애는 남의 눈길을 피해
미꾸라지처럼 물러나거나, 몸을 돌려 자신만의 세계로 다시 사라
져버렸다. 본능적으로 어떠한 접촉도 피하는 듯했고, 그 누구와도
관련 없는 미완의 공상을 좇아 자기만의 몰입된 길을 추구했다.

구드런은 똑똑한 것과는 거리가 멀었다. 그애는 어슐라가 두 사
람 몫을 감당할 만큼 똑똑하다고 생각했다. 언니가 이해하면 됐지
구드런 자신까지 신경 쓸 필요 있냐는 투였다. 동생은 자신의 종교
적이고 책임감 있는 삶을 언니를 통해 간접적으로 살았다. 그애 자
신으로서는 야생동물처럼 무심하고 몰입해서, 그만큼 무책임하게
지냈다.

반에서 꼴찌를 한 것을 알았을 때, 그애는 느긋하게 웃더니 이젠

안전하네, 하고 말하곤 흡족해했다. 아버지가 애가 터지건, 어머니가 창피해서 죽을 지경이건 개의치 않았다.

"내가 뭐 하러 돈 써가며 널 노팅엄까지 보낸단 말이냐?" 아버지가 화가 나서 호통쳤다.

"그러게요, 아버지, 그러실 필요 없어요." 구드런이 천연덕스럽게 대답했다. "지금이라도 학교 관두고 집에 있을게요."

그애는 집에서 기분 좋게 지냈지만 어슐라는 그러지 못했다. 구드런은 밖에서는 보잘것없고 실뚱머룩했지만 집에서는 제 굴에 들어앉은 야생동물처럼 편안했다. 이에 반해 어슐라는 밖에서는 성실하고 열성적이었지만, 집에 오면 떨떠름하거나 불편해서 느긋이 있기 싫고 그럴 수도 없었다.

그럼에도 불구하고 일요일은 두 자매에게 여전히 한주의 최고의 날이었다. 어슐라는 온 마음을 다해 열정적으로 이날이 주는 영구적인 안정감에 의지했다. 평일에는 자기를 인정하지 않으려는 강고한 힘들이 느껴져서 두렵고 힘들었다. 소녀는 늘 권위에 대해 두려움과 반감을 갖고 있었다. '기관'이나 공인된 '권력'을 쥔 사람들과의 다툼을 피할 수 있다면 언제나 자신이 원하는 대로 할 수 있을 것 같았다. 하지만 자기 본모습을 드러내버린다면 패배하고 짓밟힐 것 같았다. 항시 소녀를 해치려는 위협이 존재했다.

잔인함, 추악함이 그녀를 덮칠 태세를 갖춘 채 항상 임박해 있다는 이 기이한 느낌, 군중의 강력한 적의가 예외적 존재인 자신을 노리고 매복 중이라는 이 느낌은 어슐라 삶의 가장 깊은 영향 중 하나를 형성했다. 학교나 친구들 사이나 길거리나 열찻간, 그 어디에 있건 간에 소녀는 본능적으로 자신을 숙이고, 더 작게 만들고, 실제보다 별것 아닌 체했다. 자신의 발각되지 않은 자아를 진부하고 평균적인 '자아'의 야만적인 양심이 목격해 덮치고 공격할까 두려웠던 것이다.

이제, 소녀는 학교에서 제법 안전했다. 거기서 어떻게 처신해야 하는지, 속내를 얼마만큼 숨겨야 하는지 알았다. 그러나 소녀는 일요일에만 자유로웠다. 고작 열네살이 되었을 때, 소녀는 집안에서 자신을 향해 커져가는 분노 같은 걸 느끼기 시작했다. 자신이 식구들에게 불편한 존재란 걸 깨달았다. 하지만 아직까지는 일요일이 되면 자유를, 진정한 자유를, 두려움이나 의구심 없이 편하게 자기 자신으로 있어도 되는 자유를 누릴 수 있었다.

제일 시끌벅적한 순간에도 일요일은 축복받은 날이었다. 일요일 아침에 잠에서 깨면 어슐라는 엄청나게 마음이 편했다. 왜 이렇게 마음이 가벼운 거지, 의아했다. 그러면 생각났다, 일요일이구나. 환희와 엄청난 해방감이 사방에서 터져나오는 것 같았다. 온 세상이 이십사시간 동안 폐기되거나 연기되었다. 일요일의 세계만이 존재했다.

일요일이면 집 안의 소란 자체가 좋았다. 동생들이 7시까지 자면 운이 좋았다. 대개는 6시 좀 넘어 새날이 열린 것을 알리는 재잘대는 흥분한 목소리가 들려오자마자, 아이들은 일어나 종종걸음으로 쿵쿵대며 돌아다녔다. 셔츠 바람에 볼그레한 다리와 토요일 밤 목욕해서 때가 쏙 빠진 반짝이는 풀솜 같은 머리를 한 아이들이 깨끗해진 몸 덕분에 기분까지 들떠서 날쌔게 돌아다니곤 했다.

반쯤 벗은 채 뛰어다니는 말끔한 아이들로 집 안이 바글거리기 시작하면 부모 중 한 사람이 일어났다. 느슨하게 틀어올린 숱 많은 검은 머리가 한쪽 귀 위로 늘어진 느긋하고 너저분한 어머니거나, 검은 곱슬머리에 셔츠의 목 단추를 잠그지 않은 따뜻하고 편안한 아버지였다.

그런 다음에는 위층의 딸들에게 연신 소리가 들려왔다.

"아니, 빌리, 도대체 무슨 짓을 하는 거야?" 아버지의 쩌렁쩌렁한 목소리이거나 어머니의 당당한 음성이었다.

"내가 말했지, 캐시, 그런 건 절대 안 돼."

전혀 움직이지 않는데도 아버지의 목소리가 징 소리처럼 울려퍼질 수 있다는 것과, 블라우스 자락이 여기저기 삐져나오고 머리를 제대로 올리지 않고도, 또 애들이 이렇게 시끄럽게 아수라장을 만들어도 어머니가 청중을 사로잡는 여왕처럼 말할 수 있다는 게 참으로 놀라웠다.

어느덧 아침식사가 준비되면 손위 딸들은 왁자지껄한 아래층으로 내려갔다. 그러면 아랫도리를 내놓은 토실토실한 궁둥이들이 왔다 갔다 하는 모습을 보고 그드런이 말했듯이 '엉터리 아기 천사들'처럼, 옷도 제대로 안 입은 동생들이 정신없이 돌아다녔다.

어린것들은 한명씩 붙들려 결국 잠옷이 벗겨지고 깨끗한 주일 셔츠 입을 준비를 했다. 하지만 주일 셔츠를 아이의 솜털 머리 위로 끼워넣기도 전에 발가벗은 몸뚱이가 휙 도망가 거실 깔개로 쓰는 양탄자에 뒹굴면, 엄마 애나는 셔츠를 올가미 모양으로 들고 쫓아가며 야단을 쳤고 아버지의 종소리 같은 음성이 울려퍼졌으며, 푹신한 양탄자에 뒹구는 발가숭이는 신이 나서 조잘댔다.

"엄마, 나 지금 바다에서 헤염치고 있어요."

"왜 셔츠 들고 따라다니게 해?" 엄마가 말했다. "당장 일어나."

"엄마, 나 지금 바다에서 헤염치고 있어요." 발가숭이가 뒹굴며 되풀이했다.

"헤염이 아니라 헤엄이야." 알 수 없는 무심한 위엄을 띠고 엄마가 말했다. "지금 셔츠 들고 기다리고 있잖아."

드디어 셔츠를 입히고 긴 양말도 양쪽 다 신긴 후, 자그만 바지의 단추를 잠그고 또 자그만 페티코트 끈도 뒤로 묶었다. 이 가족이 맨날 겪는 골칫거리는 양말대님을 제대로 간수하지 않는다는 것이었다.

"캐시, 네 대님 어디 있니?"

"몰라요."

"찾아봐라."

하지만 브랭귄네 어른 중 그 누구도 이 상황을 제대로 해결할 마음이 없었다. 캐시가 집 안의 가구란 가구 밑에는 죄다 기어 들어가 깨끗한 주일 옷을 새카맣게 만들어 식구들 모두 진짜 속상해하고 나면, 아이의 앳된 낯과 손을 다시 씻기느라 대님은 잊어버렸다.

나중에 어슐라는 주일학교를 마치고 예배당으로 들어오는 캐시의 양말이 발목까지 흘러내려 꾀죄죄한 무릎이 드러난 걸 보고 화가 났다.

"창피해 죽겠어요!" 저녁 식탁에서 어슐라가 소리쳤다. "사람들이 우리를 돼지라고 생각할 거예요, 애들을 씻기지도 않는다고요."

"사람들이 뭐라고 생각하건 신경 꺼라." 엄마가 당당하게 말했다. "캐시가 제대로 씻은 건 내가 알아, 그리고 내가 됐다면 된 거야. 대님이 없는데 양말을 어떻게 올려 신겠어, 대님 없이 간 게 캐잘못도 아니고."

대님 때문에 여러가지 말썽이 이어졌지만 아이들이 긴 치마나 긴 바지를 입게 될 때까지는 사라지지 않았다.

예법이 중요한 이날, 브랭귄 일가는 담 위 계단을 올라 교회 마당으로 들어가는 대신 집 밖 정원 울타리를 빙 돌아 큰길을 이용해서 교회로 갔다. 이렇게 하라는 법은 없었고 부모가 시킨 것도 아니었다. 아이들 스스로 앞다투어 안식일 예절을 잘 지켰다.

일요일에 교회에 다녀오면, 집은 점차 낯선 새 한마리가 방 안에 내려앉은 듯 평화가 숨 쉬는 성소 같은 곳이 되었다. 실내에서는 독서와 이야기 들려주기, 그림 그리기 같은 조용한 활동만 허용되었다. 바깥에서 놀 때도 뭐든 야단스럽지 않아야 했다. 고함이나 큰 소리가 나면 아버지와 언니들 속의 어떤 사나운 영혼이 깨어났기에, 동생들은 파문당할까 두려워 나대지 않았다.

아이들 스스로 성수주일聖守主日을 했다. 어슐라가 잘난 체하며

어린 소녀 목동이 있었네(Il était un' bergère)
가르랑, 가르랑, 가르랑 새끼 고양이가 있었네(Et ron-ron-ron petit patapon)

라고 프랑스어 노래를 부르면 테리사가 어김없이 소리쳤다.

"어슐라 언니, 그건 주일날 부르는 노래가 아니야."

"뭘 안다고 그래." 어슐라가 잘난 체 대답했다. 그렇지만 내심 주저했다. 그래서 끝까지 부르지 못하고 시들해졌다.

왜냐하면 의식하진 않았어도, 자신의 일요일이 소녀에게 너무나 소중했던 것이다. 그날이면 소녀의 영혼은 공격받지 않고 꿈속에서 거닐 수 있는 기묘한 미지의 터전에 있었다.

흰옷 입은 그리스도의 영이 올리브나무 사이를 지나갔다. 그것은 현실이 아니라 환영이었다. 그러면 소녀 자신이 그 환상적 존재와 함께 거했다. 밤이면 "사무엘! 사무엘!" 하고 부르는 목소리가 들렸다. 밤이 되면 아직도 그 목소리가 그렇게 불렀다. 그러나 그

소리는 오늘 밤도 어젯밤도 아닌 깊이 모를 주일의 밤, 안식일의 고요가 깃든 밤에 들렸다.

'죄'가 있었고, 지혜롭기도 한 뱀이 있었다. 은화를 받고 예수에게 입 맞추는 유다가 있었다.

그러나 실제 죄는 없었다. 어슐라가 테리사의 뺨을 때렸다 해도, 설사 주일에 그랬어도 그것이 영원한 죄는 아니었다. 그것은 나쁜 행동이었다. 만약 빌리가 주일학교를 빼먹는대도, 그애는 나쁘고 못된 것이지 죄인인 건 아니었다.

죄란 절대적이고 영구적인 반면, 못되고 나쁜 행동은 일시적이고 상대적이었다. 빌리가 동네 애들이 하는 말로 캐시를 '죄인'이라 부르면 모두가 질색했다. 하지만 마시 농장에 촐랑거리며 나대는 사냥개 한마리가 생겼을 때, 그애는 장난 삼아 '죄인'이라고 이름 붙였다.

브랭귄 집안사람들은 그들이 믿는 종교를 자신들의 일상 행동에 적용하기를 꺼렸다. 그들이 원한 것은 영원한 불멸의 느낌이지 일상적 행동거지에 대한 규제 목록이 아니었다. 그런 까닭에 그들은 심성은 너그러웠지만 고집 세고 거만하며 행실 나쁜 아이들이었다. 더군다나 그들에게는 민주적인 기독교인들의 질투심과 맞지 않고 평범한 이웃들이 참기 힘든 도도한 태도가 있었다. 그리하여 그들은 늘 특별했고 평범함과 거리가 멀었다.

복음주의 교리[3]를 처음 접했을 때 어슐라는 얼마나 격렬히 분개했던가. 소녀는 구원을 자신의 개인적 경우에 적용하는 데서 기이한 전율을 느꼈다. "예수님이 나 때문에 죽었어, 날 위해 고통당했

---

3 여기서는 특히 성경을 개인의 주관적 감정에 따라 해석하는 경향을 가리킴.

어." 거기엔 자긍심과 전율이 있었지만, 거의 즉각적으로 황량함이 뒤따랐다. 손발에 구멍이 난 예수는 역겨웠다. 성흔을 지닌 흐릿한 예수, 그것이 소녀만의 환영이었다. 하지만 이와 입술을 움직여 말하고 그의 상처에 손가락을 넣어보라고 명하는 실제 인간인 예수는 진물 나는 자기 상처를 들여다보며 흐뭇해하던 동네 사람같이 혐오스러웠다. 소녀는 그리스도가 인간임을 주장하는 사람들을 적대시했다. 그분이 만일 평범한 인간의 삶을 사는 한 남자일 뿐이라면, 그러면 소녀는 관심이 없었을 터였다.

그러나 속된 이들의 질투심은 그리스도가 인간임을 주장해야만 했다. 그것은 인간 바깥의 것, 인간을 넘어선 것은 그 어떤 존재도 허용치 않으려는 속된 마음이었다. 예수를 이 일상적 삶 속으로 끌어내려 평상복을 입히고 그에게 속된 평등의 자리를 강요하려는 교회부흥주의자[4]들의 신성모독적인 더러운 손이었다. "예수님이 내 입장이라면 어떻게 할까?"라고 묻는 것은 뻔뻔하고 범속한 영혼이었다.

이 모두에 맞서 브랭귄네 사람들은 궁지에 몰려 있었다. 이 속된 외침에 사로잡히지 않고 완전히 무신경한 사람이 있다면 바로 어머니인 애나였다. 그녀는 인간 바깥의 것은 아무것도 허용하지 않으려 했다. 일평생 남편의 신비적 열정에 진정으로 동조한 적이 결코 없었다.

그러나 어슐라는 아버지 편이었다. 소녀는 사춘기인 열세살, 열네살이 되면서 엄마의 현실적인 무심함에 점점 더 반감이 생겼다. 어슐라가 볼 때 엄마의 태도에는 뭔가 냉담하고 거의 악의적인 데

---

4 원시 감리교파의 일종.

가 있었다. 요 몇년간 애나 브랭귄이 하느님이나 예수나 천사에 조금이라도 관심이 있었나? 그녀는 오늘의 즉각적인 삶을 추구했다. 아이들이 아직 태어나고 있었고, 그녀는 온갖 자잘한 집안일로 정신없이 바빴다. 그래서 그녀는 남편이 교회에 충직하게 봉사하고, 어둡고 종속적인 갈망으로 미지의 신을 섬기는 데 거의 본능적으로 분개했다. 먹여 살릴 어린 식구들이 딸린 가장에게 숨은 신이 뭐가 그리 중요하다고? 생활에 필요한 직접적인 관심사나 돌볼 일이지, 궁극적인 존재를 향해 헌신할 건 아니지.

그러나 어슐라는 전적으로 궁극적인 것의 편에 섰다. 소녀는 늘 아기들과 북새통을 이룬 집구석에 반감이 있었다. 소녀에게 예수는 또다른 세상이었다. 그는 이 세상에 속하지 않았다. 그는 소녀의 얼굴 아래 손을 들이밀고 자신의 상처를 가리키며 "여길 봐라, 어슐라 브랭귄, 너를 위해 이 상처를 입었으니 이제 내가 말하는 대로 행하라"라고 말하지 않았다.

소녀에게 예수는 해 질 녘 뜬 하얀 달같이, 태양을 따라가며 손짓하는 초승달같이 사람들 시야를 벗어나 아름답고 아득하게, 저 멀리서 빛나고 있었다. 때로, 저 멀리 검은 구름이 겨울 저녁 선명한 누런 띠 모양의 석양 속으로 솟아오를 때면 소녀는 골고타 언덕이 생각났다. 때로, 언덕 위로 떠오르는 핏빛 보름달은 그리스도가 이제 숨을 거두고 십자가에 주검이 무겁게 매달려 있음을 알려주어 소녀를 두렵게 했다.

일요일이면 이런 환영의 세계가 눈앞에 펼쳐졌다. 오랜 숨죽임이 들려오고, 빛과 어둠의 결합이 감지되었다. 교회에서 그 '목소리'는 마치 교회 자체가 아직 창조의 언어를 말하는 조가비인 양, 이 세상이 아닌 데서 울려나오는 메아리로 들렸다.

"하느님의 아들들이 그 사람의 딸들을 보고 마음에 드는 대로 아리따운 여자를 골라 아내로 삼았다.

그래서 야훼께서는 '사람은 동물에 지나지 않으니 나의 입김이 사람들에게 언제까지나 머물러 있을 수는 없다. 사람은 백이십 년 밖에 살지 못하리라.' 하셨다.

그 때 그리고 그 뒤에도 세상에는 느빌림이라는 거인족이 있었는데 그들은 하느님의 아들들과 사람의 딸들 사이에서 태어난 자들로서 옛날부터 이름난 장사들이었다."[5]

이 구절을 곱씹으며 어슐라는 아득한 곳으로부터 부름을 받은 것처럼 설렜다. 그때 태어났다면 하느님의 아들들이 자신을 아름답다고 하지 않았을까, 그래서 하느님의 아들들 중 한명의 아내로 선택받지 않았을까? 그 의미를 알지 못했기에, 소녀는 그런 꿈이 누려웠다.

하느님의 아들들은 누구일까? 예수는 독생자 아니었나? 아담이 하느님이 창조하신 유일한 인간이 아니었나? 그렇지만 아담의 후예가 아닌 남자들이 있었다. 그들은 누구이고 어디서 왔을까? 그들 역시 분명 하느님에게서 난 자들이겠지. 하느님에게 아담과 예수 외에 많은 자손이 있었나, 아담의 자손이 알아보지 못할 기원을 가진 그런 자손들이 있었나? 그렇다면 어쩌면 그 자손들은, 하느님의 그 아들들은 낙원에서의 추방도 타락의 치욕도 알지 못했을 텐데.

그들은 자유로이 사람의 딸들에게로 와서 그 아름다움을 보고 아내로 삼았고, 그 여인들이 잉태하여 명망 높은 자손을 낳았다. 이것이 진정한 운명이었다. 소녀는 하느님의 아들들이 사람의 딸들

---

5 창세기 6:2-4.

에게로 온 그런 본질적인 시간 속에 머물렀다.

다른 신화들과 아무리 비교해봐도 성서적 앎에서 느끼는 소녀의 열정을 꺾지 못했다. 제우스는 인간 여자를 사랑하기 위해 황소나 사내로 변신했다. 여자에게 거인 영웅을 잉태시켰다.

그래, 좋아, 그리스 신화에선 그랬지. 하지만 소녀는 그리스 여자가 아니었다. 제우스도 목신牧神 판도, 그 어느 신들도, 심지어 바쿠스나 아폴로조차 소녀에게 다가올 수 없었다. 사람의 딸들을 아내로 삼은 하느님의 아들들, 이들만이 소녀를 아내로 삼을 자들이었다.

어슐라는 이 은밀한 소망이자 열망에 매달렸다. 소녀는 이중의 삶을 살았다. 일상적 삶의 사실들이 군대처럼 무리를 이루어 모든 것을 아우르는 삶이 하나이고, 그 일상적 삶의 사실들이 영원한 진리로 대체되는 삶이 다른 하나였다. 너무도 절실히 소녀는 하느님의 아들들이 사람의 딸들에게 오기를 갈망했고, 그랬기에 삶의 명백한 사실들보다 자신의 갈망과 그 실현을 더 믿었다. 남자가 남자라고 해서 그가 아담의 후예임을 말해주지 않았고, 그가 역사나 이야기에 기록되지 않은 하느님의 아들이기도 하다는 것을 배제하지도 않았다. 소녀는 아직 혼란스러웠으나 거부하지는 않았다.

다시 소녀는 주의 음성을 들었다.

"부자가 하느님 나라에 들어가는 것보다는 낙타가 바늘귀로 빠져 나가는 것이 더 쉬울 것이다."[6]

하지만 이 구절에서 바늘귀란 보행자들이 다니는 작은 관문인데, 짐을 실은 커다란 쌍봉낙타는 통과하지 못할 수 있겠지만 작은

---

6 마태오의 복음서 19:24.

낙타라면 위험을 무릅쓰고라도 지나갈 수 있을 것이라고 해석되었다. 그러니 천국에서 부자를 전적으로 배제할 수는 없을 거라고 주일학교 교사는 설명했다.

동양 사람들에게 뭔가 제대로 이해시키려면 하늘을 뒤덮을 만큼 부풀리든가 아니면 먼지만큼 축소해야 하기에 동양에서는 과장법을 써야 하고, 안 그러면 귀 기울이지 않는다는 것을 알았을 때도 소녀는 기분이 좋았다. 금방 이 동양적 사고에 공감했다.

그러나 저 구절에는 관문이나 과장법에 대한 지식으로 훼손될 수 없는 의미가 여전히 존재했다. 저 구절에 대한 역사적, 지역적, 심리적 이해는 별개의 문제였다. 저 말씀의 불가해한 가치는 변함없이 남아 있었다. 바늘귀와 부자와 천국 사이의 그 관계란 어떤 것일까? 어떤 종류의 바늘귀이고 어떤 종류의 부자며 어떤 종류의 천국인가? 그걸 누가 알겠는가? 그것은 절대적 세계를 뜻하므로, 상대적 세계의 관점으로는 반도 해석할 수 없는 것이다.

그런데 저 말씀을 문자 그대로 적용해야 할까? 소녀의 아버지는 부자인가? 천국에 들어갈 수 없나? 아니면, 그저 그렇게 사는 정도일까? 그도 아니면, 가난뱅이라 할 정도인가? 어쨌든 아버지가 가난한 사람들에게 재산을 다 줘버리지 않는 한 천국에 들어가기는 아주 어려울 것이었다. 그가 지나가기에 바늘귀는 너무 좁을 테니까. 소녀는 아버지가 무일푼의 거지였으면 좋겠다고 바랄 정도였다. 저 바닥까지 내려간다면 누구든 세상에서 제일 가난한 사람보다는 부자인 셈이었으니까.

아버지가 동네 일꾼들에게 자기 집의 피아노와 암소 두마리와 은행에 있는 돈을 다 줘버리고 브랭권네 식구들이 워리네만큼 가난해진 모습을 상상했을 때, 어슐라는 몹시 언짢았다. 그렇게 되고 싫지 않았다. 마음이 불안했다.

'됐어,' 소녀는 생각했다. '그런 천국은 포기하겠어, 그뿐이야, 바늘귀 어쩌고는 그만이야.' 그리고 그 문제는 잊어버렸다. 세상의 모든 말씀이 그러라고 해도 소녀는 워리네만큼, 궁상맞고 지저분한 워리네만큼 가난해지고픈 마음은 추호도 없었다.

그래서 소녀는 성서를 비문자적으로 해석하는 쪽으로 돌아갔다.

소녀의 아버지는 책은 거의 읽지 않았지만 복제화 화집은 많이 소장하고 있었다. 그는 자리에 앉아 아이 같은 특이한 집중력으로, 그러나 아이 같지 않은 열정을 담아 이 화집들을 들여다보곤 했다. 그는 초기 르네상스 시기 이딸리아 화가들을 좋아했는데, 특히 조또와 프라 안젤리꼬, 필리뽀 리삐⁷를 좋아했다. 그 위대한 작품들이 그를 매료했다. 라파엘로의 「성체 논쟁」이나 프라 안젤리꼬의 「최후의 심판」, 혹은 동방박사들의 경배를 아름답고 정교하게 구현한 작품들을 얼마나 보고 또 보았던가. 그러면 볼 때마다 변함없는 충일감이 서서히 밀려왔다. 그것은 인간의 형상을 단위로 사용하여 전적으로 신비롭고 건축적인 개념을 확립한 데서 느껴지는 감정이었다. 가끔 그는 서둘러 집으로 돌아와서 프라 안젤리꼬의 「최후의 심판」을 들춰보았다. 열린 무덤들로 된 좁은 길, 양편에 쌓인 흙더미, 저 위편에 배치된 그럴듯한 천국, 한편에는 천국으로 나아가며 찬양하는 무리, 다른 편에는 쩔쩔매며 지옥으로 내려가는 이들, 이 모두가 그를 완전하게 했고 만족시켰다. 마귀나 천사를 믿건 말건 그건 상관없었다. 이 전체 구도가 지극한 만족을 주었고, 그는 더이

---

7 조또(Giotto di Bondone, 1266?~1337)와 필리뽀 리삐(Fra Filippo Lippi, 1406?~69) 모두 이딸리아 르네상스기의 화가. 조또는 투시법으로 회화에 삼차원적 자연주의를 도입했다.

상 바랄 게 없었다.

어릴 때부터 이 그림들에 익숙한 어슐라는 그 세부를 찬찬히 뜯어보았다. 프라 안젤리꼬가 그린 꽃과 빛과 천사가 감탄스러웠고, 악령들이 마음에 들었으며, 지옥도 재미있었다. 그렇지만 저 높은 천상에서 천사들에 에워싸이고 원으로 둘러쳐진 하느님의 형상이 문득 따분했다. 지고한 존재의 모습이 지루해지면서 화가 치밀었다. 이게, 옷자락을 늘어뜨린 이 보잘것없는 모습이 이 그림의 절정이자 의의였나? 천사들은 너무도 사랑스럽고 빛도 정말 아름다웠다. 그런데 이렇게 진부한 모습의 하느님을 둘러싸는 데나 쓰이다니!

소녀는 불만스러웠지만 아직 비판할 정도까지는 아니었다. 아직 경이롭게 바라볼 것들이 너무 많았다. 겨울이 와서 소나무 가지들이 눈을 맞고 부러지면 땅 위에 떨어진 푸른 솔잎은 더욱 풍성해 보였다. 눈밭을 가로질러 선명하게 찍힌 꿩 발자국이 별 모양의 멋진 곧은길을 내놓았다. 토끼가 깡총 뛰어오른 자국에는 나란히 난 구멍 두개 뒤로 또 구멍 두개가 나 있었다. 산토끼는 더 경사진 비탈길을 오르다 기우뚱해 두 뒷다리를 한꺼번에 짚는 바람에 구덩이 하나가 커다랗게 파여 있었다. 고양이가 지난 길에는 조그마한 구멍이 쪼르르 찍혔고, 새들은 레이스 무늬를 만들어놓았다.

시간이 갈수록 기대감이 부풀었다. 성탄절이 다가오고 있었다. 한밤중 헛간에서는 촛불이 은밀히 타오르고 숨죽인 목소리들이 들려왔다. 사내아이들이 성 조지와 베엘제불에 관한 중세 신비극을 연습하는 중이었다. 한주에 두번 교회당에서는 등잔불을 밝히고 성가 연습이 있었는데, 윌 브랭귄이 옛날 캐럴 연습을 듣고 싶어했기 때문이다. 소녀들이 성가 연습에 참여했다. 온 세상에 신비감과 설렘이 가득했다. 모두 뭔가를 준비하고 있었다.

때가 다가오자 소녀들은 시린 손가락을 불며 호랑가시나무, 전나무, 주목 잎들을 교회 기둥에 묶어 예배당을 장식하느라 한창이었다. 기둥의 돌이 진하고 풍성한 잎으로 피어나고, 아치에서 봉오리가 돋아 차가운 꽃들이 어둡고 신비스러운 분위기 속에 활짝 피어나자 예배당에는 새로운 기운이 감돌았다. 어슐라가 출입문 위와 성가대 칸막이 위에 겨우살이를 엮고 주목 잔가지에 은빛 비둘기를 매달기로 했고, 땅거미가 내릴 무렵 예배당은 조그만 숲 같았다.

외양간에서 사내아이들이 막바지 무대연습을 하려고 얼굴에 검은 칠을 하고 있었다. 낙농실에는 얼룩덜룩한 날개를 활짝 펼친 죽은 칠면조가 걸려 있었다. 파이 만들 준비를 해놓을 때가 되었다.

기대감이 점점 고조되었다. 성탄을 알리는 별이 하늘 높이 떠오르고, 찬송과 캐럴이 준비되었다. 별은 천상에 뜬 징표였다. 지상에서도 징표를 보여야 했다. 저녁이 다가오자 사람들의 가슴은 기대로 두근거리고, 손에는 준비한 선물들이 가득했다. 부푼 마음으로 성탄절 설교를 듣고 밤이 지나 아침이 되어 선물을 주고받았을 때, 모든 이의 가슴은 퍼덕이는 날개처럼 기쁨과 평화로 설렜다. 캐럴이 울려퍼지자 땅 위의 평화는 이미 동트고 다툼은 사라졌으며, 사람들은 손에 손을 맞잡고 진심을 담아 찬양하고 있었다.

그렇지만 씁쓸하게도, 저녁이 다가오고 밤이 되자 성탄절은 한낱 공휴일처럼 맥 빠진 평범한 날이 되어버렸다. 아침엔 그다지도 황홀했건만 오후가 되고 저녁이 되자 환희는 꺾여나간 새순처럼, 철 이른 꽃망울처럼 스러져버렸다. 아아, 성탄절이 겨우 사탕과 장난감이나 주고받는 집안 잔치라니! 왜 어른들도 일상의 기분에서 벗어나 환희를 누리지 못하는 걸까? 환희는 어디로 갔나?

브랭귄 가족은 얼마나 열렬히 환희를 갈망했던가. 아버지 윌은 성탄절 밤이 되자 어둡고 암울한 표정으로 괴로워 보였다. 열정은 거기 없었고, 이날이 다른 날과 똑같아져 사람들의 마음이 불타오르지 않았기 때문이었다. 어머니 애나는 늘 그렇듯 평생 유배 생활을 하는 사람, 마치 그 자리에 없는 사람 같았다. 주 오심이 실현되었건만 기쁨에 불타는 심장은 어디 있는가? 예수 탄생을 알리는 별은, 동방박사들의 희열은, 새로운 존재를 향한 지축을 흔드는 흥분은 어디 있는가?

그래도, 비록 미약하나마 그 느낌은 남아 있었다. 창조의 주기가 교회력敎會曆에서 아직 돌아가고 있었다. 성탄절이 지나면 환희는 서서히 가라앉고 모습이 변해갔다. 일요일이 거듭 지나면서 식구들의 가슴 위로 섬세한 움직임이, 섬세하게 진전된 변모가 뒤따랐다. 환희에 부풀어 주의 별을 목격하고 예수가 탄생한 그 안까지 따라가 거기서 큰 빛에 아득해졌던 가슴은, 이제 빛이 서서히 물러나고 그림자가 드리워 어두워지는 것을 느낄 수밖에 없다. 냉기가 스며들고 침묵이 대지를 뒤덮자 사방은 암흑이 되었다. 성전 휘장이 찢어졌고 가슴마다 영이 떠나 죽음에 이르렀다.[8]

성금요일이면 입술이 파리해진 아이들은 가슴에 드리운 그림자를 느끼며 조용히 다녔다. 그후, 죽음의 향기로 창백한 부활의 백합꽃들이 피었고 성령이 오실 때까지 차갑게 빛났다.[9]

그런데 왜 상처와 죽음의 기억에 머무는가? 진정 그리스도는 손

---

8 예수의 십자가형과 죽음에 이르는 묘사를 인유한 대목. 마르코의 복음서 15:37-38, 루가의 복음서 23:45-46 참조.

9 부활절 50일 후의 성령강림절을 인유한 대목. 요한의 복음서 14:16-17, 사도행전 2:1-42 참조.

발이 다 치유되어 온전하고 강건하며 기쁘게 부활하지 않았던가? 진정 십자가와 무덤으로 가는 길은 잊히지 않았던가? 그러나 아, 그렇지 않았다. 언제나 상처의 기억과 수의壽衣 냄새가 따라다녔다. 이 주기에서 부활은 십자가와 죽음에 비해 사소한 것이었다.

그렇게 아이들은 인류 영혼의 서사시인 기독교의 절기를 따라 살아갔다. 해마다 내면의, 미지의 드라마가 그들 속에서 진행되었다. 남루하고 하찮은 삶이지만 적어도 이 영원의 리듬을 지니고 있었기에, 그들의 심장은 탄생하여 성장하고 십자가에서 고난을 겪고 사망했다가, 다시 지치지 않고 수없이 많은 나날로 부활했다.

그러나 성탄절에 태어나 성금요일에 죽는 이 드라마는 이제 기계적 행위로 변하고 있었다. 부활절이 되면 생명의 드라마는 끝난 거나 다름없었다. 부활이 죽음의 그림자에 뒤덮여 생기를 잃었기에, 승천은 거의 주목받지 못했고 죽음의 확인에 지나지 않았다.

소망과 성취는 무엇이었나? 아니, 그건 모두 쓸데없는 죽음 뒤의 일, 창백하고 실체 없는 죽음 뒤의 일일 뿐이었나? 슬프고도 슬프다, 인간 마음의 열정이여, 몸이 죽기도 훨씬 전에 그렇게 죽어야 하다니.

수난과 고뇌의 시련을 겪은 후, 무덤으로부터 주의 몸은 찢겨 서늘하고 핏기 없이 부활했다. 그리스도가 "마리아야!" 부르고 그녀가 돌아서 주께 두 손을 뻗었을 때, 주는 급히 "내가 아직 아버지께 올라가지 않았으니 나를 붙잡지 말라"라고 이르지 않았던가.[10]

그렇게 물러났으니 그 손이 얼마나 기뻤으며 그 마음이 얼마나 흡족했겠는가. 아아, 죽은 몸의 부활이여! 아아, 머뭇거리듯 어렴

---

10 요한의 복음서 20:17.

풋이 나타난 부활한 그리스도여. 아아, 죽음 속 그림자요 완전한 적멸인 천국으로의 승천이여.

아아, 이렇게 금방 드라마는 끝났다. 서른세살에 생애가 마감되고 영혼의 한해 중 절반이 차갑고 묘연하다니! 아아, 부활한 그리스도가 우리 중에 거할 곳이 없다니! 아아, 슬픔과 죽음의 수난의 기억과 무덤이 부활이라는 희미한 사실을 압도해버리다니!

그러나 왜 그래야 하는가? 온전하고 무결하며 강한 생명으로 빛나는 나의 몸으로 부활하지 말라는 법이 있나? 막달라 마리아가 "라뽀니"[11] 하고 부를 때, 그녀를 안아 입 맞추고 품어주지 말라는 법이 있는가? 왜 부활한 몸이 상처투성이로 흉측해야 하는가?

부활은 생명을 향한 것이지, 죽음을 향한 것이 아니다. 부활한 이들이 온전하고 기꺼운 몸으로 봄과 정신이 완전한 여기 사람들 사이를 긷고, 몸으로 살고 몸으로 사랑하여 아이들을 낳으며, 상처나 흠 없이 온전하고 완벽하게, 아플 염려 없이 건강하게 사는 모습을 왜 보지 못한단 말인가? 이것이야말로 부활 이후 맞을 성년기이자 기쁨과 충만의 시기가 아닌가? 부활한 사람이 무엇 때문에 죽음과 십자가에 구속받을 것이며, 어느 누가 천국에 속한 신비하고 온전한 몸을 두려워하겠는가?

그렇다면, 슬픔을 떨치고 부활한 내가 기쁜 마음으로 이 땅을 걸을 수는 없을까? 내가 부활한 후 내 형제와 더불어 흥겹게 먹고, 사랑하는 이에게 기쁘게 입 맞추고, 동료들이 기뻐하는 가운데 잔치를 열어 내가 육신으로 결혼함을 축하하고, 열심히 내 일을 돌볼 수는 없을까? 천국이 나를 오라 재촉하며 이 땅을 심히 못마땅하게

---

11 히브리어로 '선생님'이란 뜻.

여겨서, 나는 서둘러 떠나거나 아니면 창백하고 무덤덤한 모습으로 머물러야 하는가? 십자가에 못 박힌 그 육신이 거리의 군중에게 독 같은 것이 되어버렸는가, 아니면 이 땅의 부엽토에서 피어난 첫 꽃송이처럼 그들에게 강렬한 기쁨과 소망으로 다가가는가?

11장
첫사랑

어슐라가 소녀 시절에서 성인기로 넘어가면서, 차츰 자기책임이라는 먹구름이 덮쳐왔다. 그녀는 자신을 의식하게 되었고, 분리되지 않은 혼돈 속에서 자신이 동떨어진 개체이며, 어딘가로 가서 무엇인가 되어야만 한다는 것을 깨닫게 되었다. 그게 두렵고 불안했다. 어째서, 아, 어째서 사람은 자라야 하고, 채 발견되지 않은 미지의 삶을 살아야 하는 이 무겁고 얼얼한 책임을 져야 하나? 무의 상태, 분화되지 않은 덩어리 상태에서 자신을 무언가로 만들어야 하다니! 그런데 뭐가 되지? 길도 없이 막막한 곳에서 방향을 잡아야 하다니! 그런데 어디로 가지? 어떻게 한걸음이라도 뗄 수 있을까? 그게 힘들다면, 어떻게 가만있을 수 있을까? 자기 삶의 책임을 물려받는 것, 이것이야말로 정말 괴로운 일이었다.

그녀에게 또다른 세계, 눈부시게 아름다운 유희의 세계였던 종교는, 그녀가 그 안에 살며 키 작은 사내[1]와 함께 나무에 오르고 제자 베드로처럼 비틀거리며 바다 위를 걷고 예수처럼 빵을 오천조 각으로 잘라 오천명에게 멋진 나들이 음식을 선사하던 종교는 이 제 현실에서 떨어져나가 한낱 이야기, 신화, 환상이 되어버렸다. 그 것이 역사적 사실로서 진실이라고 아무리 주장해봐도 사람들은 그 것이 진실이 아님을 알게 되었다. 적어도 그들이 사는 이 현재의 삶에서는 그랬다. 사람들이 아는 이 삶의 경계 내에서 오병이어五 餠二魚의 기적은 있을 수 없었다. 그리하여 소녀는 사람이 일상에서 경험할 수 없는 것은 그 자신에게 진실이 아니라고 믿는 지점에까 지 이르렀다.

그리하여 이제까지의 삶의 이원성이, 즉 한편으로는 사람들과 통학 열차와 의무와 숙제들로 된 평일의 세계가 있고 다른 한편에 는 바다 위를 걷고, 주의 얼굴을 봄으로써 눈이 멀고, 구름기둥을 따라 사막을 가로지르며, 타닥거리고 타오르지만 불타 없어지지 는 않는 떨기나무를 목격하던,[2] 절대적 진실과 살아 있는 신비로 된 일요일의 세계가 있던, 의심의 여지 없는 종전의 이 이원성이 돌연 쪼개져버렸다는 것이 드러났다. 평일의 세계가 일요일의 세계를 압도해버린 것이었다. 일요일의 세계는 현실이 아니었다. 적어도 당면한 현실은 아니었다. 그런데 사람이란 당장의 행동으로 사는

---

1 루가의 복음서 19장에 나오는 자캐오(삭개오)를 가리킴. 그는 부유한 세관장으 로서 키가 작았다.

2 차례로, 예수가 제자들에게 보여준 바다 위를 걷는 이적(마르코의 복음서 6:48; 마태오의 복음서 14:25), 사도가 되기 전 바울이 기독교인을 박해하러 시리아의 다마스쿠스로 가던 도중 예수를 만나 사흘간 눈이 먼 일화(사도행전 9:5-14), 모 세가 이집트에서 이스라엘 백성을 데리고 황야로 나왔을 때 여호와가 구름기둥 과 불기둥으로 지켜준 일화(출애굽기 13:17-22), 여호와가 불붙었으나 타지 않 는 떨기나무의 모습으로 모세 앞에 나타난 일화(출애굽기 3:4-5)를 가리킴.

것 아닌가.

평일의 세계만이 중요했다. 그녀 자신이, 어슐라 브랭귄이 평일의 삶을 감당해내야 하는 것이다. 그녀의 육신은 세상의 평가에 좌우되는 평일의 육신이어야 했다. 그녀의 영혼은 세상의 지식에 따라 평가되는 평일 세계의 가치를 갖추어야 했다.

그래, 행동과 행위로 된 평일의 삶을 살 일이었다. 따라서 자신의 행동과 행위를 선택할 필요가 있었다. 사람은 세상에 대해 자신의 행위를 책임지지 않으면 안 되었다.

아니, 세상에 대한 책임만이 아니었다. 자기 자신에게도 책임을 져야 하는 것이었다. 그녀 속에는 일요일 세계의 어떤 혼란스럽고 괴로운 잔재가 끈질기게 남아, 이제는 벗어던져버린 환영의 세계와의 연관성을 고집하는 것이었다. 어떻게 사람이 자신이 부인한 깃과의 관계를 지속할 수 있다는 긴가? 이제 그녀의 과제는 평일의 삶을 배우는 것이었다.

행동하는 법, 그게 문제인가? 어디로 가며, 어떻게 자기 자신이 될 것인지가? 나는 나 자신이 아니고, 나는 반쯤 말해진 질문일 뿐이었다. 어떻게 자기 자신이 되며 어떻게 자신에 관한 물음과 그 답을 알 것인가. 사람이란 이도 저도 아닌 미정의 존재, 허공의 바람처럼 이리저리 부유하는, 정의되지도 언술되지도 않은 존재일 뿐인데.

그녀는 미지의 바람결같이 핏속을 따라 흐르는 아득한 말들을 전해주던 환영에 의지해보았다. 그 말들이 다시 들렸지만, 그녀는 환영을 부인했다. 그녀는 환영이 진실로 통하지 않는 평일의 사람이어야 했고, 그 말들이 갖는 평일의 의미만 필요했기 때문이었다.

환영이 하는 말이 정말로 존재했다. 그리고 말이란 평일의 것이

므로 반드시 평일의 의미가 있어야 한다. 이제 말이 표현하도록 두자, 평일의 용어로 자신을 보여주게 하자. 환영은 평일의 용어로 번역되어야 한다.

"있는 것을 다 팔아 가난한 사람들에게 나누어주어라."[3] 주일 오전 설교에서 어슐라는 이런 말씀을 들었다. 그것은 자명했고, 월요일 아침에도 자명한 말씀이었다. 등교하려고 역으로 이어지는 언덕길을 내려가면서 그녀는 그 말씀을 자신에게 적용해보았다.

"있는 것을 다 팔아 가난한 사람들에게 나누어주어라."

그녀는 그러고 싶었던가? 뒷면에 진주 장식이 박힌 빗과 거울, 은촛대, 펜던트, 자그맣고 예쁜 목걸이를 팔아버리고 워리네 애들처럼 칙칙한 옷을 입고 싶었나? 구질구질하고 머리도 안 빗은, 그녀에게 '가난뱅이'인 워리네 애들처럼? 그러고 싶지 않았다.

이 월요일 아침, 어슐라는 비참한 심정으로 길을 걸었다. 옳은 일을 행하기를 진정으로 원했다. 그런데 성경이 이르는 대로 행하기는 정말로 원치 않았다. 그녀는 가난한 것이, 실제로 가난하다는 것이 싫었다. 추레한 워리네처럼 누구한테나 동정받고 사는 건 생각만 해도 끔찍했다!

"있는 것을 다 팔아 가난한 사람들에게 나누어주어라."

실제 삶에서는 그렇게 할 수 없었다. 그 사실에 그녀는 얼마나 침울해하고 낙심했던가!

다른 뺨을 돌려 댈 수도 없었다.[4] 테리사가 어슐라의 얼굴을 찰싹 때렸다. 어슐라는 기독교인의 겸손을 발휘해 가만히 다른 뺨을 댔다. 이걸 도전으로 여겨 폭발한 테리사가 그 뺨마저 때렸다. 이에

---

3 루가의 복음서 18:22.
4 마태오의 복음서 5:40 "누가 오른뺨을 치거든 왼뺨마저 돌려 대고" 참조.

어슐라는 속이 부글부글 끓었지만 얌전히 자리를 떴다.

그러나 화가 나고 속이 뒤틀릴 만큼 심한 수치심에 괴로워하다가 결국 테리사와 다시 싸움이 붙었고, 동생의 머리채를 뽑다시피하고서야 후련해졌다.

"너, 이젠 정신 차리겠지." 어슐라가 엄한 목소리로 말했다.

그러고는 자리를 떴다. 기독교인답지는 않았어도 속은 시원했다. 기독교의 이 겸손한 일면은 꺼림칙하고 굴욕적인 데가 있었다. 어슐라는 갑자기 반대 극단으로 치달았다.

"난 워리네가 싫어. 걔들이 죽어버리면 좋겠어. 아버진 왜 우리를 이렇게 가난하고 형편없이 살게 버려둔 거야? 왜 더 대단하지 못한 거야? 아버지라면 당연히 윌리엄 브랭귄 백작쯤은 돼야 하고 그러면 나도 어슐라 아씨일 텐데. 내가 어째서 가난하게 살아야 하는 거야, 꿈틀거리며 실바닥을 기어다니는 벌레처럼? 원래라면 초록색 승마복 차림으로 마부를 뒤세우고 말 등에 올라앉아 있어야 할 텐데 말이야. 그러다 오두막집 문간에 멈춰서 애를 안고 나온 아낙에게 발을 다친 그 집 남편의 상태가 어떤지 묻겠지. 그리고 말에서 몸을 구부려 아이의 아마빛 머리를 쓰다듬곤 지갑에서 1실링을 꺼내준 다음, 오두막으로 먹을 걸 좀 보내주라고 저택 주방에 명령하겠지."

그녀는 그렇게 의기양양하게 말을 타고 다녔다. 그러다 때로는 불 속으로 돌진해 거기 남겨진 아이를 구하고, 닫힌 운하에 뛰어들어 쥐가 난 소년을 도와주거나, 고삐 풀린 말에게 밟힐 뻔한 걸음마 떼는 아기를 휙 낚아채 구해내기도 했다. 물론 이 모두 상상 속에서였다.

그러나 결국에는 일요일의 세계로부터 사무치는 그리움이 다시 몰려왔다. 아침에 코세테이에서 내려오다가 일크스턴 언덕 위로 피어오르는 푸르스름하고 희미한 연기를 보았을 때, 그녀의 가슴은 아득한 말씀들로 요동쳤다.

"예루살렘아! 예루살렘아! 너는 예언자들을 죽이고 너에게 보낸 이들을 돌로 치는구나. 암탉이 병아리를 날개 아래 모으듯이 내가 몇 번이나 네 자녀를 모으려 했던가. 그러나 너는 응하지 않았다."[5]

그리스도를 향한, 안전하고 따뜻한 그 날개 아래 안기고픈 열정이 그녀 속에서 솟구쳤다. 그러나 이 마음을 어떻게 평일의 세계에 적용하지? 엄마가 아기를 보듬듯 그리스도가 그녀를 품에 꼭 안아 주는 것 말고 무얼 뜻할 수 있지? 아, 그리스도여, 그녀를 품에 안고 넋을 잃게 하는 이여. 아, 그녀가 피난처 삼아 영원히 은총 입을 이의 품이여! 그녀의 감각은 온통 연모의 열정으로 전율했다.

막연하게나마 그녀는 그리스도가 이와는 다른 것을 뜻하며, 환영의 세계에서 예루살렘이란 일상 세계에 존재하지 않는 어떤 것을 가리킨다는 것을 알았다. 그리스도가 그의 품에 안으려 한 것은 집이나 공장이 아니요, 집주인이나 공장노동자, 가난한 자들이 아니었다. 평일의 손과 눈으로는 만질 수도 볼 수도 없는, 평일의 세계와는 아무 관련 없는 어떤 것이었다.

그러나 그녀는 그것을 평일의 용어로 받아들여야만 했다. 그래야 했다. 그녀의 삶은 모두 평일의 삶이었고, 이젠 이것이 전부이기 때문이었다. 그러므로 그는 넓고 든든한 가슴팍에, 그녀가 사는 이 삶, 피가 도는 이 삶의 온기로 따스하며 심장박동이 들리는 그의 가슴에 그녀의 몸을 보듬어야 했다.

---

5 마태오의 복음서 23:37.

그렇게 그녀는 사람의 아들[6]의 품을 갈망하며 그 품에 안기기를 바랐다. 그리고 영혼 깊이 부끄럽고 또 부끄러웠다. 그리스도는 '환영'으로 하여금 응답토록 말씀하셨건만, 그녀는 평일의 사실로 응답했던 것이다. 그것은 환영의 세계로부터 일상적 사실의 세계로의 배신이자 의미의 전이였다. 그래서 그녀는 자신의 종교적 황홀경이 수치스러웠고 누가 알까 두려웠다.

연초에 새끼 양들이 태어나 짚으로 우리를 짓고 밤이면 등불 든 외삼촌 농장의 일꾼들이 개를 데리고 그곳을 지킬 때면, 환영의 세계와 평일의 세계 사이의 이런 격한 혼란이 또다시 그녀를 휩쓸었다. 시골 들판에서 그녀는 또다시 예수를 느꼈다. 아, 주님이 어린양을 들어 품에 안으시겠지! 아, 이제 그녀는 어린양이었다. 또 아침에 오솔길을 내려갈 때 암양 우는 소리가 들리면, 새끼 양들이 갓난 생명의 환희를 빛내며 뒤뚱뒤뚱 달려들었다. 새끼들이 웅크려 주둥이를 비비며 젖꼭지를 찾으려고 젖통을 더듬으면, 어미는 뜸직이 고개를 돌려 새끼들 냄새를 맡았다. 그러면 새끼들은 목을 위로 뺀 채 길고 가느다란 다리로 서서 젖을 빨았고, 어미에게서 따스하고 다정한 젖이 흘러들 때 그들의 갓 태어난 몸은 기쁨으로 떨리고 있었다.

아, 그 기쁨, 그 희열이란! 어슐라는 학교에 가려 해도 발이 떨어지지 않았다. 자그마한 주둥이로 젖통을 비벼대는 새끼들의 몸뚱이가 너무나 흥겹고 자신 있었으며 가느다란 검은 다리는 구부정했다. 어미는 가만히 선 채 새끼들이 부르르 떨며 다가올 때 몸을 내맡겼다가, 조금 후 가만히 곁을 떠났다.

---

6 예수가 스스로를 일컫는 말. 루가의 복음서 22:22, 마태오의 복음서 26:24 등 참조.

예수-환영의 세계-일상의 세계, 이 모두가 고통과 환희로 뒤범벅되어 뗄 수 없이 얽혀 있었다. 이 불가분의 혼란상은 고뇌에 가까웠다. 환영이신 예수가 환영과는 무관한 존재인 그녀에게 말씀하시다니! 그리고 그녀는 주의 영혼의 말씀을 가져다 자신의 육체적 욕망에 맞게 이용하고자 했다.

이것은 수치였다. 자신의 영혼에서 영적 세계를 물질적 세계와 혼동한다는 사실이 그녀는 수치스러웠다. 영혼의 부름에 즉각적이고 일상적인 욕망의 용어로 응답한 것이었다.

"고생하며 무거운 짐을 지고 허덕이는 사람은 다 나에게로 오너라. 내가 편히 쉬게 하리라."[7]

이에 어슐라는 세속적으로 응답했다. 관능적인 갈망을 품고 뛰어가 그리스도에게 응답했다. 진실로 예수께로 가서 그 품에 머리를 뉘고 위로받을 수 있다면, 그분이 애지중지 아이에게 하듯 쓰다듬어주시기만 한다면!

그녀는 내내 이런 종교적 갈망이 주는 혼란스러운 열기에 휩싸인 채 다녔다. 예수가 자신을 감미롭게 사랑해주기를, 그녀의 관능적인 헌신을 받아들이고 관능적으로 반응해주기를 바랐다. 몇주간 그녀는 쾌락의 상념에 잠겨 있었다.

그러는 내내, 그녀는 부정한 짓을 하고 예수의 사랑을 그녀 자신의 육체적 만족을 위해 받아들이고 있다는 것을 내심 알고 있었다. 그렇긴 해도 너무나 혼란스럽고 뒤엉킨 상태였다. 어떡하면 자유로워질 수 있을까?

그녀는 자신이 미워서 짓밟아 부숴버리고 싶었다. 사람들은 어

---

7 마태오의 복음서 11:28.

떻게 자유로워질까? 그녀는 자신의 혼란을 가중시켰기에 종교가 미웠다. 만사가 싫었다. 아주 즉각적인 필요, 즉각적인 만족 말고는 모든 것에 굳어 있고 무관심하며 가혹할 만치 냉담해지고 싶었다. 예수를 사모하면서도 결국 그녀 자신의 나른한 감각에 맞추려고 그를 이용하거나, 그녀 자신에게 반응을 불러일으킬 수단으로 이용하고 만다는 것에 종국에는 불같이 화가 났다. 그럴 때면 예수도 없어지고 감상적인 기분도 사라졌다. 무력감이라는 쓰디쓴 증오에 휩싸여 감상적인 기분에는 질색했다.

바로 이 시기에 청년 스크리벤스키가 등장했다. 열여섯살이 다 된 어슐라는 날씬하고 불만 가득한 소녀로서, 말수가 적었지만 가끔은 끝도 없이 조잘대기도 했다. 그럴 때면 자신의 온 마음을 털어놓는 것 같았지만, 실제로는 대외용으로 쓸 자기 영혼의 또 하나의 모조품을 만든 데 불과했다. 그녀는 극도로 예민해서 늘 고통스러웠고, 자신을 가리기 위해 늘 냉담하고 무관심한 체했다.

이즈음 그녀는 갑자기 히스테리를 부리는가 하면 혼곤히 고민에 잠기곤 해서 가는 데마다 골칫거리였다. 그녀는 영혼이라도 바칠 듯 상대방을 간절하게 대했다. 하지만 그러면서도 마음 깊은 곳에는 늘 유치한 불신의 적대감이 도사리고 있었다. 그녀는 자기가 모두를 사랑하고 모두를 믿는다고 생각했다. 그러나 자기 자신을 사랑하지 않고 믿지도 못했기에, 뱀이나 사로잡힌 새가 사람을 못 믿듯 모든 이를 불신했다. 불쑥불쑥 솟는 역겨움과 미움이 사랑의 충동보다 못 말릴 정도였다.

그래서 어슐라는 어두운 혼돈의 나날들을 영혼도 없이, 아직 창조되지도 못한 채, 정해진 형상도 없이, 씨름하듯 힘겹게 지냈다.

어느 날 저녁 거실에서 턱을 괴고 공부하고 있을 때, 부엌에서 낮

선 목소리들이 들려왔다. 흥분하기 쉬운 그녀의 영혼이 무덤덤한 상태에 있다가 단박에 깨어나 쫑긋 귀를 기울였다. 마치 남의 눈에 띄기 싫어서 긴장한 채 웅크리고 숨어 빤히 응시하는 모양새였다.

낯선 두 남자의 목소리가 들렸다. 하나는 나긋한 솔직함으로 가려진 부드럽고 진솔한 목소리였고, 다른 하나는 편하고 자유자재한 듯 빠른 말투였다. 어슐라는 놀라 정신을 빼앗겨 공부를 잊어버리고 바싹 긴장한 채 앉아 있었다. 귀 기울이는 내내 말에는 거의 신경 쓰지 않고 목소리에 주의를 기울였다.

첫번째 음성의 주인공은 외삼촌 톰이었다. 속을 드러내지 않고 한없이 비참한 영혼을 숨기는 그 천진한 솔직함으로 외삼촌인 줄 알았다. 그런데 저렇게 술술 넘어가면서도 격한 기운이 느껴지는 다른 목소리는 누구지? 바로 그 다른 목소리가 그녀에게 앞으로 나서라고 재촉하는 듯했다.

"부인은 기억이 납니다." 젊은이의 목소리가 들렸다. "처음 뵀을 때 알아봤습니다, 검은 눈과 하얀 얼굴을 뵈니까요."

브랭권 부인은 수줍고 흐뭇해서 웃었다.

"자넨 아이 적에 곱슬머리였지." 그녀가 말했다.

"그랬나요? 맞아요, 생각납니다. 모두들 제 곱슬머리를 아주 자랑스러워하셨죠."

웃음소리가 나더니 조용해졌다.

"아주 예의 바른 소년이었던 게 기억나는군." 어슐라의 아버지가 말했다.

"아! 제가 주무시고 가라고 했죠? 손님이 오시면 늘 그렇게 청하곤 했답니다. 그래서 저희 어머니가 정말 힘드셨을 거예요."

모두 크게 웃었다. 어슐라가 일어섰다. 나서야만 했다.

찰칵, 문고리 돌리는 소리에 모두 돌아보았다. 소녀는 일순 지독한 당혹감에 사로잡혀 문간에 멈춰 섰다. 그녀는 예쁘게 보일 생각이었다. 그 순간, 어깨를 어디 둘지 몰라 잠시 멈춰 선 그녀의 모습은 매력적이지만 어색했다. 검은 머리를 뒤로 묶었고, 황갈색 눈동자는 둘 데를 모르고 반짝였다. 그녀 뒤로 보이는 거실에는 펼쳐진 책들 위로 등불이 은은히 비치고 있었다.

어슐라가 스스럼없이 외삼촌에게 다가가자, 톰은 입을 맞추며 따뜻이 맞이했다. 조카와 아주 가깝다는 것을 보여주는 동시에 그 자신은 완전히 무심하다는 점을 분명히 하는 몸짓이었다.

그렇지만 어슐라는 낯선 방문객 쪽으로 돌아서고 싶었다. 그는 약간 물러서서 기다리고 있었다. 아주 맑은 잿빛 눈동자를 가진 젊은이였는데, 누가 청할 때까지는 아무 표정도 띠지 않을 것 같은 눈빛이었다.

침착하게 기다리는 그의 어떤 면모가 마음을 움직였고, 그녀는 어색하지만 예쁘장한 웃음을 띠고서 흥분한 아이처럼 숨을 가다듬으며 그에게 손을 내밀었다. 그의 손이 아주 밀접히, 아주 가깝게 그녀의 손을 감쌌고 그는 고개 숙여 인사했다. 관심 어린 눈동자가 어슐라를 주시하고 있었다. 그녀는 우쭐해서 날아갈 것 같았다.

"어슐라야, 너 스크리벤스키 군 모르지." 톰 삼촌의 친근한 목소리가 들렸다. 그녀는 그를 안다고 선언하듯 일순 환해진 표정으로 낯선 청년을 올려다보고는, 두근거리고 흥분되어 웃었다.

그의 눈동자가 흥분해 당황한 빛을 띠었고, 초연하게 주의를 기울이던 태도가 그녀에게 적극적인 쪽으로 바뀌었다. 그는 날씬한 몸매에 연갈색 머리를 독일식으로 위로 빗어 올린 스물한살 된 청년이었다.

"오래 있을 거야?" 어슐라가 물었다.

"한달 휴가를 받았습니다." 톰 브랭귄을 쳐다보며 그가 대답했다. "하지만 들를 데가 많아서요, 여기저기서 조금씩 지낼 겁니다."

그는 그녀에게 바깥세상의 느낌을 강하게 전해주었다. 마치 언덕 꼭대기에 올려진 듯 온 세상이 그녀 앞에 펼쳐져 있다는 느낌이 어렴풋이 들었다.[8]

"어디서 한달 휴가를 받은 거야?" 그녀가 물었다.

"공병대 소속이야. 군에 있어."

"아!" 그녀가 마음에 들어서 감탄을 표했다.

"우리 때문에 네가 공부하는 데 방해가 되는구나." 톰 삼촌이 말했다.

"아, 아니에요." 그녀가 얼른 대답했다.

스크리벤스키가 웃었다. 젊고 민감한 웃음이었다.

"얘는 누가 방해할 때까지 진득이 있지도 않아." 아버지가 말했다.

그러나 그 말은 좀 어색하게 들렸다. 어슐라는 아버지가 그녀의 일은 자신이 직접 말하게 됐으면 싶었다.

"공부하는 거 안 좋아해?" 스크리벤스키가 자기 경우를 생각하며 그녀 쪽을 돌아보고 질문을 던졌다.

"몇몇 과목은 좋아해." 어슐라가 말했다. "라틴어와 프랑스어는 좋아, 문법도 좋고."

그가 어슐라를 유심히 보았다. 그가 전 존재로 그녀에게 집중한 듯하더니 곧 고개를 저었다.

"난 공부를 안 좋아해." 그가 말했다. "군대에서 머리 좋은 인재

─────────────
8 루가의 복음서 4:5 "그러자 악마는 예수를 높은 곳으로 데리고 가서 잠깐 사이에 세상의 모든 왕국을 보여주며" 참조.

는 전부 공병대에 있다고들 하거든. 난 그래서 거기 지원한 것 같아, 머리 좋은 사람들 덕 좀 보려고."

그는 이 말을 약간 비웃듯 유감스러운 투로 뱉었다. 어슐라는 그를 향해 신경을 곤두세웠다. 그 말이 그녀의 관심을 끌었다. 뛰어난 인재건 아니건 간에 그가 흥미로웠다. 그의 단도직입적인 면이 매력적이었고, 구애받는 데 없는 몸짓 역시 그랬다. 그녀는 자신에게 다가오는 그의 생명의 움직임을 알아보았다.

"난 머리 좋은 건 중요한 게 아니라고 생각해." 그녀가 말했다.

"그럼 뭐가 중요한데?" 톰 삼촌의 친근하고 어루만지는 듯한 조롱 투의 목소리가 들렸다.

어슐라가 외삼촌 쪽을 돌아보았다.

"용기가 있느냐 없느냐, 그게 중요하죠." 그녀가 말했다.

"뭘 할 용기 말이냐?" 외삼촌이 물었다.

"모든 걸 다 할 용기요."

톰 브랭귄의 얼굴에 날카로운 미소가 설핏 스쳤다. 어슐라의 부모는 듣기만 할 뿐 말없이 앉아 있었다. 스크리벤스키는 기다렸다. 그녀는 그가 들으라고 말하고 있었다.

"모든 거라면 아무것도 아닌 거지." 외삼촌이 웃었다.

그 순간 그녀는 외삼촌이 싫었다.

"얘는 자기가 설교하는 걸 실천은 안 해." 아버지가 의자에 앉아 몸을 들썩이더니 다리를 꼬며 말했다. "진짜 하찮은 일에나 용기를 내지."

그러나 그녀는 대꾸할 생각이 없었다. 스크리벤스키는 가만히 앉아서 기다렸다. 그는 얼굴이 말쑥하지 않고 너부죽하니 못생긴 편으로 코가 좀 뭉뚝했다. 그러나 눈은 투명해서 특이할 정도로 맑았고, 갈색 머리카락이 비단처럼 부드럽고 풍성했으며 콧수염도 약간 있었다. 피부가 좋고 몸매는 호리호리하니 아름다웠다. 그의 곁에 있으니 톰 삼촌은 시들기 직전의 활짝 핀 꽃 같았고 아버지는 투박해 보였다. 그렇지만 스크리벤스키는 그녀의 아버지를 연상시켰다, 단지 더 세련되어서 광이 나는 듯 보였을 뿐. 얼굴은 못생긴 축이었다.

그는 마치 어떤 변화도 의문도 넘어선 듯, 주어진 자기 존재를 그냥 묵묵히 받아들이는 듯했다. 그는 그 자신이었다. 그에게는 그녀를 매혹하는 숙명의 느낌이 있었다. 그는 다른 사람들에게 스스로를 입증하려는 노력을 전혀 하지 않았다. 그 자신의 존재, 그것이 있는 그대로 받아들여지게 두라. 고립된 상태로 그의 존재는 자신에 대해 아무런 핑계도 해명도 하지 않았다.

그래서 그는 완벽하게, 숙명적일 정도로 확립된 듯 보였고, 자신이 존재할 수 있기 위해, 타자와 관계 맺을 수 있기 위해 스스로 조금이라도 바뀔 생각이 없었다.

이 점이 엄청나게 어슐라의 마음을 끌었다. 그녀는 영향받을 일이 생길 때마다 새로운 모습으로 갈아타는 줏대 없는 인간들을 익히 보아왔다. 톰 삼촌은 늘 다소간 남들이 기대하는 모습으로 살았다. 그 결과 아무도 진짜 톰 삼촌을 알지 못했고, 그는 겉모습만 어느 정도 일관될 뿐 가변적이고 마뜩잖은 유동적인 존재일 따름이었다.

그렇지만 스크리벤스키는 저 하고픈 대로 행동하게 해도, 자신을 완전히 드러내도, 언제나 자기 단독의 책임으로 스스로를 드러냈다. 그는 자신에 대해 어떠한 의문도 허용치 않았다. 자신의 고립에 있어서 그는 돌이킬 수 없었다.

그래서 어슐라는 그가 멋지다고, 체격이 정말 번듯하고 개성도 뚜렷하며 자족적이고 자립적이라고 생각했다. 이 사람이야말로 신사야, 숙명 같은 본성을, 귀족의 본성을 지녔어, 그녀는 속으로 중얼거렸다.

　그녀는 자신의 꿈을 위해서 즉각 그를 붙들었다. 여기 바로 사람의 딸을 보고 아름답다고 생각한 하느님의 아들 같은 이가 있었다. 그는 아담의 아들이 아니었다. 아담은 비굴했어. 아담은 자기가 태어난 땅에서 굽실대며 쫓겨나지 않나. 그 이래로 인류는 자기 존재를 찾으려 애쓰며 거지처럼 살지 않았던가. 하지만 안톤 스크리벤스키에게 구걸이란 가당치 않았다. 그는 그 자신을, 바로 그것을 소유하고 있었고 그뿐이었다. 타인은 그에게 진실로 아무것도 줄 수 없었고, 그로부터 아무것도 받을 수 없었다. 그의 영혼은 홀로였다.

　어슐라는 자기 부모가 그를 인정한다는 것을 알았다. 집안 분위기가 바뀌어 있었다. 귀인이 방문한 것이다. 아브라함의 천막 문에서 천사가 와서 그에게 인사하고 머물며 그와 더불어 먹으니,[9] 그들은 떠나며 아브라함의 집안을 영원히 풍요롭게 하였더라.

　다음 날 어슐라는 초대를 받고 마시 농장으로 내려갔다. 그 두 남자는 아직 오지 않았다. 그때, 창문을 통해 이륜마차가 다가오고 스크리벤스키가 풀쩍 뛰어내리는 모습이 보였다. 그녀는 그가 몸을 움츠렸다 뛰어내린 다음 마차를 몰고 있는 그녀의 외삼촌에게 웃어 보이고서 그녀가 있는 집 쪽으로 다가오는 것을 보았다. 움직이는 모습이 아주 자연스럽고 거리낌 없었다. 그는 자신만의 분명

---

9 창세기 18:1-8 참조.

하고 멋진 분위기 속에 고립되어 있었고, 운명으로 정해진 것처럼 정지해 있었다.

자기 운명에 안주하는 점 때문에 그는 게으르고 거의 나른해 보였다. 생동감 넘치는 움직임이라곤 찾아볼 수 없었다. 자리에 앉은 그는 흐트러지고 늘어져 보였다.

"우리가 좀 늦었지." 그가 말했다.

"어디 갔다 왔어?"

"아버지 친구분 뵈러 더비에 갔었어."

"누구신데?"

이렇게 직설적으로 묻고 있는 그대로 답을 듣는 것이 그녀에게는 모험이었다. 이 남자라면 그렇게 해볼 수 있다는 것을 그녀는 알았다.

"아, 그분도 목사님이셔. 내 후견인이야, 그중 한분이지."

어슐라는 그가 고아라는 사실을 알고 있었다.

"이제 진짜 네 집은 어디야?" 그녀가 물었다.

"내 집? 글쎄. 난 상관인 대령님을 아주 좋아해, 헵번 대령님이시지. 그리고 이모들도 있고. 그렇지만 진짜 내 집은 군대인 것 같아."

"자립해서 사는 게 좋아?"

그의 초록빛 감도는 잿빛의 또렷한 눈이 잠시 그녀에게 머물렀다. 그리고 생각에 잠길 때는 그녀를 보지 않았다.

"그런 것 같아." 그가 말했다. "우리 아버지 알지, 음, 아버진 이곳에 전혀 동화되지 못하셨어. 아버진 바라셨지만 — 정확히 뭘 바라셨는지 나야 모르지 — 그건 참 스트레스 받는 일이었어. 그리고 어머니는, 어머닌 내게 너무 잘해주셨다고 늘 생각해. 내게 너무 잘해주신다는 걸 느낄 수 있었지, 우리 어머니는 그랬어! 그러다 난 아주 일찍이 학교로 떠났어. 나한테는 바깥세상이 목사관보다 늘 더 편한 집이었던 건 분명해, 이유는 모르겠지만."

"둥지 떠난 새 같은 심정이야?" 그녀는 전에 본 적 있는 구절을 써서 물었다.

"아니, 그건 아냐. 모든 게 내 맘에 맞게 돌아가더라고."

그는 그녀에게 광대한 세상의 느낌, 아득한 곳들과 인류 대중의 감각을 더욱 진하게 전해주는 것 같았다. 향기가 멀리서 벌을 불러들이듯 그 점이 그녀를 끌어당겼다. 그러나 아프게도 했다.

여름이었고, 어슐라는 치맛단이 넓게 퍼지는 면 원피스를 입고 다녔다. 세번째 만난 날, 어슐라는 흰 칼라가 달린 청백 줄무늬 원피스에 커다란 흰 모자 차림이었다. 그 모습이 그녀의 화사한 낯빛과 잘 어울렸다.

"그 옷 입은 모습이 제일 예뻐." 고개를 실쩍 기울이고 시시 그가 말했다. 그녀를 감각적으로 느끼면서도 비판적으로 감상하는 투였다.

그녀는 새로운 생활이 짜릿했다. 처음으로 그녀는 환상 속의 자신과 사랑에 빠졌다. 이를테면 그의 눈에 비친 자신의 자그맣고 멋진 모습을 보았다. 그 이미지에 따라 행동해야 했고 아름다워야만 했다. 갑자기 옷에 관심이 생겨서 외모를 예쁘게 꾸미는 데 온 정성을 쏟았다. 식구들은 어슐라의 이런 갑작스러운 변모를 어리둥절하게 바라보았다. 자기가 만든 화려한 면 원피스에 취향대로 모자를 구부려 쓰니 정말로 우아해졌다. 어떻게 입을지 영감이 떠올랐다.

스크리벤스키가 그녀 할머니의 흔들의자에 약간 나른한 모양새로 앉아 앞뒤로 천천히 몸을 흔들고 있을 때, 어슐라가 말을 걸었다.

"가난한 건 아니지?" 그녀가 말했다.

"돈이 없냐고? 일년에 내 앞으로 150파운드 정도 나오니까, 가난할 수도 풍족할 수도 있어. 실은 좀 가난한 편이지."

"하지만 돈 벌 거잖아?"

"월급 받을 거야, 지금도 받고 있고. 장교 임관했어. 150파운드 더 나와."

"더 받게 되긴 하겠지?"

"앞으로 십년간은 연간 200파운드 이상은 못 받을 거야. 월급만 가지고 살려면 늘 쪼들리겠지."

"마음에 걸려?"

"쪼들리는 거? 지금은 안 그래, 많이 신경 쓰이진 않아. 나중엔 그렇겠지만. 사람들이, 장교들이 잘해줘. 헵번 대령님은 나를 어떻게 만들고픈 꿈 같은 걸 갖고 계셔. 그분은 부자야, 그런 거 같아."

냉랭한 기운이 어슐라를 덮쳤다. 그는 어떻게든 자신을 팔아먹으려는 걸까?

"헵번 대령은 결혼했어?"

"응, 따님이 둘 있어."

하지만 그녀는 그 말을 듣는 순간에도 너무 자신만만했기에 헵번 대령의 딸이 그와 결혼하고 싶어 하건 말건 신경 쓰지 않았다.

침묵이 흘렀다. 구드런이 들어왔고, 스크리벤스키는 여전히 께느른하게 의자에 앉아 흔들거렸다.

"오빠, 진짜 게을러 보여요." 구드런이 말했다.

"나 게을러." 그가 대답했다.

"진짜 축 늘어진 것 같네요." 그애가 말했다.

"늘 축 늘어져 있어." 그가 대답했다.

"좀 멈출 수 없어요?" 구드런이 요구했다.

"안 돼, 이건 멈추지 않는 영구운동 기관[10]이야."

"몸에 뼈가 하나도 없는 것 같아요."

"바로 그런 느낌이면 좋겠어."

"오빠 취향이 별로예요."

"유감이구나."

그리고 그는 계속 의자를 흔들었다.

구드런이 스크리벤스키 뒤에 앉아 의자가 뒤로 기울어질 때 엄지와 검지로 그의 머리카락을 잡아서 의자가 다시 앞으로 기울어지자 머리카락이 당겼다. 그는 상관하지 않았다. 마루 위에 흔들의자 삐걱대는 소리만 들렸다. 고요하게, 마치 게처럼, 구드런은 그가 뒤로 기울어질 때마다 머리카락 한올을 잡았다. 어슐라는 낯을 붉히고 약간 피로운 심정으로 앉아 있있다. 그의 미간에 짜증이 밀려드는 게 보였다.

마침내 스크리벤스키가 용수철 튀어오르듯 갑자기 벌떡 일어나더니 난로 앞 깔개 위에 섰다.

"빌어먹을, 의자도 맘대로 못 흔드냐?" 심통이 난 그가 격하게 말했다.

어슐라는 그가 나른하게 있다가 갑자기 쇠처럼 튕겨오르는 모습이 마음에 들었다. 그는 씩씩거리며 깔개 위에 서 있었고, 화가 나서 눈동자가 번들거렸다.

구드런이 느긋하고 속 모를 웃음을 터트렸다.

"남자가 흔들의자를 굴리진 않죠." 그애가 말했다.

---

10 외부에서 한번 동력을 공급하면 추가 공급 없이도 자동으로 영원히 움직인다는 가상의 기관.

"여자애가 남자 머리카락을 당기진 않아." 그가 말했다.

구드런이 또 웃었다.

어슐라는 자리에 앉아 재미있게 지켜보면서도 기다리고 있었다. 그리고 그는 그녀가 자기를 기다리고 있다는 걸 알았다. 그 사실이 그의 피를 흥분시켰다. 그는 그녀에게 가서 그녀의 부름에 따라야 했다.

한번은 그가 그녀를 이륜마차에 태우고 더비에 갔다. 그는 왕립 공병대의 기마대 소속이었다. 그들은 식당에서 점심을 먹고 시장 통 구경을 했으며 모든 게 다 즐거웠다. 그가 가판대에서 『폭풍의 언덕』을 사주었다. 그때 소규모 축제 마당이 열린 것을 보고 그녀가 말했다.

"아빠가 스윙보트를 태워주시곤 했어."

"재미있었어?" 그가 물었다.

"아, 좋았어!" 그녀가 말했다.

"지금 탈까?"

"좋아." 그렇게 대답했지만 그녀는 겁이 났다. 그러나 색다르고 흥분되는 일을 해본다는 기대가 거부할 수 없이 매혹적이었다.

그는 곧장 매표소로 가서 돈을 지불하고 그녀가 올라타는 것을 도와주었다. 그는 자기가 지금 하고 있는 일 외에는 모조리 무시하는 것 같았다. 그에게 타인들이란 아무 관심 없는 대상에 불과했다. 그녀는 그만둘까 주저하는 마음도 들었지만, 군중에게 자기 모습을 드러내거나 과감히 스윙보트를 타는 것보다 그 앞에서 물러나는 게 훨씬 창피했다. 그의 눈에 웃음기가 스치더니, 예리하고 민첩한 모습으로 그녀 앞에 서서 보트가 흔들리도록 조정했다. 어슐라는 무섭지 않았다. 짜릿했다. 그의 안색이 붉어지고 눈동자가 흥분한 빛으로 반짝였다. 그녀가, 햇살 아래 꽃송이처럼 그렇게도 빛나고 매력적인 그녀의 얼굴이 그를 올려다보았다. 그들은 환한 허공으로 내달려 투석기에서 튕긴 듯 하늘 높이 올랐다가 무서울 정도로 털썩 떨어졌다. 어슐라는 이것이 좋았다. 그 움직임이 그들의 피가 끓도록 부채질하는 듯했고, 두 사람은 불꽃 같은 기분으로 소리내어 웃었다.

스윙보트를 탄 다음 그들은 회전목마를 타며 흥분을 가라앉혔다. 덜컥거리는 목마 위에 걸터앉아 어슐라 쪽으로 몸을 돌린 스크리벤스키는 한결같이 편안하고 즐거워 보였다. 인습에 대한 열렬한 반감이 그를 온전히 그 자신이 되도록 만들었다. 단조로이 이어지는 음악 소리와 함께 빙빙 돌아가는 회전목마를 타면서 그녀는 바깥의 바닥에 서 있는 사람들을 의식했다. 그와 그녀가 무리 지은 사람들의 얼굴 위를 무신경하게 타고 지나고 있는 듯했다. 서들린 군중들의 얼굴 위로 언제까지나 활기차고 당당하게, 겁 없이 달려 보통 사람들 무리를 걷어차버리듯 더 높은 단계로 계속 나아갔다.

그들이 걸어 내려와야 했을 때 어슐라는 기분이 우울했다. 거인이 갑자기 평범한 수준으로 추락해 군중들에게 좌우되는 느낌이었다.

그들은 축제장을 떠나 마차로 돌아왔다. 커다란 성당[11]을 지날 때, 어슐라는 안을 들여다보지 않을 수 없었다. 하지만 실내는 온통 공사용 발판 천지였다. 떨어진 석재와 쓰레기가 바닥에 쌓였고 발 밑에는 석회 조각들이 부스러져 있었으며 인부들이 서로 불러대는 목소리와 망치 두드리는 소리가 성당 안에 메아리쳤다.

---

11 성 베드로 성당. 더비에 있는 유일한 중세 성당으로 1898년에 복구되었다.

그녀는 축제장에서 군중의 얼굴 위로 함부로 놀이기구를 탄 후, 통제되지 않는 자신에게 다시 찾아온 갈망을 가득 담아 잠시나마 이 완전한 어둠과 평안의 장소에 뛰어들었던 것이다. 그 무엇보다 자만과 자조가 쓰라렸기에, 자만의 순간 후에 위로와 위안을 얻기 바랐다.

그런데 이 영원한 어둠의 장소에 들어와보니, 그곳은 석회 조각이 벗겨지고 석회 먼지가 둥둥 떠다니며 묵은 석회 냄새로 가득했다. 발판과 쓰레기가 사방에 쌓여 있고 제단 위엔 먼지막이 천이 덮여 있었다.

"잠시만 앉아 있을까." 그녀가 말했다.

그들은 눈에 띄지 않는 뒷줄의 컴컴한 데 앉았고, 그녀는 벽돌공들과 미장이들이 지저분하고 어수선하게 작업하는 모습을 지켜보았다. 묵직한 장화를 신은 일꾼들이 삐걱거리는 통로를 내려오면서 사투리로 소리 질렀다.

"어이, 자네, 그쪽 귀퉁이 쇠시리 다 된 겨?"

성당 지붕 쪽에서 거칠게 내뱉는 대답이 들렸다. 건물 전체로 울리는 소리가 황량했다.

스크리벤스키는 그녀에게 바싹 붙어 앉았다. 그녀가 보기엔 모든 것이, 폐허로 무너진 이 세상이, 그리고 표면 위로 무사히, 제멋대로 기어 나온 그와 그녀가 무시무시하면서도 멋졌다. 그는 바싹 붙어 앉아서 그녀를 만졌고, 그녀는 자신에게 뻗쳐오는 그의 영향력을 의식했다. 그러나 기뻤다. 밀착해오는 그의 손길에 흥분되었다. 마치 그의 존재가 그녀를 어떤 상태가 되도록 부추기는 듯했다.

마차를 타고 집으로 돌아가는 길에 그는 그녀 가까이 앉았다. 몸이 마차 쪽으로 쏠리자 육감적으로, 머뭇거리듯 그녀에게 기댔고,

균형을 잡기 위해 반대편으로 기울 때도 그랬다. 그는 아무 말 없이 무릎 덮개 아래 있는 어슐라의 손을 잡고서, 초점 없는 얼굴로 도로 쪽을 바라보며 영혼은 몰입한 상태로 한 손으로 그녀의 장갑 단추를 끄르더니, 손에서 장갑을 조심스레 밀어내 맨손이 드러나게 했다. 꼼꼼하게, 본능적으로 섬세하게 건드리는 그의 손가락이 소녀에게 정신을 잃을 만큼 관능적인 즐거움을 주었다. 컴컴한 지하 세계에서 솜씨 좋게 밀고 손을 놀려 장갑을 벗겨서 그녀의 맨손 바닥과 손가락을 드러내는 살아 있는 동물처럼, 그의 손은 너무나 멋지고 열중해 있었다. 그런 다음 그의 손이 그녀의 손을 너무도 확고하게, 너무도 가까이 그러잡아서 두 손은 마치 한 몸처럼 꽉 얽혔다. 그동안에도 그의 얼굴은 도로와 말의 귀를 주시했고, 여러 마을을 통과하면서도 한결같은 주의력을 잃지 않았다. 그리고 어슐라는 새로운 빛에 눈멀어 황홀하게 반짝이며 그의 곁에 앉아 있었다. 두 사람 중 누구도 입을 열지 않았다. 바깥세상을 향하는 두 사람의 의식은 완전히 분리되어 있었다. 그러나 그들 사이에는, 꽉 잡은 손아귀에는 그의 살과 그녀의 살이 맺은 합의가 있었다.

잠시 후, 그가 짐짓 가볍고 태연한 체 낯선 목소리로 말했다.

"아까 성당에 앉아 있으니까 잉그램 생각이 났어."

"잉그램이 누군데?" 그녀가 물었다.

그녀도 차분하고 아무렇지 않은 체했다. 하지만 금지된 뭔가가 다가오고 있다는 것을 알았다.

"채텀에서 같이 근무하던 소위야, 나이는 한살 위지만."

"근데 성당에서 왜 그 사람 생각이 났어?"

"응, 그 친구가 로체스터에 사귀는 여자가 있었거든. 근데 둘이 늘 성당 한구석에 앉아서 사랑을 나눴어."

"정말 멋지네!" 어슐라가 충동적으로 소리쳤다.

그들은 서로의 말을 잘못 알아들었던 것이다.

"그런데 단점도 있긴 했어. 성당지기가 한바탕 난리를 쳤거든."

"어쩜 좋아! 성당에 앉아 있지도 못하나?"

"모두들 그건 불경스러운 행위라고 여기나봐, 너랑 잉그램이랑 그 여자만 빼고 말이야."

"난 그게 불경스러운 일이라고 생각지 않아. 옳은 거지, 성당에서 사랑을 나누는 건 말이야."

그녀가 거의 도전적으로, 자기 영혼을 거슬러서 말했다.

그는 잠잠했다.

"괜찮은 여자였어?"

"누구, 에밀리? 응, 괜찮은 편이었지. 모자 판매원이었는데, 잉그램이랑 나다니는 걸 사람들이 보는 건 질색했어. 참 안됐지, 정말로. 성당지기가 그들을 몰래 엿보고 이름을 알아내서 한참이나 난리를 쳤거든. 그후로 그 일을 모르는 사람이 없었어."

"그 여잔 어떻게 됐는데?"

"런던의 큰 상점으로 옮겼어. 잉그램은 아직도 걜 만나러 올라가."

"그 여잘 사랑하나?"

"사귄 지 이제 일년 반 됐어."

"그 여자 어떻게 생겼어?"

"에밀리? 조그맣고 수줍음 타는 여자지, 눈썹이 예쁘고."

어슐라는 이 말을 한참 곱씹었다. 꼭 저 바깥세상에서 벌어지는 진짜 로맨스 같았다.

"군인들은 다 애인이 있어?" 자신의 대담함에 놀라면서 그녀가 물었다. 그러나 그녀의 손은 여전히 그의 손에 꽉 쥐여 있었고, 그의 얼굴은 아까와 다름없이 태연한 외관을 유지하고 있었다.

"다들 늘 이런저런 멋진 여자 이야기를 해, 술 취하면 여자 얘기를 더 많이 하고. 대부분 휴가 받자마자 바로 런던으로 내달리지."

"왜?"

"별별 멋진 여자 만나러 가는 거지."

"어떤 여자들인데?"

"여러 부류야. 대개 여자 이름은 자주 바뀌는 편이야. 아주 연애 대장인 동기 한놈이 있거든. 늘 옷가방을 챙겨두고 있다가 휴가 받으면 역으로 곧바로 튀어서 찻간에서 갈아입지. 객실에 누가 있건 말건 상의를 휙 벗어젖히고 적어도 상반신 단장은 해."

어슐라는 약간 떨리면서도 궁금했다.

"그 사람은 뭐가 그리 바쁜 거야?" 그녀가 물었다.

그녀의 목구멍이 점점 딱딱하고 뻣뻣해져왔다.

"그 친군 늘 여자 생각을 하거든, 아마 그럴 거야."

어슐라는 오싹해서 몸이 굳었다. 그렇지만 욕정과 방종의 이 세계가 매혹으로 다가왔다. 화려한 무모함으로 여겨졌다. 그녀 삶의 모험이 막 시작되고 있었다. 그것은 아주 화려해 보였다.

그날 저녁, 어슐라는 늦게까지 마시 농장에 머무르다가 스크리벤스키가 집까지 바래주었다. 그에게서 떨어질 수 없었기 때문이었다. 그리고 그녀는 무언가 더 기다리고 또 기다리고 있었다.

이른 밤의 온기 속에 그들 주위로 새로운 그림자들이 드리우고, 그녀는 또다른, 더 단단하고 아름다우며 덜 개인적인 세계에 있다고 느꼈다. 이제 새로운 어떤 상태가 열리려는 참이었다.

그는 그녀와 나란히 걸으며 전과 똑같이 조용하고도 단호하게 다가와 그녀의 허리에 팔을 두르고 부드럽게, 너무도 부드럽고 은 근하게 끌어당겼고, 그의 팔이 그녀를 단단히 압박해왔다. 어슐라 는 몸이 둥둥 떠내려가는 듯했다. 앞으로 나아가는 그의 단단한 몸 의 표면에 실려, 까무러지도록 감미롭게 나아가는 그의 허리에 기 대어 발이 땅에 닿지 않는 것 같았다. 그녀가 까무러지는 동안 그 는 얼굴을 더 가까이 숙였고, 그녀는 그의 어깨에 머리를 기대어 자기 얼굴에 쏟아지는 그의 따뜻한 숨결을 느낄 수 있었다. 그러자 부드럽게, 아, 부드럽게, 실신할 만큼 너무나 부드럽게 그의 입술이 그녀의 뺨을 건드렸고, 어슐라는 뜨겁고 컴컴한 길을 따라 떠내려 갔다.

아직 그녀는 기다렸다. 혼절하듯 떠내려가면서도 동화 속 잠자 는 숲속의 공주처럼 기다렸다. 그녀가 기다리자 그의 얼굴이 다시 숙어지며 입술이 그녀의 얼굴에 따뜻하게 다가왔고, 두 사람의 발 걸음이 머뭇거리다 멈춰 나무 아래 가만히 섰다. 그러는 동안에도 그의 입술은 그녀의 얼굴에 머물러 꽃에 앉은 나비처럼 가만히 기 다렸다. 그녀가 가슴을 조금 더 가까이 밀착하자, 그가 몸을 움직여 두 팔로 그녀를 안고 더 가까이 끌어당겼다.

그런 뒤 어둠 속에서 그는 고개를 숙여 부드럽게 어슐라의 입에 자신의 입을 가져갔다. 그녀는 두려워하며, 자기 입술에 닿은 그의 입술을 느끼면서 그의 품에 가만히 안겨 있었다. 어찌할 바를 몰라 가만히 있었다. 그러자 그의 입이 더 가까이 다가와 그녀의 입을 눌러 열었다. 온몸을 적시는 뜨거운 열기가 그녀 안에서 솟구쳐 그 에게 입술을 열었고, 휘몰아치는 고통과 가슴 저림 속에서도 그를 더 가까이 당겨 더 깊이 다가오게 하여, 그의 입술이 다가와 부드 럽게, 아, 부드럽게, 그렇지만 강력한 밀물처럼 저항할 수 없이 밀

려들고 밀려들자, 마침내 그녀는 뜻 모를 신음을 뱉으며 떨어져나
갔다.

그녀는 곁에서 거칠고 낯설게 몰아쉬는 그의 숨소리를 들었다.
무섭고도 너무나 멋진 그의 낯선 느낌이 그녀를 사로잡았다. 그렇
지만 그녀는 이제 자기 안으로 조금 움츠러들었다. 그들은 머뭇머
뭇 언덕의 물푸레나무 아래를 그림자처럼 일렁이며 걸어갔다. 그
녀의 할아버지가 수선화를 들고 청혼하러 걸어갔던 곳이자, 지금
어슐라가 스크리벤스키에게 기대어 걷고 있듯이 예전 그녀의 어머
니가 젊은 남편에게 바싹 기대어 걷던 곳이었다.

어슐라는 이파리 무성한 나무의 검은 가지들이 머리 위로 늘어
지고 고운 물푸레나무 잎들이 여름밤을 빗질하는 것이 느껴졌다.

그들은 서로 얽어맨 듯 몸을 바싹 붙인 채 걸었다. 그가 그녀를
쏙 안은 채 두 사람은 실을 빙 돌아 넌 길로 갔다. 그러는 내내 그녀
는 누가 몸을 떠받쳐서 발이 땅에서 떨어지고, 불어오는 산들바람
처럼 발걸음이 가벼운 기분이었다.

그가 다시 입 맞추려 했지만 그날 밤에는 아까처럼 깊이 다다르
는 키스는 하지 않았다. 이제 그녀는 알았다, 키스가 무엇을 의미할
수 있는지를. 그래서 그에게 다가가기가 더 어려웠다.

그녀는 여명의 빛이 자기 안에 있어 떠받쳐주듯이 짜릿한 온기
로 포근함을 느끼며 잠자리에 들었다. 그리고 깊이, 달게, 아, 정말
로 달게 잤다. 아침에 그녀는 자신이 향기롭고 단단하게 들어찬 밀
이삭처럼 온전하다고 느꼈다.

그들은 아직 실현하지 못한 것을 궁금해하는 새내기 연인으로
지냈다. 어슐라는 아무에게도 말하지 않았다. 자신만의 세계에 완
전히 빠져 있었던 것이다.

그러나 잘난 체하고픈 야릇한 마음에 비밀을 털어놓을 가짜 친구를 찾아야 했다. 에델이라는 조용하고 사색적이며 진지한 학교 친구가 있었는데, 어슐라는 에델에게 자기 이야기를 털어놓지 않을 수 없었다. 그녀가 자기 비밀 이야기를 하는 동안 에델은 고개를 숙인 채 아무 내색 않고 귀 기울여 들었다. 부드럽고 섬세하게 애무해주는 그이 손길이, 아, 정말이지 달콤했어! 어슐라는 노련한 연애꾼이나 된 듯 이야기했다.

"어떻게 생각해?" 어슐라가 물었다. "남자한테 키스를, 장난 삼아 하는 거 말고 진짜 키스를 허락하는 게 못된 거니?"

"그렇겠지," 에델이 말했다. "경우에 따라 다르겠지만."

"코세테이 언덕의 물푸레나무 아래서 나한테 키스했거든. 옳지 않은 것 같아?"

"언제 했는데?"

"목요일 밤에 날 집에 데려다주던 길에. 근데 진짜 키스야, 진짜 키스…… 그인 육군 장교야."

"몇시였는데?" 신중한 에델이 물었다.

"몰라, 9시 반쯤일 거야."

잠시 아무 말이 없었다.

"내 생각에 그건 잘못된 거야." 에델이 홱 고개를 들며 말했다. "넌 그 사람 알지 못하잖아."

약간 경멸하는 말투였다.

"아냐, 알아. 반은 폴란드 혈통에다 남작이기도 해. 영국에서 '경卿'에 해당하는 거야. 우리 할머니랑 그이 아버지가 친구 사이셔."

그러나 두 친구 사이는 날이 섰다. 어슐라는 이제 안톤이라 부르는 남자와의 관계를 강하게 내세우느라 정말로 자신을 지인들과 분리하고 싶은 듯했다.

스크리벤스키는 코세테이에 자주 왔다. 어슐라의 어머니가 그를 좋아했기 때문이었다. 애나 브랭귄은 스크리벤스키에게 아주 침착하며 모든 걸 당연하게 받아들이는 귀부인 같은 존재가 되었다.

"애들 아직 안 자요?" 청년과 같이 들어오면서 어슐라가 뿌로통해서 소리 질렀다.

"삼십 분 안에 자리에 들 거다." 어머니가 대답했다.

"정말이지 조용할 때가 없다니까." 어슐라가 소리쳤다.

"어슐라야, 애들도 살아야지." 어머니가 말했다.

그리고 이 점에 있어서 스크리벤스키는 어슐라와 맞지 않았다. 그녀는 왜 저렇게 우기는 걸까?

그렇긴 하지만 스크리벤스키도 어린애들이 끝도 없이 멋대로 구는 꼴을 두고 보지 않는다는 걸 어슐라는 알았다. 그는 그녀의 어머니에게 아주 정중히 대했고, 이에 대해 브랭귄 부인은 편안하고 다정하게 환대해주었다. 침착하게 자기 위치를 누리는 어머니의 그런 특성이 어슐라는 흐뭇했다. 브랭귄 부인의 지위를 약화시키는 건 있을 수 없는 일 같았다. 공적인 관계에서 그녀는 누구에게도 굽히지 않을 사람이었다. 어슐라의 아버지와 스크리벤스키 사이에는 메울 수 없는 침묵이 흘렀다. 두 남자는 간혹 몇마디씩 나누긴 했지만 터놓고 얘기한 적이 없었다. 아버지가 청년과 맞섰다가 자기 내면으로 물러나는 모습에 어슐라는 뛸 듯이 기뻤다.

어슐라는 이 집안에서 스크리벤스키의 존재가 자랑스러웠다. 빈둥거리고 나른하며 무심한 그의 태도가 거슬리면서도 매혹적이었다. 그것이 엄청난 젊은 생기와 결합된 자유방임 정신의 산물임을 알고 있었다. 하지만 그런 태도가 몹시 거슬리기도 했다.

그럼에도 불구하고, 그녀는 자기 집에서 그가 가볍고 느긋하게 지내면서 어머니와 그녀 자신에게 언제나 배려 깊고 정중하게 대하는 모습이 뿌듯했다. 방 안에 그녀를 의식하는 그가 있다는 건 정말 멋진 일이었다. 그녀가 확실한 매력의 진원지이고 그는 그녀를 향해 흐르는 물결인 듯해서, 그녀는 풍요롭고 확장된 느낌이었다. 정중함과 공감은 모두 어머니 몫일지라도 깜박이는 불꽃 같은 그의 몸은 그녀를 향하고 있었다. 그녀가 그것을 붙잡고 있었다.

어슐라는 자기 힘을 입증해야만 했다.

"내 작은 목각 보여주려고 했는데." 그녀가 말했다.

"그게 뭐 보여줄 수준이 되냐." 아버지가 말했다.

"보러 갈래?" 문 쪽으로 몸을 기울이며 그녀가 물었다.

그러자 그의 얼굴은 그녀 부모의 뜻에 맞추고픈 기색이었지만 몸은 이미 의자에서 일어나 있었다.

"목각은 헛간에 있어." 그녀가 말했다.

그리고 그는 자기 기분이야 어떻든 그녀를 따라 문밖으로 나갔다.

헛간에서 그들은 키스 놀이를 했다. 정말로 키스 놀이였다. 달콤하고 짜릿한 게임이었다. 그녀가 도전하듯 만면에 웃음을 띠고 그에게로 돌아섰다. 그러면 그는 즉각 이 도전을 받아들였다. 한 손 가득 그녀의 뒤통수 머리카락을 부여잡고 부드럽게 그 속에 손을 넣은 채 가만히, 점점 더 그녀의 얼굴을 자기 쪽으로 당겼다. 그러면 그녀는 도전하듯 숨을 헐떡이며 웃었고, 이에 응답하는 그의 눈동자는 게임을 즐기느라 번득였다. 그는 키스하며 그녀에게 자기 의지를 내세웠고, 그녀도 되받아 키스하며 자신이 그를 의도적으로 갖고 논다는 걸 내세웠다. 그들 둘 다 사랑이 아닌 불장난을 하고 있는 이 놀이가 대담하고 분별없고 위험한 짓임을 알았다. 온 세상에 대한 일종의 도전 의식이 그녀를 사로잡았다. 단지 자신이 원하니까 그에게 키스하겠다는 식이었다. 그리고 그는 자기가 섬기는 척하는 모든 것에 보복의 일격을 가하듯 냉소주의 같은 자기 내면의 무모함으로 맞받아쳤다.

이러는 그녀는 너무도 아름답고, 만개하듯 피어나 너무도 밝게 빛났다. 가슴이 너무나 두근거리고 기막히게 연약했으며 아프게, 부당하게 위험에 몸을 던졌다. 이 모습이 그의 내면의 광기 같은 것에 불을 붙였다. 햇빛 속에 활짝 피어나 간들거리는 한송이 꽃처럼 그녀는 그를 유혹했고 그에게 도전했으며, 그녀의 도전에 응하면서 그의 내면에서 무언가가 단단히 굳어졌다. 그리고 사무치게, 부모하게 터트리는 그녀의 모든 웃음 아래에는 흐느끼는 눈물이 있었다. 그래서 그는 미칠 지경이있다. 욕망으로, 아픔으로 미칠 지경이 되어, 그것을 풀 유일한 길은 그녀의 육체를 소유하는 것뿐이었다.

그렇게 동요하고 두려운 상태로 그들은 부엌에 있는 부모에게 돌아와 아무렇지 않은 척 시치미를 뗐다. 그러나 이제 그들로서는 진정시킬 수 없는 무언가가 두 사람 속에서 깨어났다. 그것이 그들의 감각을 강화하고 고양했으며, 그들의 존재는 더 생생하고 강력해졌다. 그러나 그 밑바닥에는 모든 것이 덧없다는 사무치는 감정이 있었다. 그들 양측 모두의 엄청난 자기주장 때문이었다. 그는 그녀 앞에서 자기를 내세우며 자신이 한없이 남자답고 한없이 매력적이라고 느꼈고, 그녀도 그 앞에서 자기를 내세우며 자신이 더없이 사랑스럽고 그래서 더없이 강하다는 것을 알았다. 결국 그런 열정으로부터 이들이 얻어내는 것이란 삶의 다른 모든 것과 대립되는 그 자신의, 혹은 그녀 자신의 최대한의 자아상 말고 무엇이겠는가? 거기에는 무언가 유한하고 서글픈 구석이 있었는데, 인간 영혼이란 그 최고 단계에서 무한의 느낌을 원하기 때문이다.

그럼에도 불구하고 이제 그것은, 이 열정은, 그를 상대로 한계 지어지고 규정되면서 그녀 자신의 최대한의 자아를 알고자 하는 어슐라의 열정은 시작되었고, 계속되어야 했다. 그녀는 남성인 그를 상대로 스스로를 한계 짓고 규정할 것이며, 남성을 상대로 절묘하게 자신을 내세우고 남성과 극도로 대립된 상태에서 한순간 승리를 거둠으로써 그녀 최대의 자아가, 여성인, 아, 여성인 자아가 될 것이었다.

다음 날 오후, 그가 와서 좀 얼쩡거리다가 그녀와 같이 교회당으로 건너갔다. 그녀의 아버지는 그에게 점점 화가 쌓여갔고, 어머니는 딸에 대해 냉랭해지고 있었다. 그렇지만 그녀의 부모는 행동 면에서는 천성적으로 너그러웠다.

어슐라와 스크리벤스키, 두 사람은 함께 교회 마당을 가로질러 교회 안 은신처로 뛰어갔다. 그곳은 화창한 오후의 바깥보다 어두웠지만 활 모양의 석조건물 사이로 그윽한 빛이 들어 아주 감미로웠다. 창유리가 다홍색, 청색으로 불타올라 그들의 은밀한 석조건물 그늘에 화려한 그림 같은 무늬 커튼을 만들어주었다.

"밀회 장소로는 완벽하군." 그가 숨죽인 목소리로 주위를 둘러보며 말했다.

그녀도 낯익은 교회 내부를 둘러보았다. 어둑한 고요함 때문에 으스스했다. 그러나 눈동자에는 대담한 빛이 가득했다. 여기서, 여기서 그녀의 굴하지 않는 매력적인 여성적 자아를 내세우리라. 여기서, 빛보다 더 정열적인 이 컴컴한 어둠 속에서 불꽃 같은 자신의 여성적 꽃을 활짝 피우리라.

그들은 잠시 떨어져 있다가, 욕망하던 접촉을 위해 작정한 듯 서로에게 돌아섰다. 그녀가 그에게 팔을 두르고 자기 몸을 그의 몸에 꼭 밀착시켰다. 손으로 그의 어깨와 등을 꽉 잡으니 그를 속속들이 느낄 듯했고, 그의 젊고 팽팽한 몸을 속속들이 알 것 같았다. 그 몸은 너무나 멋지고 단단했으나 너무나 절묘하게 그녀의 지배와 통제 아래 있었다. 그녀가 그에게 입을 갖다대더니 그의 키스를 한껏 들이마시고 넘치도록, 넘치도록 들이마셨다.

정말 좋았어, 정말 정말 좋았어. 그녀는 그의 키스로 충만하게, 밝게 빛나는 강한 햇살을 들이켠 듯 충만하게 보였다. 너무도 황홀하게 들이마셨기에 그녀의 내부가 온통 밝게 빛나고 햇살이 저 아래서 가슴을 두드리는 것 같았다.

그녀가 뒤로 물러나 그를 바라보았다. 그녀는 햇살에 비친 구름처럼 광채가 났고 발그레 상기되어 너무나 아름답고 만족한 모습이었다.

그에게는 이것이, 그녀가 너무도 빛나고 만족했다는 것이 씁쓸했다. 그녀는 자기만의 희열에 충만해 그는 안중에도 없었고, 그가 자신과 같지 않을 수 있다는 생각은 추호도 못 한 채 그를 보고 웃었다. 천사처럼 빛나는 모습으로 그녀는 그와 함께 교회 밖으로 나갔다. 그 발걸음이 꽃송이 위를 내딛는 빛줄기 같았다.

그녀 곁에서 걷는 그의 영혼은 질식할 것 같았고, 그의 몸은 불만에 가득 찼다. 그녀는 그를 상대로 이다지도 손쉬운 승리를 얻을 셈이었나? 그로서는 이 순간 행복이라고는 가뭇없고 오로지 고통과 혼란스러운 분노뿐이었다.

한여름, 건초 수확이 끝나갈 무렵이었다. 토요일이면 다 끝날 것 같았다. 그렇지만 토요일은 스크리벤스키가 떠나는 날이었다. 더머무를 수 없었다.

떠나는 날이 정해졌기에 그는 그녀에게 아주 부드럽고 다정해졌고 포근하게, 너무도 부드럽고 달콤하게, 은근히 다가와 입 맞추어서 그들 둘 다 몽롱할 지경이었다.

귀대 전 마지막 금요일에 그는 그녀가 하교하기를 기다렸다가 시내로 데려가서 차를 마셨다. 그런 다음 자동차를 대절해 집까지 데려다주기로 했다.

자동차를 타게 되어 그녀는 더없이 흥분되었다.[12] 그 역시 이 마지막 묘수가 아주 자랑스러웠다. 그는 어슐라가 이런 낭만적 상황에 눈을 반짝이며 신나 하는 모습을 보았고, 그녀는 격한 기쁨에 망아지처럼 고개를 쳐들고 쿵쿵 숨을 들이쉬었다.

차가 모퉁이를 돌자 어슐라가 스크리벤스키 쪽으로 기울어졌다. 몸이 닿자 그녀는 그를 느낄 수 있었다. 먹이를 찾듯 재빠르고 충동적으로 그의 손을 찾아 자기 손에 꼭 그러쥐었다. 두 손이 완전히 밀착해 얽혀서 그들은 마치 두명의 아이 같다. 그러나 그들은 더이상 아이가 아니었다.

바람이 어슐라의 얼굴로 불어들었고 바퀴에서 진흙이 부드럽게, 때로 거칠게 튀었다. 방금 벤 은빛 건초가 여기저기 쌓여 있고 은빛 하늘 아래 나무들이 무리 지어 늘어선 시골길은 검푸르렀다.

어슐라의 손이 새로운 의식을 느끼며 불안하게 그의 손을 꼭 잡았다. 그들은 한동안 아무 말도 하지 않았으나, 손을 꼭 잡은 채 빛나는 두 얼굴은 서로를 외면한 채 앉아 있었다.

---

12 1899년 당시 노팅엄 전체에 자동차가 단 세대뿐이었다.

이따금 차가 흔들려 어슐라가 그에게로 쏠렸다. 그들은 차가 흔들려 서로에게 닿기를 기다렸다. 하지만 아무 말 없이 차창 밖을 내다보았다.

어슐라는 쏜살같이 지나가는 낯익은 시골 풍경을 보았다. 하지만 지금, 그것은 낯익은 시골이 아니었다. 동화의 나라였다. 풀이 무성한 언덕 위에 헴록 바위[13]가 서 있었다. 비 내리는 이 아득한 초여름 저녁, 마법의 나라에서 그것은 아주 낯설게 보였다. 까마귀 몇 마리가 나무에서 날아오르고 있었다.

아, 스크리벤스키와 함께 차에서 내려 그 누구도 가보지 못한 저 마법의 땅으로 들어갈 수만 있다면! 그러면 그들은 마법에 걸린 사람이 되어 이 지루하고 관습적인 자아를 벗어버릴 텐데. 시시각각 변하는 은빛 하늘 아래 저 산비탈에서, 까마귀떼가 쏟아지는 검은 얼룩들처럼 사라져버리는 그곳에서 거닐 수만 있다면! 그들이 초저녁 내음을 맡으며 촉촉이 젖은 건초 더미를 지나 쏘는 듯 싸늘한 대기 속에서 인동초가 감미로운 향기를 내뿜고, 스치는 나뭇가지에서 물방울이 차갑고 사랑스럽게 얼굴 위로 후드득 떨어지는 그 숲속으로 걸어갈 수만 있다면!

그러나 그녀는 여기 차 안에 그와 함께, 그의 곁에 있었다. 열망에 찬 그녀의 치켜든 얼굴 위로 바람이 세차게 불어와 머리카락을 흩날렸다. 그가 고개를 돌려 그녀를, 조각품처럼 매끈한 얼굴과 바람에 휘날린 조각 같은 머리카락과 위로 쳐든 그녀의 멋지고 예리한 코를 주시했다.

영민하고 말쑥한 처녀인 그녀를 보는 것이 고통스러웠다. 그는

---

13 노팅엄 스태퍼드에 있는 돌출한 바위 언덕.

스스로 목숨을 끊어서 자신의 끔찍한 송장을 그녀 발치에 내던지고 싶었다. 자신에게 달려들어 갈가리 찢어버리고픈 욕망이 극드로 고통스러웠다.

갑자기 그녀가 그를 바라보았다. 그는 그녀에게 닿을 듯 웅크리고 있는 듯했고 미간을 움찔 찡그리는 것 같았다. 그러나 그녀의 반짝이는 눈과 빛나는 얼굴을 보자마자 표정이 바뀌면서 그녀를 향해 이전의 그 무모한 웃음기가 환히 떠올랐다. 그녀는 완벽한 기쁨을 느끼며 그의 손을 꽉 잡았고, 그는 가만히 있었다. 그런데 갑자기 그녀가 몸을 수그리더니 그의 손에 입을 맞췄다. 고개 숙여 진심으로 경의를 표하듯 입 맞추었다. 그의 피가 뜨겁게 끓어올랐다. 하지만 그는 가만있었고 아무 움직임도 보이지 않았다.

그녀는 깜짝 놀랐다. 차가 코세테이로 들어서고 있었다. 스크리벤스키가 떠날 때가 다가오고 있었다. 그러나 이 모두가 마법 같았다. 그녀의 잔은 빛나는 포도주로 가득 찼고 눈동자는 반짝일 뿐이었다.

스크리벤스키가 운전석을 가볍게 두드려 도착했다는 신호를 했다. 차가 주목들 옆을 빙 돌아 섰다. 그녀는 그에게 손을 내밀고 여학생답게 천진하고 간단한 작별 인사를 했다. 그리고 밝게 빛나는 얼굴로 서서 그가 떠나는 모습을 지켜보았다. 그가 차를 타고 가야 한다는 사실이 그녀에겐 전혀 중요하지 않았다. 자신의 빛나는 황홀경에 도취해 있었던 것이다. 그에게서 나온 빛으로 가득 차 있었으므로 그녀는 그가 가는 모습을 보지 않았다. 이렇게 경이로운 빛으로 밝게 빛나는데 그녀가 어찌 그를 아쉬워할 수 있겠는가?

침실로 돌아와서 어슐라는 허공으로 두 팔을 뻗고 통렬한 황홀감에 젖었다. 아, 이것은 그녀의 변신, 자신의 초월이었다. 그녀는 허공의 그 모든 숨겨진 광채 속으로 자신을 내던지고 싶었다. 그것이 거기, 거기 있었다! 그것과 만날 수만 있다면!

그러나 이튿날 아침, 그녀는 그가 가고 없다는 것을 알았다. 그녀가 느낀 영광스러운 감정이 일부 사그라졌다. 하지만 기억에서는 결코 그렇지 않았다. 아주 생생했다. 그럼에도 그리움만 남긴 채 그것은 사라져버렸다. 더 깊은 그리움이, 새록새록 꺼내볼 감정이 그녀의 영혼 속에 깃들었다.

그녀는 누가 건드리거나 질문할까봐 피해다녔다. 의기양양했으나 너무도 미숙하고 너무도 예민했다. 오, 제발 아무도 건드리지 말아주길!

그녀는 혼자 달릴 때 제일 행복했다. 아, 주위 사물을 보지 않고 그냥 일체가 되어 오솔길을 따라 달리면 정말 즐거웠다. 자신의 보물을 독차지한다는 건 정말이지 즐거웠다.

휴일이면 그녀는 자유로웠다. 그때는 대부분 혼자 달리거나 다람쥐가 다니는 정원 한구석에 웅크리고 있거나 잘린 나무에 매달아놓은 해먹에 누워 지냈고, 그러면 새들이 가까이, 아주 가까이 오곤 했다. 아, 비라도 내리면 마시 농장으로 휭하니 달려가 건초 쌓인 헛간 다락에 누워 책을 보며 숨어 있었다.

그러는 내내 스크리벤스키 꿈을 꾸었다. 또렷할 때도 있었지만 꿈이 몽롱할 때 제일 행복했다. 그는 그녀의 꿈을 따스하게 물들이는 이였고, 꿈속에서 고동치는 뜨거운 피였다.

기분이 가라앉았거나 언짢을 때면 그의 외모, 그의 복장에 대해 곰곰이 생각하며 그가 준 연대 마크가 찍힌 단추를 들여다보았다. 그의 병영 생활을 상상하기도 했다. 그리고 그의 눈에 비친 자신의 모습을 애써 떠올려보았다.

그의 생일이 8월이어서 그녀는 공들여 케이크를 만들었다. 선물을 주는 건 적절치 않을 것 같았다.

그들은 간단히 연락했고 대부분 엽서를 주고받았는데, 그것도 가끔 하는 정도였다. 하지만 케이크를 보내려니 편지를 써야 했다.

친애하는 안톤에게. 자기 생일이라서 날이 아주 화창해진 것 같아.

케이크를 만들어봤어, 한해 동안 좋은 일 많기를. 입에 맞지 않으면 안 먹어도 돼요. 엄마가 자기가 혹시 이 근방에 오면 우리 집에 들르라고 하셔.

진실한 벗
어슐라 브랭귄

그에게 보내는 것이라도 편지 쓰기는 지겨웠다. 어쨌거나 종이에다 뭐라고 끄적이는 건 그들과는 아무 상관 없는 일이었다.

맑은 날이 시작되어 새벽부터 저녁까지 수확기가 들판 위를 윙윙거리며 계속 돌았다. 스크리벤스키에게서 소식이 왔다. 그도 시골인 솔즈베리 평원[14]에서 근무 중이며, 이제 야전부대 소위가 되었다고 했다. 머지않아 며칠 휴가를 받아서 마시 농장에서 있을 결혼식에 참석할 예정이라고 했다.

추수가 끝나자마자 외삼촌 프레드 브랭귄이 일크스턴 출신의 교사와 결혼하기로 되어 있었다.

뜨겁고 감미로운 가을이 푸른 황금빛으로 어둑할 무렵 추수가 끝이 났다. 어슐라에게 이때는 세상이 그 가장 부드럽고 순수한 꽃

---

14 군사훈련 지역.

76

을, 치커리꽃과 사프란꽃을 활짝 피워낸 것 같았다. 하늘은 푸르고 향기로웠고, 바람에 나부끼는 꽃처럼 보이는 오솔길 아래 노란 잎들이 발치에서 도르르 굴러가며 내는 슬프고 애처로운 소리가 어슐라의 마음에 애절한 음악으로 들렸다. 가을 향기는 그녀에게 여름의 광기와도 같았다. 그녀는 붉은 자줏빛 소국을 보곤 겁먹은 나무 요정처럼 달아났다. 밝은 노란색 국화 향이 너무도 강렬해 취해서 춤추듯 비틀거렸다.

그 무렵 외삼촌 톰 브랭귄이 돌아왔다. 언제나 그렇듯 그림에 나오는 냉소적인 바쿠스 신 같았다. 그는 흥겨운 결혼식을 추수 기념 식사 및 결혼 피로연과 다 합쳐서 치르고 싶어 했다. 집 안마당에 천막을 치고 밴드를 불러 춤도 추면서 옥외에서 거창하게 잔치를 열자고 했다.

신랑인 프레드는 반대했지만 톰의 생각을 받아주어야 했다. 똑 부러지고 잘생긴 신부인 로라 역시 왁자글한 잔치를 원했다. 이런 예식이 교육받은 사람인 그녀의 감각에 맞았다. 그녀는 솔즈베리 전문대학을 나왔고 민요와 모리스 춤[15]도 알았다.

그리하여 톰 브랭귄의 지휘 아래 예식 준비가 시작되었다. 안마당에 대형 천막을 쳤고, 커다란 모닥불 두개를 피울 준비를 했다. 악사들을 고용하고 나니 잔치 준비가 다 끝났다.

스크리벤스키는 아침에 도착할 예정이었다. 어슐라는 부드러운 크레이프 천으로 된 하얀 새 드레스를 입고 흰 모자를 썼다. 그녀는 흰옷을 좋아했다. 검은 머리카락에 피부가 맑고 금빛이 돌아서 크레올 사람[16]처럼 남반구나 열대지방 느낌이 났다. 색깔 있는 건

---

15 영국 민속무용의 하나.
16 유럽 식민지였던 서인도제도와 남미 출생 원주민 내지 흑인과 유럽인의 혼혈인.

하나도 걸치지 않았다.

그날 결혼식 참석을 준비하면서 그녀는 살짝 떨었다. 신부 들러리를 서기로 되어 있었다. 스크리벤스키는 오후가 되어야 도착할 것 같았다. 예식은 2시였다.

예식에 참석했던 하객들이 마시 농장으로 돌아올 무렵, 스크리벤스키는 농장 거실에 서 있었다. 창문을 통해 신랑 들러리를 선 톰이 예복에 흰 조끼를 입고 각반을 두른 채, 팔짱을 끼고 웃는 어슐라와 함께 너무도 우아하게 정원 통로를 올라오는 모습이 보였다. 톰 브랭귄은 미남으로 안색이 여자처럼 볼그레하고, 검은 눈동자에 까만 콧수염을 짧게 단장했다. 그렇지만 그렇게 잘난 모습에도 불구하고 그에게는 어딘지 은근히 조잡하고 외설적인 데가 있었다. 특이하고 육감적인 콧구멍이 아주 단단하고 넓게 벌어졌으며, 정면에서 보면 거의 대머리인 그의 잘 빠진 두상은 머리숱이 없어 보기에 거슬렸고 부드러운 머리 형체가 고스란히 드러났다.

스크리벤스키는 어슐라보다 그녀의 외삼촌 쪽을 보았다. 어슐라는 외삼촌 톰과 같이 있을 땐 늘 그렇듯이 혼란스러운, 특이하고 표현하기 어려우며 불안한 생기로 빛나고 있었다.

그렇지만 스크리벤스키를 보자 이런 모습은 모두 사라졌다. 그녀는 자신의 운명처럼 속 모를 얼굴로 거기서 기다리고 있는, 날씬하고 변화 불가능한 그 청년만 보았다. 그는 그녀 너머에 있었다. 느슨하고 얼핏 말을 연상시키는 외모 때문에 아주 남자답고 이국적으로 보여서 그녀가 가닿을 수 없었다. 하지만 그 얼굴은 부드럽고 매끈하며 예민했다. 그녀는 그와 악수했다. 그녀의 목소리는 새벽녘 파드닥 깨어난 새 울음 같았다.

"결혼식 하니까 정말 좋지 않아?" 그녀가 큰 소리로 말했다.

그녀의 검은 머리카락에 색종이 조각들이 붙어 있었다.

그는 마치 자신을 잃어버리고 온통 희미하고 모호하며 미숙한 존재인 듯 또다시 혼란에 휩싸였다. 그러나 그는 말처럼 굳건하고 남자답기를 원했다. 그가 그녀를 따라갔다.

가벼운 티타임이어서 하객들이 이리저리 흩어졌다. 진짜 잔치는 저녁에 있을 예정이었다. 어슐라는 스크리벤스키와 함께 짚단 쌓인 곳을 지나 들판으로 걸어가서 둑길에서 운하 쪽으로 올라갔다.

지나치며 본 새 짚단들은 크고 황금빛이었고, 한 무리의 흰 거위들이 시위하듯 꽥꽥거리며 몰려갔다. 어슐라는 새하얀 솜뭉치처럼 가벼웠고, 스크리벤스키는 미정未定의 상태로 그녀 곁에서 떠내려가듯 걸었다. 그의 이전 형태가 느슨해지더니 잿빛의 희미한 다른 자아가 마치 봉오리에서 피어나듯 천천히 움직였다. 그들은 의미 없는 가벼운 대화를 나누었다.

운하의 푸른 물줄기가 가을 녘 산울타리 사이를 부드럽게 굽이돌아 초록빛 구릉 쪽으로 흘러들었다. 왼편으로는 전체적으로 시커멓고 정신 사나운 탄광과 철로와 읍내가 언덕 위로 솟아 있었고 그 꼭대기에 교회 탑이 있었다. 탑에 붙은 둥근 시계가 저녁 햇살을 받아 하얀 점처럼 또렷이 보였다.

저 길이 암울함과 매혹이 들끓는 읍내를 지나 런던으로 가는 길이구나, 하고 어슐라는 느꼈다. 반대편에는 푸른 목초지와 강변의 구불구불한 오리나무들, 그리고 그 너머 그루터기들이 흐릿하게 뻗은 위로 저녁이 그윽하게 펼쳐졌다. 거기서 저녁 빛은 은은히 반짝였고 댕기물떼새마저 호젓이 날갯짓하고 있었다.

어슐라와 안톤 스크리벤스키는 그 사이로 난 운하 둑길을 따라 걸었다. 산울타리 위 산딸기가 잎사귀들 위로 진홍색, 다홍색을 띠고 있었다. 저녁 햇살과 공중에서 맴도는 외로운 댕기물떼새와 희미한 새소리가 탄갱의 분주한 소음과 건너편 읍내의 어둡고 매연 섞인 긴장감을 맞이하고 있었고, 두 사람은 하늘 가운데 드리운 리본 같은 청색 띠 모양의 수로를 걸어갔다.

햇볕에 그을린 그의 손과 얼굴이 아주 잘생겨 보였다. 그는 말편자 박는 법과 도축용 소 고르는 법을 배웠다고 말하던 중이었다.

"군인인 게 좋아?" 그녀가 물었다.

"정확히 군인은 아니야." 그가 대답했다.

"그렇지만 전쟁 준비만 하잖아." 그녀가 말했다.

"그렇지."

"전쟁에 나가고 싶어?"

"내가? 글쎄, 흥분될 것 같아. 전쟁이 나면 나가고 싶겠지."

이상하고 불안한 느낌이, 강력한 비현실감이 어슐라를 엄습했다.

"왜 전쟁에 나가고 싶어 하는데?"

"난 뭔가 하고 있을 거야, 그건 진짜일 테고. 지금은 일종의 소꿉장난 같은 생활이지."

"그렇지만 전쟁에 나가면 무슨 일을 하고 있을 건데?"

"철로나 교량을 건설할 거야, 검둥이처럼 일하고 있겠지."

"그렇게 만들어놔도 군대가 쓰고 나면 다시 무너뜨릴 거잖아. 그것도 놀이인 건 마찬가지네."

"네가 전쟁을 놀이라고 부른다면 그렇겠지."

"아니면 뭔데?"

"그건 세상에서 가장 진지한 과업이야, 싸우는 것 말이야."

두 사람이 명백히 분리되었다는 느낌이 그녀를 덮쳤다.

"왜 싸우는 게 다른 무엇보다 진지한 건데?" 그녀가 물었다.

"죽이지 않으면 죽으니까. 그러니까 죽이는 건 정말로 진지한 거지."

"하지만 자기가 죽으면 자기는 더이상 중요하지 않은 거네." 그녀가 말했다.

그는 잠시 할 말을 잃었다.

"그래도 결과는 중요해." 그가 말했다. "우리가 마흐디 전쟁[17]을 해결하느냐 못 하느냐는 중요한 거야."

"자기한텐 중요하지 않아, 나한테도. 우린 카툼이 어찌 되든 전혀 상관없어."

"넌 생활공간을 가지기를 바라잖아, 그러니 누군가가 그 공간을 만들어야만 하고."

"하지만 난 사하라 사막에서 살고 싶지 않아. 자기는 살고 싶어?" 그녀가 적대감을 담아 웃으며 대답했다.

"나야 싫지. 그렇지만 우린 거기 살고 싶어 하는 사람들을 지원해줘야 해."

"왜 그래야만 해?"

"-우리가 그렇게 안 한다면, 국가란 게 어디 있어?"

"그렇지만 우리가 국가는 아니야. 본인이 국가라고 자칭하는 이들이 널렸지만."

"그들도 자기들이 국가가 아니라고 말할지도 몰라."

"음, 모두 다 그렇게 말한다면 국가란 없겠지. 그래도 난 여전히 나 자신일 거야." 그녀가 당당하게 주장했다.

----

17 1881~99년 수단에서 이슬람 지도자 무함마드 아흐마드 빈 압둘라와 추종자들이 수단을 지배하던 영국과 이집트, 오스만제국을 상대로 일으킨 전쟁. '수단 마흐디국'을 선언하고 수도 카툼을 장악했으나 영국 및 연합군의 승리로 끝났다.

"넌 너 자신일 수 없어, 국가가 없다면 말이야."

"왜?"

"넌 누구에게나, 아무한테나 먹잇감이 될 뿐이니까."

"어째서 먹잇감이 된다는 거야?"

"사람들이 와서 네가 가진 걸 다 가져갈 거야."

"글쎄, 그런 때가 온대도 많이는 못 가져갈걸. 그들이 뭘 가져간 대도 상관없어. 난 돈으로 살 수 있는 건 뭐든지 주는 백만장자보다 날 채가서 멀리 달아나줄 강도가 더 좋아."

"그건 네가 낭만주의자라서 그런 거야."

"그래, 맞아. 난 낭만적으로 살고 싶어. 절대 무너지지 않는 집도 싫고 그 집 안에 붙박여 사는 사람들도 싫어. 그런 건 전부 너무 뻣뻣하고 멍청해. 난 군인이 싫어, 뻣뻣하고 나무토막 같아. 자기, 정말 뭘 위해 싸우는 거야?"

"난 국가를 위해 싸우려는 거야."

"그렇다고 자기가 국가는 아니잖아. 자기 자신을 위해서는 뭘 하고 싶어?"

"난 국가에 소속된 사람이고 국가가 정해주는 내 임무를 수행해야 해."

"하지만 국가가 자기의 복무를 딱히 필요로 하지 않을 땐, 전투가 하나도 없을 땐? 그땐 뭘 하고 싶어?"

그는 짜증스러웠다.

"남들이 하는 일을 하겠지."

"그게 뭔데?"

"아무것도 아닌 거. 날 필요로 하는 때를 대비하고 있겠지."

분에 찬 대답이었다.

"내가 볼 땐," 그녀가 대답했다. "자기는 아무 존재도 아닌 것 같아. 마치 자기 있는 자리에 아무도 없는 것 같단 말이야. 자기, 정말 뭐라도 있는 사람이야? 자기는 내게 아무것도 아닌 것 같아."

그들은 계속 걷다가 수문 바로 위에 있는 부두에 다다랐다. 빈 거룻배 한척이 정박해 있었다. 선실 덮개는 빨간색과 노란색 칠을 했지만 짐 싣는 긴 선반은 칠흑같이 검었다. 마르고 구저분한 사내가 선실 문가에 놓인 상자 위에 앉아 담배를 물고 우중충한 숄로 감싼 아기를 돌보면서 저녁 햇살을 응시하고 있었다. 아낙이 부산스레 나와서 들통을 운하에 넣어 물을 푸고는 다시 분주히 들어갔다. 아이들 목소리가 들렸다. 선실 굴뚝에서 가늘고 푸르스름한 연기가 올라오고 음식 만드는 냄새가 났다.

나방처럼 새하얀 어슐라가 머뭇거리며 바라보았다. 스크리벤스키도 그녀 곁에서 머무직거렸다. 사내가 올려다보았다.

"안녕하쇼?" 사내가 약간 뻔뻔스럽게, 마음이 끌린 듯이 크게 인사했다.

때 묻은 얼굴에 가렸던 그의 푸른 눈동자가 대담하게 힐끗 쳐다보았다.

"안녕하세요?" 어슐라가 반색하며 인사했다. "날씨가 정말 좋죠!"

"그래요," 사내가 대답했다. "참 좋네요."

부스스한 연갈색 콧수염 아래로 사내의 입이 붉었고 웃을 때 보이는 이가 하얬다.

"아, 그런데요," 어슐라가 웃으며 쭈뼛쭈뼛 말했다. "날이 정말 좋은데 왜 안 좋은 것처럼 말하세요?"

"애 보고 있는 사람들한텐 그다지 장밋빛은 아니겠죠."

"거룻배 안을 좀 봐도 될까요?" 어슐라가 물었다.

"말리는 사람 없으니까 보고 싶으면 보쇼."

거룻배는 맞은편 제방의 부두에 매여 있었다. 러프버러 시의 제이 루스 소유인 '애너벨' 호였다. 사내가 반짝이는 예리한 눈으로 어슐라를 찬찬히 뜯어보았다. 그의 금발 머리가 때 묻은 이마 위로 몇가닥 내려와 있었다. 꾀죄죄한 아이 두명이 누가 얘기하고 있는지 보러 나왔다.

어슐라는 커다란 수문을 바라보았다. 수문은 닫혀 있었고 물이 콸콸 소리 내며 쏟아져나와 그 너머 어둑한 곳으로 흘러내렸다. 이쪽의 눈부시게 밝은 물은 거의 수문 높이까지 차 있었다. 어슐라는 대담하게 수문을 건너서 부두 쪽으로 갔다.

그녀가 제방에서 몸을 구부려 선실 안을 들여다보았다. 화롯불이 붉게 타오르고 있었고 흐릿하게 여자 모습도 보였다. 어슐라는 정말로 내려가보고 싶었다.

"옷 버리실 텐데." 사내가 경고하듯 말했다.

"조심할게요." 그녀가 대답했다. "들어가봐도 되나요?"

"예에, 원하시면 그러쇼."

어슐라는 치마를 모아쥐고 배 옆쪽으로 발을 내린 다음 웃으며 폴짝 뛰어내렸다. 석탄재가 날아올랐다.

아낙이 문께로 왔다. 젊고 통통했으며, 연갈색 머리에 코가 특이하고 뭉툭했다.

"아이고, 온통 다 버리시겠네." 아낙이 놀라고 약간 신기해서 웃으며 소리쳤다.

"정말 보고 싶었어요. 거룻배에서 사는 게 즐겁지 않으세요?" 어슐라가 물었다.

"여기 계속 사는 건 아니에요." 아낙이 쾌활하게 말했다.

"저 사람은 러프버러에 자기 거실이랑 호화판 방이 있다오." 그녀의 남편이 아주 자랑스레 말했다.

어슐라가 선실 안을 들여다보니 냄비에 음식이 끓고 있고 식탁엔 접시 몇개가 놓여 있었다. 안은 아주 더웠다. 그녀는 다시 밖으로 나왔다. 사내가 아기에게 말을 건네고 있었다. 아기는 가느다란 적금색 머리카락에 눈이 푸르고 얼굴은 생기 넘쳤다.

"아들이에요, 딸이에요?" 그녀가 물었다.

"딸이오. 딸 맞지, 그지?" 사내가 고개를 흔들며 아기에게 크게 말했다. 아기의 조그만 얼굴에 주름이 잡히더니 아주 기묘하고 우스꽝스러운 미소가 떠올랐다.

"아!" 어슐라가 소리쳤다, "아, 세상에! 아, 웃으니까 정말 예뻐요!"

"얘는 웃을 일이 많아아죠." 아기 아빠가 말했다.

"아기 이름이 뭐예요?" 어슐라가 물었다.

"아직 이름이 없어요, 이름 붙일 만큼 대단치도 않고요." 사내가 말했다. "그렇지, 요 쪼매리야." 그가 아기에게 큰 소리로 말했다.

아기가 까르륵 웃었다.

"사실은 그동안 너무 바빴어요, 출생신고 하러 사무소도 못 갔답니다." 아낙의 목소리가 들렸다. "걘 여기 배에서 태어났어요."

"그래도 뭐라고 부를지는 생각해두셨죠?" 어슐라가 물었다.

"글래디스 에밀리라고 부를 생각이었어요." 아기 엄마가 말했다.

"그따위 이름은 턱도 없어." 아기 아빠가 말했다.

"저 말하는 본새 좀 봐! 당신은 진짜 뭐라고 부르고 싶은데?" 아기 엄마가 화가 나서 소리 질렀다.

"애너벨이라고 할 거야, 애가 태어난 배 이름을 따야지."

"그건 안 돼요, 관둬." 아기 엄마가 격하게 맞서며 대답했다.

아기 아빠가 씩 웃으며 재미있다는 듯 위협적으로 앉아 있었다.

"글쎄, 두고 봐." 그가 말했다.

어슐라는 아낙이 저렇게 부르르 화내는 걸 보니 사내가 절대 양보하지 않으리라는 것을 알 수 있었다.

"다 좋은 이름이네요." 어슐라가 말했다. "그럼 글래디스 애너벨 에밀리라고 지으세요."

"안 돼요, 너무 길어요." 그가 대답했다.

"저거 보세요!" 아낙이 소리쳤다. "진짜 저렇게 황소고집이라니까!"

"이렇게 이쁜데, 이렇게 잘 웃고, 그런데 아직 이름도 없구나." 어슐라가 아기를 얼렀다.

"한번 안아볼게요." 그녀가 덧붙였다.

사내가 아기를 건네주니 젖비린내가 물씬 풍겼다. 그렇지만 아기는 눈이 너무도 크고 파랗고 초롱초롱했고, 찌푸리며 웃는 모습이 아주 특이하고 매력적이어서 어슐라는 아기가 몹시 사랑스러웠다. 그녀는 아기를 어르며 말도 건넸다. 아주 특이하고 흥이 많은 아기였다.

"아가씨 이름은 뭐요?" 사내가 갑자기 물었다.

"제 이름은 어슐라예요, 어슐라 브랭귄이요." 그녀가 대답했다.

"어슐라!" 사내가 깜짝 놀라며 소리쳤다.

"어슐라라는 성녀가 있었대요. 아주 오래된 이름이죠." 그녀가 얼른 덧붙여 해명했다.

"어이, 아기 엄마!" 그가 불렀다.

아무 대답이 없었다.

"펨!" 그가 불렀다. "내 말 안 들려?"

"왜요?" 짧은 대답이 들렸다.

"'어슐라' 어때?" 사내가 활짝 웃었다.

"뭐가 어떠냐고?" 대답이 들리더니 아낙이 한바탕 싸울 기세로 문간에 모습을 드러냈다.

"어슐라 말이야. 이 아가씨 이름이래." 그가 점잖게 말했다.

아낙이 아가씨를 아래위로 훑어보았다. 그녀의 날씬하고 우아하며 청순한 자태와 새하얗고 기품 있는 분위기에, 다정하게 아기를 안은 모습에 반한 게 분명했다.

"그래, 어떻게 쓰나요?" 약간 감동한 아기 엄마가 어색하게 물었다.

어슐라가 이름 철자를 말했다. 사내가 아내를 쳐다보았다. 아기 엄마의 얼굴이 붉어지며 환하고도 낭황한 기색이 엿보였다. 수숩고도 기쁨으로 빛나는 낯빛이었다.

"보통 이름이 아니네요, 정말!" 그녀가 모험에 빠진 듯 흥분해서 소리쳤다.

"그럼 이 이름으로 할 건가?" 남편이 물었다.

"애너벨보단 낫겠네." 아낙이 단호하게 말했다.

"나도 글래디스 에밀리보단 낫겠어." 그가 대꾸했다.

잠시 침묵이 흘렀다. 어슐라가 올려다보았다.

"정말로 어슐라로 하실 건가요?" 그녀가 물었다.

"어슐라 루스지요." 사내가 우쭐한 심정으로 웃으며 대답했다. 뭔가 발견한 양 흐뭇해 보였다.

이제 어슐라가 당황할 차례였다.

"진짜 너무너무 듣기 좋은 이름이에요." 그녀가 말했다. "아기한테 뭔가 꼭 줘야겠는데, 지금 가진 게 아무것도 없네요."

그녀는 새하얀 원피스 차림으로 거기 거룻배에 서서 곰곰이 생각했다. 그녀 가까이 앉은 호리호리한 사내는 마치 그녀가 낯선 존재인 것처럼, 그녀가 그의 얼굴을 환히 밝힌 것처럼 유심히 쳐다보았다. 그의 눈동자가 그녀를 향해 미소 지었다. 대담하지만 깊은 감탄이 깔린 눈빛이었다.

"아기한테 제 목걸이를 줘도 될까요?" 그녀가 말했다.

그것은 가는 금줄 사이사이로 자수정과 황옥, 진주와 수정을 엮은 자그마한 목걸이로 톰 삼촌이 준 것이었다. 어슐라가 아끼는 목걸이였다. 그녀는 목에서 그것을 풀어 애틋한 눈빛으로 바라보았다.

"귀한 건가요?" 사내가 궁금해하며 물었다.

"그럴 거예요." 그녀가 대답했다.

"보석과 진주는 진짜고, 가격이 3, 4파운드 될 겁니다." 스크리벤스키가 저 위 부두에서 내려다보며 말했다. 어슐라는 그가 자신을 탐탁잖게 여긴다는 걸 느낄 수 있었다.

"이걸 아기한테 꼭 주고 싶어요. 그래도 될까요?" 그녀가 거룻배 주인에게 말했다.

그는 얼굴을 붉히곤 멀리 저녁놀을 바라보았다.

"아니," 그가 말했다. "내가 대답할 일이 아닌 것 같소."

"아가씨 부모님이 뭐라고 하시겠어요?" 아낙이 호기심에 차 문간에서 큰 소리로 물었다.

"이건 제 거예요." 어슐라는 말하고서 반짝이는 작은 줄을 아기 앞에 들고 달랑거렸다. 아기가 자그만 손가락을 뻗었다. 하지만 목걸이를 거머잡지는 못했다. 어슐라는 아기가 조그만 손으로 목걸이를 잡게 해주었다. 아기가 목걸이 줄의 반짝이는 끝부분을 흔들었다. 그녀는 마침내 자기 목걸이를 주어버린 것이다. 좀 섭섭했다. 그렇지만 돌려받고 싶진 않았다.

목걸이가 아기 손에서 흔들리더니 석탄재 쌓인 거룻배 바닥에 동그마니 떨어졌다. 사내가 조심스럽고 공손하게 더듬어서 목걸이를 찾았다. 어슐라는 거칠고 뭉툭한 손가락이 도르르 뭉친 자그마한 목걸이를 집는 모습을 유심히 보았다. 손등의 피부가 붉고 거기 난 금빛 털이 뻣뻣하게 빛났다. 그럼에도 그것은 날씬하고 근육질에 솜씨 좋은 손이어서 어슐라의 마음에 들었다. 그는 조심스레 목걸이를 집어들더니 자기 손바닥에 놓고서 석탄재를 훅 불었다. 평온하고도 주의 깊은 몸짓이었다. 그가 조그맣게 반짝이는 목걸이가 놓인 거칠고 검은 손바닥을 내밀었다.

"도로 가져가시구려." 그가 말했다.

어슐라의 마음이 환해지며 단단해졌다.

"아니에요," 그녀가 말했다. "이건 아기 어슐라 거예요."

그리고 아기에게 가서 그 따뜻하고 보드라운, 유약하고 가녀린 목에 목걸이를 걸어주었다.

아이 아빠는 잠시 당황하더니 아기에게 몸을 굽히고서 말했다.

"뭐라고? 고맙습니다? 고맙습니다, 했어, 어슐라야?"

"이제 쟤 이름은 어슐라예요." 아기 엄마가 문간에서 약간 싹싹하게 웃으며 말했다. 그리고 아이 목에 걸린 목걸이를 자세히 보려고 다가왔다.

"아긴 진짜 어슐라죠, 그렇죠?" 어슐라 브랭귄이 말했다.

아이 아빠가 그녀를 올려다보았다. 그 눈빛은 친밀했으며 어느 정도 용맹하고 뻔뻔한 듯도 했지만 동경이 담겨 있었다. 그의 사로잡힌 영혼은 그녀를 사랑했다. 하지만 스스로 알고 있듯 그의 영혼은 늘 사로잡혀 있었다.

어슐라는 자리를 뜨고 싶었다. 그녀가 부두로 밟고 올라가도록 아이 아빠가 작은 사다리를 놓아주었다. 그녀는 엄마 품에 안긴 아기에게 입 맞춘 후 돌아서 나왔다. 아이 엄마가 고맙다고 호들갑을 떨었다. 사내는 사다리 곁에 말없이 서 있었다. 어슐라는 스크리벤스키에게로 올라갔다. 두 젊은이는 반짝이는 누런 물 위의 수문을 건넜다. 거룻배 주인이 그들이 가는 것을 지켜보았다.

"저 사람들 정말 마음에 들었어." 그녀가 말을 이었다. "저 남잔 정말 점잖아, 아, 정말 점잖아! 아기도 너무 사랑스러워!"

"그 남자가 점잖다고?" 스크리벤스키가 말했다. "그 여자는 하녀 출신이야, 장담할 수 있어."

어슐라는 움찔 놀랐다.

"하지만 난 그 사람이 뻔뻔한 점이 좋았어. 그건 속으로는 아주 점잖은 태도였어."

그녀는 더부룩이 콧수염이 난 때 묻고 마른 사내를 만나서 기분이 좋아진 채로 서둘러 걸었다. 그가 그녀에게 유쾌하고 따스한 느낌을 전해주었다. 그녀로 하여금 자기 삶의 풍요를 느끼게 해주었다. 왠지 모르지만 스크리벤스키는 온 세상이 재가 된 것처럼 그녀 주위를 죽음과 같은 불모의 상태로 만들어놓았던 것이다.

저녁 정찬에 참석하러 서둘러 돌아가면서 그들은 거의 말을 하지 않았다. 스크리벤스키는 세 아이의 아버지인 그 마른 사내를 부러워하고 있었다. 그의 뻔뻔한 솔직함, 어슐라 속의 여성성에 대한 존중, 몸과 영혼을 온전히 존중하는 그 자세가 부러웠다. 사내의 몸과 영혼은 상대가 접근할 수 없는 사람임을 알면서도 그렇게 완벽한 존재가 있음을 아는 것만으로도 기쁠 뿐이었고, 잠시 친교의 순간을 나눈 것을 기뻐하는 그런 욕망으로 이 소녀의 몸과 영혼을 동경하고 존중했던 것이다.

왜 그 자신은 여자를 그렇게 욕망하지 못하는 걸까? 왜 그는 여자를 진정으로, 자신의 모든 것을 걸고 원한 적이 없는가? 그는 사랑도, 존중도 해본 적이 없었고 오직 육체적으로만 여자를 원했다.

그러나 그는 영혼이야 제 하고픈 대로 내버려두고 그의 육체로 여자를 원할 것이었다. 마시 농장에는 육체적 욕망의 불꽃 같은 것이 뭉근히 고동쳐오르고 있었다. 톰 브랭귄에 의해, 그리고 수줍고 뻣뻣하게 생긴 금발 농부 프레드가 인물 좋고 교육도 좀 받은 여자와 결혼한다는 사실에 의해 지펴진 욕망의 불꽃이었다. 톰 브랭귄은 자신의 은밀한 힘 전부를 써서 피어오르는 불꽃에 부채질하는 듯했다. 신부는 그에게 엄청나게 매혹되었고, 그는 또 한명의 금발 미녀에게 자기 영향력을 뻗치고 있었다. 그녀는 바다같이 싸늘하면서도 타오르는 여자로서, 재치 있는 말을 던질 때 톰이 알아들어주면 더욱더 반짝이며 인광처럼 푸르게 빛났다. 그녀의 초록빛 눈은 비밀을 뒤흔드는 듯했고, 자개 같은 두 손은 그 비밀이 손안에서 불타고 있는 게 보이는 듯 투명한 광채를 뿜는 것 같았다.

만찬이 끝나가는 후식 시간에 바이올린과 플루트 연주가 시작되었다. 모든 이들의 얼굴에 생기가 돌았다. 상기되어 빛나는 흥분이 퍼져나갔다. 짤막한 인사말들이 끝나고 포트와인은 더 찾는 이가 없어 남아 있을 때, 원하는 사람들은 커피 마시러 옥외로 나가라는 안내를 받았다. 따스한 밤이었다.

별들이 밝게 빛나고 있었고 달은 아직 뜨지 않았다. 별빛 아래 커다란 모닥불 두개가 불꽃은 없지만 붉게 타고 있었다. 그 주위로 전등과 등불 들이 걸려 있고 모닥불 앞에는 내부에 전등이 설치된 대형 천막이 쳐져 있었다.

젊은이들은 이 신비로운 밤 속으로 몰려나갔다. 웃고 떠드는 소리가 가득하고 커피 향이 풍겼다. 저 뒤로 어둑하니 농장 건물들이 보였다. 옅거나 짙은 형체들이 서로 뒤섞이며 스쳐 지나갔다. 붉은 모닥불이 흰색 스커트나 실크 스커트에 비쳐 번쩍거렸고, 지나가는 하객들 머리에 반사된 등불이 희미하게 빛났다.

어슐라에게는 이 모두가 황홀했다. 자신이 새로운 존재인 것 같았다. 어둠은 배를 들썩이며 숨 쉬는 덩치 큰 짐승 같고, 바로 뒤편에 반쯤 드러난 건초 더미는 새끼들로 바글대는 컴컴한 짐승 굴처럼 보였다. 몽환적 어둠의 물결이 그녀의 영혼을 뚫고 지나갔다. 그녀는 놓아버리고 싶었다. 반짝이는 별까지 닿아 거기 머물고 싶었고, 쏜살같이 달음박질쳐 이 땅의 경계를 훌쩍 넘어서고 싶었다. 벗어나고 싶어 미칠 것 같았다. 마치 목줄에 팽팽히 매인 사냥개가 이름 모를 사냥감을 향해 어둠 속으로 내달릴 태세를 갖춘 듯했다. 그리고 그녀는 사냥감인 동시에 사냥개이기도 했다. 어둠은 열정으로 가득했고 거대하게, 아무도 알아채지 못하게 들썩이며 숨 쉬고 있었다. 어둠은 그녀가 내달리면 받아주려고 기다리고 있었다. 그런데 그녀는 어떻게 출발할 수 있을까, 어떻게 놔버릴 수 있을까? 이미 아는 곳으로부터 미지의 세계로 훌쩍 뛰어올라야 했다. 손발이 미친 듯 고동쳤고, 가슴은 결박된 듯 조여왔다.

음악이 시작되자 묶였던 결박이 느슨해지기 시작했다. 톰 브랭귄이 신부와 춤추고 있었다. 빠르고 유연하게, 딴 세상에 있는 듯, 물속에서 움직이는 생물들처럼 아무도 접근할 수 없다는 듯 춤추고 있었다. 프레드 브랭귄은 다른 상대와 춤을 추었다. 음악이 물결처럼 흘러나왔다. 춤추는 쌍들이 차례로 그 물결에 씻겨 춤의 심해 속으로 휩쓸려갔다.

"이리 와." 어슐라가 스크리벤스키의 팔에 손을 얹으며 말했다.

그녀의 손이 팔에 닿자 그에게서 의식이 녹아내렸다. 그는 자신의 확실하고 섬세한 의지력 속으로 끌어당기듯 그녀를 품속으로 끌어안았고, 그들은 하나의 움직임이 되어, 하나인 이중의 움직임이 되어 미끄러운 풀밭 위에서 춤추었다. 이것은, 이 움직임은 끝이 없으리, 영원히 계속되리. 이것은 몽환적 움직임에 묶인 그의 의지와 그녀의 의지, 하나의 움직임 속에 묶여 있으나 결단코 상대에게 녹아들지도 양보하지도 않을 두 의지였다. 푸르게 뒤얽히는 감미로운 흐름이자 흐름 속의 경쟁이었다.

그들은 둘 다 깊은 침묵 속으로, 그들에게 무제한의 힘을 주는 싶고 유동석인 해서의 에너시 속으로 빠져들었다. 춤추는 이들 노 두가 음악의 흐름에 서로 얽혀 일렁이고 있었다. 어슴푸레 보이는 쌍들이 모닥불 앞을 지났다가 다시 돌아오며 가벼운 발걸음으로 어둠 속을 향해 고요히 춤추어서, 그것은 마치 깊디깊은 지하 세계나 해저의 환영이었다.

그 표면에서 가볍게 흘러나오는 음악에 맞춰 어둠이 황홀하게 요동치고, 밤 전체가 거대하고 느릿하게 일렁이고 있었다. 음악은 춤의 수면에 기이하고 황홀한 잔물결을 만들었지만, 저 아래는 단 하나의 거대한 물결이 일어 천천히 망각의 가장자리로 물러났다가 다시 천천히 반대편으로 밀려왔고, 그때마다 가슴은 따라서 밀려 갔다가 극한에 도달하면 고통으로 옥죄였으며, 이 움직임은 위기를 맞으면 방향을 틀어 다시금 밀려왔다.

춤이 점점 더 격하게 몰아칠 때 어슐라는 자신을 주시하고 있는 어떤 힘을 의식하게 되었다. 무언가 그녀를 지켜보고 있었다. 어떤 강력하고 빛나는 것이 그녀 안을, 표면이 아니라 정통으로 그녀를 주시하고 있었다. 아득히 먼 곳으로부터, 그러나 금방이라도 들이닥칠 그 강력하고 압도적인 주시는 계속 그녀에게 머물렀다. 그녀는 스크리벤스키와 춤을 추고 또 추었고, 그러는 동안 이 희고 거대한 시선은 계속 그녀를 지켜보고 일렁이며 제 모습을 다 드러냈다.

"달이 떴네." 안톤이 말했다. 음악이 멎자, 그들은 한순간 해안에 떠밀려온 뱃짐처럼 오갈 데 없이 되었다. 그녀가 돌아섰다. 그리고 자신을 지켜보는 저 언덕 위의 크고 흰 달을 보았다. 그러자 그녀의 가슴이 달을 향해 열렸고, 그 빛은 투명한 보석처럼 그녀를 꿰뚫고 지나갔다. 그녀는 자신을 다 바치듯 온몸으로 보름달을 받고 서 있었다. 두 젖가슴은 달빛이 들어오도록 풀어헤쳐졌고, 몸은 바람에 흔들리는 아네모네처럼, 달의 손길에 이끌려 부드럽게 확장된 것처럼 활짝 열렸다. 그녀는 달이 자신에게 다가와 꽉 채워주기를 바랐다. 달과 교감하고 더 교감하여 절정에 이르기를 바랐다. 그러나 스크리벤스키가 그녀를 감싸안더니 다른 쪽으로 데려갔다. 그는 그녀에게 커다란 검은 망토를 둘러주고서 손을 잡고 앉았다. 그동안에도 달빛은 타오르는 모닥불 저 위에서 두둥실 흘러갔다.

그녀는 거기 없었다. 그녀는 망토를 걸치고 스크리벤스키에게 손을 맡긴 채 앉아서 꾹꾹 참았다. 그러나 그녀의 벌거벗은 자아는 거기서 멀리 떨어져 가슴과 배와 허벅지와 무릎으로 달빛에 부딪히고, 달빛으로 돌진하여 만나고 교감했다. 그녀는 옷가지를 홀렁 벗어던지고 달아나, 이 어두운 혼돈과 뒤죽박죽인 사람들을 떠나 저 언덕으로, 저 달을 향해 진짜로 가려고, 거의 출발하려고 했다.

그러나 주위에 사람들이 돌이나 자석처럼 서 있어서 진짜로 가지는 못했다. 내리누르는 맷돌 같은 스크리벤스키, 그의 존재의 무게가 그녀를 붙들어맸다. 그녀는 그라는 짐, 눈멀고 집요하며 축 처진 짐을 느꼈다. 그는 축 처져서 무겁게 그녀를 내리눌렀다. 그녀는 고통스러워 한숨을 쉬었다. 아, 저 달처럼 시원하고 온전히 자유로우며 찬란할 수 있다면. 아, 그녀 자신이 되고, 온전히 하고픈 대로 할 차가운 자유가 있다면 얼마나 좋을까. 그녀는 멀리 떠나버리고 싶었다. 자신이 어둡고 불순한 자성磁性에 짓눌린 반짝이는 금속 같다고 느꼈다. 그는 금속 찌꺼기이고, 다른 이들도 그랬다. 저 청신하고 자유로운 달빛으로 달아나버릴 수만 있다면 얼마나 좋을까.

"오늘 밤엔 내가 싫어?" 그가 낮은 목소리로 말했다. 그녀의 어깨 너머에서 들려오는 그림자 같은 목소리였다. 그녀는 미친 사람처럼 이슬같이 반짝이는 달빛 속에서 자기 두 손을 꽉 쥐었다.

"오늘 밤엔 내가 싫어?" 부드러운 그 목소리가 다시 물었다.

그리고 그녀는 알았다, 만약 그를 향해 몸을 돌린다면 자신이 죽으리라는 것을. 이상한 분노가 그녀를 가득 채웠다. 뭐든 찢어발기고픈 분노였다. 자신의 손이 죽음의 칼날처럼 파괴적으로 느껴졌다.

"혼자 내버려둬." 그녀가 말했다.

무기력한 가운데 그에게도 어떤 어둠이, 고집이 확고히 자리 잡았다. 그는 그녀 곁에 축 처진 채 앉아 있었다. 그녀가 망토를 벗어 던지더니 달을 향해 걸어갔다. 은백의 모습이었다. 그는 그녀 가까이서 따라갔다.

음악이 다시 울리고 춤이 시작되었다. 그는 그녀를 독차지했다. 그녀의 가슴속에는 사납고 차가운 백색의 열정이 있었다. 그러나 그는 그녀를 꼭 안고 춤추었다. 춤을 출 때, 부드러운 쇳덩이처럼 내리누르는 그의 몸은 변함없이 그녀에게 꼭 붙어 있었다. 그가 꼭 안아서 그녀는 그의 몸이, 그의 무게가 자신에게 내려앉아 자리를 잡고 자신의 생명과 원기를 압도해 그와 마찬가지로 그녀 자신도 무기력하게 만드는 것을 느낄 수 있었다. 그의 손이 그녀 뒤에서, 그녀 위에서 내리누르는 게 느껴졌다. 그러나 여전히 그녀의 몸에는 억눌리고 차가운, 꺾이지 않은 열정이 있었다. 그녀는 춤추는 게 좋았다. 느긋해지고 꿈결 같은 상태가 되었으니까. 그렇지만 그것은 그녀와 그녀의 순수한 존재 사이에 끼어든 시간을 소진하는 일종의 기다림일 뿐이었다. 그녀는 자신을 그에게 맡긴 채, 마치 그녀를 압도하고 군림할 것처럼 그 자신의 온 힘을 행사하도록 두었다. 그의 물리적 힘 전부를 받아들였다. 자신을 꼼짝 못 하게 해주기를 바라기까지 했다. 그녀는 소금 기둥처럼 차가웠고 미동도 하지 않았다.

그의 의지는 정해졌고, 극도로 긴장해서 풀어지지 못하게 그녀를 휘어잡고 강제하려 안간힘을 쓰고 있었다. 아, 그녀를 강제할 수만 있다면. 그는 말살된 것 같았다. 그녀는 저 달 자체처럼 차갑고 단단하며 밝은 빛으로 뭉쳐 있고 달빛이 그를 초월했듯 그를 초월해 있었기에, 결코 손아귀에 넣을 수도 알아낼 수도 없었다. 그녀에게 굴레를 씌워 강제할 수만 있다면!

그렇게 그들은 너덧차례 춤을 추었다. 내내 함께였고 내내 그의 의지는 더 팽팽해졌으며, 그의 몸은 더 미묘하게 그녀를 구슬렸다. 그럼에도 그녀의 마음을 얻지 못했다. 그녀는 여전히 단단하고 환했으며 흠 없이 온전했다. 그래서 그는 베 짜듯 자기 몸으로 그녀를 엮어 에워싸야 했고, 어둠과 암흑의 그물로 둘러싸고 또 둘러싸야 했다. 그러면 그녀는 사로잡혀 어둠의 그물 속에서 번득이며 빛나는 생물처럼 되리라. 그러면 그는 그녀를 취하고 그녀를 만끽하리라. 그녀를 사로잡으면 한껏 누리리라.

마침내 춤이 끝났을 때, 어슐라는 자리에 앉으려 하지 않고 저편으로 걸어갔다. 그는 그녀에게 팔을 두른 채 자신과 걸음걸이를 맞추게 했다. 그녀도 응하는 듯했다. 그녀는 달빛 조각처럼 빛났고 칼날처럼 반짝였다. 그는 마치 자신을 다치게 할 칼날을 움켜쥐고 있는 듯했다. 하지만 그러다 설령 죽는다 해도 그는 그녀를 꼭 껴안으리라.

그들은 낟가리 쌓아둔 쪽으로 갔다. 그는 거기 새로 쌓아둔 커다란 낟가리가 검푸른 밤하늘 아래서 변모해 은빛으로 서서 희미하게 번득이며, 검고 튼실한 그림자를 드리우면서도 장엄하고 어둑하게 사리 삼은 모습을 두려움에 가까운 마음으로 바라보았다. 낟가리가 차가운 불꽃처럼 은청색 허공으로 솟아오를 때, 어슐라는 반짝이는 섬세한 망사처럼 그 사이에서 불타오르는 것 같았다. 모든 것이, 깜빡이는 차가운 백색의 강철빛 불꽃들이 타오르는 모습이 비현실적이었다. 그는 제 키보다 높이 솟은 낟가리에 번진 저 거대한, 불붙은 듯한 달이 무서웠다. 그의 가슴이 점점 더 작아지며 유리구슬처럼 녹아내리기 시작했다. 그는 자신이 죽으리라는 것을 알았다.

어슐라는 꼼짝 못 할 만큼 강렬한 빛을 쏟아붓는 달빛 속으로 나가 잠시 서 있었다. 그녀는 강력하게 번쩍이는 한줄기 빛 같았다. 지금의 자신이 두려웠다. 그를 보자, 그의 어둑하고 생기 잃은 불안한 모습을 보자, 그를 사로잡아 갈기갈기 찢어서 아무것도 아닌 존재로 만들고픈 솟구치는 욕정이 그녀를 사로잡았다. 자신의 손과 손목이 칼날처럼 한없이 단단하고 강하게 느껴졌다. 그는 달빛이 어둠을 부숴버리듯 그녀가 흩어버리고 부숴버리길 바라는, 말살하고 끝장내기를 바라는 그림자처럼 거기 그녀 곁에서 기다렸다. 그를 바라보는 그녀의 얼굴이 환하게 고무되어 빛나고 있었다. 그녀가 그를 유혹했다.

그리고 그의 내면의 고집 같은 것이 그녀를 안고 컴컴한 곳으로 끌어당기게 했다. 그녀는 순순히 따랐다. 할 수 있으면 해봐, 할 수 있으면 해보라고. 그가 그녀를 안고 낟가리 옆쪽에 기댔다. 낟가리가 차갑고 날카로운 수천의 불꽃 같은 달빛으로 그를 예리하게 찔러댔다. 그래도 그는 고집스레 그녀를 안고 있었다.

대담하게 그의 손이 그녀 위로, 저 소금 같고 탱탱하게 빛나는 그녀의 몸 위로 뻗어갔다. 그녀를 취할 수만 있다면, 그는 얼마나 그녀를 만끽할까! 그녀의 차갑고 번쩍이는, 타오르는 소금 같은 몸에 보드라운 강철로 된 그 자신의 두 손으로 올가미를 씌울 수만 있다면, 사로잡아 제압할 수만 있다면 얼마나 미친 듯 그녀를 만끽할까. 그는 섬세하게, 그러나 자신의 원기를 총동원해서 그녀를 에워싸고 그녀를 취하고자 분투했다. 그러는 내내 그녀는 소금처럼 불타오르고 환하고 단단했으며, 치명적이었다. 그러나 어떤 찢어발기는 독에 파먹힌 듯 온몸이 타들어 녹아내렸음에도, 그는 결국엔 그녀를 장악할 수도 있다고 생각하며 고집스레 밀어붙였다. 마치 어떤 무시무시한 죽음 속으로 얼굴을 들이미는 것 같았지만, 광적인 흥분 상태에서 그는 자기 입으로 그녀의 입을 찾고 또 찾았다. 그녀가 자신을 내맡기자 그는 극에 달해 그녀의 몸을 내리눌렀고, 그의 영혼에서는 연신 신음이 터져나왔다.

"나 갈 거 같아, 갈 거 같아."

그녀가 키스하며 그를 받아들였다. 달빛처럼 딱딱하고 격렬하며 녹여 무너뜨리는 그녀의 키스가 단단하게 그를 거머잡았다. 그녀가 그를 파괴하고 있는 듯했다. 온 힘을 다 쏟아 그녀에게 계속 키스하느라, 그 자신이 계속 키스하느라 그는 머리가 빙빙 돌았다.

그렇지만 그녀는 단단하고 사납게, 달처럼 싸늘하고 맹렬히 타오르는 소금처럼 단단하게 그를 잡고 있었다. 서서히 그의 따뜻하고 보드라운 쇠 같은 몸이 항복하고 또 항복할 때까지 그녀는 거기서 격렬한 부식성 물체처럼 그를 파괴하느라 부글부글 끓어올랐고, 그의 존재의 최종적 실체를 감싼 어떤 비정한 부식성의 소금처럼 부글부글 끓어오르며 그를 파괴했다. 키스로 그를 파괴했다. 그녀의 영혼은 승리로 수정처럼 단단해졌으며, 그의 영혼은 고통과 파멸로 용해되어버렸다. 그렇게 그녀는 거기서 그를, 소진되고 말실된 희생물을 꼭 그러안았다. 그녀가 승리했다. 그는 더이상 존재하지 않았다.

점차 그녀는 정신이 들기 시작했다. 점차 한낮의 의식 같은 것이 되돌아왔다. 돌연 밤이 그 오래고 낯익고 유순한 현실 속으로 홱하니 돌아왔다. 점차 그녀는 이 밤이 보통 때와 다름없는 평범한 밤이라는 것을, 저 위대한, 부풀어오르며 초월적인 밤은 실상 존재하지 않았음을 깨달았다. 그녀는 서서히 공포에 사로잡혔다. 여기가 어디지? 지금 느끼는 이 무의미함은 뭐지? 그 무의미함은 스크리벤스키였다. 그가 정말 있는 거야? 그가 누구지? 그는 잠잠했다. 거기 존재하지 않았다. 무슨 일이 일어났던 거야? 미쳤었나봐. 무슨 끔찍한 것에 씌었던 거야? 그녀는 자신에 대한 주체할 수 없는 두려움으로 가득 찼다. 조금 전의 저 타오르는 부식성의 다른 자아란 존재해선 안 된다는 엄청난 욕망으로 가득 찼다. 방금 일어난 일은 결코 기억되거나 생각나선 안 되며, 일어날 수 있는 일이라고 한순간도 허용해선 안 된다는 미칠 듯한 욕망에 사로잡혔다. 그녀는 온 힘을 다해 그것을 부정했다. 자신의 온 힘을 다해 외면했다. 그녀는 선하고 사랑스러운 어슐라였다. 그녀의 심장은 따뜻하고, 그녀의 피는 진하고 따뜻하며 부드러웠다. 그녀는 애무하듯 안톤의 어깨에 손을 얹었다.

"아름답지 않아?" 구슬리는 투로 애무하듯 부드럽게 그녀가 말했다.

그리고 그를 애무해 되살려내기 시작했다. 그는 죽은 상태였으니까. 그래서 그녀는 무슨 일이 있었는지 그가 절대 모르게, 절대 알지 못하게 할 참이었다. 그가 자신의 절멸을 기억해낼 흔적일랑 추호도 남기지 않고 그를 죽음에서 되찾아오려 했다.

그녀는 자신의 일상적이고 따뜻한 자아 전부를 동원해서 그를 쓰다듬고 애정 어린 관심으로 경의를 표했다. 그러자 점차 그가, 다른 남자가 그녀에게 돌아왔다. 그녀는 싹싹하고 애교 넘치게 그를 어루만졌다. 그녀는 그의 시녀요 그를 떠받드는 종이었다. 그리하여 그의 껍데기를 고스란히 복구했다. 형체와 모양 전부를 복구했다. 그러나 알맹이는 이미 없었다. 그의 자존심이 북돋워지고 그의 피가 다시 한번 당당하게 돌았다. 그러나 그에게 알맹이는 없었다. 고유한 남성으로서의 알맹이는 없었다. 본질적 남성을 나타내는 그의 의기양양한, 붉게 타오르며 우쭐대는 심장은 이제 다시는 고동치지 않을 것이었다. 그는 이제 상대의 지배를 받고 거기 반응할 뿐, 잘난 체 누그러지지 않는 불꽃의 중심이 있어 굴하지 않는 그런 존재는 결코 되지 못할 것이었다. 그녀가 그 불길을 다 잠재웠고 그를 박살 내버린 것이었다.

그렇지만 그녀는 그를 얼렀다. 이미 일어난 일을 기억하지 못하게 하리라. 그녀 자신도 기억하지 않으리라.

"키스해줘, 안톤, 키스해줘." 그녀가 매달렸다.

그는 키스했지만, 그녀를 만지지 못한다는 것을 그녀는 알았다. 그녀에게 팔을 두르고 있었으나 정말로 안은 것은 아니었다. 자신에게 닿은 그의 입술을 느낄 수 있었으나 그녀는 그 키스로 조금도 흥분하지 못했다.

"키스해줘," 극심한 고통을 느끼며 그녀가 속삭였다. "키스해줘."

그래서 그는 시키는 대로 키스했지만 마음은 공허했다. 겉으로 그녀는 그의 키스를 받아들였다. 그러나 그녀의 영혼은 텅 비었고 끝장나버렸다.

그녀는 눈길을 돌리다가 달빛을 받은 낟가리 옆쪽에 매달린 연약하게 반짝이는 귀리 이삭을 보았다. 낭창하고 고결하며 아주 초연한 모습이었다. 그 이삭들이 있는 곳에서 그녀는 그것들과 더불어 당당했었지, 그녀 역시 당당했었지. 그러나 이 덧없고 미지근하며 진부한 세상에서 그녀는 친절하고 착한 소녀였다. 그녀는 선함과 애정을 손에 넣기를 갈망했다. 친절하고 착하고자 했다.

그들은 어른거리는 그림자와 흐릿한 빛줄기, 그리고 초자연적인 분위기로 온통 희미하게 빛나는 밤을 지나 집으로 갔다. 그녀는 산울타리 아래 핀 꽃들을 또렷하게 보았다. 갈퀴로 긁어모은 가느다란 짚단들을 가시 많은 산울타리 위에 허옇게 던져놓은 것도 보았다.

이 얼마나, 얼마나 아름다운가! 그녀는 오늘 밤 그가 키스해줘서 자신이 얼마나 미칠 듯 행복한지 생각하며 가슴이 찢어질 것 같았다. 그러나 그가 그녀의 허리를 감싸고 걸을 때, 그녀는 몸을 돌려 엄청나게 빛나는 저 밤에, 순백의 신랑처럼 화려하고 경건한 달에, 그늘을 가득 메운 은빛 꽃들에 자신을 온통 바쳤다.

집 앞 주목들 아래서 그가 다시 입 맞추었고, 그녀는 그와 헤어졌다. 그녀는 부모의 참견을 피해 자기 침실로 뛰어 올라갔다. 달빛 비치는 전원을 내다보며 두 팔을 쭉 뻗었고, 희열과 고뇌를 느끼면서 저 금빛의 당당한 밤의 존재에 자신을 바쳤다.

그러나 슬픈 상처도 있었다. 그를 절멸시키면서 그녀 자신도 피멍이 든 것처럼 상처 입었던 것이다. 그녀는 자신의 앳된 두 젖가슴을 손으로 감싸서 그것을 자기 자신으로부터 가렸다. 그녀 자신이 스스로를 보지 못하게 가린 채, 침대에 웅크리고 누워 잠이 들었다.

아침이 밝아 해가 비치자 그녀는 씩씩하고 상쾌하게 자리에서 일어났다. 스크리벤스키는 아직 마시 농장에 있었다. 그가 교회에 오기로 되어 있었다. 삶은 얼마나 아름답고 얼마나 멋진가! 청명한 일요일 아침, 어슐라는 정원으로 나가 울긋불긋한 가을 정취를 느끼며 흙내음을 맡고 고운 흙을 만져보았다. 마을 전체에 뻗은 밀밭이 흐릿하고 비현실적으로 보였고, 사방에는 생소한 소음들로 가득 찬 일요일 아침의 짙은 침묵이 깔려 있었다. 풍요로운 흙내음을 맡자 그녀가 선 바로 발아래 땅이 들썩이는 듯했다. 푸르스름한 대기 속으로 대지의 기운이 힘차게 스며나왔다. 그곳의 평화는 추수를 마친 자의 기운이 다 빠졌지만 튼튼한 숨결에서 느껴지는 평화였으며, 울긋불긋한 잎들과 하얗게 빛나는 그루터기는 마지막 남은 환희와 성취의 순수한 희열이 주는 설렘이자 몸짓이었다.

교회 종이 울릴 때 그가 들어왔다. 그녀는 그가 들어오기를 간절히 기대하며 고개를 들었다. 그러나 그는 고통스럽고 자존심이 상한 상태였다. 그가 지나치게 차려입은 듯해서 어슐라는 그의 맞춤

정장에 신경이 쓰였다.

"간밤엔 정말 멋졌지?" 그녀가 그에게 속삭였다.

"그랬지." 그가 대답했다. 그러나 얼굴이 펴지지도, 편안해지지도 않았다.

그날 아침의 예배와 찬양은 그녀가 의식하지도 못한 채 지나갔다. 창문에 비치는 다채로운 빛과 신자들의 형상이 보였다. 그녀는 그저 성경에서 제일 좋아하는 창세기에 눈길을 줄 뿐이었다.

"하느님께서 노아와 그의 아들들에게 복을 내리시며 말씀하셨다. '많이 낳아, 온 땅에 가득히 불어나거라.

들짐승과 공중의 새와 땅 위를 기어 다니는 길짐승과 바닷고기가 다 두려워 떨며 너희의 지배를 받으리라.

살아 움직이는 모든 짐승이 너희의 양식이 되리라. 내가 전에 풀과 곡식을 양식으로 주었듯이 이제 이 모든 것을 너희에게 준다.'"[18]

그러나 오늘 아침 어슐라는 여기 적힌 역사가 감동스럽지 않았다. 생육하고 번성하여 땅에 충만한 건 따분한 노릇이었다. 전체적으로 순전히 천박한 축산업 따위로만 보였다. 인간이 가축과 물고기의 경영주 노릇이나 하다니 염증이 났다.

"너희는 많이 낳고 불어나거라. 땅 가득히 퍼져 땅을 정복하여라."[19]

그녀의 영혼은 소가 새끼를 낳아 두마리가 되고 순무가 열개로 불어나는 이런 식의 번성이 가소로웠다.

"하느님께서 또 말씀하셨다. '너뿐 아니라 너와 함께 지내며 숨 쉬는 모든 짐승과 나 사이에 대대로 세우는 계약의 표는 이것이다.

---

18 창세기 9:1-3.
19 창세기 9:7.

내가 구름 사이에 무지개를 둘 터이니, 이것이 나와 땅 사이에 세워진 계약의 표가 될 것이다.

내가 구름으로 땅을 덮을 때, 구름 사이에 무지개가 나타나면,

나는 너뿐 아니라 숨쉬는 모든 생물과 나 사이에 세워진 내 계약을 기억하리니 다시는 물이 모든 육체를 멸하는 홍수가 되지 아니할지라.'"[20]

'모든 육체를 멸한다'라, 왜 하필 '육체'를 멸한다는 거지? 이 육체의 주인은 누구였나? 도대체 홍수는 얼마나 엄청났을까? 어쩌면 나무의 요정과 목신 몇몇은 그때 막 겁을 먹고 언덕이나 더 깊은 골짜기나 숲속으로 뛰어 들어갔을 거야. 하지만 님프가 알려주지 않았다면 대부분의 요정들은 홍수 난 줄도 모르고 태평하게 지냈겠지. 소아시아의 물의 요정이 바닷물이 상쾌하게 물결치는 하구에서 바다 요정과 만나 자매들에게 노아의 홍수 소식을 큰 소리로 알려주는 광경을 떠올리면 어슐라는 마음이 즐거웠다. 요정들이 방주를 탄 노아에 대해 재미난 이야기를 들려주었을 거야. 몇몇 님프들은 방주 옆에 붙어 있다가 안을 들여다보고, 노아와 셈과 함과 야벳이 빗속에 앉아 하느님이 다른 모든 이들을 물로 심판하였으므로[21] 이제 자기들 네 사람만이 지상에 남은 남자라고, 그러니 그들 네 사람이 모든 것을 차지해 저 위대한 '소유주' 아래의 소작인이, 즉 만물의 주인이 될 것이라고 말하는 걸 들었다고 얘기해주었겠지.

어슐라는 자기가 님프였으면 좋았겠다는 생각이 들었다. 그랬다면 깔깔거리며 방주 창문으로 들어가 노아에게 홍수의 물방울을

20 창세기 9:12-15.
21 창세기 7:10 이하 참조.

튀기고는 위대한 소유주와 대홍수 사건에서 덜 중요하게 다뤄진 사람들에게로 달아나버렸을 텐데.

도대체 하느님이란 어떤 존재인가? 죽은 개에게 생긴 구더기가 송장에 입 맞추는 하느님일[22] 뿐이라면, 그렇다면 무엇이 하느님이 아닌가? 그녀는 이런 하느님은 신물이 났다. 하느님에 대해 고민하는 어슐라 브랭귄에게 진절머리가 났다. 하느님이 어떤 존재이건 그분은 존재하시니 그녀가 하느님 때문에 고민할 필요는 전혀 없는 거였다. 그녀는 이제 뭐든 거침없이 할 수 있겠다고 느꼈다.

스크리벤스키는 그녀 곁에 앉아 법과 질서의 목소리인 설교에 귀 기울였다. "아버지께서는 너희의 머리카락까지도 낱낱이 다 세어두셨다."[23] 그는 이 구절을 믿지 않았다. 자기 한 몸은 자기 마음대로 할 수 있다고 믿었다. 다른 사람들 일에 간섭만 않는다면, 일신상의 일은 제멋대로 할 수 있는 법이라고.

어슐라는 그를 애무하고 사랑의 행위를 했다. 그렇지만 그녀가 그에게 반응을 유발하고 그의 존재를 파괴하고 싶어 한다는 것을 그는 알았다. 그녀는 그와 함께 있었던 게 아니라 맞서고 있었다. 하지만 그녀가 공공연하게 사랑의 행위를 해주고 완전히 떠받들어 준다는 사실이 그의 욕구를 충족시켰다.

그녀는 그를 사로잡아 정신을 못 차리게 했다. 그들은 낭만적인, 거의 환상적인 젊은 연인이었다. 그가 그녀에게 자그마한 반지를 주었다. 그들은 라인 포도주가 담긴 잔에 반지를 넣고, 그녀가 마신

---

22 셰익스피어의 희곡 『햄릿』 2막 2장에서 햄릿이 오필리아의 아버지 폴로니우스에게 하는 대사 "태양이 죽은 개 안에 구더기를 슬게 한다면, 하느님은 송장에 키스하는 이……" 참조.
23 마태오의 복음서 10:30.

다음 그가 마셨다. 다 마셔서 잔 바닥에 반지가 드러났다. 그러자 그녀는 그 수수한 반지를 꺼내서 줄에 맨 후 목에 걸었다.

귀대를 앞두고 그는 어슐라에게 사진을 달라고 했다. 그녀는 아주 신이 나서 5실링을 들고 사진관에 갔다. 인화된 사진을 보니 입이 한쪽으로 치우친 못생긴 모습이었다. 그녀는 그게 신기해서 감탄하며 바라보았다.

그에게는 이 소녀의 생기 넘치는 얼굴만 보였다. 사진을 보니 가슴이 아렸다. 그것을 간직했고 늘 기억했지만 차마 보지는 못했다. 맑고 두려움 없는, 넋이 나간 그 얼굴이 그의 영혼에 상처가 되었다. 넋 나간 그 얼굴은 분명 그와는 동떨어져 있었다.

그 무렵 남아프리카에서 보어전쟁[24]이 선포되었고, 온 세상이 흥분에 휩싸였다. 그에게서 참전해야 할 수도 있다는 편지가 왔다. 사탕 한상자도 함께 보내왔다.

어슐라는 그가 참전한다는 생각에 약간 어리둥절했고 어떤 기분을 느껴야 할지 알지 못했다. 허구로는 그토록 잘 아는 낭만적인 상황이었지만 실제로는 거의 이해하지 못했다. 의기양양한 겉모습 아래로 음울함이, 깊은 잿빛 실망감이 도사리고 있었다.

그렇지만 그녀는 침대 밑에 사탕을 숨겨놓고 자리에 들거나 아침에 일어날 때 먹었고, 결국 혼자서 다 먹었다. 그러는 내내 몹시 죄책감이 들고 창피했지만 누구와도 나눠 먹고 싶진 않았다.

그 사탕 상자는 나중에도 잊히지 않고 마음에 남았다. 그녀는 왜 그것을 숨겨두고 하나씩 다 먹었을까? 왜? 죄책감은 느끼지 않았

---

24 1899년 영국이 남아프리카의 금과 다이아몬드를 획득하려 보어인이 건설한 트란스발 공화국과 오렌지 자유국을 침략해 벌어진 전쟁. 두 나라는 패배해 1902년 영국령 남아프리카에 병합되었다.

다. 그저 죄책감을 느껴야 한다고 의식했을 뿐이었다. 그리고 그녀는 마음을 정할 수 없었다. 텅 비고 나니까 그 사탕 상자가 희한하게도 기념물 같은 것이 되었다. 그녀에게는 그것이 핵심이었다. 그녀는 이 상자를 어떻게 생각해야 했을까?

전쟁은 생각만 해도 너무도 불안해졌다. 남자들이 적을 상대로 조직적인 전투를 개시하면 우주의 극이 쪼개지면서 세상 전체가 나락으로 굴러떨어질 것만 같았다. 나락으로 떨어지는 끔찍한 느낌이었다. 하지만 당연한 듯 전쟁에는 조작된 로맨스와 명예, 심지어 종교까지 덧씌워져 있었다. 그녀는 너무도 혼란스러웠다.

스크리벤스키는 바빴고 그녀를 만나러 올 수 없었다. 그녀는 확약도 안도의 증표도 요구하지 않았다. 그들 사이에 있었던 일은 있었던 일이고, 공표한다고 달라질 것도 아니었다. 그녀는 본능적으로 그 사실을 알았기에 내재적 진실을 믿고 따랐다.

그러나 그녀는 무력감으로 괴로웠다. 아무것도 할 수 없었다. 희미하게나마 세상의 거대한 세력들이 암울하게, 어설프게, 우둔하게 굴러가 무섭게 충돌하고 있다는 것과, 그것들이 너무도 거대해서 사람이 먼지처럼 쓸려갈 정도라는 것을 알았다. 먼지처럼 날려가다니 무력하고 무력하구나! 하지만 그녀는 저항하고 대적하고 싸우기를 간절히 바랐다. 그러나 어떻게?

그녀가 맨손으로 철면피한 세상과 싸우고 저 공고한 언덕들을 쳐부술 수 있겠는가? 하지만 그녀의 가슴은 온 세상과 싸우고 또 싸우고 싶었다. 그리고 그 일을 해내기 위해 그녀가 가진 것이라곤 이 작은 두 손뿐이었다.

몇달이 지나 성탄절이 되었고 눈물꽃이 피었다. 코세테이 근처 숲의 공터에 눈물꽃이 무성하게 핀 데가 있었다. 그녀는 꽃 몇송이를 상자에 넣어 그에게 보냈고, 그는 금방 짤막한 감사의 메모를 보내왔다. 아주 고마워하고 그리워하는 것 같았다. 그녀의 눈은 아이 같고 혼란스러워졌다. 혼란스러운 채 하루하루 생활하며 어쩔 수 없는 사건들에 무력하게 떠밀려갔다.

스크리벤스키는 임무를 수행하며 일에 빠져 지냈다. 그의 가슴 저 밑바닥에는 자기실현을 진실로 열망하는 그의 자아인 영혼이 자궁에서 유산되어 죽은 덩어리처럼 놓여 있었다. 개인적 연관을 중시한다면, 그는 어떤 인간인가? 사람이 개인적으로 뭐가 중요하다고? 그는 거대한 전체 사회라는 구조물, 국가, 현대 인류를 구성하는 일개 벽돌에 불과했다. 그의 개인적 행동들은 하찮고 완전히 부수적이었다. 전체 형태는 반드시 보장되어야 하고 어떠한 개인적 이유로도 파열되어서는 안 되었다. 어떤 개인적 이유도 그런 파괴를 정당화할 수 없으니까. 개인적 친애親愛가 뭐가 중요한가? 모름지기 인간은 전체 속에서, 정교한 문명이라는 위대한 기구 내에서 자기 자리를 채울 의무가 있는 법이고 그게 전부다. 전체가 중요했다. 전체를 대표하는 경우 외에, 그 단위인 개인 자체는 전혀 중요치 않았다.

그런 식으로 스크리벤스키는 어슐라를 배제하고 자기 길을 갔고, 아무 말 없이 해야 할 임무를 수행하며 견뎌야 할 것을 견뎠다. 그 자신의 본질적 생명에 있어서는 죽은 상태였다. 그리고 죽은 자들 사이에서 다시 살아날 수 없었다. 그의 영혼은 무덤 속에 있었다. 그의 삶은 기성 질서 속에 존재했다. 그에게도 오감은 있었다. 그것들은 채워줘야 했다. 그것 말고는, 그는 삶의 저 거대하고 확립된 기성 '관념'을 대표했고, 이로써 그는 중요했고 의문의 여지가 없었다.

최대 다수의 행복the good만이 중요했다. 집단으로서 그들 모두에게 최대 행복인 것이 개인에게 최대의 행복이었다. 그래서 각 개인은 국가 유지에 자신을 바치고 만인의 최대 행복을 위해 수고해야 한다. 국가를 개선할 안을 낼 수도 있겠지만 언제나 국가를 온전히 보존할 목적에서만 그래야 했다.

그렇지만 공동체의 그 어떤 지고한 선도 그에게 영혼의 살아 있는 충족감을 주지 못했다. 그는 이것을 알고 있었다. 하지만 그는 개인의 영혼이 그토록 중요하다고 여기지 않았다. 사람이란 전체 인류를 대표하는 한에서나 중요하다고 믿었다.

현 상태 그대로의 공동체의 최고선最高善은 더이상 평균적 개인의 최고선조차 못 된다는 것을 그는 알지 못했고, 그럴 지혜를 타고나지도 못했다. 그는 공동체란 수백만 사람들을 대표한다는 이유로 어떤 개인보다 수백만배 더 중요해야 한다고 생각했으며, 공동체가 다수로부터 추출된 추상적 개념이지 다수의 사람들 자체가 아니라는 것을 망각하고 있었다. 이제 공동체를 위한 추상적 선이라는 진술이 평균적 지성을 지닌 이들에게 어떤 영감이나 가치도 결여된 구호가 되어버린 때에, '공동선共同善'이란 것은 민폐가 되어 저속하고 보수적인 낮은 차원의 물질주의를 의미하는 것이다.

그리고 최대 다수의 최고선이란 말은 주로 모든 계급의 물질적 번영을 의미한다. 스크리벤스키는 자기 자신의 물질적 번영은 그다지 신경 쓰지 않았다. 그가 만약 무일푼이었다면, 글쎄, 그렇다면 한판 베팅했겠지. 그런 마당에 그가 어찌 다른 사람들의 물질적 번영을 위해 자기 삶을 포기하는 데서 자신의 최고선을 발견할 수 있겠는가? 그는 자신에게 하찮다고 치부하는 것을 타인들을 위해 온갖 희생을 감수할 가치가 있는 일이라고 생각할 수 없었다. 그렇다면 개인으로서 자신에게 가장 소중하다고 여기는 것은 어떨까? 아, 그는 말했다. 그런 관점에서 공동체를 봐선 안 돼. 안 돼, 절대 안 돼, 우린 공동체가 무얼 원하는지 알고 있어. 공동체는 뭔가 확고한 걸 원해. 높은 임금, 평등한 기회, 좋은 생활 여건, 그런 것이 공동체가 원하는 바야. 미묘하거나 난해한 걸 원치 않아. 의무는 아주 단순해. 모든 인간의 물질적인, 즉각적인 복지만 명심해, 그게 다야.

그리하여 스크리벤스키는 점점 더 텅 비어갔고, 그 점이 어슐라는 갈수록 두려워졌다. 그녀는 자신이 단념할 수밖에 없는 절망적인 뭔가가 있다고 느꼈다. 재앙이 임박했다는 느낌이 강하게 들었다. 날이면 날마다 재앙이 닥칠 듯한 예감으로 기력이 빠졌다. 그녀는 병적일 정도로 과민하고 우울하고 불안했다. 공중에서 느릿느릿 날갯짓하는 까마귀를 보게 되면 몹시 괴로웠다. 불길한 징조였다. 그 예감이 너무 암울하고 강력해서 그녀는 죽어버릴 것 같았다.

하지만 뭐가 문제지? 고작해야 그가 멀리 떠나는 건데. 그녀가 왜 신경 쓰며 도대체 무얼 두려워하나? 그녀는 알지 못했다. 어떤 암울한 두려움이 그녀를 압박할 따름이었다. 밤중에 밖에 나가 반짝이는 큰 별들을 보면 무시무시했고, 낮이면 늘 뭔가가 자신에게 돌진해올 것만 같았다.

3월에 그가 편지를 보내왔다. 조만간 남아프리카로 갈 예정인데 그전에 하루 짬을 내어 마시 농장에 들르겠다고 했다.

고통스러운 꿈을 꾸듯, 그녀는 어찌할 바를 모른 채 어정쩡하게 기다렸다. 그녀는 알지 못했고 이해할 수 없었다. 단지 자기 운명의 끈이 온통 팽팽히 당겨지고 있어서 마음만 졸였다. 그녀는 길을 걷다가도 간혹 울기만 하면서 무턱대고 중얼거렸다.

"그이가 너무 좋아, 난 그이가 너무 좋아."

그가 왔다. 하지만 왜 온 거지? 그녀는 어떤 증표를 바라며 그를 보았다. 그는 아무런 증표도 주지 않았다. 키스조차 하지 않았다. 평소 알고 지내는 붙임성 있는 지인인 것처럼 대했다. 그건 그저 겉으로 보이는 행동이었어, 그렇지만 그게 무얼 숨기고 있었을까? 그녀는 그를 기다렸다, 그가 어떤 증표를 주길 바랐다.

그렇게 그들은 종일 머뭇거리며 접촉을 피하다가 마침내 저녁이 되었다. 그러자 그는 웃으면서 육개월 후에 돌아올 예정이라고, 와서 전부 다 이야기해주겠다며 그녀의 엄마와 작별의 악수를 나누었다.

어슐라는 그를 따라 오솔길까지 나갔다. 바람 부는 밤이었고 주목이 윙윙 소리를 내며 떨고 있었다. 굴뚝과 교회 종탑 사이로 맹렬히 몰아치는 것 같은 바람이었다. 캄캄했다.

어슐라의 얼굴로 바람이 불어왔고 옷이 몸에 들러붙었다. 그러나 그것은 물밀듯 밀려오는 거센 바람으로, 본능처럼 응축된 삶의 활력을 전해왔다. 그녀는 스크리벤스키를 잃어버린 것 같았다. 이토록 강렬하고 급박한 밤에 바깥에서, 그녀는 그를 찾을 수 없었다.

"어디 있어?" 그녀가 물었다.

"여기!" 그의 실체 없는 목소리가 들렸다.

그녀가 더듬자 손이 그에게 닿았다. 번개 같은 불이 그들을 흠뻑 적셨다.

"안톤?" 그녀가 불렀다.

"응?" 그가 대답했다.

어둠 속에서 그녀는 두 손으로 그를 안았고, 그의 몸이 다시 자신의 몸과 함께 있다고 느꼈다.

"날 떠나지 마, 내게 돌아와." 그녀가 말했다.

"그럼." 그녀를 품에 안고서 그가 말했다.

그러나 그녀가 자신의 마력에 빠지지 않았고 자신의 영향을 받지도 않는다는 걸 알았기에, 그의 내면의 남성은 꺾여버렸다. 그녀에게서 떠나버리고 싶었다. 내일이면 자기는 떠나갈 것이다, 자기의 진짜 삶은 다른 데 있다는 생각으로 그는 버텼다. 그의 삶은 다른 데 있었다, 그의 삶은 다른 데 있었다, 그의 삶의 중심은 그녀가 가질 수 있는 것이 아니었다. 그녀는 달랐다. 그들 사이에는 단절이 있었다. 그들은 적대적인 두 세계였다.

"나한테 돌아올 거야?" 그녀가 다시 물었다.

"그럼." 그가 말했다. 정말 그럴 마음이었다. 그러나 약속을 지키러 온다는 것일 뿐, 자기실현을 위해 돌아오겠다는 사람 같지는 않았다.

그렇게 그녀는 그에게 입 맞추고, 혼란스러운 심정으로 집으로 들어갔다. 그는 멍하니 마시 농장을 향해 걸어갔다. 그녀와의 접촉이 그를 아프게 했고 위협했다. 그는 위축되었고 그녀의 기운을 떨쳐내야 했다. 마치 예언자 발람 앞에 나타난 천사처럼[25] 그녀가 그의 앞을 가로막고 서서 칼을 휘둘러, 그를 가던 길에서 뒷걸음질 치게 해 황야로 내몰 것이기 때문이었다.

다음 날, 그녀는 그를 배웅하러 역으로 나갔다. 그녀는 그를 유심히 바라보고 살펴보았으나, 그는 내내 너무 낯설고 공허했다. 너무도 공허했다. 너무 침착했다. 그를 공허하게 만든 게 바로 그것이라고 그녀는 생각했다. 이상하게도 그는 아무것도 아닌 존재였다.

어슐라는 그로서는 차라리 외면하고픈 무표정하고 파리한 얼굴

---

25 민수기 22:22-35 참조.

로 그의 곁에 서 있었다. 그녀로서는 삶의 뿌리 바로 거기에 어떤 수치가, 차갑고 무감각한 수치가 있는 것 같았다.

기차역에서 이들 일행 세명은 금방 눈에 띄었다. 소녀 어슐라는 털모자에 모피 목도리를 두르고 올리브색 의상을 입은, 파리하고 젊음으로 팽팽하며 고립되고 굴하지 않는 모습이었다. 군인인 젊은이는 장교용 군모에 묵직한 외투를 입었고, 보라색 스카프 위의 얼굴은 창백하고 내성적이었으며 전체적인 모습은 덤덤했다. 그리고 좀 나이 든 남자는 멋진 중산모를 검은 눈썹까지 눌러썼고 온화하고 침착한 낯빛이었는데, 전체적으로는 묘하게도 뼛속까지 무관심한 것 같은 느낌을 풍겼다. 그는 연극을 보는 관객이자 영원한 청중이요 코러스였다. 자신의 삶에서는 그 어떤 드라마도 찍을 생각이 없을 것 같았다.

기차가 들어오고 있었다. 어슐라는 심장이 들썩였지만 가슴 위로 돌덩이 같은 얼음이 차갑게 내려앉았다.

"잘 가." 그녀가 말했다. 손을 높이 들고, 그녀 특유의 눈부시게 환한 웃음이 어린 표정이었다. 그가 몸을 굽혀 입 맞추자 그녀는 이 사람이 뭘 하는 건가 의아했다. 악수하고 떠나겠거니 했던 것이다.

"잘 가요." 그녀가 다시 인사했다.

그가 작은 가방을 집어들더니 그녀에게서 돌아섰다. 서둘러 열차 옆을 따라갔다. 아, 여기가 그가 탈 객차구나. 그가 자기 자리에 앉았다. 톰 브랭귄이 객차 문을 닫았고, 두 남자가 악수할 때 기적이 울렸다.

"잘 가게. 행운을 비네." 브랭귄이 말했다.

"고맙습니다. 안녕히 계십시오."

기차가 움직이기 시작했다. 스크리벤스키는 창가에 서서 손을 흔들었지만 이 두 사람 쪽을, 소녀와 온화하고 여자처럼 신경 쓴 차림새의 남자를 정말로 보고 있는 건 아니었다. 어슐라가 손수건을 흔들었다. 기차가 속력을 내더니 점점 더 작아졌다. 아직 일직선으로 달리고 있었다. 하얀 점이 사라졌다. 저 멀리 기차 후미가 조그맣게 보였다. 그녀는 아직도 플랫폼에 서 있었고 엄청난 공허감을 느꼈다. 자기도 모르게 입술이 떨리고 있었다. 울고 싶지 않았다. 그녀의 마음은 완전히 차가웠다.

외삼촌 톰이 자판기에 가서 성냥을 사고 있었다.

"사탕 좀 먹을래?" 그가 돌아보며 말했다.

그녀의 얼굴은 눈물범벅이었고, 진정해보려고 입을 아래쪽으로 이상하게 일그러뜨리고 있었다. 그러나 가슴은 울고 있지 않았다. 차갑고 퍼석거렸다.

"어떤 거 먹을래?" 외삼촌이 집요하게 물었다.

"박하사탕이요." 일그러진 얼굴의 그녀가 이상하게도 평범한 목소리로 대답했다. 하지만 몇분 지나자 그녀는 평정을 찾아 조용하고 초연해졌다.

"읍내 들어가자." 외삼촌이 말하고는 서둘러 읍내행 기차에 그녀를 태웠다. 그들은 까페에 가서 커피를 마셨고, 그녀는 길거리를 지나는 사람들을 바라보았다. 그녀의 가슴에는 커다란 상처가 났고 영혼에는 돌같이 차가운 냉담함이 깃들었다.

이즈음 이 차가운 냉담함이 지속되었다. 어떤 환멸이, 단단한 불신이 그녀를 꽁꽁 얼려버린 것 같았다. 그녀의 일부가 차가워지고 무감해졌다. 그녀는 너무 어렸기에, 너무 당혹스러웠기에 자신이 얼마나 고통받고 있는지 이해하지 못했고 알지도 못했다. 너무 깊이 상처받았기에 묵묵히 받아들일 수도 없었다.

그녀는 알 수 없는 괴로움에 시달렸고, 그가 그리울 때면 그리워했다. 그러나 떠나는 바로 그 순간부터 그는 그녀 자신의 환상 속의 대상이 되어버렸다. 그녀는 자신의 솟구치는 고통과 열정과 그리움 모두를 그에게 쏟아부었다.

그녀는 계속 일기를 쓰면서 충동적으로 일어나는 생각들을 적었다. 하늘에 뜬 달을 보면 가슴이 벅차올라 이렇게 적었다.

"내가 만일 달이라면 어디를 비출지 알 텐데."

이 문장은 그녀에게 너무나 많은 것을 의미했다. 그 속에다 청춘의 온갖 고뇌와 젊은 열정과 그리움 모두를 쏟아부었던 것이다. 어디에 가든지 그녀는 마음속으로 그를 불렀고, 어디에 있든지 몸은 그를 향해 고통스레 떨었으며, 영혼의 빛나는 힘으로 끊임없이, 끊임없이 그에게로 달려가 그녀 영혼이 창조한 곳에서 그를 발견해내는 듯했다.

그러나 그는 누구이며 어디에 존재하는가? 오직 그녀 자신의 욕망 속에 있을 뿐이었다.

그녀는 그의 엽서를 받고서 품에 지니고 다녔다. 사실 그게 그렇게 중요한 것은 아니었다. 이튿날 엽서를 잃어버렸고, 며칠이 지날 때까지 그것을 받은 기억조차 나지 않았다.

기나긴 몇주가 지나갔다. 전쟁에 대한 불길한 소식들이 끊임없이 들려왔다. 그녀에게는 저 바깥세상에서 일어나는 모든 일이 자신을 할퀴고 할퀴고 또 할퀴는 상처 같았다. 그리고 그녀 영혼의 무언가는 차갑고 무감하게, 변치 않고 남아 있었다.

이즈음 그녀의 삶은 늘 부분적일 뿐이어서 결코 온전하게 살지 못했다. 그녀에겐 차갑고 살아 있지 않은 부분이 있었다. 그렇지만 그녀는 지독할 만큼 예민했다. 스스로도 어쩔 줄 몰랐다. 길에서 눈이 뻘겋게 충혈된 추레한 노파가 다가와 구걸했을 때, 그녀는 무슨 부정한 물건 보듯 흠칫 피했다. 그러고 나서 노파가 쌍욕을 퍼붓자 움찔했고, 너무도 괴로워 사지를 벌벌 떨며 어쩔 줄 몰랐다. 충혈된 눈의 그 노파 생각이 날 때마다 몸과 머리가 불길에 타들어가듯 미칠 것 같아 죽고 싶을 정도였다.

이런 상태에서 그녀의 성적 관심은 활활 타올라 그녀 속에서 일종의 병이 되었다. 그녀는 극도로 불안하고 예민해서 굵은 양털이 스치기만 해도 신경이 찢어지는 듯했다.

12장
수치

어슐라는 두 학기만 더 다니면 졸업이었다. 대입 시험을 준비 중이었다. 그녀는 마음이 편치 않으면 머리가 거의 돌아가지 않았기에 시험공부는 지루하기 짝이 없었다. 그러나 완강한 고집과 다가오는 운명에 대한 불안감 때문에 썩 내키지 않아도 붙박여서 공부에 몰두했다. 자신이 머지않아 스스로 책임지는 사람이 되고 싶어 하리라는 것을 알았고, 그것이 가로막힐까봐 두려웠다. 완전한 독립, 완전한 사회적 독립, 어떠한 개인적 권위에서도 벗어난 완전한 독립을 추구하는, 무엇보다 우선하는 내면의 의지 때문에 그녀는 바보스러울 만큼 학과 공부에 매달렸다. 왜냐하면 자신에겐 한결같이 여성이라는 몸값이 있다는 걸 알았으니까. 그녀가 여자라는 사실은 변함없었으며, 인간으로서, 인류의 일원으로서 얻지 못하는 것은 남자가 아닌 여자이기 때문에 얻을 것이었다. 여성이라는 점에서 그녀는 은밀한 재화가, 비축한 재산이 있다고 느꼈으며 그녀에겐 늘 자유를 얻을 몸값이 있었다.

그러나 그녀는 이 최후의 자산을 느긋이 보류해두었다. 다른 것들부터 시도해봐야 했다. 탐험해볼 만한 신비한 남자의 세계, 일상적 노동과 의무를 수행하며 공동체의 일꾼으로서 살아가는 세계가 있었다. 그녀는 이 세계에 대해 은근히 앙심을 품고 있었다. 이 남자의 세계 또한 정복하고 싶었다.

그래서 그녀는 죽자고 공부하며 결코 포기하지 않았다. 좋아하는 과목도 있었다. 그녀가 배우는 과목은 영어, 라틴어, 프랑스어, 수학과 역사였다. 프랑스어와 라틴어를 읽는 법을 알게 되었지만 문법은 지겨웠다. 제일 따분한 것은 영문학을 꼼꼼히 공부하는 것이었다. 읽은 것을 왜 암기해야 한단 거야? 수학은 어떤 면, 가령 냉철한 절대성에 매력을 느꼈지만 실제 연습문제는 따분했다. 역사 속 몇몇 인물들을 보고는 당혹스럽기도 하고 깊은 생각에도 빠졌지만, 정치사 부분은 화가 났고 장관들이 가증스러웠다. 그녀가 학업에서 뿌듯한 성취감과 충족감과 확장감을 느끼는 방식은 좀 별났다. 어느 날 오후 셰익스피어의 『뜻대로 하세요』를 읽었을 때 그랬고, 또 한번은 라틴어 문단 낭독을 실감 나게 들었을 때였는데, 그녀는 로마인의 몸속에 맥박이 어떻게 뛰는지 알게 되었고 이후로는 로마 사람들을 직접 만난 듯 아는 느낌이 들었다. 영문법의 변칙적 형태들도 재미있었다. 단어와 문장의 생동감을 찾아내는 쾌감을 주기 때문이었다. 수학은 대수에 나오는 글자들을 보기만 해도 혹할 정도로 빠져들었다.

이즈음 그녀는 감정이 과민하고 너무 혼란스러워서, 언제 뭐가 자기를 덮칠지 모르는 것처럼 야릇하고 의아하며 반쯤 겁먹은 표정이었다.

시답잖은 것을 알게 되어도 끝 모를 열정이 솟구쳤다. 자그마한 갈색 가을 꽃봉오리 속에 아홉달 지나 여름이면 피어날 아주 작지만 완전하고 완결된 꽃이 아주 작게, 꼭꼭 접힌 채 개화를 기다리고 있다는 것을 알았을 때는 눈부신 환희와 애정이 덮쳐왔다.

"나무가 있는 한 난 절대 죽지 않을 거야." 그녀는 우러르듯 커다란 물푸레나무 앞에 서서 무게를 잡고 열정적으로 말했다.

왠지 더없는 위협으로 다가오는 것은 바로 꼿꼿이 걸어다니는 사람들이었다. 이즈음 그녀의 삶은 미숙하고 휘청거려서, 기본적으로 누구와도 접촉하지 않으려고 몸을 사렸다. 다른 이들에게 뭔가 주긴 했으나, 그녀는 자아가 없었기에 결코 자기 자신이지 못했다. 나무, 새, 하늘 앞에서는 두렵지도 부끄럽지도 않았다. 하지만 사람은 지독히 피했고, 그들처럼 확고하고 단호하지 못하며 형태도 존재도 없이 우유부단하고 막연한 심성만 가졌다는 것이 부끄러웠다.

이즈음 구드런은 큰 위안이자 방패막이었다. 이 동생은 다가오는 모든 이를 불신하는 낭창하고도 곁을 주지 않는 짐승 같았고, 친한 여학생들끼리 나누는 사소한 비밀이나 시샘 같은 건 찾아볼 수 없었다. 그녀는 고분고분하건 아니건 집고양이는 상대하지 않으려 했다. 그들 모두 고약하고 미덥지 않은 길듦이라는 습성이 몸에 밴 야생 고양이일 뿐이라고 믿었기 때문이었다.

어슐라는 아무리 경멸하는 사람이라도 그가 자기를 싫어한다고 생각하면 엄청나게 괴로워했기 때문에 구드런의 이런 점이 정말 든든했다. 어떻게 언니를, 어슐라 브랭귄을 정말로 싫어할 수 있겠어? 동생이 이렇게 반문하면 그녀는 겁이 났지만 뭐라고 반박할 말이 없었다. 구드런의 타고난 당당한 무심함에서 어슐라는 피난처를 구했다.

구드런이 그림에 소질이 있다는 사실이 밝혀졌다. 이렇게 되자 공부라곤 완전히 담쌓고 살던 그녀의 문제가 해결되었다. 사람들은 그녀에 대해 "쟤는 그림을 엄청 잘 그려"라고들 했다.

어느 날 문득 어슐라는 자신과 담임인 잉거 선생 사이에 묘한 관심이 생긴 것을 느꼈다. 선생은 상당한 미모의 스물여덟살 된 여성으로서 그 독립적인 태도 자체가 자신의 슬픔을 드러내는, 겁 없어 보이고 깔끔한 유형의 현대 여성이었다. 똑똑하고 업무에 능숙했으며 신속 정확하고 위엄 있었다.

잉거 선생은 분명하고 단호하면서도 우아한 외모로 어슐라에게 늘 기쁨을 주었다. 그녀는 약간 젖혀질 정도로 고개를 쳐들고 다녔고, 부드러운 갈색 머리카락을 틀어올린 모습이 고상해 보인다고 어슐라는 생각했다. 선생은 늘 깨끗하고 매력적이며 몸에 잘 맞는 블라우스와 고급 스커트를 입고 다녔다. 그녀에 관한 모든 것이 아주 단정해서 멋지고 분명한 정신을 나타냈기에 그녀의 수업을 듣는 것이 유쾌했다.

선생은 목소리가 낭랑하고 명료했으며 흔들림 없고 멋지게 조율되어 있었다. 푸른 눈동자는 맑고 당당해서, 전체적으로 씩씩하며 꼼꼼히 단장하는 사람이자 확고한 정신의 소유자라는 인상을 풍겼다. 그러나 그녀에게는 끝 모를 슬픔이 있었고, 당당하게 다문 쓸쓸한 입매에는 깊은 서글픔이 배어 있었다.

선생과 소녀 사이에 미묘한 관심이 생기고, 그후 어쩌다 스쳐 지날 수도 있을 두 사람이 말할 수 없이 가까운 사이로 발전한 것은 스크리벤스키가 떠난 후였다. 그전에 두 사람은 내내 특별난 데 없이 잘 지냈고 교사와 학생이라는 직무상의 관계를 유지했다. 그러나 지금, 다른 관계가 진전되고 있었다. 교실에 같이 있을 때면 그들은 서로를 의식한 나머지 다른 모든 것을 배제할 정도가 되었다. 위니프리드 잉거는 어슐라가 있으면 수업을 하며 뜨거운 희열을 느꼈고, 어슐라는 잉거 선생이 교실로 들어설 때면 자신의 삶 전체가 시작되는 기분이었다. 그러면, 친애하고 남몰래 친밀한 잉거 선생이 같이 있으면, 소녀는 어떤 풍요로운 햇살을 받고 앉아서 그 자극적인 열기가 혈관 속에 정통으로 쏟아지는 듯했다.

잉거 선생과 함께하는 시간이 더할 나위 없이 행복했지만 소녀는 끊임없이 갈망하고 또 갈망했다. 어슐라는 귀가 도중에도 선생에 대해 공상하거나 무엇을 줄까, 어떻게 자기를 좋아하게 만들 수 있을까 오만가지 상념에 빠졌다.

잉거 선생은 케임브리지대학교의 뉴넘 칼리지를 졸업한 문학사였다. 목사의 딸로서 앙갓집 출신이었다. 하지만 어슐라가 제일 흠모한 그녀의 매력은 운동선수처럼 잘 다듬어진 꼿꼿한 자세와 꺾을 수 없이 당당한 성격이었다. 선생은 남자처럼 당당하고 자유로웠으나 여자처럼 정교했다.

아침에 등교하러 나서면 소녀의 가슴은 불타올랐다. 사랑하는 이를 향한 마음은 열렬했고 발걸음은 흥겨웠다. 아, 잉거 선생님, 그분의 등은 얼마나 곧고 멋진가, 허리는 얼마나 튼튼하며 팔다리는 또 얼마나 매끈하고 자유로운가!

어슐라는 잉거 선생이 자기를 좋아하는지 알고 싶어 애가 탔다. 하지만 아직 두 사람 사이에 확실한 증표는 없었다. 그래도 잉거 선생이 그녀를 사랑하고 아끼며 적어도 다른 학우들보다 더 좋아하는 건 분명했다. 그래도 결코 확실한 건 아니야. 잉거 선생은 안 좋아할 수도 있어. 그렇지만, 그렇지만 불타는 심정의 어슐라는 선생에게 말을 걸어보고 만져볼 수만 있다면 알 것 같았다.

여름 학기가 되자 수영 수업이 시작되었다. 잉거 선생이 수영 수업을 맡게 되었다. 그러자 어슐라는 열정으로 몸이 떨리고 아뜩해졌다. 그녀의 소망이 곧 실현될 것 같았다. 수영복 입은 잉거 선생을 보게 되리라.

그날이 왔다. 커다란 수영장에 연한 에메랄드빛 물이 아련하게 빛나고 있었다. 대리석처럼 하얀 구역 가득히 고운 물이 다채롭게 반짝이고 있었다. 머리 위로 햇볕이 다사로이 내리쬐고, 옆에서 누군가 뛰어들자 깨끗한 초록빛 물이 태양 아래서 크게 출렁거렸다.

어슐라는 흥분을 누르기 어려워 벌벌 떨면서 옷을 벗고, 딱 붙는 수영복을 입은 후 탈의실 문을 열었다. 학생 두명이 물속에 있었다. 선생은 아직 보이지 않았다. 어슐라는 기다렸다. 문이 열리고 잉거 선생이 나왔다. 그리스 여자처럼 벽돌색 튜닉을 입고 허리를 묶었으며 머리에 빨간 실크 손수건을 두른 모습이었다. 얼마나 아름다운지! 선생의 무릎은 너무도 하얗고 강하며 당당했고 몸은 디아나 여신[1]처럼 탄탄했다. 그녀가 수영장 측면으로 쓱 걸어오더니 아무렇지 않게 풍덩 뛰어들었다. 잠시 어슐라는 선생의 희고 매끈하며 강한 어깨를, 그리고 팔을 편안히 뻗으며 수영하는 모습을 지켜보았다. 그러곤 자신도 물속으로 뛰어들었다.

이제야, 아, 이제야 친애하는 선생님과 같은 물속에서 수영하는구나. 소녀는 팔다리를 관능적으로 움직이며 홀로, 감미롭게, 그렇지만 채워지지 않은 욕망에 갈급해하며 헤엄쳤다. 상대를 만져보고 싶었다. 선생을 만지고 느껴보고 싶었다.

---

1 로마 신화에서 달의 여신이자 사냥의 여신. 처녀이며 남성을 거부하는 이미지를 지닌다.

"어슐라, 나랑 경주하자." 잘 조율된 목소리가 들렸다.

어슐라는 소스라치게 놀랐다. 돌아보니 선생의 따뜻하고 환한 얼굴이 이쪽을 향해 그녀를 바라보고 있었다. 그녀를 알아봤던 것이다. 어슐라는 특유의 아름답고 깜짝 놀란 미소를 띠고 헤엄치기 시작했다. 선생이 바로 앞에서 편안하게 팔을 휘저으며 헤엄쳤다. 그녀는 선생의 뒤로 젖힌 고개와 흰 어깨 위로 출렁이는 물과 어슴푸레 물속에서 차고 나가는 튼튼한 다리를 볼 수 있었다. 그녀는 열정에 넋을 잃은 상태로 헤엄쳤다. 아, 저 탄탄한, 하얗고 차가운 육체의 아름다움! 아, 놀랍도록 탄탄한 팔다리. 그걸 잡아볼 수만 있다면, 끌어안아 자신의 작은 젖가슴 사이에 바싹 밀착시킬 수만 있다면! 아, 그녀 자신의 밋밋하고 희끄무레한 보잘것없는 몸을 싫어하지 않는다면, 그녀도 선생처럼 겁 없고 유능할 수만 있다면 얼마나 좋을까.

어슐라는 열심히 헤엄쳤다. 이기고 싶어서가 아니라 오로지 선생 곁에 가기 위해, 그녀와 같이 경주하기 위해서였다. 그들은 수영장 끝에 다가갔다. 깊은 쪽이었다. 잉거 선생이 풀장 가로대를 터치하고 빙 돌더니 물속에서 어슐라의 허리를 잡고 한순간 자기 쪽으로 당겨서 안았다. 두 여자의 몸이 닿았고, 잠시 서로를 향해 세차게 솟구쳤다가 떨어졌다.

"내가 이겼네." 잉거 선생이 웃으며 말했다.

잠시 긴장감이 감돌았다. 어슐라는 심장이 너무 빨리 뛰어서 가로대에 기댔고 움직일 수 없었다. 어슐라의 따스하고 활짝 열린 빛나는 얼굴이 그녀만의 태양을 바라보듯 선생을 향했다.

"안녕." 잉거 선생이 인사를 한 뒤 다른 학생들 쪽으로 헤엄쳐 가서 그들에게 교사로서의 관심을 보였다.

어슐라는 아찔했다. 아직도 자기 몸에 닿았던 그 몸의 감촉이 느껴졌다. 오직 이것뿐, 오직 이것뿐이었다. 남은 수영 시간이 꿈결처럼 지나갔다. 수업 종료 벨이 울리자 잉거 선생이 어슐라를 향해 수영장 아래쪽으로 걸어왔다. 벽돌색 얇은 튜닉 수영복이 달라붙어 몸 전체가 선명히 드러났다. 소녀가 보기에 탄탄하고 더할 나위 없는 몸이었다.

"너랑 경주해서 즐거웠어, 어슐라." 잉거가 말했다. "너도 좋았니?"

소녀는 숨김없이 빛나는 표정으로 활짝 웃기만 했다.

이제 암묵적으로 사랑 고백이 이루어졌다. 하지만 더 진전되려면 시간이 필요했다. 어슐라는 흥분된 희열을 느끼며 긴장 상태로 지냈다.

그러던 어느 날, 그녀가 혼자 있을 때 선생이 다가오더니 손가락으로 뺨을 건드리며 약간 어렵사리 말을 꺼냈다.

"어슐라, 토요일에 나랑 차 마시러 갈래?"

소녀는 너무 감격해서 얼굴이 빨개졌다.

"소어 강가에 있는 작고 예쁜 방갈로에 가자. 난 가끔 거기서 주말을 지내거든."

어슐라는 제정신이 아니었다. 토요일이 될 때까지 견디기 어려웠고 상념들이 불처럼 활활 타올랐다. 지금이 토요일이라면, 토요일이기만 하다면.

그러다 토요일이 되어 그녀는 출발했다. 잉거 선생과 솔리 철로 교차로에서 만나 3마일쯤 걸어서 방갈로에 도착했다. 대기가 습했고 날은 따스하고 흐렸다.

방갈로는 가파른 강둑 위에 서 있는 방 두개짜리 조그만 오두막이었다. 그 안에 있는 모든 게 정교했다. 단둘이 있는 감미로운 분위기에서 두 여자는 차를 끓인 후 이야기를 나누었다. 어슐라는 10시까지만 집에 가면 되었다.

대화는 마법처럼 사랑 이야기로 흘러갔다. 잉거 선생은 어슐라에게 자기 친구 이야기를 해주었다. 그 친구가 아이를 낳다가 죽은 사연과 어떤 고통을 겪었는지를, 그리고 어떤 창녀 이야기와 자신이 남자들과 맺었던 몇몇 경험들도 말해주었다.

방갈로의 자그마한 베란다에서 이렇게 이야기를 나눌 동안 밤이 되었고 훈훈하게 비가 조금 내렸다.

"정말 후터분하구나." 잉거 선생이 말했다.

저 멀리서 기차가 달려가는 것이 보였다. 황혼의 끝자락에 비치는 기차 불빛이 흐릿했다.

"천둥이 칠 것 같아요." 어슐라가 말했다.

온몸이 저릿한 긴장이 계속되었고, 어둠이 내려 두 사람의 모습이 가려졌다.

"수영하러 가야겠어." 자욱한 어둠 속에서 잉거 선생의 목소리가 들렸다.

"밤인데요?" 어슐라가 말했다.

"밤에 하면 최고야. 너도 할래?"

"하고 싶어요."

"여긴 아주 안전해, 사유지거든. 비 맞을지 모르니까 방갈로에서 옷을 벗고 뛰어 내려가는 게 좋겠다."

어슐라는 수줍게, 뻣뻣하게 방갈로 안으로 들어가서 옷을 벗기 시작했다. 등불 밝기는 낮춰져 있었고 소녀는 어둑한 데 섰다. 다른 의자 옆에서 위니프리드 잉거가 옷을 벗고 있었다.

곧 손위 여자의 발가벗은 어둑한 모습이 어린 여자 쪽으로 다가
왔다.

"준비됐니?" 그녀가 말했다.

"잠시만요."

어슐라는 겨우 대답했다. 그 곁에 벌거벗은 여자가 말없이, 가까
이 서 있었다. 어슐라도 준비가 되었다.

그들은 어둠 속으로 과감히 나아갔다. 피부에 닿는 부드러운 밤
공기가 느껴졌다.

"길이 안 보여요." 어슐라가 말했다.

"이쪽이야." 목소리가 들리더니, 어른거리는 희미한 형체가 곁
에 와서 한 손으로 그녀의 팔을 움켜잡았다. 손위 여자는 어린 여
자를 꼭 안고, 꼭 안고 내려갔고, 강가에 이르자 그녀를 감싸안고
키스했다. 잉거가 품에 꼭 안긴 어슐라를 들어올리며 부드럽게 속
삭였다.

"물속에까지 안고 갈 거야."

어슐라는 선생의 품속에서 미치도록 소중한 젖가슴에 이마를
기댄 채 가만히 안겨 있었다.

"이제 물속에 넣을 거야." 위니프리드가 말했다.

그러나 어슐라는 자기 몸으로 선생을 휘감았다.

한참 후, 그들의 달아오른 뜨거운 팔다리 위로 비가 내렸다. 움
찔하면서도 감미로웠다. 갑자기 싸늘한 소나기가 그들 위로 장대
같이 쏟아졌다. 그들은 유쾌하게 비를 맞고 서 있었다. 어슐라는 자
신의 가슴과 배와 팔다리로 죽죽 흘러내리는 빗줄기를 받아들였
다. 그러자 추워졌고, 속에서 바닥 모를 깊은 침묵이 솟구쳐올랐다.
바닥 모를 암흑이 그녀를 향해 되돌아오는 것 같았다.

그렇게 열기가 가시자 잠에서 깰 때처럼 오싹해졌다. 존재도 없는 싸늘한 사물이 된 느낌으로 그녀는 실내로 달려갔다. 벗어나고 싶었다. 그녀는 빛이, 다른 사람들의 존재가, 여러 사람들과의 외적인 연관이 필요했다. 무엇보다 자연스러운 환경 속에 파묻히고 싶었다.

어슐라는 선생에게 작별 인사를 하고 집으로 돌아왔다. 토요일 밤의 사람들로 붐비는 기차역에 오니 기뻤고, 승객들로 북적이는 불 밝은 객차에 앉아 있는 것도 좋았다. 단지 아는 사람만 만나지 않았으면 했다. 말하고 싶지 않았다. 그녀는 사람들에게 섞이지 않고 홀로였다.

소란스레 동요하는 이 불빛과 사람들 모두는 저 거대한 내면의 암흑과 공허의 가장자리요 해안에 불과했다. 자기 내면에 캄캄한 허공의 텅 빈 신실이 있었기에, 그녀는 군데군데 불 밝혀진 소용돌이치는 해안에 있기를 간절히 바랐다.

잠시, 그녀의 선생인 잉거는 사라지고 없었다. 선생은 캄캄한 공허일 뿐, 어슐라는 절멸과 망각의 지하 세계를 걷는 유령처럼 자유로웠다. 정적이고 활기 없는 그런 기쁨으로 즐거웠기에 선생은 그녀에게서 소멸해 사라져버렸다.

그러나 아침이 되자 사랑은 되살아나 뜨겁게 타올랐다. 어슐라는 어제 일이 기억났고 더 많이, 언제나 더 많이 원했다. 선생과 같이 있고 싶었다. 떨어져 있으면 살아 있는 것 같지 않았다. 오늘은, 오늘은 왜 못 만나는 거야? 왜 선생님 없는 코세테이 바닥을 헤매 다녀야 하는 거야? 그녀는 자리에 앉아 불꽃처럼 열정적인 연애편지를 썼다. 그러지 않고는 배길 수 없었다.

두 여자의 관계는 밀접해졌다. 그들의 삶이 급속하게, 떼어놓을 수 없이 일체로 녹아든 것 같았다. 어슐라는 위니프리드의 숙소로 찾아갔고, 거기 있을 때만 살아 있는 시간 같았다. 위니프리드는 물을 아주 좋아해서 수영이나 노 젓기를 즐겼다. 스포츠 동호회도 여러군데 속해 있었다. 두 여자는 자주 강 위의 보트에서 감미로운 오후 시간을 보냈는데, 늘 위니프리드가 노를 저었다. 위니프리드는 어슐라를 리드하며 선물을 주고 그녀의 삶을 풍요롭게 채우는 것을 정말로 즐거워하는 듯했다.

이렇게 선생과 몇달 사귀는 동안 어슐라는 빠르게 성장했다. 위니프리드는 과학적인 교육을 받은 사람이었다. 똑똑한 지인들도 많았다. 그녀는 어슐라를 자신의 사고방식으로 끌어들이고 싶어 했다.

그들은 종교를 가져다가 그것의 교리를, 그것의 허위를 제거해 버렸다. 위니프리드는 종교를 완전히 인간화했다. 점차 어슐라는 자기가 아는 모든 종교란 인간 열망에 특정한 옷을 입힌 것에 불과하다는 것을 알게 되었다. 열망이 진짜였고, 옷은 대개 민족적 취향이나 필요의 문제였다. 그리스인에겐 벌거벗은 아폴론이 있었고, 기독교인은 흰옷 입은 그리스도가, 불교도는 왕자가, 이집트인은 그들의 오시리스가 있었다. 개별 종교들은 지역적이고 종교 일반은 보편적이었다. 기독교는 일개 지부였다. 지역 종교들이 보편 종교로 통합된 예는 아직 없었다.

종교에는 공포와 사랑이라는 두개의 커다란 동기가 있었다. 공포라는 동기는 사랑이라는 동기만큼이나 중요했다. 기독교는 공포에서 벗어나기 위해 십자가형을 받아들였다. '나에게 네가 할 수 있는 최악의 행위를 하라, 그러면 나는 더이상 최악의 것을 두려워하지 않을 것이다'라는 식이었다. 그렇지만 공포의 대상이 반드시

악은 아니요, 사랑의 대상이 꼭 선은 아니었다. 공포가 숭배가 될 것인데, 숭배는 동일시를 통한 굴종이다. 반면에 사랑은 승리가 될 것이며, 승리는 동일시를 통한 기쁨인 것이다.

어슐라는 종교에 대해 그런 식으로 토론하며 수많은 저술의 핵심을 파악했다. 철학은 인간 욕망이 모든 진리와 모든 선의 판단 기준이라는 결론에 이르도록 이끌었다. 진리란 인류 너머에 존재하는 것이 아니라 인간 정신과 감정의 산물 가운데 하나다. 실로 두려워할 것은 아무것도 없다. 종교에서 공포라는 동기는 비천해서, 몰록[2]을 섬기는 고대의 권력 숭배자들에게나 맡겨야 한다. 계몽된 정신의 소유자인 우리는 권력을 숭배하지 않는다. 권력이란 돈으로, 나폴레옹식의 어리석음으로 타락해버렸다.

어슐라는 몰록 꿈을 꾸지 않을 수 없었다. 그녀의 하느님은 온순하지도 유약하지도 않았고 양노 비둘기노 아니었다. *그분은 사자요 독수리였다.* 사자와 독수리가 권력이 있어서가 아니라 당당하고 강건하기 때문이었다. 그들은 그들 자체여서, 목동을 따라다니는 수동적인 대상이나 여인네들이 애지중지하는 애완동물, 혹은 일부 사제들의 제물이 아니었다. 온순하고 말 잘 듣는 양과 단조롭기 짝이 없는 비둘기가 어슐라는 죽도록 지겨웠다. 양이 사자와 함께 누울지라도, 그것이 양에게 크나큰 영광일지라도, 그렇다고 사자의 힘찬 가슴이 위축되는 일은 없으리라. 그녀는 당당하고 태연한 사자가 좋았다.

그녀는 양이란 사랑할 수 있는 존재가 아니라고 생각했다. 사랑받을 수 있을 뿐이었다. 양은 그저 겁먹고 떨면서 공포에 굴복하

---

2 이스라엘 민족에 적대적이던 암몬인들의 신. 구약에서 셈족의 신으로 지칭되며, 희생물 등 잔인한 제사를 요구한 것으로 기록되어 있다.

고 희생물이 되거나, 아니면 사랑에 굴복해서 애완용이 될 뿐이었다. 두 경우 모두 그들은 수동적이었다. 격렬하고 파괴적인 연인들은, 공포가 승리보다 크지 않고 승리가 공포보다 크지 않아서 공포와 승리가 최상인 바로 그 순간을 추구하는 이들은 양도 비둘기도 아니었다. 그녀는 사자나 야생마처럼 팔다리를 쭉 뻗었고, 그녀의 심장은 본연의 욕망을 거침없이 추구했다. 천번 죽는다 해도 죽음에서 다시 일어설 때, 그녀의 심장은 변함없이 사자의 심장일 터였다. 그녀 자신이 아닌 저 위대하고 상충하는 우주와 다르며 그것으로부터 분리된 자기 자신을 알기에, 그녀는 더 사납고 더 믿음직한 사자가 될 터였다.

위니프리드 잉거는 여성운동에도 관심이 있었다.

"남자란 이제 아무 쓸모가 없어. 그들은 행동력을 다 잃어버렸어." 손위 여자는 말했다. "법석을 떨고 떠벌여대지만 실은 빈 깡통이야. 사내들은 모든 걸 낡고 무기력한 관념에 끼워맞추지. 사랑은 그들에겐 죽은 관념이야. 그들은 우리에게 다가오지도 사랑하지도 않아, 어떤 관념에 다가오는 거지. 그래놓고선 '당신은 내게 맞는 관념이오'라고 해. 그러니 결국 자기 자신을 포옹하는 셈이지. 마치 내가 아무 사내의 관념이나 되는 것처럼! 사내가 나에 대한 관념을 갖고 있어서 내가 존재한다는 듯 굴어! 내가 남자에 의해 드러난다는 듯, 내 몸을 그의 관념의 도구로 빌려줘서 그의 죽은 이론의 일개 장비가 될 것처럼 말이야. 하지만 사내들이란 법석을 떨어대느라 실행력이 없어. 모두 불능이야, 여자를 진짜로 가질 힘이 없다고. 매번 자기 자신의 관념에 다가와서 그걸 갖는 거지. 배고프다고 자기 자신을 삼키려는 뱀 같아."

어슐라는 잉거를 통해 다양한 남녀를 알게 되었다. 학벌 좋고 불만 많은 사람들로서, 젠체하는 지역사회 내에서는 그들의 겉모습이 그렇듯 거의 온순하게 행동했지만 속으로는 울분에 찌든 자들이었다.

소녀 어슐라가 휩쓸려 들어간 곳은 혼돈 같은, 세상의 종말 같은 이상한 세계였다. 이 모든 걸 이해하기에 그녀는 너무 어렸다. 그러나 선생에 대한 사랑을 통해서 그들의 사상이 어슐라 속으로 주입되었다.

시험이 다가왔고, 그후 학기가 끝났다. 이제 긴 방학이었다. 위니프리드 잉거는 런던으로 떠나버렸다. 어슐라는 코세테이에 홀로 남겨졌다. 버림받은 자의 서러움이, 죽을 것 같은 절망이 그녀를 사로잡았다. 무슨 일을 하건, 무엇이 되건 아무 소용이 없었다. 타인들과는 아무 연관도 없었다. 그녀의 운명은 고립되고 삭막했다. 이 킴킴한 해체 외에 어디에도 그녀를 위한 것은 없었다. 그렇지만, 그녀를 공격해오는 이 모든 거대한 해체 속에서도 그녀는 자기 자신으로 남아 있었다. 그녀가 변함없이 자기 자신이라는 사실이 그녀가 겪는 모든 고난의 놀라운 핵심이었다. 결단코 그 점을 피할 도리가 없었다. 그녀는 자기 자신이기를 저버릴 수 없었다.

어슐라는 아직 위니프리드 잉거를 따랐다. 그러나 토할 것 같은 메스꺼움이 엄습하고 있었다. 그녀는 선생을 사랑했다. 그러나 이 상대 여성이 접촉해오면 죽음과 같이 무겁고도 꽉 막힌 갑갑함이 몰려들기 시작했다. 그래서 이따금 그녀는 위니프리드가 추하고 진흙처럼 찐득거린다고 생각했다. 선생의 여성적인 엉덩이는 크고 천박해 보였고, 발목과 팔은 너무 두꺼웠다. 어슐라는 고유의 생명을 갖지 못했기에 남에게 들러붙는 축축한 진흙의 이 찐득한 점성 대신 어떤 순수한 강렬함을 원했다.

위니프리드는 여전히 어슐라를 사랑했다. 소녀의 순수한 열정을 사랑했고 그녀를 끝없이 배려했으며, 필요하다면 그녀를 위해서 무엇이건 했을 것이었다.

"나랑 같이 런던에 가자." 선생이 소녀에게 간청했다. "너한테 멋진 여행이 되게 해줄게. 즐거운 일도 많이 하게 해줄게."

"아뇨," 어슐라가 고집스럽고 뚱하게 대답했다. "싫어요, 런던에 가고 싶지 않아요. 혼자 있고 싶어요."

위니프리드는 이 말이 무슨 뜻인지 알았다. 어슐라가 자기를 거부하기 시작했다는 걸 알았다. 소녀의 꺼트릴 수 없는 순수한 불꽃이 손위 여자의 도착적인 삶과 뒤섞이는 것에 더이상 동의하지 않으려 했다. 이런 일이 있을 줄 위니프리드는 알고 있었다. 그러나 그녀도 자존심이 있었다. 그녀의 밑바닥에는 절망의 시커먼 구렁이 존재했다. 어슐라가 자기를 버릴 것이라는 사실을 너무도 잘 알고 있었다.

그것은 마치 그녀 삶의 종말 같았다. 하지만 그녀는 너무도 절망적이어서 분노하지도 못했다. 머리를 굴린 결과, 아직 남은 어슐라의 사랑을 바닥내지 않기 위해 그녀는 사랑하는 소녀를 혼자 남겨두고 런던으로 가버렸던 것이다.

그렇게 이주쯤 지나자 어슐라의 편지는 다시 다정하고 애정 어린 투가 되었다. 어슐라의 외삼촌 톰이 그의 집에 와서 지내라고 초대했다는 내용이었다. 그는 요크셔에서 대규모 신흥 탄광을 경영하고 있었다. 어슐라는 "위니프리드 선생님도 같이 가시겠어요?"라고 덧붙였다.

이제 어슐라는 위니프리드를 결혼시킬 상상을 하고 있었다. 선생이 외삼촌 톰과 결혼하기를 바랐다. 위니프리드도 이것을 알고 있었다. 그녀는 위기스턴으로 가겠다고 했다. 이제 더이상 시도해볼 것이 아무것도 남지 않았기에, 운명이 이끄는 대로 따를 작정이었다. 톰 브랭귄도 어슐라의 의중을 읽었다. 그 역시 자기 욕망의 종착점에 다다른 상태였다. 그는 자기가 해보고 싶은 것들은 다 해보았다. 그것들은 하나같이 종국에 가서 영혼을 무너트리고 황폐하게 할 뿐이었고, 그는 그런 것을 더할 나위 없이 관용적인 유머 아래 숨겼다. 그는 지상의 어떤 것에도, 남자건 여자건, 신이건 인류건 그 어디에도 더이상 마음 두지 않았다. 무효화된 존재로 안정 상태에 다다랐던 것이다. 그는 자기 몸에도 영혼에도 더이상 마음 쓰지 않았다. 오로지 자기 자신의 목숨을 손상 없이 보존할 작정이었다. 오로지, 살아 있다는 이 단순하고 피상적인 사실만 남아 있었다. 그는 아직 건상했다. 살아 있었다. 그러므로 매 순간을 메우리라. 그것이 늘 그의 신조였다. 그것은 직감에 따른 소달함이 아니라 그의 본성의 필연적인 결과물이었다. 완전히 혼자 은밀한 상태에 있을 때면 그는 아무 가책 없이, 아무 속내도 없이 저 하고픈 대로 했다. 그는 선도 악도 믿지 않았다. 매 순간이 외떨어진 조그만 섬같이, 시간으로부터 고립되고 시간의 구애를 받지 않는 텅 빈 상태였다.

그는 붉은 벽돌 일색으로 지어진 위기스턴이라는 대규모 주거단지 외곽에 위치한 붉은 벽돌로 된 신축 저택에 살고 있었다. 위기스턴은 조성된 지 칠년밖에 되지 않은 곳이었다. 원래는 상당한 규모의 반농半農 지역 끄트머리에 열한가구가 살던 작은 마을이었다. 그러다 대규모 탄층이 뚫렸던 것이다. 일년도 안 되어 부실하고 허접한 방 다섯개짜리 주택들이 불그레하게 늘어선 위기스턴이라는 탄광촌이 등장했다. 길거리는 순전한 추악함의 화신 같았다. 검회색의 자갈 깔린 도로와 아스팔트 둔덕길이 밋밋하게 늘어선 담

벽락과 창문과 현관문 사이에 들어찼고, 새 벽돌로 지은 수로는 어디서 시작해서 어디서 끝나는지 알 수 없었다. 모든 것이 무정형이었지만 모든 것이 끝없이 반복되었다. 이따금 판매용 채소나 식료품 나부랭이를 진열해둔 창턱이 보일 뿐이었다.

이 마을의 한중간에는 볼품없이 큰 공터가 있었는데, 검게 다져진 땅 위에 세워진 장터 같았다. 그 주위로는 시커메진 붉은색 새 벽돌과 작은 직사각형 창문들과 직사각형 현관문들이 끝도 없이 늘어서서 하나같이 특징 없는 주택들과, 한 모퉁이에 천박해 보이는 널따란 선술집이 있을 뿐이었다. 그리고 광장 측면 후미진 곳에 흐릿한 진녹색의 커다란 창문이 있었는데, 그곳은 우체국이었다.

이곳에는 폐허가 주는 이상한 황량함이 있었다. 두어명씩, 혹은 무리 지어 어슬렁거리거나 아스팔트 도로를 따라 터덜터덜 걸어서 출근하는 광부들은 산 사람이 아니라 유령 같았다. 텅 빈 거리의 경직성과 정해진 형태도 없이 틀로 찍어낸 듯한 마을 전체의 불모성이 삶보다 죽음을 연상시켰다. 이곳에는 만남의 광장도, 중심지도, 간선도로도, 유기적인 구조물도 전무했다. 무슨 피부병처럼, 급속히 퍼져가는 적벽돌로 된 혼란상의 새 거점처럼 거기 있었다.

이 지역 바로 바깥 작은 언덕 위에 붉은 벽돌로 된 톰 브랭권의 저택이 있었다. 저택 정문에서 보면 이 지역의 주변이 보였다. 형편없는 악취를 풍겨대는 재구덩이와 변소, 들쑥날쑥 늘어선 주택들의 뒷면이 보였는데, 집집마다 벌어지는 시답잖은 짓들이 켜켜이 쌓여 지저분하기 그지없었다. 조금 더 떨어진 곳에 밤낮없이 돌아가는 대규모 탄광이 있었다. 그리고 그 주변으로 군데군데 가시금작화와 히스꽃이 핀 구불구불한 두줄기 개울이 푸르고, 저 멀리 어둑한 숲이 있는 시골이 있었다.

이 지역 전체가 정말 말도 안 되게 현실감이 없었다. 여기서 이 년을 지낸 지금도 톰 브랭귄은 이곳이 실재하는 장소라는 생각이 들지 않았다. 어떤 추하고 죽어버린 무정형의 분위기가 구체화된 섬뜩한 꿈 같았다.

어슐라와 위니프리드는 운치 없는 조그만 역에서 마중 나온 자동차에 몸을 싣고 뭔가 끔찍하고 조악한 것의 시작을 알리는 듯한 곳을 지나쳐 달렸다. 그곳은 결코 사라지지 않을 혼돈, 고정되고 경직된 혼돈의 순간이었다. 어슐라는 거기 있는 다수의 남자들에게 마음을 빼앗겼다. 사내들은 길가에 무리 지어 서 있거나, 자기네 개들이 앞서거니 뒤서거니 뛰어다니는 와중에 너덧명이 패거리로 걸어가는 경우도 있었다. 모두들 말쑥한 옷차림이었고 대부분 수척한 편이었다. 그늘의 몸가짐에서 풍기는 끔찍하고 삭막한 정적이 그녀를 매혹했다. 디이싱 바라볼 희망 없이, 그러나 어변 완선히 불 모인 껍데기 속에서도 아직 죽지 않은 열정적 존재를 지닌 생명체처럼, 그들은 기이하고 고립된 기품을 지닌 채 하릴없이 길을 따라 스쳐갔다. 마치 딱딱하고 뾰족한 껍데기가 그들 모두를 에워싸버린 것 같았다.

어슐라는 충격과 경악에 빠진 상태로 외삼촌 집으로 실려갔다. 외삼촌은 아직 집에 오지 않았다. 집의 가구는 간소하지만 멋지게 갖춰져 있었다. 칸막이벽을 들어내서 집의 전면 전체를 커다란 서재로 꾸민 다음 한쪽은 자신의 과학 연구용으로 할애해두었다. 그곳은 실험실 겸 서재로 정해둔 멋진 방이었으나, 마을과 똑같이 딱딱하고 기계적인 활동의 느낌, 기계적이지만 미숙한 활동의 느낌을 풍겼다. 밖으로는 추하고 비실재적인 마을과 푸른 초원과 그 너머 거친 시골 풍경이, 그리고 반대편에는 자로 잰 듯 정확히 돌아가는 거대한 탄광이 내다보였다.

두 여자는 톰 브랭귄이 굽은 진입로를 걸어 올라오는 것을 보았다. 그는 살집이 좀 붙고 있었지만 중산모를 이마까지 바짝 내려쓴 모습이 남자다운 호남이었고, 희한하게도 여느 사업가와 다르지 않았다. 혈색 좋고 더없이 건강했으며, 어디 몰두한 사람처럼 걸음을 옮기고 있었다.

그가 서재로 들어서자 위니프리드 잉거는 깜짝 놀랐다. 그는 코트를 몸에 딱 맞게 단정히 여몄고, 정수리까지 벗어진 머리는 번들거리진 않아도 늘 가려놓던 걸 벌거벗긴 것 같았으며, 촉촉한 검은 눈은 또렷하지 않았다. 그는 내놓기 부끄러운 물건처럼 어둑한 곳에 서 있는 듯했다. 악수하는 그의 손아귀는 아주 부드러웠지만 힘이 너무 세서 간담이 서늘해졌다. 잉거는 그가 두려웠고 그를 보니 역겨웠지만, 그러면서도 끌렸다.

톰은 탄탄한 체격에 겁 없어 보이는 이 여자를 보자 그녀 속에서 그만의 은밀한 타락과 통하는 동질감을 간파했다. 대번에, 그는 자신들이 한통속이라는 걸 알았다.

그의 태도는 정중해서 낯설 정도였고 좀 냉랭했다. 갑자기 그가 넓적한 코를 찡그리고 날카로운 이를 드러내며 무슨 동물처럼 특이하게 웃었다. 밀랍 느낌을 주는 깨끗하고 멋진 피부와 안색이 그가 가진 이상하고 역겨운 상스러움과 약간 부패한 느낌, 살진 허벅지와 허리에서 드러나는 저속함을 숨기고 있었다.

위니프리드는 어슐라를 대하는 톰의 공손하고 굽실거리는 듯 약간 교활한 태도를 즉각 눈치챘다. 그런 태도가 소녀를 우쭐하고도 당혹스럽게 만들었다.

"그런데 이곳은 겉보기처럼 그렇게 끔찍한가요?" 긴장한 눈빛으로 소녀가 물었다.

"보이는 그대로지." 외삼촌이 말했다. "숨기는 건 전혀 없어."

"근데 남자들이 왜 그렇게 슬퍼요?"

"그들이 슬퍼 보이냐?" 그가 대답했다.

"말할 수 없이, 말할 수 없이 슬퍼 보여요." 어슐라가 울분에 차서 내뱉었다.

"난 그들이 슬프다고 생각지 않아. 그들은 그저 당연하게 받아들이고 살아."

"뭘 당연하게 받아들인다는 거예요?"

"여기, 탄광이건 이 마을이건 전부 다지."

"그들은 왜 여길 안 바꾸죠?" 그녀가 열불을 내며 항의했다.

"그들은 탄광이나 이 지역을 자기들한테 맞게 바꾸기보다는 자신들을 거기에 맞게 바꿔야 한다고 믿어. 그게 더 쉽거든." 그가 말했다.

"삼촌은 그들과 같은 생각이군요." 참을 수 없어서 어슐라가 소리 질렀다. "삼촌도 그렇게 생각하네요. 산 사람들을 데려다가 온갖 참상에 적응하라고 밀어넣는 거죠. 탄광 없이도 우린 잘 지낼 수 있을 텐데요."

그가 불편하게, 냉소적으로 웃었다. 어슐라는 새삼스레 그에게 솟구쳐오르는 증오를 느꼈다.

"난 저들의 삶이 정말 그렇게 나쁘다고 보진 않아요." 에밀 졸라식의 비극[3]은 시시하다는 듯 위니프리드 잉거가 말했다.

톰이 거리를 둔 정중한 관심을 보이며 그녀를 돌아보았다.

----

3 에밀 졸라의 장편 『제르미날』(1885)을 가리킴. 1860년대 프랑스 북부 광산촌의 계급투쟁과 그 영향을 그렸다.

"그렇지 않습니다, 광부들의 생활은 상당히 열악하지요. 탄갱은 아주 깊고, 뜨겁고 습한 곳도 있습니다. 폐병으로 죽는 경우도 상당히 많고요. 그렇지만 임금은 세지요."

"정말 끔찍하군요!" 위니프리드 잉거가 말했다.

"그렇습니다." 톰이 근엄하게 대답했다. 이런 근엄하고 확고하며 자족적인 태도야말로 그를 탄광 경영주로서 그토록 존경받게 만들었다.

하녀가 들어와서 어디서 차를 마시겠느냐고 물었다.

"스미스 부인, 마당의 정자에 차리세요." 그가 말했다.

금발에 미모인 그 젊은 여자가 나갔다.

"일 봐주시는 저분은 결혼했나요?" 어슐라가 물었다.

"과부야. 남편이 얼마 전에 폐병으로 죽었어." 톰이 불길한 표정으로 설핏 웃었다. "그 사람은 장모네 농가 거실에 누워 지냈어. 집 안엔 대여섯 명이 있었고 말이야. 아주 천천히 죽어갔지. 스미스 부인한테 내가 물어봤어, 남편이 죽어서 너무 힘들지 않으냐고. '글쎄요,' 그녀는 대답했다. '그이는 막판에 가니까 짜증이 아주 심했어요, 절대 받아들이질 않고요. 느긋해지지도 않고 계속 짜증만 내는 거예요. 어떻게 해야 받아들이게 할지 모르겠더라고요. 그래서 어찌 보면 모든 게 끝났을 때 마음이 놓였어요. 그이나 다른 사람들 모두 다 그랬죠.' 그들은 결혼한 지 이년밖에 안 됐어. 아들이 하나 있지. 내가 부인에게 물었어, 결혼 생활이 행복하지 않았냐고. '아, 그랬지요, 처음엔 아주 편안히 지냈어요, 그이가 나빠지기 전에는요. 아, 참 편안했지요, 정말 그랬어요! 그렇지만 아시다시피 그런 건 익숙해지죠. 전 아버지와 오빠 둘도 똑같이 그렇게 보냈어요. 그런 데는 익숙해지죠.'"

"그런 데 익숙해지다니 끔찍하네요." 위니프리드 잉거가 몸서리치며 말했다.

"그렇죠." 여전히 미소를 지은 채 톰이 말했다. "하지만 그게 저 사람들 사는 방식이에요. 저 아주머니는 금방 재혼할 겁니다. 상대가 누구건 그렇게 중요하지 않아요. 어차피 다 광부니까."

"다 광부라니 무슨 뜻이에요?" 어슐라가 물었다.

"우리한테 그렇듯 여자들한테도 그저 광부라는 거지." 그가 대답했다. "저 여자 남편은 존 스미스라고 탄광 짐꾼이었어. 우린 그를 짐꾼으로 여겼고 그도 자기를 짐꾼으로 생각했지. 그녀도 남편의 직업이 그를 말해준다는 걸 알았어. 결혼과 가정은 소소한 오락거리야. 여자들은 그걸 너무 잘 알아서 그 값어치 그대로 받아들이지. 이 남자건 저 남자건 하등 상관없는 거야. 탄광이 중요한 거지. 탄광 주변으로 오락 거리야 언제든 있을 거야, 차고 넘치게." 톰이 붉은 벽돌로 된 혼돈이자 경직되고 무미한 혼란의 장소인 위기스턴을 죽 둘러보았다. "남자라면 누구나 자신만의 소소한 오락 거리인 자기 가정이 있어. 하지만 탄광이 모든 남자를 소유하지. 여자들은 거기서 남는 걸 갖는 거고. 이 남자한테서 남는 거냐 저 남자한테서 남는 거냐, 그건 전혀 중요치 않아. 진짜 중요한 건 탄광이 다 차지해."

"어딜 가나 똑같네요." 위니프리드가 격분했다. "사무실이건 상점이건 사업체건 그런 것들이 남자를 다 차지해요. 여자한텐 상점이 먹고 남은 자투리나 떨어지죠. 가정에서 남자란 도대체 어떤 존잰가요? 남자란 고철 더미죠, 작동이 멈춘 고장 난 기계라고요."

"남자들은 자신들이 팔린 몸인 걸 압니다." 톰 브랭귄이 말했다. "사실 그래요. 그들은 일에 팔린 몸이란 걸 알아요. 여자가 목이 터져라 잔소리해봐야 무슨 소용이 있겠습니까? 남자가 자기 직업에 팔린 몸인 판에. 그러니 여자들은 신경 끄고 살지요. 아무나 하나 건져서는, '될 대로 돼라'(vogue la galère) 하고 사는 수밖에."

"여기 여자들은 아주 금욕적이지 않나요?" 잉거 선생이 물었다.

"아뇨, 그렇지 않습니다. 스미스 부인의 자매 둘도 재혼한 지 얼마 안 돼요. 그들은 별로 까다롭지 않아요. 그렇다고 그렇게 열렬하지도 않고요. 탄광에서 먹고 떨어진 걸로 그럭저럭 살아가니까요. 아주 부도덕할 만큼 열렬하지도 않습니다. 도덕적이건 아니건 결국은 다 마찬가지가 되죠. 탄광 임금 문제만이 중요해요. 영국에서 가장 도덕적인 공작이 이 일대 탄광에서 연간 20만 파운드를 벌어들입니다. 그는 도덕성을 끝까지 지켜내지요."

어슐라는 암울하고 비통한 심정으로 앉아서 두 사람의 대화를 들었다. 현 상황을 개탄하는 그들의 행위 자체에조차 섬뜩한 데가 있었다. 그들은 개탄하는 데서 섬뜩한 만족을 얻는 듯했다. 탄광은 참 대단한 정부情婦였다. 어슐라가 창밖을 내다보니 하늘 높이 석탄 운반용 도르래가 번쩍이는 당당하고 악마 같은 탄광과, 한쪽에 자리한 흉측하고 불결한 탄광촌이 보였다. 그것은 쓰레기 더미 같은 오락장이었다. 탄광이 본 게임이요 모든 것의 '존재 이유'(raison d'être)였다.

얼마나 끔찍한가! 여기엔, 인간의 몸과 생명이 탄광이라는 저 대칭적 괴물에게 노예로 종속된 이 상태에는 정녕 끔찍한 매혹이 존재했다. 몽롱하고도 비뚤어진 만족감이 있었다. 어슐라는 잠시 어쩔했다.

그런 후 정신을 차리자, 그녀는 자신이 너무도 외로운 상태라고 느꼈고 그 상태에서 슬프지만 자유로웠다. 그녀는 이미 떠나버렸다. 더이상 저 거대한 탄광에, 우리 모두를 포로로 사로잡은 저 거대한 기계에 묵종하지 않으리라. 온 마음으로 그녀는 그것에 맞섰으며 그 위세까지 부인했다. 그것은 공허하고 무의미한 것, 버려야만 할 것이었다. 그녀는 그것이 무의미함을 알았다. 하지만 탄광을 눈앞에 보면서도 그것이 무의미하다는 깨달음을 견지하는 데는 그녀로선 강력하고 열정적인 의지를 발휘해야 했다.

그러나 톰 삼촌과 그녀의 선생은 무리 가운데 머물며 그 흉측한 상태를 냉소적으로 비난하면서도 그것을 신봉했다. 마치 애인에게 저주를 퍼부으면서도 푹 빠져 있는 남자 같았다. 어슐라는 톰 삼촌이 사태가 어떻게 돌아가는지 간파하고 있다는 걸 알았다. 하지만 아무리 비판과 비난을 퍼부어댄다 해도 그가 여전히 저 거대한 기계를 원한다는 사실을 더 잘 알았다. 그가 유일하게 행복한 순간은, 그가 유일하게 순수한 자유를 누리는 순간은 기계를 섬기고 있는 그때였다. 그때, 기계가 그를 사로잡는 바로 그 순간에만 그는 자신에 대한 증오에서 벗어나 냉소도 허위도 없이 온전히 행동할 수 있었다.

그의 진짜 정부情婦는 기계였고, 위니프리드의 진짜 정부도 기계였다. 위니프리드 역시 불순한 추상인 물질의 메커니즘을 숭배했다. 거기서, 기계에서, 기계를 받드는 데서 그녀는 인간 감정이라는 족쇄와 저급함으로부터 벗어났다. 거기서, 살아 있건 죽었건 상관없이 모든 물질을 사로잡은 저 가공할 메커니즘 속에서 그것을 받들면서, 그녀는 자신의 절정과 완벽한 합일, 자신의 불멸을 성취했다.

어슐라의 마음에서 증오가 솟구쳤다. 할 수만 있다면 기계를 부숴버리리라. 그녀의 영혼은 저 거대한 기계를 부숴버리고 싶었다.

탄광을 파괴하고 위기스턴의 모든 남자들을 일에서 해방시킬 수만 있다면 그렇게 하리라. 이따위 몰록 같은 것을 받드느니 풀뿌리 나무껍질로 연명케 하리라.

그녀는 외삼촌 톰이 미웠다. 위니프리드 잉거가 미웠다. 그들은 차를 마시러 마당의 정자로 내려갔다. 정자는 들판 가의 말끔한 정원 끝자락, 몇그루 나무 사이의 쾌적한 곳에 있었다. 톰 삼촌과 위니프리드는 어슐라를 조롱하고 무시하는 듯했다. 그녀는 비참하고 황량했다. 그렇지만 절대 물러서지 않을 작정이었다.

위니프리드를 대하는 어슐라의 냉담함은 결코 사라지지 않을 것이었다. 그들 사이가 끝났다는 걸 그녀는 알았다. 선생의 역겹고 추한 몸짓이 보였고, 선사시대의 대형 도마뱀을 연상시키는 끈적이고 무기력하며 축 늘어진 몸뚱이가 눈에 들어왔다. 하루는 외삼촌 톰이 찌는 듯한 땡볕 아래 걸어오느라 벌겋게 달아올라 집으로 들어왔다. 그때 그의 머리와 이마에는 땀이 솟았고, 꽉 움켜쥔 손은 축축하니 뜨겁고 숨 막힐 듯했다. 그에게도 늪 같은 면이, 축축하고 부풀어오른 느낌, 늪처럼 찜찔하고 메스꺼운 기운이 있었고, 거기서 생명과 부패는 하나였다.

본성이 불같아서 바싹 마르고 맑은 어슐라에게 그는 너무 역겨웠다. 그녀의 근본 자체가 그의 접근을 불허하도록 명하는 듯했다.

어슐라가 성장한 것은 이 몇주 동안이었다. 두주일간 위기스턴에 머물면서 그녀는 이곳이 너무도 싫었다. 모든 게 마른 재처럼 회색빛에다 싸늘하고 추하게 죽어 있었다. 그러나 그녀는 머물렀다. 위니프리드를 떨쳐버리기 위해서도 머물렀다. 선생과 외삼촌에 대한 소녀의 증오와 역겨움이 이 두 사람을 한통속으로 만드는 것 같았다. 어슐라에게 대항하듯 그들은 서로 가까워졌다.

쓸쓸하고 굳은 심정으로, 어슐라는 위니프리드가 외삼촌의 애인이 되었다는 것을 알았다. 그녀는 기뻤다. 그들 둘 다 사랑했던 것이다. 이제 그들 둘 다 떨쳐버리고 싶었다. 늪처럼 끈적이고 달콤쓸쓸하게 부패하는 그들에게서 역겹고 해로운 냄새가 풍겼다. 악취가 진동하는 이곳에서 벗어나기 위해서라면 뭐든 할 것 같았다. 이 두 사람을 영원히 떠나리라. 그들의 기이하고 물컹한, 반쯤 부패한 속성을 영영 떠나버리리라. 여기서 벗어나기 위해 무엇이건 하리라.

어느 날 밤, 위니프리드가 온통 상기된 얼굴로 어슐라의 침대로 들어와 그녀에게 팔을 두르더니, 싫다는데도 꼭 껴안고서 말을 꺼냈다.

"자기야, 나 브랭귄 씨랑 결혼할까? 그럴까?"

달라붙는 듯 무겁고 끈적이는 그 물음이 참을 수 없이 어슐라를 내리눌렀다.

"삼촌이 청혼했나요?" 그녀가 젖 먹던 힘을 다해 단호히 견뎌내며 물었다.

"그이가 청혼했어." 위니프리드가 말했다. "내가 네 삼촌이랑 결혼했으면 하니, 어슐라?"

"예." 어슐라가 대답했다.

선생이 그녀를 더 꼭 끌어안았다.

"그럴 줄 알았어, 이쁜이. 그럼 난 네 삼촌이랑 결혼할래. 너 삼촌을 진짜 좋아하지, 그렇지?"

"삼촌을 엄청 좋아해요. 아이 적부터 죽 좋아했어요."

"알지, 알아. 그이의 어떤 점을 좋아하는지 알 것 같아. 그인 정말 외톨이야, 다른 사람들과는 다른 뭔가가 있어."

"그래요." 어슐라가 말했다.

"그렇지만 그인 자기 같진 않아. 하, 너한텐 못 따라가지. 불쾌하기까지 한 면도 있어, 그의 굵은 허벅지라든가……"

어슐라는 잠자코 있었다.

"그렇지만 자기야, 난 그이랑 결혼할 거야. 그게 낫겠어. 이제 날 사랑한다고 말해줘."

소녀의 입에서 고백 비슷한 말이 쥐어짜듯 비어져나왔다. 그럼에도 불구하고 선생은 한숨을 쉬며 물러났고, 자기 방에 가더니 흐느껴 울었다.

이틀 후 어슐라는 위기스턴을 떠났다. 잉거 선생은 노팅엄으로 갔다. 선생과 외삼촌은 약혼했고, 외삼촌은 그것이 마치 자기 정당성의 확증인 양 으스대는 것 같았다.

톰 브랭귄과 위니프리드 잉거는 한 학기 더 약혼 상태로 지냈다. 그런 후 결혼했다. 브랭귄은 자식을 보고픈 나이가 되었던 것이다. 그는 자식을 원했다. 결혼도, 안정된 가정도 그에게는 전혀 중요치 않았다. 그저 번식하기를 원했다. 그는 자신이 무엇을 하고 있는지 알았다. 그에게는 타성이 붙어가는 느낌과, 완전하고 철저한 무관심인 마비 상태로 빠져들어 안주할 곳을 찾으려는 자의 본능이 있었다. 그는 이 체제가 원하는 대로 흘러갈 생각이었다. 남편이자 아버지, 탄광 경영자로, 스스로에게서 동력을 끌어내는 저 위대한 기계가 날이면 날마다 되풀이되는 동작을 통해 파올린 뜨뜻미지근한 진흙 덩어리로 살 생각이었다. 위니프리드로 말하자면, 그녀는 교육받은 여성에다 그 자신과 같은 부류였다. 훌륭한 동반자가 될 것이었다. 그녀가 그의 짝이었다.

13장
남자의 세계

어슐라는 코세데이로 돌아오사 어머니와 자수 다퉜다. 학장 시절이 끝났고 대입 자격시험에 통과한 상태였다. 이제 집으로 돌아와서, 학교 졸업 후 다가올 결혼 사이의 공백기를 맞은 것이다.

처음에는 맨날 휴일 같고 여유로울 줄 알았다. 그녀의 영혼은 혼란스럽고 캄캄하고 고통스러우며 상처로 찢겨 있었다. 자신에 대해 생각할 의지가 남아 있지 않았다. 한동안 그냥 흘러가게 둘 수밖에 없었다.

그러나 얼마 되지 않아 어슐라는 엄마와 부딪치게 되었다. 이즈음 엄마는 딸을 끊임없이 긁어대고 화를 돋우는 재주가 있었다. 이미 자식이 일곱명이나 되는데 또 임신을 해서 아홉째를 가진 것이다. 한명은 갓난아이 적에 디프테리아로 잃었다.

엄마가 임신했다는 이 사실만으로도 장녀 어슐라는 분개했다. 브랭귄 부인은 지나치게 자족적이었고, 자식을 낳는 데서 너무도 완전한 충족감을 느꼈다. 그녀는 즉각적이고 육체적이며 평범한 것들 말고는 그 어떤 존재도 받아들이려 하지 않았다. 열정적인 영혼인 어슐라는 이해는커녕 분간이나 상상도 못 할 미지의 이상에 닿으려는 청춘의 온갖 고뇌를 겪는 중이었다. 미치도록 화가 나서 자기를 가로막는 어둠 전체와 맞서 싸우고 있었다. 그리고 이 어둠의 일부가 엄마였다. 그녀의 엄마처럼 만사를 육체적 고려 사항의 범주로 한정하고 그밖의 모든 것의 존재를 느긋하게 거부해버리는 건 정말이지 끔찍했다. 자식과 집, 그리고 동네에 떠도는 약간의 소문 외에 브랭귄 부인은 아무 데도 신경 쓰지 않았다. 그녀는 결단코 그 무엇도 자신을 건드리지 못하게 했고, 그 무엇도 근처에 얼씬하지 못하게 했다. 아이를 가져 배를 불룩이 내민 채 너저분하고 편안하고 느슨하면서도 품위 있게 돌아다녔고, 여유 있게 지내고 자족했으며 늘, 언제나 자식들을 위해 뭔가를 하고 있었고, 그럼으로써 여성됨의 전부를 성취했다고 느꼈다.

이렇게 오랫동안 자식 낳는 일에 자족하며 몽롱하게 지내다보니 그녀는 여전히 젊고 미숙했다. 구드런을 낳은 날로부터 하루도 더 늙어 보이지 않았다. 수년의 세월이 지나는 동안 아이들이 태어난 것 말고는 아무 일도 일어나지 않았고, 아기들의 몸 외엔 그 무엇도 중요치 않았다. 아이들이 철이 들고 본인의 성취를 위해 애쓰기 시작할 때면 그녀는 아이들에 대한 관심을 아예 끊어버렸다. 그렇지만 집안에서는 여전히 강력한 존재였다. 남편 브랭귄은 아내와 연결되어 육체적 열기가 주는 풍요로운 졸음 같은 상태에 머물러 있었다. 아이를 낳고 기르는 육체적 열기에 속속들이 젖어 있었기에, 부부 어느 쪽도 딱히 개성적이거나 개인으로서 뚜렷한 점이 없었다.

어슐라는 그 사실에 얼마나 분개했던가, 무리 지은 가정생활이라는 밀접하고 육체적이며 제한된 삶에 얼마나 저항했던가. 브랭귄 부인은 한결같이 차분하고 평온하며 동요 없이 육체적 모성의 우세를 누리며 지냈다.

모녀간에 다툼이 일었다. 어슐라는 자신에게 중요한 것들을 지키고자 싸우려 했다. 그녀는 동생들이 덜 무례하고 멋대로 굴지 않았으면 했고, 집안에서 자기 자리가 꼭 있었으면 했다. 그러나 엄마는 그런 딸을 번번이 찍어 눌렀다. 그녀는 번식하는 짐승의 약삭빠른 본능을 총동원하여 어슐라의 열정, 그녀의 생각, 그녀의 발언을 놀리고 깔보았다. 어슐라는 자기 집에서, 활동과 노동의 영역에서 남성과 동등한 위치를 얻으려는 여성의 권리를 주장하고자 했던 것이다.

그러면 엄마는 밀했다. "그래, 저기 양말이 한가득 나 좀 꿰매슈 쇼 하고 줄을 섰네. 저걸 네 활동 영역으로 삼아보지 그러냐."

어슐라는 양말 꿰매는 일을 싫어했기에 엄마가 이렇게 대꾸하면 불같이 화가 났다. 엄마가 너무 싫었다. 몇주간 억지로 집 안에 처박혀 있다보니 집이라면 아주 신물이 났다. 속되고 하찮은 일상과 눈앞에 보이는 무의미함 때문에 미칠 것 같았다. 그녀는 자기 의견을 열띠게 쏟아내고 동생들 행동거지를 지적하거나 잔소리를 해댔다. 그리고 잘난 체하는 애라서 진지하게 받아주기 힘들다는 듯 거들먹거리며 무관심하게 딸을 대하는, 줄줄이 애만 낳는 어머니에게 소리 없는 경멸을 퍼부으며 등을 돌렸다.

가끔 아버지가 이 소란에 끌려들었다. 그는 어슐라를 사랑했기에 그녀를 혼낼 때면 늘 수치심이나 배신감까지 느꼈다. 그렇다보니 아주 사납고 가차 없이, 무지막지하게 딸을 대했고, 어슐라는 하얗게 질리고 어안이 막혔다. 그녀의 감정은 내면에서 점점 죽어가고 있었고, 성정은 딱딱하고 차가워지는 듯했다.

브랭귄 자신은 그의 유동적인 변화의 상태 가운데 한 단계를 겪고 있었다. 이때껏 긴 세월을 보낸 끝에, 자유를 향해 빠져나갈 작은 구멍이 보이기 시작했다. 그는 이십년간 도안사로서 사무실에서 일했다. 흥미 없는 일을 하면서도 그것이 본인에게 할당된 일이라 여겼기 때문이었다. 딸들이 성장하고 낡은 형식들에 갈수록 반발하면서 아버지도 풀려나게 되었다.

그는 쉬지 않고 일하는 사람이었다. 앞도 보지 않고 두더지처럼 자신을 덮고 있는 흙을 파나가며, 자기 삶을 사로잡고 있는 물리적인 환경에서 벗어나고자 늘 애썼다. 천천히, 맹목적으로, 더듬거리며 자신에게 남은 알량한 결단력을 발휘해 개인적 표현과 개인적 형식을 향해 애써 나아갔다.

이십년이 지난 지금에 이르러서야 그는 다시 자신의 목각 작업으로 돌아왔다. 연애 시절 아담과 이브 목판을 걷어치웠던 거의 그 지점으로 돌아온 것이다. 그렇지만 이제 그에게는 영감 없는 지식과 기술밖에 없었다. 젊은 시절의 유치한 구상과 그것을 품었던 비현실적인 세상이 눈에 보였다. 이제는 자신의 현실감을 펼칠 새 힘이 있었다. 그는 마치 자기가 진짜인 듯, 진짜인 것들을 다루고 있는 기분이었다. 수년간 코세테이에서 교회용 오르간 제작이나 목공품 복원 작업을 하면서, 그는 점차 평범한 노동에 깃든 아름다움을 인식하게 되었다. 이제 자신의 발언이기도 한 사물들을 다시 조각하고 싶었다.

그러나 일의 고삐가 잘 안 잡혔다. 늘 너무 바쁘고 너무 불확실하고 혼란스러웠다. 망설이다가 그는 모형 제작 공부를 시작했다.

그것을 해낼 수 있다는 사실에 스스로도 깜짝 놀랐다. 점토와 석고로 모형을 떠서 아름다운 복제품들을 만들어냈다. 진짜 아름다웠다. 그다음엔 도나뗄로풍으로 깊은 양각을 써서 어슐라의 두상 제작에 착수했다. 처음 열정이 불붙었을 때는 자신의 욕망을 아름답게 표현할 아이디어가 있었다. 그렇지만 도무지 집중력이 오르지 않았다. 쓰디쓴 심정으로 포기하고 말았다. 그는 계속해서 고전 작품들을 복제하거나 거기서 모티프를 골라 디자인했다. 젊은 시절 프라 안젤리꼬를 좋아했듯이 지금은 델라 로비아와 도나뗄로[1]가 좋았다. 그의 작품에는 초기 이딸리아 작가들의 신선함이나 순진한 기민함이 깃들어 있었다. 그러나 그래봤자 복제품이었다.

모형 제작이 한계에 이르자 그는 회화로 눈을 돌렸다. 그러나 보통 아마추어들이 하는 식으로 수채화를 시도했다. 성과물이 나오긴 했지만 썩 재미는 없었다. 그가 아끼는 교회 그림을 한두 장 그렸는데, 모형 제작 때와 마찬가지로 기민한 면은 있었으나 현대적 분위기의 회화 기법과 안 맞았고, 그래서 교회 탑은 우뚝하게 내로라하며 솟아오르기는 했으나 그 자체의 고유한 의의가 결핍된 것을 부끄러워하는 듯했다. 그는 다시 외면해버렸다.

그는 보석 가공에 착수하여 벤베누또 첼리니[2]의 자서전을 읽고 복제품 장신구들을 탐구한 후, 은과 진주와 모암母巖으로 펜던트 제작을 시작했다. 처음 알아가는 시기에 만든 최초의 것들은 정말이지 아름다웠다. 나중에 만든 것들은 모방성이 더 강했다. 하지만 아

----

1 로비아(Luca della Robbia, 1400~82)와 도나뗄로(Donatello, 1386~1466) 모두 이딸리아 르네상스 초기의 대표적 조각가. 사실주의를 바탕으로 한 작품을 다수 남겼다.
2 Benvenuto Cellini(1500~71). 이딸리아의 조각가, 금세공가.

내의 것부터 시작해 집안 여자들 모두에게 펜던트를 하나씩 만들어주었다. 그다음에는 반지와 팔찌를 만들었다.

그러고 나서는 두드려 펴고 깎아내는 금속공예에 손을 댔다. 어슐라가 졸업할 무렵, 그는 아름다운 형태의 은그릇을 만들고 있었다. 이 일이 너무 즐거워서 탐닉할 정도였다.

이 시기 내내 외부 현실 세계와 이어지는 그의 유일한 연결 통로는 자신이 운영하던 겨울 야간 학급이었고, 그것을 통해 그는 공교육과 접촉하게 되었다. 그래서 교육 관련 논문을 읽고 교육정책들을 실제로 예의 주시하기도 했다. 그외의 것들은 염두에 두지 않고 완전히 무관심해서 심지어 전쟁에도 관심이 없었다. 그에게 국가는 존재하지 않았다. 그는 민족의식도 무슨 대단한 추종자도 없는 자기만의 사적인 은신처에 칩거하고 있었다.

어슐라는 신문에 난 남아프리카 전쟁 기사를 멍하니 지켜보았다. 그러면 비참한 기분이 들어서 가능한 한 덜 보려 했다. 하지만 스크리벤스키가 거기 있었다. 그는 가끔 엽서를 보내왔다. 그러나 그녀는 자신이 마치 그를 향한, 창문도 출구도 없는 텅 빈 벽 같았다. 그녀는 자기 추억 속의 스크리벤스키에게 집착했다.

위니프리드 잉거에 대한 어슐라의 사랑은 그녀의 삶을 이를테면 스크리벤스키가 속해 있던 뿌리와 태어난 토양으로부터 비틀어 뽑아버렸고, 그녀는 메마른 땅으로 옮겨 심어졌다. 그는 정말로 추억일 뿐이었다. 위니프리드가 떠난 후, 어슐라는 알 수 없는 열정으로 그와의 추억을 되살렸다. 그녀에게 그는 진정한 삶의 상징 같은 것이었다. 그를 통해, 그 안에서, 그녀는 위니프리드를 사랑하기 이전의 자신으로, 이 죽음 같은 상태가, 이 가혹한 존재의 이식移植이 그녀를 뒤덮기 이전의 진정한 자아로 되돌아가는 듯했다. 그러나 그녀의 추억들조차 자신이 만든 상상력의 산물이었다.

어슐라는 예전에 두 사람이 함께하던 당시의 그와 자신에 대해 꿈꾸었다. 그가 앞으로 어떻게 될지, 지금 무엇을 하고 있는지, 지금 그녀와 어떤 관계를 맺고 싶어 하는지는 꿈꾸지 못했다. 가끔 그가 떠났을 때 얼마나 가슴 아팠던가 생각하며 눈물 흘릴 뿐이었다. 아, 정말 너무 힘들었어! 그녀는 일기장에 썼던 구절이 기억났다.

"내가 만일 달이라면 어디를 비출지 알 텐데."

아, 과거의 자신을 기억하는 것은 뭉근한 고통이었다. 죽은 자아를 기억하는 것이기 때문이었다. 위니프리드와의 관계 이후 죽어버린 그 모든 것을. 그녀는 자신의 젊고 다정한 자아의 시신을, 그 무덤을 알고 있었다. 그리고 그녀가 애도하는 젊고 다정한 자아는 서의 존재한 적이 없었나. 그것은 그녀의 상상력의 산물이었다.

그녀의 마음 깊은 곳에는 모진 절망이 미동도 않고 버티고 있었다. 이젠 그 누구도 그녀를 사랑하지 않으리라. 그녀 또한 아무도 사랑하지 않으리라. 위니프리드 이후로 사랑할 수 있는 몸이 그녀 안에서 죽임을 당해, 그녀 속에는 시신 같은 것이 존재했다. 그녀는 살아갈 것이고 계속 나아가겠지만, 앞으로 그 누구도 사랑하지 못할 것이고 더이상 아무도 그녀를 원치 않으리라. 그녀는 정말 아무도 사랑하지 않으리라. 생생하기 그지없는 욕망의 작은 불꽃이 그녀 속에서 영영 꺼져버렸다. 그녀의 진짜 자아의, 진짜 사랑의 봉오리를 품은 조그맣고 생기 있는 씨앗은 죽임을 당했다. 식물로서 그녀는 계속 자랄 것이고 자신의 보잘것없는 꽃들을 피우기 위해 온 힘을 다하겠지만, 그녀의 가장 아름다운 꽃은 싹도 나기 전에 죽어버렸기에 그녀의 성장은 시신 같은 희망을 실어 나르는 일에 불과했다.

애들로 북적대는 좁아터진 집 안에서 지내는 끔찍한 시간이 여러 주 흘렀다. 그녀의 삶은 어떠했나. 누추하고 못생기고 허물어진 무가치한 삶이 아니었나. 어슐라 브랭귄은 일크스턴이라는 비루한 지역의 코세테이라는 후진 마을에 사는 잘나지도, 잘나가지도 못하는 사람이었다. 열일곱살 어슐라 브랭귄은 아무 가치도 쓸모도 없다고, 그 누구도 자신을 원하거나 필요로 하지 않으며 스스로 아무 가치가 없다고 인식했다. 이렇게 생각하니 정말 견디기 힘들었다.

하지만 아직도 그녀의 끈질긴 자존심은 버티고 있었다. 그녀는 더럽혀졌을 수 있고 아무에게도 사랑받지 못할 죽은 몸일 수도, 밥이나 축내는 심이 썩은 꽃대일 수도 있었다. 그러나 그녀는 그 누구에게도 굴복하지 않으려 했다.

점차, 지금처럼 거처도 의미도 가치도 없이 계속 집에 붙어 있을 수는 없겠다는 생각이 들었다. 학교 다니는 동생들부터 그녀를 무용지물이라고 업신여겼다. 뭔가 해야만 했다.

아버지는 그녀가 엄마를 도와 할 일이 넘친다고 했다. 부모에게 굴욕이나 당하며 살 마음은 없었다. 그녀는 현실적인 사람이 못 되었다. 멀리 달아나서 하녀가 될까, 어떤 남자한테 데리고 떠나달라고 해볼까, 터무니없는 생각도 했다.

그녀는 고등학교 때 선생님에게 편지를 써서 조언을 구했다.

답장이 왔다. "어슐라에게, 초등학교 교사 말고는 네가 뭘 할 수 있을지 명확히 떠오르지 않는구나. 너는 대입 자격시험에 통과했으니 어느 학교에서라도 임시교사직을 맡을 자격이 된단다. 연봉이 약 50파운드쯤 될 거야.

네가 뭔가 해보겠다는 희망을 품다니 참으로 가상하구나. 인류란 네가 한명의 유용한 구성원으로 소속된 커다란 집단임을 알게 될 거다. 그리고 인류가 성취하려는 위대한 과업에서 너 자신의 자리를 차지하겠지. 그렇게 되면 다른 무엇도 줄 수 없는 만족과 자긍심을 느낄 거란다."

어슐라는 가슴이 철렁 내려앉았다. 그걸 생각하니 차갑고도 황량한 만족감이 들었다. 그러나 차가운 의지로 받아들였다. 이것이 그녀가 바라던 바였다.

편지는 이어졌다. "너는 감정적인 성격이야, 반응이 빠르고 자연스럽지. 네가 인내와 규율만 배운다면 좋은 교사가 되지 말란 법도 없다고 생각해. 오직 노력하기만 하면 된단다. 일년이나 이년 정도만 자격증 없이 임시교사 노릇을 하면 돼. 그런 다음 사범대학에 가서 학위를 취득하길 권한다. 언제나 학위 취득을 목표로 학업을 이어갈 것을 강력히 촉구하고 조언하는 바야. 그러면 자격증도 생기고 세상에서 시위도 얻을 테고, 너 자신의 길을 선택할 폭도 더 넓어질 거야.

난 내 제자 중 하나가 자신의 경제적 독립을 얻는 걸 본다면 자랑스럽겠어. 그건 보기보다 훨씬 중요한 의미가 있단다. 내 제자 중 또 한명이 스스로 선택할 자유의 수단을 획득해낸 걸 안다면 정말 기쁘겠구나."

편지는 아주 음울하고 절박하게 들렸다. 어슐라는 편지 내용이 싫을 정도였다. 그러나 어머니의 멸시와 아버지의 혹독한 대우로 그녀의 연한 속살은 이미 다칠 만큼 다쳤다. 얹혀사는 처지가 얼마나 치욕스러운지 알았고, 엄마의 동물적 평가가 주는 지독한 상처도 느끼고 있었다.

마침내 어슐라는 말해야만 했다. 어느 날 저녁, 입을 꾹 다문 딱딱한 표정으로 살며시 집을 빠져나와 작업실로 갔다. 땅, 땅, 땅, 금속 내리치는 망치 소리가 들렸다. 문이 열리자 아버지가 고개를 들었다. 얼굴은 청년일 때처럼 불그레하니 본능으로 빛났고, 검은 콧수염이 커다란 입 위로 바싹 깎여 있었으며, 검은 머리칼은 여전히 가늘고 촘촘했다. 하지만 그에겐 어떤 추상적 분위기가, 인간적인 것들로부터 동떨어진 도구적인 느낌이 있었다. 그는 일하는 사람이었다. 딸의 딱딱하고 표정 없는 얼굴을 주시했다. 속에서 불같이 화가 치밀었다.

"또 뭐야?" 그가 말했다.

"저······" 어슐라는 고개를 돌려 아버지를 보지 않고 대답했다. "저 일하러 나가면 안 돼요?"

"일하러 나간다고, 왜?"

그의 목소리가 너무 강하고 즉각적이고 활기찼다. 그녀는 그게 거슬렸다.

"지금과 다른 생활을 해보고 싶어요."

격한 분노가 뻗쳐 그의 얼굴이 대번에 벌겋게 달아올랐다.

"다른 생활!" 그가 되받았다. "뭣 때문에 다른 생활이 하고 싶다는 거냐?"

그녀는 주저했다.

"집안일하고 빈둥거리는 거 말고 다른 거요. 돈도 벌고 싶어요."

그녀의 특이하고 뚝뚝하니 고집 센 말투와 아무도 못 꺾을 사나운 젊음의 기운이 그를 무시했고, 그 또한 분노로 굳어졌다.

"도대체 네가 어떻게 돈을 벌 건데?" 그가 물었다.

"교사가 될 수 있어요. 대입 자격시험 합격증이 있어서 자격이 돼요."

그는 딸의 대입 자격시험 합격증이 저주스러웠다.

"그래, 네 그 합격증으로 얼마나 벌 자격이 있는 건데?" 그가 빈정거리며 물었다.

"연봉 50파운드예요." 그녀가 대답했다.

그는 아무 말이 없었다. 맥이 다 빠져버렸다.

딸들이 일하러 나가지 않아도 된다는 사실에 그는 늘 남모를 자부심을 품고 살았다. 아내와 자신의 돈을 합하면 그들은 400파운드의 연 수입이 있었다. 필요하다면 나중에 자금을 끌어 쓸 수 있었다. 노후 걱정도 없었다. 딸들이 숙녀가 될 수도 있었다.

연봉 50파운드면 주당 1파운드이고, 그 돈이면 어슐라가 독립적으로 살기에 충분했다.

"도대체 네가 무슨 선생이 된다고? 한 학급은커녕 제 동생들 돌볼 참을성도 쥐뿔도 없는 것이. 그리고 너, 지저분한 애녀석들 안 좋아하지 않았나?"

"걔들이 다 지저분한 건 아니에요."

"모두 다 깔끔하진 않다는 걸 알게 될 게다."

작업장 안에 침묵이 흘렀다. 등불이 그의 앞에 놓인 그을린 은접시와 나무망치, 화로와 끌 위를 비췄다. 브랭귄은 기이한, 고양이 같은 표정으로 서 있었다. 거의 미소처럼 보였지만 그것은 미소가 아니었다.

"해도 돼요?" 그녀가 말했다.

"에잇, 너 하고 싶은 대로 하고 가고 싶은 대로 가."

그녀는 굳고 무표정하며 무신경한 얼굴이었다. 딸의 그런 표정을 보면 그는 늘 미칠 듯 화가 났다. 그는 아무 말 없이 가만있었다.

냉랭하게, 아무 감정도 내비치지 않고 그녀는 돌아서서 헛간을 나갔다. 신경이 있는 대로 곤두섰지만 그는 계속 일을 했다. 그러나 연장을 내려놓고 집으로 들어갈 수밖에 없었다.

화나고 멸시당해 쓰라린 말투로 그는 아내에게 털어놓았다. 어슐라도 자리에 있었다. 잠시 벌어진 실랑이는 브랭귄 부인의 잘난 체 무신경하고 신랄한 말로 끝이 났다. "바깥세상 맛을 보게 한번 놔둬봐요. 곧 신물이 날 테니."

그 문제는 그 정도로 마무리되었다. 하지만 어슐라는 저 좋을 대로 행동해도 된다고 여겼다. 며칠간은 착수하지 않았다. 일자리를 찾는 고통스러운 단계를 밟기가 꺼려졌다. 엄청나게 예민하고 수줍어서 새로운 관계와 새로운 상황으로부터 움츠러들었던 것이다. 그러다 마침내 어떤 완강한 고집 같은 것이 그녀를 몰아세웠다. 뱃속 가득 씁쓸함이 느껴졌다.

그녀는 일크스턴의 공립 도서관에 가서 주간신문 『여교사』에서 주소를 베낀 다음 지원서 양식을 보내달라고 편지를 썼다. 이틀 후 그녀는 일찍 일어나 우체부를 기다렸다. 예상대로 긴 봉투 세개가 왔다.

봉투를 들고 자기 방으로 올라가면서 그녀의 가슴은 아프게 뛰었다. 손가락이 떨려서 자신이 써넣어야 하는 긴 공문서 양식을 들여다볼 수 없었다. 이 모두가 너무 잔인하고 너무 비인간적이었다. 그렇지만 해야만 했다.

"이름(성을 먼저 쓰시오): _____"

떨리는 손으로 "브랭귄, 어슐라"라고 썼다.

"나이와 생년월일: _____"

한참 생각한 후 그 항목을 채워넣었다.

"자격증과 시험 일자: _____"

그녀는 약간 자부심을 느끼며 적었다.

"런던 대학 입학 자격시험. 1900년 6월."

"경력 및 이전 직장 주소: _____ "

"무"라고 쓰면서 가슴이 쿵 내려앉았다.

그러고도 답변할 항목이 많았다. 세통의 양식을 다 기입하는 데 두시간이 걸렸다. 그런 다음 교장과 목사에게 받은 추천서를 베껴 써야 했다.

어쨌거나 마침내 모든 과정이 끝났다. 그녀는 세통의 긴 봉투를 다 봉했다. 오후에 일크스턴에 가서 이 서류들을 부쳤다. 부모한테 는 한마디도 하지 않았다. 길쭉한 봉투에 우표를 붙이고 우체국 본 관에 있는 우체통에 넣으면서, 그녀는 벌써 부모 손을 떠나 저 바깥 의 거대한 활동의 세계, 남자들이 만든 세계와 이어졌다고 느꼈다.

집으로 오면서 그녀는 다시 제멋대로 자신의 오래고 환상적인 꿈에 빠져들었다. 지원서 한통은 켄트 주의 길링엄에 넣었고, 또 하나는 킹스턴온템즈에, 나머지 하나는 더비셔 주의 스완윅에 보 냈다.

길링엄은 이름이 정말 아름다웠고, 켄트는 '영국의 정원'이었다. 그렇게 그녀는 길링엄의 호프밭 옆의 햇살 따스하고 오래된 마을 에서, 오후에 학교에서 퇴근한 후 교문 옆 플라타너스 그늘로 들어 가 아련한 길을 따라 오두막집을 향했다. 수레국화가 낡은 나무 울 타리 사이로 푸른 고개를 쑥 내밀고, 길가에 만발한 꽃창포가 뻗어 있는 곳이었다.

어슐라가 방에 들어서자 은발의 우아한 부인이 섬섬옥수를 높 이 들고 일어나며 "오, 아씨, 어쩌세요!"라고 말했다.

"뭐가요, 웨더럴 부인?"

프레더릭이 귀가했다는 것이다. 소식에 이어 계단을 내려오는 남자다운 발걸음 소리가 들리더니 그의 튼튼한 구두와 청색 바지와 제복 입은 모습이 보였고, 그다음에는 부엌으로 들어서는 독수리처럼 맑고 예리한 얼굴과 영혼 속을 굽이치는 기이한 바다의, 아, 그 기이한 바다의 매력으로 반짝이는 그의 눈이 보였다.

여러 형태로 확장되는 이 꿈은 그녀가 1마일을 걷는 동안 계속되었다. 그다음 그녀의 환상은 킹스턴온템즈를 향했다.

킹스턴온템즈는 런던 바로 남쪽의 유서 깊은 곳이었다. 그곳엔 런던에 본거지를 둔 평화를 사랑하는 명문가의 고귀한 사람들이 살고 있었다. 거기서 어슐라는 앤 여왕 스타일의 오래된 대저택에 거주하는, 딸들이 있는 멋진 가족을 만나는데, 그 집 잔디밭은 강을 굽어보았고, 위엄 있고 평화로운 분위기에서 그녀는 영혼의 벗들과 조우했다. 그들은 그녀를 자매처럼 사랑했고 온갖 고결한 사상들을 공유했다.

그녀는 다시 행복해졌다. 몽상에 잠겨, 자신의 끝이 잘린 가련한 날개를 펼치고 지순한 창공 속으로 날아올랐다.

하루가 지나고 또 하루가 흘렀다. 그녀는 부모에게 말하지 않았다. 길링엄에서 추천서가 반송되었다. 어슐라를 원하지 않았던 것이다. 스완윅도 마찬가지였다. 달콤한 희망 뒤로 거절당한 좌절감이 따라왔다. 그녀의 빛나는 깃털은 다시 먼지투성이가 되었다.

그러다 보름쯤 지난 어느 날, 킹스턴온템즈에서 통지가 왔다. 위원회 면접이 있으니 다음 목요일에 그 지역 교육청에 출두하라는 내용이었다. 심장이 멎는 것 같았다. 그녀는 위원회가 자신을 임용하게 만들 수 있으리라 믿었다. 이제 떠날 일이 닥치고 보니 두려운 마음이 들었다. 두렵고 내키지 않아서 심장이 떨려왔다. 하지만 마음 깊은 곳에서 그녀의 목표는 확고했다.

그녀는 없는 듯 가만히 이날을 보냈다. 엄마한테 소식을 알리고 싶지 않아서 아버지를 기다렸던 것이다. 불안과 두려움이 강하게 엄습해왔다. 그녀는 킹스턴에 가는 게 정말 두려웠다. 현실이 다가 오자 안이한 꿈들은 사라져버렸다.

그러나 날이 기울어가자 달콤한 꿈이 다시 찾아들었다. 킹스턴 온템즈, 이름이 너무도 기품 있게 들렸다. 역사의 흔적과 우아한 행렬의 화려함이 그녀를 감쌌다. 궁전들은 고색창연하고 왕의 처소는 어둑하겠지. 그래도 그녀에게 그곳은 왕들—리처드 왕, 헨리 왕, 울지 경, 엘리자베스 여왕—이 살던 곳이었다. 그녀는 웅장한 나무들이 늘어선 커다란 잔디밭과 찰랑대며 물이 흐르는 테라스 계단과 이따금 백조들이 내려앉는 테라스를 상상해보았다. 그녀는 위엄 있고 멋진 여왕의 거룻배가 두둥실 떠내려오고, 육지로 내려서는 계단 위로 붉은 카펫이 깔리고, 보라색 벨벳 망토를 걸친 신사들이 모자를 벗은 채 볕바른 양편에 무리 지어 서서 기다리는 모습까지 보아야 했다.

"달콤한 템즈강은 내 노래 끝날 때까지 부드럽게 흐르네······"[3]

저녁이 되어 아버지가 귀가했다. 늘 그렇듯 쾌활하고 민첩하면서도 초연했다. 그는 그녀의 공상들보다도 더 현실성이 없었다. 그녀는 아버지가 식사를 할 동안 기다렸다. 그는 한입 가득 빵을 베어 신경 쓰지 않고 짐승이 먹이 먹듯이 아무렇게나 먹었다.

간단한 식사를 마치자마자 그는 예배당으로 건너갔다. 성가 연습이 있어서 자기 오르간으로 음을 맞춰보고 싶었던 것이다.

그 뒤를 따라 어슐라가 들어서자 예배당의 대문 걸쇠가 커다랗

---

3 에드먼드 스펜서의 시 「결혼 축가」(1595)의 후렴구.

게 철컥 소리를 냈지만, 여전히 오르간 소리가 더 크게 울려퍼져서 아버지는 알아채지 못했다. 찬송 연습 중이었다. 촛불 사이로 아버지의 칠흑같이 검고 자그마한 머리와 주의 깊은 얼굴이 보였다. 오르간 의자에 앉은 그의 날씬한 몸은 늘어져 보였다. 얼굴은 너무도 빛나고 확고해서 팔다리의 움직임이 좀 낯설고 그와 동떨어져 보였다. 오르간 소리가 예배당 기둥 속을 흐르는 수액처럼 기둥의 돌 자체에서 울려나오는 듯했다.

잠시 후 음악이 그치고 침묵이 찾아왔다.

"아버지!" 그녀가 불렀다.

그는 마치 유령을 보듯 둘러보았다. 촛불 사이로 어둑하게 어슐라가 서 있었다.

"또 뭐야?" 그가 말했다. 아직 지상으로 내려오지 않은 상태였다. 그에게 말을 꺼내기란 참 어려웠다.

"일이 생겼어요." 그녀는 억지로 말을 꺼냈다.

"뭐가 생겼다고?" 그는 오르간 연주하던 기분에서 깨어나기 싫어서 이렇게 대꾸했다. 그가 자기 앞에 놓인 악보를 덮었다.

"가봐야 할 일이 생겼다고요."

그러자 그가 아직 멍하니, 내키지 않게 딸 쪽으로 몸을 돌렸다.

"아, 그게 어딘데?" 그가 물었다.

"킹스턴온템즈요. 위원회 면접이 있어서 목요일에 가야 해요."

"목요일에 가야 한다고?"

"예."

그녀는 편지를 건네주었다. 그가 촛불에 비추어 편지를 읽었다.

"더비셔 주, 코세테이 읍, 주목나무 집, 어슐라 브랭귄 귀하.

친애하는 브랭귄 양, 웰링버러 그린 초등학교 준교사직을 청하는 귀하의 지원과 관련하여 위원회 면접이 예정되어 있으니 다음 목요일인 10일 11시 30분에 앞에 적은 사무실로 출석을 요청합니다."

월 브랭귄은 예배당의 정적과 찬송 소리에 심취해 있던 터라 이 아득한 공문서가 머리에 들어오지 않았다.

"그래, 지금 이걸로 날 성가시게 해야겠냐, 응?" 편지를 돌려주며 그가 짜증스럽게 말했다.

"목요일에 가야 해요." 그녀가 말했다.

그는 꼼짝 않고 앉아 있었다. 그러다 악보를 더 꺼냈고, 건반에 손을 얹자 공기가 훅 몰려들면서 곧 길고 힘찬 트럼펫 가락 같은 오르간 소리가 울렸다. 어슐라는 돌아서서 그곳을 나왔다.

그는 다시 오르간 연주에 집중해보려 했다. 그러나 그럴 수 없었나. 돌아살 수 없었나. 뭔가 세속 켕기는 게 있어서 사꾸 산만해졌다.

그래서 성가 연습을 마치고 집에 들어섰을 때, 그의 얼굴은 어둡고 마음은 음울했다. 하지만 어린 자식들이 잠자리에 들 때까지 아무 말도 하지 않았다. 그래도 어슐라는 무슨 일이 터질지 알았다.

마침내 그가 물었다.

"그 편지 어디 있어?"

그녀가 편지를 갖다주었다. 그는 앉아서 그것을 들여다보았다. '다음 목요일 앞에 적은 사무실로 출석을 요청합니다⋯⋯' 그것은 다름 아닌 어슐라에게 온 엄정한 공식 통보였고, 그와는 아무 상관이 없었다. 그랬다! 그녀는 이제 분리된 하나의 사회적 개체였다. 이 통지에 답하는 것은 그와 상관없는 그녀의 일이었다. 그가 간섭할 권리도 없었다. 마음이 딱딱하게 굳어지며 분노가 치밀었다.

"부모 몰래 꼭 이런 짓을 해야 했다 이거지?" 그가 빈정거렸다. 그러자 그녀의 가슴은 타는 듯한 아픔으로 두근거렸다. 그녀는 자신이 자유롭다는 것을, 아버지로부터 이미 떨어져나왔다는 것을 알았다. 그가 졌다.

"'하게 둬봐'라고 하셨잖아요." 변명조로 그녀가 대꾸했다.

그에겐 들리지 않았다. 그는 편지를 들여다보며 앉아 있었다.

"킹스턴온템즈 교육청 사무국" 그리고 "더비셔 주, 코세테이 읍, 주목나무 집, 어슐라 브랭귄 귀하"라고 타자 친 글자가 적혀 있었다. 그것은 너무도 완전하고 너무도 최종적이었다. 그는 그 편지의 수취인으로서 어슐라가 차지한 새 지위를 실감할 수밖에 없었다. 마음이 쇳덩이 같았다.

"흠," 마침내 그가 입을 열었다. "못 간다."

어슐라는 깜짝 놀라서 뭐라고 항변할 말을 찾지 못했다.

"네 멋대로 런던 근처까지 갈 수 있을 거라 생각한다면 오산이야."

"왜 못 가요?" 그 즉시 가겠다는 의지를 다지며 그녀가 소리쳤다.

"못 간다면 못 가는 줄 알아." 그가 말했다.

그리고 브랭귄 부인이 아래층으로 내려올 때까지 침묵이 흘렀다.

"애나, 이거 좀 봐봐." 그가 말하며 편지를 건넸다.

애나는 고개를 젖히고 타자기로 친 편지를 흘낏 보자 바깥세상에서 굴러든 골칫거리임을 감지했다. 그녀는 눈동자를 희한하게 스르르 내리깔았는데, 마치 자신의 살아 있는 모성적 자아를 차단하고 그 자리에 무의미하게도 일종의 강렬한 무아 상태가 들어선 듯했다. 그렇게 그녀는 이해하지 않으려고 조심하면서 대수롭지 않게 편지를 쓱 훑어보았다. 그녀는 자신의 냉담하고 피상적인 머리로만 편지 내용을 파악했다. 그녀의 공감하는 자아는 차단되어 있었다.

"어떤 자리래?" 애나가 물었다.

"연봉 50파운드 받고 킹스턴온템즈에 가서 선생을 하고 싶대."

"아, 그래."

어머니는 마치 남에게 일어난 안 좋은 일인 양 말했다. 그녀는 냉정하게 딸을 가게 둘 수도 있었을 것이다. 브랭귄 부인은 막내만 끼고 다시 자라나기 시작할 테니. 맏딸은 이제 거추장스러웠다.

"그렇게 멀리 못 보내." 아버지가 말했다.

"오라는 곳에 가야만 해요." 어슐라가 크게 소리쳤다. "그리고 정말 좋은 곳이란 말이에요."

"거기가 어떨지 네가 뭘 일아?" 아버지가 호되게 받아쳤다.

"오라거나 말거나 뭔 상관이야, 아버지가 못 보낸다는데." 어머니가 태연히 말했다.

어슐라는 엄마가 너무 미웠다!

"한번 해보라고 했잖아요." 소녀가 소리쳤다. "이제 자리가 생겼으니까 난 갈 거예요."

"그렇게 멀리는 못 가." 아버지가 말했다.

"일크스턴에서 직장을 잡아도 되잖아, 집에서 다닐 수 있게?" 구드런이 끼어들었다. 동생은 서로 부딪히는 게 싫고 어슐라가 왜 이렇게 껄끄럽게 구는지 이해되지도 않았지만 언니 편을 들어야 했다.

"일크스턴엔 자리가 없단 말이야." 어슐라가 소리 질렀다. "그리고 난 바로 갈 거야."

"알아봤으면 일크스턴에 너 들어갈 자리 하나 못 구했겠냐. 여왕 마마라도 된 듯 제멋대로 안 하곤 못 배긴 게지." 아버지가 말했다.

"총알같이 가버리고 싶겠지." 엄마가 매섭게 쏘아붙였다. "사람들이 네 꼴을 참고 봐줄 턱이 만무하다. 넌 세상에서 네가 제일 잘났다고 생각하잖아."

모녀 사이에는 순전히 미운 감정만 있었다. 완고한 침묵이 흘렀다. 어슐라는 자신이 그것을 깨야 한다는 것을 알았다.

"저, 그쪽에서 편지를 보냈기 때문에 저는 가야 해요." 그녀가 말했다.

"여비는 어디서 구할 건데?" 아버지가 물었다.

"톰 삼촌이 줄 거예요." 그녀가 대답했다.

다시 아무 말이 없었다. 이번에는 그녀가 의기양양했다.

그러다 마침내 아버지가 고개를 들었다. 그는 멍한 표정이었고, 순전히 발언을 하기 위해 스스로를 멍하게 만든 것 같았다.

"어쨌건, 그 멀리는 못 간다." 그가 말했다. "버트 씨한테 부탁해서 여기서 자리를 알아보마. 런던 인근에서 혼자 살게 둘 순 없어."

"하지만 킹스턴에 꼭 가야만 해요." 어슐라가 말했다. "저한테 편지를 보냈단 말이에요."

"거긴 너 없어도 문제없어." 그가 말했다.

아슬아슬한 침묵이 감돌았고, 어슐라는 울음이 터질 것 같았다.

"그럼," 낮고 긴장한 목소리로 그녀가 말했다. "이번엔 못 가게 할 수 있어도, 전 꼭 취직할 거예요. 절대 집에 처박혀 있지 않을 거라고요."

"네가 집에 처박혀 있는 건 아무도 원치 않아." 아버지가 부르르 화를 내며 벌컥 소리쳤다.

어슐라는 더이상 말하지 않았다. 그녀의 본성이 그 자체의 오만함으로, 다른 사람들에 대한 그 자체의 적대적인 무관심으로 이미 딱딱해졌고 웃고 있었다. 이런 상태가 되면 아버지는 딸이 죽이고 싶게 미웠다. 그녀는 노래를 부르며 거실로 갔다.

고양이를 잃어버린 건 엄마 미셸이지(C'est la mère Michel qui a perdu son chat)
그러곤 창문에서 소리치네, '누가 내 고양이 찾아줘'(Qui cri par la fenêtre qu'est-ce qui le lui rendra──)

그후 며칠 동안 어슐라는 활기차게 노래를 흥얼거리거나 동생들에게 정답게 대했지만, 부모에 대해서는 냉랭하고 굳은 심정이었디. 더이상 아무 말도 없었다.

활기찬 상태가 나흘간 지속되었다. 그러더니 깨지기 시작했다. 그래서 저녁 무렵에 그녀는 아버지에게 물었다.

"제 자리 부탁했어요?"

"버트 씨한테 말해뒀다."

"뭐라던가요?"

"내일 위원회 회의가 있을 거고, 금요일에 나한테 알려줄 거다."

그래서 그녀는 금요일까지 기다렸다. 킹스턴온템즈는 사라진 단꿈이 되었다. 여기서 그녀는 힘들고 거친 현실을 맛보게 될 것이었다. 이렇게 될 줄 알았다. 힘들고 제한된 이 현실에서가 아니면 그 무엇도 성취하지 못할 걸 깨달았으니까. 그녀는 일크스턴에서 교사가 되기 싫었다. 일크스턴을 잘 알았고 싫어했기 때문이다. 그러나 그녀는 자유롭고 싶었기에, 가능한 곳에서 자유를 얻어야만 했다.

금요일에 아버지는 브린슬리가(街) 초등학교에 공석이 하나 있다고 알려주었다. 이 자리라면 수고스럽게 지원서를 내지 않아도 어슐라가 즉시 확보할 공산이 컸다.

그녀는 심장이 멎는 것 같았다. 브린슬리가 초등학교는 빈민 구역의 학교였고, 그녀는 일크스턴의 상스러운 아이들의 행태를 이미 겪어본 터였다. 그녀 뒤를 따라오며 소리 지르고 돌멩이를 던지곤 했던 것이다. 그래도, 교사로서 권위가 있을 거야. 아직 다 아는 것도 아니잖아. 그녀는 들떴다. 건조하고 황량한 벽돌 건물 자체가 약간 매혹적이었다. 그것은 너무 딱딱하고 추했고, 추하기 그지없어서 그녀의 붕 떠다니는 감상적인 성격을 조금은 없애줄 것이었다.

그녀는 어떻게 하면 그 지저분한 꼬마들이 자신을 좋아할까 공상에 잠겼다. 아주 개인적으로 대할 작정이었다. 선생들은 늘 너무 딱딱하고 인간미가 없었다. 생동하는 관계를 찾아보기 힘들었다. 그녀는 모든 걸 개인적이고 살아 있게 만들고, 헌신하며, 학생들에게 자신의 온갖 자산을 끝없이 줘서 너무도 행복하게 할 것이고, 그러면 아이들은 세상 어느 선생보다 그녀를 더 좋아하겠지.

성탄절에는 아이들에게 멋진 성탄 카드를 주고, 교실을 빌려 즐거운 파티를 열어주리라.

교장인 하비 선생은 땅딸한 체격에 약간 속된 사람 같았다. 그래도 어슐라는 그에게 우아하고 고상한 빛을 계속 비출 것이고, 조만간 그도 그녀를 아주 존중하며 대할 것이었다. 그녀는 학교에서 빛나는 태양이 될 테고, 아이들은 어린 풀처럼 활짝 피어나며, 크고 단단한 식물 같은 교사들도 귀한 꽃망울을 터트리리라.

월요일 아침이 되었다. 9월 말이었고, 가랑비가 사방을 두른 베일처럼 보슬보슬 내려서 그녀는 자기만의 세상에 들어온 듯 은밀한 기분이 들었다. 그녀는 새 땅으로 전진해갔다. 옛 땅은 지워지고 없었다. 새 세상을 가렸던 장막은 찢어질 것이었다. 도시락 가방을 들고 비 내리는 언덕길을 내려가면서, 그녀는 긴장감에 온몸이 뻣뻣해졌다.

가는 빗줄기 사이로 길게 뻗은 시커먼 언덕바지에 읍내가 보였다. 그리로 들어가야만 했다. 혐오감과 흥분된 충족감이 동시에 느껴졌다. 그러나 그녀는 움츠러들었다.

어슐라는 종점에서 전차를 기다렸다. 여기가 출발 지점이었다. 그녀 뒤편으로 노팅엄행 정류장이 있었고 테리사가 삼십분 전에 거기서 차를 타고 등교했다. 그녀 뒤편에는 어릴 때 다니던 조그만 교회 부설 학교도 있었는데, 그때는 할머니가 살아 계셨다. 할머니가 돌아가신 지 벌써 이년이 되었다. 마시 농장에는 외삼촌 프레드와 삿난아기와 함께 아직 낯선 외숙모가 살고 있다. 그녀 뒤편으로 코세테이가 있었고, 산울타리 위로 블랙베리가 영글었다.

전차 종점에서 기다리자니 기억은 금세 어린 시절로 돌아갔다. 금빛 수염과 푸른색 눈에 손녀를 잘 어르시던 듬직한 체구의 할아버지, 그분은 홍수 때 익사하셨지. 그녀가 가끔 이 세상 누구보다 사랑했다고 말하는 할머니 생각도 났다. 자그마한 학교와 필립스네 형제들도 있었다. 그중 한명은 근위기병대 병사가 되었고, 광부가 된 애도 있었다. 그녀는 애틋한 심정으로 과거의 기억에 빠져들었다.

그러나 이렇게 몽상에 잠겨 있을 때, 덜커덩거리며 굼뜨게 굽잇길을 도는 끼익 소리가 들리면서 전차가 다가와 그녀의 시야에 들어왔다. 전차는 종점에 있는 둥그런 선로를 빙 돌아 정지선에 이르러 그녀 위쪽에서 어렴풋이 모습을 드러냈다. 저 끝 차량에서 희끄무레하니 승객 몇몇이 내렸고, 차장이 물웅덩이 쪽으로 걸어가더니 방향타로 방향을 바꾸었다.

어슐라는 축축하고 불편한 전차로 올라탔다. 바닥은 젖어서 거무튀튀하고 차창에는 온통 김이 서린 가운데 그녀는 불안하게 자리에 앉았다. 그녀의 새 현실이 이미 시작되었던 것이다.

승객 한명이 더 탔다. 칙칙하고 젖은 겉옷 차림으로 보아 파출부 같았다. 어슐라는 전차가 대기하는 게 견디기 힘들었다. 벨이 울리더니 앞으로 한번 덜컹했다. 전차가 조심스레 젖은 도로를 따라 움직였다. 그녀가 자신의 새 삶의 터전을 향해 실려가고 있었다. 생살에이듯 고통과 긴장으로 가슴이 타는 것 같았다.

자주, 아, 진짜 너무 자주 전차가 멈춰 섰고, 외투 차림의 비에 젖은 사람들이 차에 올라 그녀 앞줄에 우산을 무릎 사이에 낀 채 음울한 표정으로 묵묵히 앉아 있었다. 습기가 더 차올라서 차창이 부예졌다. 어슐라는 생기 잃은 유령 같은 이 사람들과 함께 갇힌 꼴이었다. 그럼에도 자신이 이들 중 한명이라는 생각은 들지 않았다. 차장이 차표를 발행하며 다가왔다. 차표를 끊는 짤깍 소리가 날 때마다 그녀는 두렵고 고통스러웠다. 하지만 자기 차표는 나머지 사람들과 분명 다르리라 생각했다.

모두 출근길이었고 그녀도 일하러 가고 있었다. 그녀의 차표도 똑같았다. 그녀는 다른 사람들과 어울리려고 애쓰며 앉아 있었다. 하지만 뱃속 깊이 두려움이 차오르고 알 수 없이 끔찍한 압박감이 옥죄어왔다.

바스 거리에서 하차해서 전차를 갈아타야 했다. 그녀는 오르막 쪽을 바라보았다. 그곳은 자유를 향해 이어지는 것처럼 보였다. 토요일 오후면 종종 여기 있는 상점들까지 걸어왔던 기억이 났다. 그땐 얼마나 걱정 없고 자유로웠던가.

아, 그녀가 탈 전차가 조심조심 내리막길을 미끄러져 오고 있었다. 출근길의 한걸음 한걸음이 살얼음 딛듯 두려웠다. 전차가 멈춰서자 그녀는 급히 올라탔다.

어슐라는 길을 잘 몰라서 달리는 차 안에서 계속 고개를 돌려 밖을 보았다. 마침내 긴장감에 떨며 자리에서 일어섰다. 차장이 뚱하니 벨을 울렸다.

그녀는 인적 없이 작고 누추한, 비에 젖은 거리를 걸어 내려갔다. 학교는 철책을 친 아스팔트 부지 안쪽에 나지막이 웅크리고 있었고 비에 젖어 거무스름하게 번들거렸다. 건물은 지저분하고 형편없었으며 유리창 너머로 어렴풋이 메마른 식물들이 보였다.

어슐라는 아치 모양의 현관 입구로 들어섰다. 건물 전체가 천박한 권위를 드러내듯 위세를 떨기 위해 교회 건축을 모방하여 위협적인 분위기를 풍겼다. 판식을 깐 현관 바닥 위로 불기 붙은 발자국 한쌍이 눈에 들어왔다. 이곳은 고요하고 버려진 채 발소리를 쿵쾅대며 죄수들이 돌아오기를 기다리는 텅 빈 감방 같았다.

어슐라는 침침하고 우묵한 곳에 자리 잡은 교무실 쪽으로 걸어가서 쭈뼛거리며 노크했다.

"들어오시오!" 감방에서 들려오듯 놀란 남자 목소리가 울렸다. 그녀는 햇빛이라곤 든 적 없는 어둡고 작은 실내로 들어갔다. 가스등이 덮개도 없이 스산하게 타고 있었다. 셔츠 바람의 마른 남자가 탁자 위 등사판에 용지를 문지르고 있었다. 그는 좁고 날카로운 얼굴을 들어 어슐라를 쳐다보고 "안녕하시오?"라고 인사하고는 다시 고개를 돌려 등사판에서 용지를 떼어내서 등사된 남색 글자를 흘낏 보더니, 도르르 말린 그 용지를 옆에 있는 더미 위에 떨어트렸다.

어슐라는 신기해서 가만히 보았다. 가스등 켜진 음울하고 비좁은 실내에서 모든 게 비현실적으로 보였다.

"날씨가 진짜 엉망이지요?" 그녀가 말했다.

"그렇네요," 그가 대답했다. "좋은 날씨는 아니죠."

하지만 이 안에는 아침이건 날씨건 그런 건 존재하지 않는 것 같았다. 이곳은 시간과 무관했다. 사내는 일에 빠져 메아리처럼 말했다. 어슐라는 뭐라고 해야 할지 몰랐다. 비옷을 벗었다.

"제가 좀 일찍 왔나요?" 그녀가 물었다.

남자는 작은 벽시계를 먼저 쳐다본 다음 어슐라를 보았다. 눈초리가 시곗바늘처럼 날카로워졌다.

"25분이네." 그가 말했다. "그쪽이 두번째요. 내가 오늘 아침 일등이고."

어슐라는 의자 끄트머리에 조심스레 앉아서 그의 마르고 불그레한 손이 용지의 하얀 표면을 쓱 문지른 후 멈췄다가, 한쪽 귀퉁이를 떼서 들여다보고 다시 쓱 문지르는 걸 지켜보았다. 탁자 위에 둥그렇게 말린 흰 등사지가 한무더기 놓여 있었다.

"이렇게 많이 하셔야 하나요?" 그녀가 물었다.

남자가 또 날카롭게 올려다보았다. 서른살에서 서른세살쯤 된 마르고 창백한 이 남자는 코가 기다랗고 인상이 날카로웠다. 파란 눈이 바늘 끝처럼 날카롭지만 뭐 괜찮은 편이네, 하고 소녀는 생각했다.

"예순세장이요." 그가 대답했다.

"그렇게 많이요!" 다정한 말투로 그녀가 말했다. 그러곤 그 숫자를 기억했다.

"그래도 선생님 반에서 다 쓰실 건 아니지요?" 그녀가 덧붙였다.

"왜 아니겠소?" 매서운 목소리로 그가 대꾸했다. 어슐라는 그녀를 무시하는 기계적인 태도와 막 대하는 말투에 상당히 겁을 먹었다. 이런 건 처음 겪는 일이었다. 그녀가 별것 아니라는 듯, 기계에 말 걸고 있다는 식의 대우는 받아본 적이 없었다.

"정말 너무 많네요." 그녀가 동정하는 투로 말했다.

"선생 반도 비슷할 거요." 그가 말했다.

이게 그녀가 들은 전부였다. 그녀는 얼떨떨해서 멍하니 앉아 있었다. 그래도 이 남선생을 호의로 대했다. 그는 엄청 짜증스러워 보였다. 그에겐 기묘하고도 날이 선 듯 예리한 느낌이 있어서 그녀는 마음이 끌리면서 동시에 두려웠다. 이 일은 너무 차가워서 그의 본성에 어긋났던 것이다.

문이 열리더니 윤기 없는 피부에 자그마한, 스물여덟살쯤 된 젊은 여자가 들어왔다.

"아, 어슐라 신생!" 방금 들어온 여사가 그게 불렀다. "일찍 오셨군요! 어머나, 여기 걸면 안 되지. 그건 윌리엄슨 선생님 옷 거는 못이에요. 이게 바로 선생님 거고. 5학년 담임선생님은 늘 이걸 쓰지요. 모자 안 벗으세요?"

바이올렛 하비 선생이 어슐라의 비옷을 못에서 떼어 조금 떨어진 아랫줄 못에다 걸었다. 그녀는 벌써 자신의 혼방 모자에 꽂힌 핀을 다 빼서 겉옷에 찔러두었다. 그녀가 누렇고 생기 없는 곱슬머리를 쓸어올리며 어슐라 쪽을 보았다.

"아침 날씨 한번 고약하네!" 그녀가 큰 소리로 말했다. "정말 고약해! 비 오는 월요일 아침이 세상에서 제일 싫어. 어찌 됐건 애들은 꾸역꾸역 들이닥칠 거고, 막을 도리도 없고."

그녀는 신문지 꾸러미에서 검은 덧치마를 집어 허리에 두르고 있었다.

"덧치마 가져오셨죠?" 그녀가 어슐라 쪽을 힐끗 보더니 불쑥 말했다. "아, 덧치마가 있었으면 할걸요. 4시 반도 안 돼서 어떤 꼴이 될지 모르시나봐. 분필에, 잉크 자국에, 애들 더러운 발자국까지. 우리 엄마 집에 애를 보내서 하나 가져오라고 해야겠네."

"아, 괜찮습니다." 어슐라가 말했다.

"아, 아니에요, 애만 보내면 되니까." 하비 선생이 큰 소리로 말했다.

어슐라는 가슴이 철렁 내려앉았다. 모두 너무 자기주장이 세고 고압적으로 보였다. 이렇게 거칠고 변덕스럽고 독단적인 사람들과 어떻게 잘 지낼 수 있을까? 하비 선생은 책상 앞에 앉은 남선생에게 한마디도 걸지 않았다. 그냥 무시해버렸다. 어슐라는 두 교사 사이의 냉담하고 노골적인 무례함을 감지했다.

두 처녀 선생은 복도로 나갔다. 학생 몇명이 벌써 현관에서 터덜터덜 걸어오고 있었다.

"짐 리처즈," 하비 선생이 엄하고 권위적으로 불렀다. 소년 한명이 우물쭈물 다가왔다.

"너, 우리 집에 좀 가야겠다, 웅?" 하비 선생이 위압적으로 거들먹거리면서도 어르는 투로 말했다. 그러더니 대답을 기다리지도 않았다. "가서 선생님 어머니한테 브랭귄 선생님 드리게 내 교실용 덧치마 하나 달라고 말해, 알았지?"

소년은 기죽은 표정으로 "예, 선생님" 하고 웅얼거리고는 물러나려고 했다.

"야!" 하비 선생이 불렀다. "이리 와봐. 너, 왜 가는지 알아? 선생님 어머니한테 뭐라고 할 거야?"

"교실용 덧치마……" 소년이 우물거렸다.

"'저, 하비 부인, 하비 선생님께서 교실용 덧치마 하나 더 보내달라고 하셨어요. 브랭권 선생님이 안 가지고 오셔서 그렇습니다.'"

"예, 선생님." 소년이 고개를 숙인 채 우물거리며 답하고는 빠져나가려고 했다. 하비 선생이 아이를 다시 불러서 어깨를 움켜잡았다.

"뭐라고 말할 거라고?"

"저, 하비 부인, 하비 선생님이 브랑긴 선생님 쓰실 덧치마 하나 달라고 하세요." 아이가 기어드는 목소리로 대답했다.

"'브랭귄' 선생님이야!" 아이 등을 밀어젖히며 하비 선생이 깔깔 웃었다. "잠깐, 너, 내 우산 가져가는 게 좋겠다. 잠깐 기다려."

아이는 마지못해 하비 선생의 우산을 받아들고 출발했다.

"금방 와야 한다." 하비 선생이 아이 등 뒤에다 대고 고함쳤다. 그러고는 어슐라를 향해 밝은 표정으로 말했다. "저 녀석 좀 뛰죠. 그래도 나쁜 애는 아니고요."

"그렇겠죠." 어슐라가 희미한 목소리로 동의했다.

문 걸쇠가 찰칵 열리고 두 사람은 커다란 교실로 들어섰다. 어슐라는 그곳을 한번 둘러보았다. 그곳의 경직되고 오랜 침묵이 사무적이고 으스스했다. 교실 중간쯤에 유리 칸막이가 있었는데 거기 달린 문들은 열려 있었다.[4] 벽시계 똑딱이는 소리가 울려퍼졌고, 하비 선생이 입을 열자 목소리가 두배로 크게 들렸다.

"여기가 대형 교실이에요, 5, 6, 7학년. 이쪽이 선생님 반이고요, 5학년."

----

4 영국에서는 1870~91년 사이 무상교육이 보편화됨에 따라 학교시설 부족 현상이 잇따라서 교실 하나에 유리 칸막이를 설치해 3개의 거대 학급을 수용하는 일이 벌어졌다.

그녀는 이 거대한 교실 끝자락에 서 있었다. 작고 높다란 교탁이 빼곡히 줄지은 장의자들을 마주 보고 있었고 맞은편 벽 높이 창문 두개가 나 있었다.

어슐라에게 그 모습은 매혹적이고도 끔찍했다. 특이하고 생기 없는 교실 채광이 그녀의 평소 성격을 바꿔놓았다. 비 내리는 아침 이라서 그러려니 생각했다. 그러다가 평범한 날에 느끼는 온갖 감정과 동떨어져 경직되고 뻣뻣한 공기 속에 갇힌 끔찍한 느낌 때문에 그녀는 다시 위쪽을 올려다보았다. 채광창이 흐릿하고 골 진 유리로 된 게 눈에 들어왔다.

이제 그녀는 감방에 갇힌 것이다! 연녹색과 고동색으로 칠한 빛바랜 벽과 희뿌연 유리를 배경으로 꾀죄죄한 제라늄 화분이 놓인 커다란 창문들, 일렬종대로 늘어선 긴 책상들을 보자 두려움이 엄습했다. 이것이 새 세상이자 새 삶이었고, 그녀에게는 위협적이었다. 하지만 아직 들뜬 마음으로 교탁 의자로 올라가 앉아보았다. 의자가 높아서 발이 바닥에 닿지 않아 의자 발판에 걸쳐야 했다. 바닥에서 떨어진 채, 거기 우뚝 솟아 업무를 보는 것이었다. 너무나, 너무나 이상했다! 코세테이 하늘에 내리는 가랑비와는 너무 달랐다. 자기 동네를 생각하자 왈칵 그리움이 밀려들었다. 그곳이 너무 멀고 아련하게 느껴졌다.

그녀는 여기서 엄혹하고 삭막한 현실, 현실을 만났다. 어제만 해도 전혀 알지 못했던 것, 지금은 두려움과 반감에 가득 차서 도망쳐버리고 싶은 바로 이것을 현실이라 부르다니 정말 이상했다. 이것이 현실이었다. 그리고 코세테이, 자기 자신 같은, 그녀의 소중하고 아름다우며 친숙한 코세테이, 그곳은 부차적 현실이었다. 감옥같은 이 학교가 현실이었다. 그러니 여기서 그녀는 학생들의 여왕으로 위엄 있게 앉아 있으리라! 여기서 아이들에게 빛과 기쁨을 주는 사랑받는 교사가 되겠다는 꿈을 실현하리라! 하지만 그녀 앞에 각 맞춰 늘어선 책상들을 보니 기분이 상하고 움츠러들었다. 그렇게 기대를 많이 하다니 자신이 참 바보 같다는 생각에 위축되었다. 너그러움도 감정도 아무 소용 없는 곳에 그녀는 자신의 감정과 자신의 너그러움을 가져왔던 것이다. 그래서 처음부터 퇴짜 맞은 듯이 새로운 환경이 괴롭고 서걱거렸다.

그녀가 슬며시 의자에서 내려왔고 두 교사는 교무실로 돌아갔다. 사람이 성격을 바꿔야 한다니 기분이 참 이상했다. 그녀는 아무것도 아닌 존재로서, 자기 안에는 현실이 전혀 없었다. 현실은 모두 그녀 바깥에 있었고 그녀가 거기 맞춰야만 했다.

교무실에는 하비 교장이 문이 열린 큰 벽장 앞에 서 있었는데, 분홍색 압지 뭉치와 반들거리는 새 책 더미, 분필통, 색잉크병 따위가 보였다. 보물 창고 같았다.

교장은 작달막하니 건장한 사내로, 두상이 참하고 턱살이 두툼했다. 그래도 눈썹과 코가 맵시 있고 콧수염이 근사하게 늘어져서 잘생겨 보였다. 그는 자기 일에 몰두한 듯 어슐라가 들어와도 신경 쓰지 않았다. 그렇게 일에 빠져서 다른 사람을 그렇게 적극적으로 의식하지 않을 수 있는 태도에는 모욕적인 구석이 있었다.

잠시 일을 멈추었을 때, 그가 탁자에서 고개를 들어 어슐라에게 인사했다. 그의 갈색 눈에 유쾌한 빛이 돌았다. 그는 한번 밀어뜨려 보고 싶을 만큼 아주 남자답고 확고부동해 보였다.

"빗길에 오셨군요." 그가 어슐라에게 말했다.

"아, 괜찮습니다, 익숙한 걸요." 그녀는 긴장해서 살짝 웃으며 대답했다.

그렇지만 그는 이미 듣고 있지 않았다. 그녀의 말이 우스꽝스럽고 시답잖게 울렸다. 교장은 그녀에게 전혀 신경 쓰지 않고 있었다.

"여기 서명하시고," 그가 아이 대하듯 말했다. "그리고 출퇴근 시간 기록하시오."

어슐라는 출근부에 서명하고 물러났다. 아무도 그녀에게 신경 쓰지 않았다. 그녀는 무슨 말을 할지 머리를 짜냈지만 소용없었다.

"이제 아이들을 교실에 들여보내야겠소." 하비 교장이 분주히 유인물을 챙기고 있던 깡마른 남선생에게 말했다.

그 준교사는 들은 척도 않고 하던 일을 계속했다. 교무실 분위기가 점점 더 긴장되었다. 그러다 터지기 직전에 브런트 선생이 외투를 껴입었다.

"선생은 여학생 입구 쪽으로 가시오." 교장이 어슐라에게 말했다. 지극히 사무적이고 고압적인, 듣기 좋으면서도 모욕적으로 상냥한 말투였다.

그녀가 밖으로 나가보니 하비 선생과 다른 여선생이 현관에 있었다. 아스팔트 마당 위로 비가 오고 있었다. 곡조 없는 종소리가 머리 위에서 침울하고 단조롭게 땡, 땡, 땡, 계속 울리다가 멈췄다. 그때 모자도 쓰지 않은 브런트 선생이 나타나, 학교 구내의 다른 편 입구에 서서 귀가 찢어지게 호루라기를 불면서 비 내리는 황량한 거리를 내려다보았다.

남학생들이 무리 지어 쏜살같이 걸어와서 교장선생 앞을 뛰어 지나갔다. 그리고 시끄럽게 떠들고 발소리를 내며 교정을 지나 남학생 현관 쪽으로 갔다. 여학생들도 뛰어와 다른 출입문을 통과하고 있었다.

어슐라가 서 있는 현관은 여학생들이 외투며 모자를 벗어서 촘

촘한 옷걸이 못에 거느라 북새통을 이루었다. 젖은 옷가지 냄새에
다 후줄근하게 젖은 머리칼 터는 소리, 말소리, 발자국 소리가 들
렸다.

점점 더 많은 여학생들이 몰려오자 옷걸이 주위로 소동이 계속
되었고, 학생들은 현관에서 몇 무리로 갈라져 떠들어댔다. 그러자
바이올렛 하비 선생이 손뼉을 한번 치고 또 더 크게 치더니 째지는
목소리로 "여학생들, 조용히, 조용히!"라고 소리쳤다.

잠시 잠잠해졌다. 소란은 누그러들었지만 멈추지는 않았다.

"내가 뭐라고 했어?" 하비 선생이 찢어질 듯 소리쳤다.

쥐 죽은 듯 조용해졌다. 간혹 지각한 여학생 한명이 현관으로 달
려 들어와 옷가지를 벗었다.

"선두, 제자리에." 하비 선생이 날카로운 목소리로 명령했다.

긴 머리에 겉지나를 입은 여학생들이 두명씩 짝을 시어 현관에
나뉘어 섰다.

"4학년, 5학년, 6학년, 정렬!" 하비 선생이 소리쳤다.

잠시 우왕좌왕하더니 차츰 두명씩 선 삼렬종대가 이루어졌고,
여학생들은 실실거리며 서 있었다. 옷 거는 곳에서는 다른 선생들
이 하급반 아이들을 정렬시키고 있었다.

어슐라는 자기가 맡은 5학년 옆에 섰다. 아이들은 어깨를 밀치
거나 머리를 젖히고 팔꿈치로 찌르거나 몸을 뒤틀었으며, 노려보
고 실실 웃고 귓속말을 하다가 비비 꼬기도 했다.

호루라기가 한번 세게 울리자 제일 상급반 여학생들인 6학년이
하비 선생의 인솔하에 출발했다. 어슐라는 자신이 맡은 5학년과 함
께 그 뒤를 따랐다. 그녀는 줄을 선 채 실실대고 낄낄거리는 여학
생들 옆에 서서 좁은 복도에서 대기하고 있었다. 자신이 도대체 누

군지 알 수 없었다.

갑자기 피아노 소리가 들리더니 6학년들이 대형 교실 쪽으로 밀물처럼 들어가기 시작했다. 남학생들은 다른 문으로 들어갔다. 피아노는 행진곡 가락을 계속 연주했다. 5학년이 대형 교실 문으로 따라갔다. 저편 자기 교탁에 있는 하비 교장이 보였다. 브런트 선생은 교실의 다른 문을 지키고 있었다. 어슐라 반 학생들이 밀려들었다. 그녀는 그 옆에 서 있었다. 아이들이 힐끔거리며 히죽대고 떠밀기도 했다.

"계속 가." 어슐라가 말했다.

아이들이 킥킥거렸다.

"계속 걸어가." 피아노가 계속 울리기에 어슐라는 이렇게 지시했다.

여학생들이 흩어져서 교실로 들어갔다. 저편 자기 교탁에서 무슨 업무에 몰두해 있는 것 같던 하비 교장이 고개를 들고 벼락같이 소리쳤다.

"멈춰!"

학생들이 멈췄고 피아노도 그쳤다. 막 다른 문으로 들어서려던 남학생들이 뒤로 물러났다. 브런트 선생의 엄하고 가라앉은 목소리가 들리더니 그후 교실 저 안쪽에서 하비 교장의 불호령이 떨어졌다.

"누가 5학년 여학생들더러 이따위로 들어가랬어?"

어슐라의 얼굴이 빨개졌다. 그녀 반 여학생들이 어슐라를 올려다보며 비난하듯 히죽거렸다.

"제가 들여보냈습니다, 교장선생님." 그녀는 또렷한 목소리로 간신히 대답했다. 일순 침묵이 흘렀다. 잠시 후, 하비 교장이 저 멀리서 고함쳤다.

"5학년 여학생, 제자리로 돌아가."

여학생들이 비난하듯 슬쩍 비웃으며 어슐라 쪽을 쳐다보았다. 아이들이 뒤로 물러났다. 어슐라의 가슴은 치욕스러운 아픔으로 딱딱해졌다.

"앞으로, 행진." 브런트 선생의 목소리가 들렸고, 여학생들이 남학생 행렬과 박자를 맞추어 발걸음을 뗐다.

어슐라는 줄지은 책상을 가득 채우고 선 쉰다섯명 정도의 남녀 학생들로 된 자기 학급을 마주했다. 그녀는 전혀 존재감이 없는 듯했다. 지위도 존재감도 없었다. 그녀는 아이들 무리와 대면했다.

교실 저편에서 총알같이 쏘아대는 질문 세례가 들려왔다. 그녀는 자기 학급 아이들 앞에 선 채 어쩔 줄 몰랐다. 고통스럽게 가만히 기다렸다. 그녀의 아이들 무리가, 쉰명의 낯모르는 얼굴들이 적의를 품고 언제라도 비웃어주겠다는 듯 그녀를 주시했다. 타오르는 불 같은 이 얼굴들 위에서 고문받는 느낌이었다. 그녀는 모든 면에서 무방비 상태였다. 말할 수 없이 길고 고통스러운 시간이 재깍재깍 흘러갔다.

그러다 어슐라는 용기를 냈다. 브런트 선생이 암산 문제 내는 소리가 들렸다. 어슐라는 너무 큰 목소리를 내지 않도록 아이들에게 가까이 서서 머뭇거리다 떨리는 목소리로 물었다.

"한개에 2.5페니짜리 모자가 일곱개 있으면 얼마지?"

그녀가 입을 여는 걸 보자 아이들 얼굴에 비아냥대는 웃음이 번졌다. 그녀는 얼굴을 붉혔고 고통스러웠다. 아이들 몇명이 손을 번쩍 들었고, 그녀는 답을 물었다.

그날 일과는 너무도 느리게 지나갔다. 무얼 할지 전혀 알 수 없었고, 아이들 앞에 민낯이 드러나는 끔찍한 순간들이 찾아왔다. 그녀는 주제넘게 구는 여자아이에게 진도를 물어 수업을 시작하긴 했지만 어떻게 진행할지 갈피를 잡지 못했다. 아이들이 주인이었다. 그녀는 아이들에게 끌려다녔다. 그러는 내내 브런트 선생의 음성이 들려왔다. 그는 무슨 기계처럼, 한결같이 딱딱하고 높은 비인간적인 목소리로 아무것도 의식하지 않고 진도만 나갔다. 이 비인간적인 숫자의 아이들 앞에서 어슐라는 계속 어쩔 줄 몰랐다. 여기서 벗어날 수가 없었다. 이 학급 쉰명의 아이들 무리가 그녀가 명령하길 기다리며, 또 명령을 내리면 싫어하고 화내면서 거기 버티고 있었다. 그래서 숨을 쉴 수 없었다. 너무나 비인간적이라서 그녀는 질식할 것 같았다. 그들은 너무 많았고, 그래서 그들은 아이들이 아니었다. 하나의 중대中隊였다. 그녀는 한 아이에게 말을 걸듯이 그들에게 말 걸 수 없었다. 그들은 아이 개개인이 아니라 집단적인 비인간적 단위였기 때문이었다.

점심시간이 되었고, 당혹감에 멍해진 어슐라는 혼자 점심을 먹으러 교무실로 들어갔다. 살면서 이렇게 불편했던 적이 없었다. 마치 모든 게 지옥에서처럼 괴롭고 악의적인 체제인 어떤 낯설고 끔찍한 상태에서 이제 막 내려선 것 같았다. 그리고 그녀는 실제로 자유롭지도 않았다. 오후 수업이 속박처럼 그녀를 향해 다가오고 있었다.

뭐가 뭔지 모르게 혼란스럽게 첫주가 지나갔다. 어떻게 가르쳐야 할지 몰랐고 앞으로도 절대 모를 것 같았다. 하비 교장은 시시때때로 어슐라의 학급에 들어와서 그녀가 무얼 하고 있는지 살폈다. 그가 위협하듯 곁에 서 있으면 그녀는 자신이 너무 무능하고 존재감 없게 느껴져 갈팡질팡 맥을 못 추었다. 그러나 교장은 거기

서서 온화한 눈빛으로 감시했는데, 실은 그게 정말로 위협적이었다. 그는 한마디도 없이 그녀가 계속 가르치게 두었고, 그러면 그녀는 넋 나간 사람 같았다. 그러다 교장이 나가버렸고, 그렇게 가버리는 건 꼭 조롱 같았다. 이 반은 그의 반이었다. 그녀는 안절부절못하는 대용품이었다. 그는 매질하고 을러대고 미움받았다. 그러나 그가 주인이었다. 그녀는 자기 학급을 다정하고 늘 사려 깊게 대했지만, 아이들은 하비 교장 소속이지 그녀의 소속이 아니었다. 이 구조를 받치는 어떤 난공불락의 근원처럼 하비 교장은 모든 권력을 독점했다. 그리고 반 아이들은 그의 권력을 인정했다. 학교에서 중요한 것은 권력, 오직 권력뿐이었다.

얼마 되지 않아 어슐라는 그를 두려워하게 되었고, 두려움의 밑바닥에는 증오의 씨앗이 있었다. 그를 경멸했지만 그가 그녀의 주인이기 때문이었다. 그러면서 그녀는 그럭저럭 시내기 시작했나. 다른 선생들도 다 교장을 미워했고, 자기들끼리 있을 땐 더 심하게 미워했다. 그가 선생들과 아이들의 주인이었고, 무리 위에 절대적으로 군림하는 황소처럼 버티고 있었기 때문이다. 이 학교에 대한 맹목적인 권한을 쥐는 것, 그것이 그의 삶의 유일한 이유인 것 같았다. 학생뿐 아니라 교사들도 그의 신하였다. 다만, 교사에게도 약간의 권위가 있었기에 그는 본능적으로 교사들을 질시했다.

어슐라는 교장에게 총애받는 교사가 못 되었다. 처음부터 교장에게 반감을 품었다. 싫은 건 아니지만 바이올렛 하비 선생에게도 반감이 있었다. 그러나 하비 교장은 너무 버거운 상대였고 대적하기에는 너무 강력한 존재였다. 그녀는 어리고 화사한 아가씨가 남성에게 다가갈 때 흔히 그러듯 정중한 기사도 같은 걸 기대했다. 하지만 그녀가 젊은 여성이라는 사실은 무시당하거나 경멸받을 일로 치부되었다. 어슐라는 자신이 누구인지, 어떤 존재여야 하는지 알지 못했다. 그녀는 그녀 고유의 공감력 있고 개인적인 자아로 남고 싶었다.

그렇게 계속 아이들을 가르쳤다. 그녀는 3학년 담임인 매기 스코필드 선생과 친해졌다. 스코필드 선생은 스무살쯤 된 좀 우울한 처녀로, 다른 선생들과는 서먹하게 지냈다. 상당히 미모인 데다 생각에 잠겨 있어서 여기가 아닌 더 아름다운 딴 세상에 사는 것 같았다.

어슐라는 점심 도시락을 싸 다녀서 둘째주에는 스코필드 선생 교실에서 먹었다. 3학년 교실은 따로 떨어져 있는 데다 양쪽으로 창문이 나서 운동장이 내다보였다. 늘 조마조마한 학교에서 이런 피난처를 발견하다니 너무도 마음이 놓였다. 그곳에는 국화와 관엽식물을 심은 화분들과 커다란 산딸기 화병이 있었다. 벽에는 작고 예쁘장한 그림들이 걸려 있었는데, 그라비어인쇄로 복제한 그뢰즈의 그림들과 레이놀즈[5]의 「순수의 시대」 덕분에 오붓한 분위기를 풍겼다. 그래서 창문 공간과 자그맣고 말끔한 책상들, 그림과 꽃이 있는 이 교실이 어슐라를 단박에 즐겁게 해주었다. 마침내 여기에 그녀가 반응할 수 있는 개인적인 느낌이 있었던 것이다.

월요일이었다. 그녀가 학교에 온 지 일주일이 되었고, 내면에서는 아직 완전히 이방인이었지만 조금씩 환경에 익숙해져갔다. 어슐라는 매기 선생과 같이 점심 먹을 때를 고대했다. 하루 중 그때가 가장 즐거운 순간이었다. 매기는 아주 강인하고 서름서름한 사

---

5 그뢰즈(Jean-Baptiste Greuze, 1725~1805)와 레이놀즈(Sir Joshua Reynolds, 1723~92)는 각기 프랑스와 영국의 화가. 전자는 서민들의 생활을 감성적으로 표현한 그림들로 유명하며, 후자는 역사화를 비롯해 여자와 아이 등 초상화를 많이 그렸다.

람이어서 내면에 꿈을 품은 채 느리고 확실한 걸음으로 힘겨운 길을 걸어가고 있었다. 어슐라는 의미 없이 멍하니 가르치는 일을 해나갔다.

어슐라의 반 아이들은 점심때가 되면 마구잡이로 돌아다녔다. 잘난 체 참아주고 부드럽게 대하며 방임한 결과 얼마나 큰 골칫거리를 키우고 있는지 그녀는 아직 깨닫지 못했다. 아이들이 안 보이면 그녀도 책임을 벗어났고 그것으로 끝이었다. 그녀는 서둘러 교무실로 향했다.

브런트 선생이 작은 난로 앞에 쭈그리고 앉아서 오븐 속에 쌀푸딩을 넣고 있었다. 그러더니 일어나서 불 위에 올려놓은 작은 냄비 속을 포크로 조심스레 찔러보았다. 그런 다음 냄비 뚜껑을 다시 덮었다.

"나 뇌시 않았나요?" 쾌활한 어슐라의 질문이 브런트 선생의 긴장되고 몰두한 분위기를 깨뜨렸다.

그녀는 늘 명랑하고 쾌활한 태도를 유지했고, 모든 교사를 유쾌하게 대했다. 스스로 출신이나 성품 면에서 그들보다 우월해서 거위들 사이의 백조 같다고 느꼈던 것이다. 이 혐오스러운 학교에서 백조 같은 존재라는 그녀의 자부심은 아직 꺾이지 않았다.

"아직이요." 브런트 선생이 짧게 답했다.

"제 도시락이 따뜻한지 모르겠네요." 그녀가 오븐 쪽으로 몸을 굽히며 말했다. 내심 브런트 선생이 대신 봐주기를 약간 기대했으나 그는 아는 체도 하지 않았다. 그녀는 허기가 져서 양배추와 감자와 고기가 든 자기 점심이 다 되었는지 손가락으로 열심히 냄비 속을 찔러보았다. 아직 데워지지 않았다.

"점심 싸오는 게 좀 즐겁지 않으세요?" 그녀가 브런트 선생에게 말했다.

"글쎄요." 그가 탁자 가장자리에 식탁보를 펼치면서 그녀를 보지도 않은 채 대답했다.

"집까지 가시긴 너무 먼가봐요?"

"예." 그가 대답했다. 그러고는 일어서서 그녀를 바라보았다. 세상에서 가장 파랗고 사납고 째진 눈 같았다. 그는 점점 더 사나운 눈빛으로 그녀를 째려보았다.

"브랭귄 선생, 내가 선생 입장이면," 위협적인 목소리로 그가 말했다. "자기 학급을 더 엄하게 다스릴 겁니다."

어슐라는 움츠러들었다.

"그러세요?" 그녀가 부드럽게, 그러나 겁에 질려서 반문했다. "제가 충분히 엄하지 않은가요?"

"왜냐하면!" 그는 그녀를 싹 무시하고 거듭해서 말했다. "조속한 시일 내에 휘어잡지 않으면 애들한테 당할 테니까. 애들이 선생을 무시하고 속 썩이고, 그러다보면 하비 교장이 선생을 교체하겠지요, 뻔하잖소…… 앞으로 육주도 못 배길걸." 이렇게 말하고 그는 한입 가득 음식을 넣었다. "애들을 안 잡으면, 그것도 빨리 안 잡으면 끝장이오."

"아, 하지만……" 어슐라는 분하고 서글픈 목소리로 말했다. 마음 깊숙이 두려움이 몰려왔다.

"교장이 도와줄 줄 아시오? 선생 하는 걸 그냥 두고 보다가 점점 걷잡을 수 없게 되면 선생이 제 발로 나가거나 교장이 내쫓거나, 이게 교장의 방식이오. 그래도 난 상관없지만, 내가 선생 반을 떠맡지만 않는다면."

어슐라는 이 남자의 목소리에서 책망의 기미를 감지했고, 자신이 궁지에 몰렸다고 느꼈다. 하지만 아직 학교가 그녀에게 분명한 현실이 된 것은 아니었다. 그저 살금살금 피하던 차였다. 학교는 현실이었지만 온전히 그녀 외부에 존재했다. 그래서 그녀는 브런트 선생의 발언에 저항했다. 직면하고 싶지 않았다.

"그렇게 끔찍할까요?" 그녀는 떨면서도 우아하게, 두려워한다는 걸 드러내기 싫어서 내려다보는 투로 물었다.

"끔찍하겠냐고요?" 그가 자신의 감자 요리 쪽으로 다시 돌아서며 말했다. "끔찍한 게 뭔지 나야 모르지."

"정말이지 무서워요," 어슐라가 말했다. "아이들이 너무……"

"네?" 그때 하비 선생이 들어오면서 물었다.

"그러니까, 브런트 선생님이 제가 저희 반을 휘어잡아야 한다고 하시네요." 어슐라는 이렇게 말하고 어색하게 웃었다.

"아, 가르치려면 규율을 잡아야죠." 하비 선생이 잘난 체하면서 딱딱하고 진부하게 말했다.

어슐라는 대답하지 않았다. 그들 앞에서 자신이 아무 쓸모 없는 존재 같았다.

"정말로 살아남고 싶으면 그래야죠." 브런트 선생이 말했다.

"아니, 규율을 못 잡으면 선생님 할 일이 대체 뭐겠어요?" 하비 선생이 말했다.

"그것도 선생 혼자 힘으로 해내야죠." 예언자의 쓰라린 외침처럼 브런트 선생의 음성이 높아졌다. "전혀, 아무 도움도 못 받을 겁니다."

"아, 그렇죠!" 하비 선생이 말했다. "도우려야 도울 방법이 없는 이들도 있어요." 그러고서 그녀는 자리를 떴다.

적대적이고 분열된 이 분위기, 내면의 의지들이 적대하면서도 굽신거리는 이 분위기가 정말 소름 끼쳤다. 굴종적이고 겁먹은, 수치심으로 신랄해진 브런트 선생을 보자 두려웠다. 어슐라는 달아나고 싶었다. 이 현실이 뭔지 알아보지 않고 그저 떠나고만 싶었다.

그때 스코필드 선생이 들어오자, 다른 선생들과 다른 더 편안한 분위기가 전해졌다. 어슐라는 지원군을 얻은 듯 방금 들어온 선생쪽으로 얼른 몸을 돌렸다. 매기는 권위적이기 그지없는 이 허접한 체제 내에서도 자기 개성을 지키고 있었다.

"큰 앤더슨 여기 왔나요?" 매기가 브런트 선생에게 물었다. 그들은 학생 두 명에 대해 냉랭하고 사무적으로 이야기를 나누었다.

스코필드 선생이 갈색 접시를 집어 가자, 어슐라도 자기 점심을 들고 따라갔다. 쾌적한 3학년 교실에는 식탁보가 펼쳐져 있고 탁자에는 두세 송이 월계화가 꽂힌 꽃병이 있었다.

"여긴 정말 좋아요, 선생님이 정말 여길 다르게 만들어놓으셨네요." 어슐라가 명랑하게 말했다. 그렇지만 그녀는 두려웠다. 학교 분위기가 그녀를 억누르고 있었다.

"대형 교실은, 하, 거기는 지옥이에요!" 스코필드 선생이 말했다.

역시나 씁쓸한 어조였다. 그녀 또한 위로는 교장의 미움을 사고 아래로는 아이들의 미움을 받는 고급 하인의 수치스러운 신세로 살고 있었다. 언제라도 학생이나 교장에게 당하거나, 양쪽에서 동시에 공격받을 수 있다는 것을 알았다. 학교 당국이 학부모의 불평을 듣게 되면 교장과 학생 모두 어중간한 위치인 교사를 비난할 것이기 때문이었다.

갈색 소스를 끼얹은 황금빛 대두로 된 맛난 음식을 그릇에 부으면서도 스코필드 선생은 딱딱하고 씁쓸하게 자신을 억누르는 느낌을 풍겼다.

"고기 안 넣은 야채죽이에요." 스코필드가 말했다. "좀 드셔볼 래요?"

"예, 고마워요." 어슐라가 대답했다.

이 향기롭고 정갈한 음식에 비하니 자기가 싸온 점심이 상스럽 고 추해 보였다.

"난 채식은 한번도 안 해봤어요." 어슐라가 말했다. "그래도 채 식하면 좋을 것 같네요."

"실은 나도 채식주의자는 아니에요." 매기가 말했다. "도시락에 고기를 싸오는 게 싫어서요."

"맞아요, 나도 그래요." 어슐라가 말했다.

또다시 그녀의 영혼에 새로운 우아함, 새로운 자유를 향한 해답 이 울려왔다. 채식 요리가 다 이렇게 근사하다면 육고기가 주는 약 간의 불결함이라도 피하는 게 슬거울 것 같았다.

"정말 맛있네요!" 어슐라가 감탄했다.

"그렇죠." 스코필드 선생이 대답하고는 조리법을 알려주었다. 이어서 두 사람은 서로 자기 이야기를 했다. 어슐라는 약간 자랑을 섞어서 고교 시절과 대입 자격시험에 대해 말했다. 그녀는 여기, 이 추한 곳에 있는 스스로가 너무도 가련했다. 스코필드 선생은 생각 에 잠긴 아름다운 표정으로 약간 우울하게 귀 기울였다.

"여기보다 나은 데 갈 순 없었나요?" 한참 후에 그녀가 물었다.

"여기가 어떤 곳인지 몰랐어요." 어슐라가 미심쩍게 대답했다.

"아!" 스코필드 선생은 한숨을 쉬더니 쓰라린 표정으로 고개를 돌렸다.

"여기가 그렇게 끔찍한가요?" 어슐라가 두려움에 얼굴을 약간 찌푸리며 물었다.

"정말 끔찍해요." 스코필드 선생이 치를 떨며 대답했다. "하! 정말 혐오스러워요!"

스코필드 선생까지 이렇게 지독하게 구속받는 걸 보니 어슐라는 가슴이 덜컥 내려앉았다.

"하비 교장 때문이에요." 갑자기 분통을 터트리며 매기 스코필드가 말했다. "다시 대형 교실에 가라면 진짜 죽을 것 같아요. 브런트 선생 목소리에 하비 교장까지, 아……"

그녀는 깊은 상처를 품은 채 고개를 돌렸다. 견딜 수 없는 일들이 있었던 것이다.

"교장이 진짜 그렇게 끔찍한가요?" 어슐라가 두려운 속내를 무릅쓰고 과감히 물었다.

"교장이요! 아, 한마디로 그는 깡패예요." 스코필드 선생이 수치스러운 듯 검은 눈을 치뜨고 경멸감에 괴로워하며 말했다. "선생님이 교장한테 잘 따르고 의논하고 뭐든 그 사람 방식대로 처리하면 못되게 굴진 않아요. 하지만, 그건 정말 너무 비열한 짓이에요! 그건 바로 양쪽을 상대로 싸우는 문제죠, 저 막돼먹은 녀석들과……"

그녀는 힘겹게, 점점 더 비통하게 말했다. 엄청난 고통을 겪었음에 틀림없었다. 그녀의 영혼이 치욕을 당해 쓰라려했다. 이 마음이 전해져서 어슐라도 고통스러웠다.

"그런데 뭐가 그렇게 끔찍한가요?" 그녀가 무기력하게 물었다.

"선생님이 할 수 있는 건 정말 아무것도 없어요." 스코필드 선생이 말했다. "교장 그자가 한편으로는 선생님한테 맞서고, 다른 한편으론 학생들이 선생님에게 맞서게 만들어요. 애들도 끔찍할 뿐이에요. 걔들은 뭐든 시켜야만 해요. 뭐든 그래요, 뭐든지 선생이 시켜야만 한다고요. 뭘 배우든 간에 선생이 강제로 주입해야만 해요.

그게 바로 현실이에요."

어슐라는 넋이 나갈 지경이었다. 자기가 왜 이 모든 걸 통제해야 하는가, 쉰다섯명의 덜 떨어진 애들한테 왜 억지로 공부를 시켜야 하는가. 왜 그러는 내내 등 뒤에서 추하고 무례하게 질시하고, 권위의 대리자 중에 더 약한 그녀를 찢어발기려는 아이들 무리에게 언제라도 그녀를 던져주려는 이들 가운데서 살아야 하는가. 짊어진 과제가 주는 엄청난 두려움이 그녀를 사로잡았다. 그녀는 브런트, 하비, 스코필드를 비롯한 모든 교사가 다수의 아이들을 규율에 맞춘 하나의 기계적 단위 속에 들어가도록 강제하고, 그 전체 단위를 저절로 복종하고 주목하는 상태로 바꾼 뒤, 잡다한 지식 나부랭이를 받아들이게 명하는 그 수치스러운 고역을 꾸역꾸역 수행하는 것을 보았다. 첫번째 중대 과제는 육십명 아이들을 하나의 정신상태, 하나의 존재로 놓아넣는 것이었다. 이 상태는 아이들의 의지 위에 군림하는 교사의 의지, 그리고 학교 당국 전체의 의지를 통해 자동적으로 조성되어야만 한다. 중요한 것은 권위를 행사하는 데 있어 교장과 교사들의 의지가 하나여야 한다는 것이고, 그래야만 아이들의 의지를 일치시킬 것이었다. 하지만 교장이란 자가 편협하고 배타적이었다. 교사들의 의지는 그의 의지에 부합할 수 없었고 그들의 자율적 의지는 그렇게 종속되기를 거부했다. 그래서 무정부상태가 되었고, 어느 쪽의 권위가 존재해야 하는가에 대한 최종 판결은 아이들 자신에게 맡겨졌다.

그리하여 저마다 자신의 권위를 발휘하려고 최대한 애쓰는 한 무리의 분리된 의지들이 존재했다. 아이들이란 원래 순순히 교실에 앉아서 지식을 받아들이는 존재가 아니다. 더 강하고 더 똑똑한 의지에 의해 강제되어야만 한다. 그 의지에 대항해서 아이들은 언제든 들고일어나려 한다. 그래서 대형 학급 교사라면 무엇보다 먼저 아이들의 의지가 자신의 의지와 일치되도록 노력해야 한다. 그리고 이렇게 할 수 있는 유일한 방법은 교사 자신의 개인적 자아를 부정하고, 특정 지식의 전수라는 어떤 측정 가능한 결과를 성취하기 위한 규율 체계를 적용하는 것뿐이다. 반면에 어슐라는 이 모든 과정을 개인적인 것으로 만들고, 강압적인 방법은 전혀 동원하지 않음으로써 최초의 지혜로운 교사가 되리라 마음먹었다. 그녀는 자신의 개인적 자아를 전적으로 믿었다.

이리하여 그녀는 엄청난 혼란에 빠졌다. 무엇보다 예민한 한두 아이에게만 통하는 사제관계를 제시함으로써 대다수 아이들을 국외자로 만들었고, 그리하여 그녀에게 반감을 품게 했다. 다음으로 유일하고 확고한 권위인 하비 교장에게 은근히 적대적인 입장을 취한 결과, 학생들은 훨씬 마음 편히 자기 담임선생을 못살게 굴 수 있었다. 이런 사실을 알지 못했음에도 그녀의 본능이 조금씩 경고를 보내왔다. 어슐라는 브런트 선생의 목소리 때문에 너무도 괴로웠다. 신경을 긁어대는 껄끄럽고 증오에 찬, 그렇지만 너무도 무미건조한 소리, 언제나 똑같은 레퍼토리에 껄끄럽고 지루한 그 목소리가 계속 들려와서 미칠 지경이었다. 이 남자는 쉬지 않고 계속, 끝없이 돌아가는 기계가 되어버린 것이다. 그러나 그라는 남성 개인은 억눌린 채 항상 갈등상태였다. 증오로 가득 차 있다니! 정말 끔찍했다. 그녀도 이렇게 되어야 할까? 소름 끼치지만 그럴 필요가 느껴졌다. 그녀도 똑같이 되어야 했다. 자신의 개인적인 자아를 치워버리고 일개 도구나 추상적인 존재가 되어, 학생들에게 하루치 할당된 지식을 주입하는 고정 목표를 달성하기 위해 학급이라는 특정 대상을 상대로 작업해야 했다. 그녀는 굴복할 수 없었다. 그러나 도저히 끊을 수 없는 족쇄가 점점 조여오는 게 느껴졌다. 해가 가려지고 있었다. 쉬는 시간에 가끔 밖에 나가 시시각각 변하는 구름 낀 환한 창공을 보면 그저 한장의 풍경 그림처럼 환상 같았다. 애들을 가르칠 때의 심정은 너무도 암담하고 혼란스러웠고, 그녀의 개인적 자아는 감옥에 갇혀 폐기되었고, 그녀 자신은 악하고 파괴적인 의지에 예속되어 있었다. 그러니 하늘이라고 어찌 밝게 빛날 수 있겠는가? 하늘은 사라졌고, 교실 밖 빛나는 대기도 존재하지 않았다. 오직 학교 내부만 실재했다. 엄혹하고 구체적이고 생생하고 잔인했다.

그러나 아직은 학교가 자신을 완전히 압도하게 두지 않을 작정이었다. 그녀는 늘 말했다. "영원히 이렇진 않아, 끝날 날이 올 거야." 그녀는 언제나 저 너머에 있는 자신을, 학교를 떠났을 그때를 그려볼 수 있었다. 일요일이나 공휴일이 되어 코세테이에 머물거나 너도밤나무 낙엽이 쌓인 숲속을 거닐 때 성 필립스 초등학교가 생각나면, 의지를 발휘해 그 모습을 하늘 아래 아주 조그만 둔덕을 이루는, 나지막이 자리한 작고 지저분한 건물로 그려낼 수 있었다. 그런 반면 거대한 너도밤나무 숲은 그녀 주위로 엄청나게 뻗어 있었고, 오후 시간은 드넓고도 황홀했다. 게다가 아이들은, 그녀의 반 학생들은 멀리, 아주 멀리 떨어진 하잘것없는 대상들이었다. 그러니 그녀의 자유로운 영혼에 그애들이 어찌 영향력을 뻗치겠는가? 너도밤나무 잎들 사이로 힘차게 걸어가노라면 아이들 생각은 획하니 사라져버렸다! 그러나 그녀의 의지는 아이들에게 맞서 내내 긴장해 있었다.

아이들은 줄곧 그녀를 쫓아다녔다. 그녀는 주위의 아름다운 사물들을 지금보다 더 뜨겁게 사랑해본 적이 없었다. 저녁 무렵, 전차 윗자리에 앉아서 장엄한 낙조를 보노라면 학교 따위는 깡그리 쓸려가기도 했다. 그녀의 가슴이, 그녀의 바로 그 손이 아름답게 타오르는 석양을 갈구했다. 거기 닿으려는 갈망은 애절해서 고통스러울 정도였다. 이토록 아름다운 석양 앞에서 그녀는 소리쳐 울 것 같았다.

그녀가 갇혀 있었기 때문이었다. 일단 교문을 나서면 학교란 더 이상 존재하지 않는다고 아무리 되뇌어도 소용없었다. 학교는 존재했다. 시커먼 추처럼 그녀 내면에 존재하면서 행동을 통제했다. 활기차고 자신만만한 아가씨가 학교를, 학교와 자신의 유대를 벗어던져봐도 허사였다. 그녀는 5학년 담임 브랭귄 선생이었고, 지금은 그녀의 일이 가장 중요한 존재 이유였다.

심장 위를 맴돌며 언제라도 덮치려는 악귀처럼 끊임없이 괴롭히는 것은, 이유는 몰라도 왠지 자신이 무너져버렸다는 느낌이었다. 그녀는 쓸쓸하게 자신이 학교 선생이라는 사실을 부인했다. 그런 이름은 바이올렛 하비 같은 부류에게나 붙이라지. 자신은 그런 꼬리표를 말끔히 벗어버리리라. 하지만 아무리 부인해봐도 소용없었다.

그녀 내면의 어떤 기록계가 기계적으로 부정 쪽을 가리키는 것 같았다. 그녀가 업무를 수행할 능력이 안 된다고 말하는 듯했다. 어슐라는 한순간도 이 치명적이고 막중한 사실로부터 피할 수 없었다.

그리하여 그녀는 바이올렛 하비보다 열등하다고 느꼈다. 하비 선생은 대단한 교사였다. 지극히 효율적으로 학급 규율을 잡고 지식을 주입할 줄 알았다. 어슐라 자신이 바이올렛 하비보다 엄청나게, 엄청나게 뛰어난 사람이라고 아무리 항변해봤자 소용없었다.

그녀는 자신이 실패한 곳에서, 자신에 대한 시험이나 마찬가지인 업무의 이런 면에서 바이올렛 하비가 성공을 거두었음을 알았다. 뭔가가 내내 붙어다니며 그녀를 마모시키는 것 같았다. 처음 몇주 동안, 그녀는 이 상태를 부정한 채 자신은 전과 다름없이 자유롭다고 말하며 돌아다녔다. 하비 선생 앞에서 주눅 들지 않으려 애쓰고 자신이 잘났다는 분위기를 고수하고자 했다. 그렇지만 엄청난 중압감이, 바이올렛 하비는 견딜 수 있지만 어슐라 본인은 견디지 못할 중압감이 그녀를 내리눌렀다.

그녀는 굴복하지 않았으나 결코 성공하지 못했다. 그녀의 학급은 상태가 더욱 나빠져 수업이 위태로울 지경임을 스스로도 점점 의식했다. 포기하고 집으로 돌아가야 하나? 그녀가 올 곳이 아니었다고 말하고 그만둬야 하나? 그녀의 삶 자체가 시험에 들었다.

그녀는 위기를 예감하며 고집스럽게, 맹목적으로 계속해나갔다. 마침내 하비 교장이 그녀를 괴롭히기 시작했다. 그에 대한 두려움과 증오는 점점 더 커져만 갔다. 그가 자신을 윽박대고 부숴버릴까 봐 겁이 났다. 교장은 어슐라가 학급 운영을 제대로 못 한다는 이유로, 어슐라가 맡은 반이 학교를 구성하는 일련의 사슬 가운데 약한 고리라는 이유로 그녀를 괴롭히기 시작했다.

규칙 위반 사항 중 하나는 어슐라의 반이 떠들어서 대형 교실 반대편의 교장이 담당하는 7학년 수업을 방해한다는 것이었다. 어느 날 아침, 그녀는 학생들 사이를 걸어다니며 작문 수업을 했다. 몇몇 남자애들이 귀와 목이 더럽고 옷에서 퀴퀴한 냄새가 났지만 그냥 넘어갈 수 있었다. 그녀는 지나가며 작문을 수정해주었다.

"'그것들의 털은 갈색이다'라고 할 때 '그것들의'의 철자가 어떻게 되지?" 그녀가 물었다.

아이들은 잠시 가만히 있었다. 남자애들은 선생을 비웃듯 늘 선뜻 대답하지 않았다. 그녀의 권위를 완전히 비웃기로 했던 것이다.

"저, 선생님, '그, 것, 들, 의'요." 한 아이가 조롱하는 투로 커다랗게 철자를 읊었다.

바로 그때, 하비 교장이 지나가고 있었다.

"힐, 기립!" 교장이 우레 같은 목소리로 명했다.

모두 깜짝 놀랐다. 어슐라는 그 아이를 자세히 보았다. 가난한 티가 확연했고 약간 교활해 보였다. 이마 위로 뻣뻣하게 뻗친 머리카락이 좀 있고 나머지는 야윈 두상에 딱 붙어 있었다. 창백하고 핏기 없는 낯빛이었다.

"누가 소리 지르라고 했어?" 교장이 벼락같이 소리쳤다.

아이가 잘못했다는 듯 눈치를 보면서도 교활하고 냉랭하게 눈을 위아래로 굴렸다.

"저, 교장선생님, 저는 대답 중이었는데요." 아이가 아까처럼 겸손한 척 불손한 태도로 대꾸했다.

"내 교탁으로 가."

아이가 대형 교실 저편으로 걸어갔다. 커다란 검은 윗도리를 후줄근히 늘어뜨리고, 가느다란 다리를 무릎께에서 부딪치며 비렁뱅이 기어가듯 큰 장화 신은 발을 질질 끌며 내디뎠다. 어슐라는 교실 저편으로 곱송그리며 걸어가는 아이를 지켜보았다. 그애는 다름 아닌 그녀의 학생이었다! 아이는 교장의 교탁까지 가더니, 덩치 큰 7학년 남자애들 쪽을 몰래 힐끔거리며 교활하고 불쌍하게 웃어 보였다. 그러고는 후줄근한 옷에 가련하고 창백한 모습으로 가느다란 한쪽 다리를 비딱하게 짚고 교장의 위압적인 교탁 아래 느른히 서 있었다. 아버지가 입던 윗도리라 한참 아래 달린 주머니에 손을 넣은 채였다.

어슐라는 다시 반 아이들에게 집중하려고 노력했다. 그 녀석이 좀 싫으면서도 정말 불쌍한 마음이 들었다. 비명을 지르고 싶을 지경이었다. 아이가 벌받는 것은 그녀의 책임이었다. 하비 교장이 그녀가 칠판에 쓴 글씨를 지켜보고 있었다. 그가 아이들 쪽으로 돌아섰다.

"펜 내려."

아이들이 펜을 내려놓고 올려다보았다.

"팔짱 껴."

아이들이 책을 밀어놓고 팔짱을 꼈다.

어슐라는 뒤편 의자들 사이에 끼여 빠져나올 수 없었다.

"도대체 작문 주제가 뭐야?" 교장이 물었다. 아이들이 모두 손을 들었다. "어……" 급히 대답하려다 한 아이가 더듬거렸다.

"크게 대답하지 않아도 된다." 하비 교장이 말했다. 그의 목소리는 늘 따라붙는 끔찍한 협박조만 아니면 성량이 풍부하고 음악적이며 유쾌하다고 할 수도 있었다. 그가 꼼짝 않고 서서 숱 많은 검은 눈썹 아래 번쩍이는 눈으로 반 아이들을 주시했다. 그렇게 서 있는 모습에는 매력적인 데가 있었지만 어슐라는 또 비명을 지르고 싶었다. 신경이 너무 곤두서서 도무지 무슨 기분인지 알 수 없었다.

"그래, 앨리스?" 교장이 물었다.

"토끼입니다." 여자아이가 소리 높여 대답했다.

"5학년에게 너무 쉬운 주제군."

어슐라는 자신이 무능한 것 같아 약간 수치스러웠다. 자기 반 아이들 앞에서 까발려졌다. 그리고 모든 게 모순투성이라서 몹시 괴로웠다. 검은 눈썹과 반듯한 이마, 두꺼운 턱과 쑥 뻗은 긴 콧수염을 가진 하비 교장은 아주 강인하고 남자다웠다. 정력과 남성적 힘을 지닌, 어떤 알 수 없는 아름다움을 타고난 남자다운 모습이었다. 남자로서는 그가 마음에 들었을 수도 있었다. 그런데 그는 여기 서서 아이 한명이 허락 없이 큰소리로 말했다는 사소하기 그지없는 일로 사람을 들볶는 어떤 다른 역할을 수행하고 있었다. 그러나 그는 좀스럽고 까탈스러운 사람이 아니었다. 그는 어떤 잔인하고 완고하며 악랄한 심리가 있는 것 같았고, 너무나 좀스럽고 쩨쩨하지만 생계를 위해 비굴하게 묵인하며 수행하게 된 일에 갇혀 있었다. 그는 더 우아한 방식으로 자신을 조절하지 못한 결과, 이 맹목적이고 끈덕지며 무차별적인 의지만 갖게 되었다. 자신의 의무였기에 이 일이 계속 굴러가게 할 작정이었다. 그리고 그의 일이란 아이들이 '경고'라는 단어의 철자를 정확히 쓰고, 마침표 다음에는 대문자를 쓰게 만드는 것이었다. 그래서 증오를 억누르고 항상 자신을 억압하면서 이 일을 밀어붙이다보니 스스로도 미칠 지경이었다. 어슐라는 작달막한 키에 잘생기고 힘이 넘치는 그가 그녀의 학급을 가르치는 모습을 보면서 비통한 심정이었다. 그가 지금 이런 일을 하고 있다는 건 너무도 처참한 노릇이었다. 그는 점잖고 강하고 활기찬 정신의 소유자였다. 그가 '토끼'에 관한 작문에 신경 쓸 이유가 뭐가 있겠는가? 하지만 그는 의지의 힘으로 아이들 앞에 서서 이 사소한 주제를 탈탈 털어대고 있었다. 이토록 치사하고 천박하며 부적절한 일이 이젠 몸에 밴 습관이 되어버렸다. 어슐라는 교장의 지위가 수치스럽게 보였고, 언젠가는 미칠 듯한 분노로 터져나올 그의 내면에 억눌린 비열함이 느껴졌다. 그래서 그가 사슬에 묶인 집요하고 억센 짐승 같았다. 그건 정말 참을 수 없었다. 이렇게 닦달하는 건 고문이었다. 그녀는 조용히 주목하고 있는 아이들을 내려다보았다. 아이들은 질서 정연하고 경직된 채 무감각한 형체로 굳어버린 것 같았다. 이렇게 하는 것이, 아이들을 경직되고 말 없는 파편들로 만들어 그의 의지 아래 꼼짝없이 묶어버리는 것이 그가 가진 권한이었다. 그것은 순전히 완력으로 아이들을 억누르는 폭력적인 의지였다. 그녀 역시 아이들을 자기 의지 아래 제압하는 법을 배워야 했다. 정말로 그래야 했다. 그것이 그녀의 의무니까, 학교란 그런 곳이니까. 교장은 학급 아이들을 꼼짝없이 명령에 따르도록 만들어놓았다. 그렇지만 그의 모습을 보니, 강하고 힘 있는 어른이 이런 목적에다 온 힘을 쏟는 걸 보니 소름 끼칠 지경이었다. 그 모습에는 추악한 뭔가가 있었다. 이상하게 상냥한 그의 눈빛은 실로 악랄하고 추했으며, 그의 미소는 극심한 고통을 불러일으켰다. 그는 객관적일 수 없었다. 명료하고 순수한 목표가 없었기에 자기 자신의 폭력적인 의지를 행사할 뿐이있다. 그는 매 학년 아이들에게 강요하는 교육 원칙을 조금도 믿지 않았다. 그래서 아이들을 윽박지르는 것이 쓰라린 상처처럼 그의 강건한 본성을 수치스럽게 괴롭히더라도 윽박지를 수밖에, 그럴 수밖에 없었다. 그는 참으로 맹목적이며 추했고 부적격이었다. 어슐라는 그가 거기 서 있는 것 자체가 견딜 수 없었다. 이 모든 상황이 그릇된 것이었고 혐오스러웠다.

작문 수업이 끝나자 하비 교장은 자리를 떴다. 대형 교실 맨 끝쪽에서 획획 회초리 휘두르는 소리가 들렸다. 어슐라는 심장이 멎는 것 같았다. 그 소리가 견딜 수 없었다. 아, 자기 반 애가 맞고 있다는 게 견딜 수 없었다. 토할 것 같았다. 그녀는 교장의 학교를, 이 고문실을 박차고 나가야 할 것 같았다. 교장이 철천지원수였다. 저 짐승 같은 자는 수치심도 없단 말인가? 이렇게 잔인하게 사람을 윽박지르도록 놔둬선 안 되는 일이었다. 그때, 아이가 애처롭게 울며 다리를 질질 끌면서 돌아왔다. 그렇게 훌쩍대는 처량한 모습에 어슐라는 가슴이 미어지는 것 같았다. 어쨌거나 그녀가 자기 반 기강을 잘 잡았더라면 이런 일은 일어나지 않았을 테고, 힐이 소리 질러서 회초리 바람을 할 일도 없었을 테니까.

어슐라는 산수 수업을 시작했다. 그러나 집중할 수가 없었다. 힐이 뒷자리에 웅크리고 앉아 훌쩍거리며 손을 빨고 있었다. 시간이 한참 흘렀다. 그녀는 아이에게 다가가서 말을 걸 엄두가 나지 않았다. 아이를 보기가 부끄러웠다. 그리고 저렇게 웅크린 채 눈물 콧물 범벅이 되어 훌쩍이는 지금 모습도 용납되지 않았다.

그녀는 계속해서 아이들 덧셈을 고쳐주었다. 그러나 아이들이 너무 많았다. 반 아이들을 다 봐줄 수가 없었다. 그리고 힐이 내내 마음에 걸렸다. 마침내 힐이 울음을 그치고 턱을 괸 채 조용히 놀고 있었다. 그러다가 어슐라 쪽을 올려다보았다. 아이의 얼굴은 눈물로 얼룩지고 눈은 묘하게도 씻은 듯 깨끗해져서 비 갠 하늘처럼 창백한 빛이 돌았다. 앙심 따위는 찾아볼 수 없었다. 매 맞은 건 벌써 다 잊고 평상시로 돌아가는 중이었다.

"힐, 너도 문제 풀어라." 어슐라가 말했다.

그녀는 아이들이 건성으로 산수 문제를 풀면서 선생을 철저히 속여먹고 있다는 걸 모르지 않았다. 그녀가 칠판에 덧셈 문제를 하나 더 적었다. 반 아이들을 일일이 봐줄 수는 없었다. 다시 교실 앞쪽으로 가서 아이들을 살펴보았다. 몇명은 다 했고 몇명은 아직 못 했다. 이제 어떻게 해야 하나?

마침내 쉬는 시간이 되었다. 그녀는 문제 풀이를 그만하라고 명하고 이런저런 이유로 아이들을 교실 밖으로 내보냈다. 아이들이

나가고 나서 보니 아직 검사 못 한 얼룩진 책들과 부러진 자, 잘근 잘근 씹은 펜 들이 엉망으로 널브러져 있었다. 그녀는 낙심해서 맥이 탁 풀렸다. 상태가 점점 더 열악해지고 있었다.

매일같이 골칫거리가 생겼다. 늘 채점이 밀린 공책이 산더미고, 고쳐줘야 할 오답도 끝이 없었다. 정말 지긋지긋하게 진 빠지는 업무였다. 상황은 갈수록 악화되었다. 작문이 더 생기 있고 흥미로워졌다고 흐뭇해할라치면 글씨가 점점 더 엉망이 되고, 교과서는 더 더럽고 지저분해지는 걸 외면할 수 없었다. 그녀는 자신이 할 수 있는 걸 하려 애썼지만 아무 소용이 없었다. 그럼에도 사태를 심각하게 받아들이진 않을 생각이었다. 왜 그래야 하지? 설사 반 아이들이 글씨를 말끔하게 쓰도록 가르치지 못한대도 그게 왜 문제라고 생각해야 해? 도대체 자책할 이유가 뭐야?

월급날이 되자, 어슐라는 4파운드 2실링 1페니를 받았다. 그닐 그녀는 아주 자랑스러웠다. 그렇게 큰돈을 만져본 적이 없었다. 게다가 순전히 자기 힘으로 번 돈이었다. 그녀는 전차 윗자리에 앉아서 혹시 잃어버릴까 전전긍긍하며 금화를 어루만졌다. 돈이 있어서 아주 떳떳하고 든든한 기분이었다. 그렇게 집에 도착해서 엄마한테 말했다.

"엄마, 오늘 월급 받았어요."

"그래." 엄마가 냉랭하게 대답했다.

그러자 어슐라는 탁자 위에 50실링을 놓았다.

"제 식비예요." 그녀가 말했다.

"알았다." 엄마는 돈을 건드리지도 않고 대답했다.

어슐라는 마음이 상했다. 그래도 자기 몫은 냈으니 이제 자유로웠다. 자기 밥값은 한 거니까. 그러고도 32실링이 온전히 남았다.

그녀는 한푼도 쓰지 않을 작정이었다. 원래 알뜰하기도 했고, 이 멋진 금화를 헌다는 건 생각할 수 없었다.

그녀는 이제 부모와 별개의 입지를 확보했다. 그저 윌 브랭귄과 애나 브랭귄의 딸이 아닌 다른 존재였다. 자립했고 자기 생활비를 벌었다. 노동하는 집단의 중요한 일원이었다. 생활비로 한달에 50실링이면 상당한 액수를 낸 게 확실했다. 엄마가 자식들 모두에게 한달에 50실링씩 받는다면, 옷을 사주지 않는다 치고 20파운드를 버는 셈이었다. 그럼 아주 상당한 거지.

어슐라는 부모로부터 자립했다. 이젠 다른 곳에 애착을 느꼈다. 이제 그녀에겐 '교육청'이 의미심장한 단어로 들렸고, 저 멀리 정부가 있는 화이트홀이 자신의 궁극적인 고향으로 느껴졌다. 정부의 어느 장관이 교육의 수장인지 알았고, 부녀가 이어져 있듯이 어떤 의미로는 그 장관이 자신과 이어져 있다고 느꼈다.

그녀에겐 또다른 자아가, 또다른 책임이 생겼다. 이젠 윌리엄 브랭귄의 딸인 어슐라 브랭귄이기만 한 게 아니었다. 성 필립스 초등학교 5학년 담임교사이기도 했다. 이제 다른 무엇보다 5학년 담임이란 게 중요했다. 거기서 도망칠 수도 없었으니까.

그럼에도 그 직책을 성공적으로 수행하지는 못했다. 그 점이 두려웠다. 몇주가 지나자 자유롭고 명랑하던 어슐라 브랭귄은 사라져버렸다. 그저 자기 반 아이들을 관리하지 못한다는 사실에 애면글면하는 그 이름의 젊은 여성만 존재했다. 주말이면 반작용으로 신나는 며칠이 찾아왔다. 자유를 맛보며 미친 듯 좋아하거나, 오전에 한가하게 앉아서 명주 색실로 수를 놓으면 날아갈 듯 즐거웠다. 학교라는 감옥이 늘 그녀를 기다리고 있었으니까! 이 시간은 유예기간일 뿐이었다. 사슬에 묶인 그녀의 가슴은 잘 알고 있었다. 그랬기에 쏜살같이 지나가는 주말의 시간을 꽉 그러잡았고, 미친 듯 열정적으로 그 시간의 단물을 마지막 한방울까지 짜 마셨다.

이 상태가 얼마나 고통스러운지 그녀는 아무에게도 말하지 않았다. 교사 노릇이 얼마나 끔찍한지 구드런에게도, 부모에게도 털어놓지 않았다. 그러나 일요일 밤이 되어 월요일 아침을 코앞에서 느끼면 끔찍한 예감에 몸이 바싹바싹 타들었다. 압박감과 고통이 다시 가까워졌기 때문이었다.

그녀는 자신이 저 야만적인 학교에서 저 대규모의 무례한 학급을 가르칠 수 있으리라고 전혀 믿지 않았다. 절대로, 절대로 불가능했다. 그렇지만 만일 실패한다면 어떤 식으로건 굴복해야만 한다. 남자의 세계가 그녀에겐 너무나 강고하다는 것을, 거기서 자기 자리를 차지할 수 없다는 것을 인정해야 할 것이다. 하비 교장 앞에 납작 엎드려야 할 것이나. 그러넌 그녀는 이후로 평생 남자의 세계에서 해방되지 못한 채, 책임 있는 노동을 하는 큰 세상의 자유를 성취해보지도 못한 채 살아가야 할 것이다. 매기는 이미 거기서 자기 자리를 잡았고, 하비 교장과 동등할 정도가 되어 그에게서 벗어날 수 있었다. 그러면서 그녀의 영혼은 언제나 아득히 먼 시詩의 오솔길과 동산을 떠돌고 있었다. 매기는 자유로웠다. 그러나 매기의 자유 자체에는 종속적인 면이 있었다. 남자로서 하비 교장은 속을 드러내지 않는 여자인 매기를 싫어했다. 교장으로서 하비는 자신의 교사인 스코필드 선생을 높이 평가했다.

그러나 어슐라는 지금으로선 매기가 부럽고 감탄스러울 뿐이었다. 그녀 자신은 매기가 다다른 곳에 아직 도착하지 못했고 자신의 발판을 마련해야 했다. 일단 하비 교장의 영역에 자리를 잡았으니 그것을 지켜내야 했다. 지금 그는 그녀를 자기 학교에서 몰아내기 위해 걸핏하면 공격하곤 했다. 그녀는 기강을 잡지 못했다. 어슐라의 반은 천방지축이어서 학교 전체 업무에서 취약점이었다. 그러므로 어슐라가 나가고 규율을 잡을 수 있는 유능한 사람이 대신 들어와야 한다는 것이었다.

교장은 갈수록 분노에 휩싸여 그녀에게 반감을 드러냈다. 그녀가 꺼져주기만을 바랐다. 그녀가 부임한 뒤 한주 한주 지날수록 사태가 악화되었으니 아무짝에도 쓸모없다는 것이었다. 학교에서 그의 삶 자체이자 노력의 산물인 그의 체제가 어슐라가 속한 그 지점에서 공격받고 위협받았다. 그녀는 붕괴의 한방이자 그의 체제를 위협하는 위험 분자였다. 그리하여 그는 맹목적으로, 철저히, 그녀에게 맞서야 한다는 강한 본능으로 움직이며 축출 작업을 개시했다.

그가 자기한테 무례하게 굴었다고 힐에게 했듯이 어슐라 반 아이를 혼낼 때는, 이 모든 일이 나약한 너희 선생 때문에 일어났으니 한대 더 맞는다는 뜻으로 지나친 벌을 내렸다. 그렇지 않고 그녀에게 무례하게 굴었다는 이유로 혼을 낼 때면 아주 가벼운 벌을 주었다. 마치 어슐라에게 함부로 구는 것은 대단찮은 일이라는 식이었다. 이것을 아이들 모두 알았고, 그에 따라 행동했다.

때때로 하비 교장은 불시에 들어와서 연습장 검사를 했다. 그는 한시간 내내 교실을 돌며 연습장을 하나씩 집어들고 한 페이지, 한 페이지 비교했고, 그러는 동안 어슐라는 한편에 서서 그녀더러 하는 듯 애들한테 지적하는 평가와 잔소리를 고스란히 들어야 했다. 그녀가 부임한 후 작문책이 점점 엉망이 되고 지저분해진 것은 사실이었다. 교장은 어슐라가 맡기 전과 후에 쓰인 페이지를 각각 가리키며 미친 듯 화를 냈다. 그는 많은 아이들한테 책을 들고 앞에 나가게 했다. 그리고 숨죽인 채 벌벌 떠는 아이들 사이를 샅샅이다 돈 뒤, 불호령을 내리며 다른 아이들 보는 데서 제일 지저분하게 쓴 애들을 매질했다.

"반이 이 지경이 되다니 도대체 믿을 수가 없어! 정말 창피하기 짝이 없다! 어떻게 이 꼴이 되도록 내버려뒀는지 알 수가 없어! 매주 월요일 아침에 내가 직접 작문책 검사를 하겠다. 그러니 아무도 신경 안 쓴다고 배운 걸 죄다 까먹고 3학년 수준도 안 되게 처져도 된다는 생각은 마라. 내가 월요일 아침마다 와서 작문책을 모조리 검사할 테다."

그런 다음 격분한 교장은 어슐라가 창백한 얼굴로 벌벌 떠는 아이들과 대면하게 내버려둔 채 회초리를 들고 가버렸다. 아이들의 얼굴은 분하고 두렵고 쓰라려 멍하니 굳어버렸고, 그들의 영혼은 교장보다는 담임에 대한 분노와 경멸로 가득했으며, 아이들답게 차갑고도 모진 비난의 눈빛으로 그녀를 쳐다보았다. 그리고 그녀는 아이들에게 늘 하던 일상적인 말도 꺼내지 못했다. 그녀가 지시를 내리자 아이들은 "교장도 아닌데 우리가 당신 말을 들을 것 같아?" 하는 식으로 건방지고 퉁명스럽게 따랐다. 매 맞고 훌쩍거리는 아이들을 자리로 돌려보내며, 그녀는 아이들 역시 그녀와 그녀의 권위를 조롱한다는 것을 알았다. 선생이 약해빠져서 자기들이 과한 벌을 받았다고 생각하는 것이었다. 상황이 어떻게 돌아가는지 다 알았기에 체벌과 그 괴로움에 대한 그녀의 두려움도 더 격심한 고통으로 변했고, 그것은 그녀에게 내려진 도덕적 판단이 되어 어떤 상처보다 더 아팠다.

다음 주 내내, 그녀는 작문책을 검사하고 조그만 실수라도 벌을 주어야 했다. 그렇게 하기로 속으로 냉정하게 결단을 내렸다. 적어도 그날에는 그녀의 개인적 욕망은 죽어 있었다. 학교에서는 개인적 자아를 조금도 가져서는 안 되었다. 오로지 5학년 담임교사가 되어야 했다. 그게 그녀의 의무였다. 학교에서는 5학년 담임교사일 뿐이고, 어슐라 브랭귄은 배제되어야 했다.

그리하여 그녀는 창백하게 마음을 닫아걸고 마침내 냉담하고 비개인적인 상태가 되어, 이제 아이 개인을 보지 않았다. 작문을 써 내려가기만 한다면 아이가 눈알을 굴리건, 글씨 잘 쓰는 데 신경을 쓰건 말건 상관하지 않았다. 그녀는 아이를 보지 않고 수행할 과제 만 보았다. 아이가 아닌 과제에 주목하자 이전 같으면 동정하고 이 해하고 묵인했을 행동에 벌을 줄 정도로, 예전이라면 그저 무관심 했을 행동을 북돋아줄 정도로 비개인적인 상태가 되었다. 그러나 그녀는 이제 아무 데도 관심 두지 않았다.

충동적이고 화사한 열일곱살의 젊은 아가씨가 아이들과 이렇게 냉담하고 사무적으로, 개인적 교류도 없이 지내기는 참으로 고통 스러웠다. 그주 월요일에 고통스러운 시간을 보낸 후 며칠 동안, 그 녀는 성공적이었고 학급 운영도 꽤 잘했다. 그러나 그 상태가 천성 에 안 맞다보니 조금씩 풀어지기 시작했다.

그때 또 한번의 시련이 찾아왔다. 학급에서 사용할 펜이 부족했 다. 그녀는 펜을 더 달라고 하비 교장에게 아이를 보냈다. 그가 직 접 왔다.

"브랭귄 선생, 펜이 애들에게 다 안 돌아간다고요?" 차가운 웃음 뒤에 그녀에 대한 극도의 분노를 숨긴 채 그가 물었다.

"예, 여섯자루 부족합니다." 그녀가 떨며 대답했다.

"아, 왜 그럴까?" 그가 협박조로 말했다. 그리고 나서 학급 전체 를 둘러보더니 물었다.

"오늘 몇명 출석입니까?"

"쉰두명입니다." 어슐라가 대답했지만, 그는 들은 체도 않고 직접 셌다.

"쉰둘이군." 그가 말했다. "스테이플스 군, 펜이 몇자루 있나?"

어슐라는 이제 입을 다물었다. 교장은 반장에게 물었으니 그녀가 대답한들 신경 쓸 리 없었다.

"참 이상한 일이군." 화가 나서 슬쩍 쓴웃음을 띤 채 조용히 앉아 있는 아이들을 둘러보며 하비 교장이 말했다. 무방비 상태의 명한 어린 얼굴들이 죄다 교장을 올려다보았다.

"며칠 전에," 교장이 말을 이었다. "이 학급에 펜이 예순자루 있었어. 지금은 마흔여덟자루야. 윌리엄스 군, 60에서 48을 빼면 얼마지?" 질문에 불길한 긴장감이 깔려 있었다. 세일러복 차림에 족제비같이 생긴 마른 사내아이가 과장되게 입을 열었다.

"옛, 교장선생님!" 아이가 밀했다. 대답하는 얼굴에 교활한 웃음기가 번졌다. 답을 몰랐던 것이다. 긴장된 침묵이 흘렀다. 아이가 고개를 떨구었다. 그러더니 약간 꾀바르고 의기양양한 눈빛으로 다시 올려다보고는 "12입니다"라고 대답했다.

"앞으로 더 집중하도록." 교장이 겁을 주며 말했다. 아이가 자리에 앉았다.

"60에서 48을 빼면 12다. 즉, 찾아야 할 펜이 열두자루인 거다. 찾아봤나, 스테이플스 군?"

"예, 교장선생님."

"그럼 다시 찾도록."

이 광경은 지루하게 이어졌다. 두자루를 찾아서 열자루가 없어진 셈이 되었다. 그러자 날벼락이 떨어졌다.

"더럽고 공부도 못하고 행실도 나쁜 네놈들이 도둑질하는 꼴까지 내가 두고 봐야 하냐?"교장이 닦달하기 시작했다. "전교에서 제일 더럽고 행실도 제일 나쁜 반인 것도 시원찮아서 도둑질까지 해? 거참 기가 차는군! 펜은 공중으로 사라지는 게 아냐. 발 달린 물건이 아니란 말이다. 도대체 어떻게 된 거야? 반드시 찾아, 그것도 5학년 너희들이 찾아. 5학년이 잃었으니 5학년이 찾아내란 말이야."

어슐라는 가만히 서서 듣고 있었다. 심장이 딱딱하게 얼어붙었다. 너무도 화가 나서 미칠 것 같았다. 속에서 뭔가 치밀면서 교장한테 대들고, 그 망할 펜 이야기는 그만두라고 하고 싶었다. 그러나 그러지 않았다. 그럴 수 없었다.

아침저녁으로, 수업이 끝날 때마다 그녀는 펜 개수를 세게 했다. 그래도 펜이 없어졌다. 연필과 지우개도 사라졌다. 없어진 것들을 찾을 때까지 아이들을 뒤에 세워두었다. 그러나 하비 교장이 나가기만 하면 남자아이들은 뛰어다니며 소리를 질러댔고, 그러다 단체로 학교 밖으로 튀어나가는 일까지 생겼다.

상황은 점점 위기로 치닫고 있었다. 그녀는 하비 교장에게 보고할 수 없었다. 그가 반 아이들을 처벌하면 그 원인으로 그녀를 지목할 테고, 아이들은 그녀에게 대들고 놀려대며 앙갚음할 것이기 때문이었다. 그녀와 아이들 사이에는 이미 돌이킬 수 없는 적대감이 흐르고 있었다. 저녁 무렵 업무 처리로 남아 있다가 귀가할 때면 남학생 몇명이 뒤에서 소리치곤 몸을 숨겼다.

"브랭권, 브랭권, 독불장군."

한번은 토요일 오전에 구드런과 같이 일크스턴에 갔는데 뒤에서 고함지르는 목소리들이 또 들려왔다.

"브랭권, 브랭권."

그녀는 신경 쓰지 않는 체했지만, 큰길에서 꼼짝없이 조롱당하고 보니 수치심으로 얼굴이 빨개졌다. 그녀는, 코세테이 출신의 어슐라 브랭귄은 5학년 담임교사라는 직함에서 벗어날 수 없었다. 괜히 모자에 달 리본을 사러 나왔어. 그녀가 가르쳐보려 애쓴 아이들이, 그 아이들이 이름을 부르며 뒤따라왔던 것이다.

또 어느 날 저녁 도심 변두리에서 시골길 쪽으로 가고 있을 때는 그녀에게 돌멩이가 날아왔다. 그러자 참을 수 없는 수치심과 분노로 폭발할 것 같았다. 그녀는 제정신이 아니었지만 모른 체 계속 걸었다. 어두워서 돌을 던진 게 누군지 보이지 않았다. 알고 싶지도 않았다.

단지 그녀의 영혼에 어떤 변화가 일어났을 뿐이었다. 더이상, 더이상 아이들에게 개인으로서 자신의 모습을 내보이지 않으리. 더이상 그녀는, 젊은 여성이자 한 사람의 개인으로서의 어슐라 브랭귄은 서 녀석들과 가까이 지내지 않으리. 개인으로서는 성 필립스 학교에 발도 들여놓지 않았다는 듯, 그녀의 학급과는 아무 상관도 없이 5학년 담임교사로만 지내리라. 아이들을 깡그리 지워버리고 그녀 자신과 뚝 떼어놓은 채 오로지 학생으로만 받아들이리라.

그리하여 그녀의 표정은 갈수록 굳게 닫혔다. 따뜻하고 열린 마음으로 아이들에게 헌신하려 했던 어린 여자의 여리고 상처받기 쉬운 영혼 위로, 체제가 강요하는 대로 기계적으로 작동하는 딱딱하고 무감각한 어떤 것이 똬리를 틀었다.

다음 날 그녀는 아이들이 거의 눈에 들어오지 않았다. 오직 자신의 의지만이, 그녀가 통제해서 복종시켜야 하는 이 학급을 어떻게 할 것인가만이 감지되었다. 더이상 반 아이들의 착한 마음에 호소하는 건 소용없었다. 그녀의 기민한 정신은 이 사실을 깨달았다.

그녀는 교사로서 학생인 그들 전체를 복종시켜야 했다. 그리고 이제 이것을 해내려 했다. 다른 건 모두 버릴 참이었다. 돌이 날아온 이후, 그녀는 딱딱하고 사무적으로 변했고 아이들뿐 아니라 자신에 대해서도 앙심을 품게 되었다. 그렇게 모진 수모를 겪고 나자 더이상 하나의 개인이, 그녀 자신이 되고 싶지 않았다. 그저 교사가 되어 학생들을 지배할 권리를 내세울 작정이었다. 이제 그녀는 단호했다. 싸워서 제압하고 말리라.

이쯤 되니 어슐라는 반에서 누가 자신의 적수인지 알게 되었다. 그녀가 제일 싫어하는 아이는 윌리엄스였다. 좀 모자라긴 했지만 그렇게 치부해버릴 정도로 안 좋은 건 아니었다. 글을 술술 읽을 줄 알고 잔머리도 잘 굴렸다. 그렇지만 가만히 있지를 못했다. 누렇게 뜬 낯빛에 교활하고 약간 저질인 데다 역겨운 면이 있어서 예민한 젊은 여자가 상대하기엔 아주 불쾌했다. 한번은 미친 듯 성질을 부리다가 어슐라에게 잉크병을 던진 적도 있었다. 수업 중에 집으로 달아난 적도 두번 있었다. 학교에서 알아주는 문제아였다.

아이는 이 젊은 여선생을 보고 몰래 킥킥대거나, 주위를 맴돌며 알랑거릴 때도 있었다. 하지만 이런 행동 때문에 이애가 더 싫었다. 거머리 같은 느낌을 풍기는 아이였다.

어슐라는 한 아이한테 낭창낭창한 회초리를 가져오게 해서, 여차하면 사용하기로 결심했다. 어느 날 오전 작문 시간에 그녀가 윌리엄스에게 물었다.

"여기 왜 잉크 자국을 묻혔니?"

"그게요, 선생님, 제 펜에서 떨어졌어요." 꾸민 목소리로 징징거리며 그애가 대답했다. 이런 소리를 내는 재주가 있었다. 근방에 있던 남자아이들이 깔깔거리며 코웃음을 쳤다. 윌리엄스는 배우었다. 자기 말을 듣는 사람들의 감정을 교묘하게 간지럽힐 줄 알았다. 특히 애들을 자극해서 담임이나 그애가 겁내지 않는 교사는 누구든 놀림거리로 만들 수 있었다. 그런 특이하고 숨 막히는 본능이 있었다.

"너는 나가지 말고 작문 한 페이지 더 끝내." 어슐라가 말했다.

이런 지시는 그녀의 평소 원칙과 다른 것이어서 아이는 신경질을 내며 비웃었다. 12시가 되자, 그녀는 살그머니 도망치려는 윌리엄스를 잡았다.

"윌리엄스, 앉아." 그녀가 명했다.

어슐라가 자리에 앉자, 윌리엄스는 마주 보이는 뒤편 책상에 혼자 앉아서 곁눈질로 그녀를 계속 올려다보았다.

"저기요, 선생님, 저 심부름 가야 되거든요." 아이가 되바라지게 소리 질렀다.

"작문책 가져와." 어슐라가 말했나.

아이가 책으로 책상을 터덕터덕 치면서 앞으로 나왔다. 한줄도 쓰지 않았다.

"자리로 돌아가서 작문 마저 해." 어슐라가 말했다.

그리고서 그녀는 아이들 작문 검사를 하려고 교탁 앞에 앉았다. 몸이 떨려오고 속이 상했다. 한시간 동안, 이 구제 불능인 아이는 걸상에 앉아 실실 웃고 몸을 뒤틀었다. 그 시간이 끝날 무렵 딱 다섯줄을 써놓았다.

"지금은 늦었으니 오늘 오후에 나머지를 끝내도록 해라." 어슐라가 말했다.

아이는 쾅쾅거리며 나가서 버릇없이 복도를 걸어 내려갔다.

다시 오후 시간이 되었다. 윌리엄스가 힐끗거리며 거기 있었고, 그녀의 심장은 세차게 뛰었다. 자신과 아이들 간의 싸움이란 걸 알

앴기 때문이었다. 그녀는 윌리엄스를 주시했다.

지리 시간에 어슐라가 회초리로 지도를 가리키고 있을 동안에도 아이는 희멀건 머리통을 책상 밑으로 계속 수그리며 다른 애들의 주의를 끌었다.

"윌리엄스," 지금 지적하는 것이 결정적이었기 때문에 그녀는 용기를 내어 말했다. "지금 뭐 하는 거야?"

아이가 얼굴을 들었고 벌게진 눈가에 웃음기가 스쳤다. 이 아이에게는 본질적으로 천박한 데가 있었다. 어슐라는 위축되었다.

"아무것도 안 했는데요." 아이가 의기양양하게 대답했다.

"지금 뭐 하는 거냐고?" 이렇게 반복하며 그녀는 심장이 뛰어 숨이 막힐 지경이었다.

"아무것도 안 했거든요." 아이가 억울하다는 듯 건방지고 우스꽝스럽게 대답했다.

"너, 한번 더 지적받으면 교장선생님께 보낼 거다." 그녀가 말했다.

그러나 이 아이는 하비 교장과도 맞설 정도였다. 아주 질긴 데다 낭창대며 굽실거렸고, 아프다고 하도 비명을 질러대서 교장은 아이 본인보다 그애를 보낸 교사를 더 미워했다. 이애는 꼴도 보기 싫어했다. 그 사실을 윌리엄스도 알았다. 아이는 보란 듯 히죽 웃었다.

어슐라는 지리 수업을 계속하려고 다시 지도 쪽을 향했다. 하지만 수업 분위기가 좀 들떠 있었다. 윌리엄스의 태도가 아이들에게 퍼진 것이었다. 아이들끼리 투닥거리는 소리가 들리자 그녀는 속으로 부르르 떨었다. 이번에 아이들이 한꺼번에 덤벼든다면 그녀는 끝장이었다.

"저, 선생님……" 애처로운 목소리가 들렸다.

그녀가 돌아보았다. 아끼는 남학생 하나가 가엾은 얼굴로 찢긴 셀룰로이드 옷깃을 내밀었다. 아이의 호소를 들으며 그녀는 무력감을 느꼈다.

"라이트, 앞으로 나와." 그녀가 말했다.

그녀의 온 신경이 바들바들 떨렸다. 뚱하고 덩치 큰, 못된 건 아니지만 다루기 힘든 사내아이가 구부정하게 앞으로 나왔다. 윌리엄스가 라이트를 향해 연방 인상을 써대고, 라이트가 그녀 뒤에서 실실 웃고 있다는 걸 알면서도 어슐라는 수업을 이어갔다. 그녀는 두려웠다. 다시 지도 쪽으로 돌아섰다. 그녀는 두려웠다.

"저, 선생님, 윌리엄스가 자꾸……" 한차례 날카로운 비명이 들리더니 뒷줄에 앉은 아이 한명이 벌떡 일어섰다. 아이는 아파서 눈썹을 찌푸렸고, 아픈 걸 무시하듯 반쯤 웃으면서도 윌리엄스가 한 짓이 진짜 분하다는 듯이 "신생님, 쟤가 꼬집었어요"라고 말하고는 애처롭게 자기 다리를 문질렀다.

"윌리엄스, 앞으로 나와." 그녀가 명했다.

쥐같이 생긴 그 아이는 앉은 채 희미하게 웃으며 움직이지 않았다.

"앞으로 나와." 이번엔 단호하게 반복했다.

"싫어요." 아이가 쥐새끼처럼 그르렁대고 씩 웃으며 소리쳤다.

어슐라의 영혼에서 뭔가가 툭 끊어졌다. 굳은 표정과 눈빛으로, 그녀는 아이들 사이로 똑바로 걸어갔다. 정면으로 쏘아보는 그녀의 눈빛을 보자 윌리엄스가 몸을 움츠렸다. 그러나 그녀는 계속 걸어가서 아이의 팔을 그러잡고 의자에서 끌어내렸다. 아이가 책상을 꽉 붙들었다. 이것은 아이와 선생의 싸움이었다. 일순, 어슐라의 본능은 차분하고 민첩해졌다. 그녀는 꽉 붙든 아이의 손아귀를 잡아뗀 다음 계속 몸부림치고 발길질하는 아이를 앞으로 끌어냈다. 아이는 몇번이나 발길질하고 끌려 나오면서 책상을 붙잡고 늘어졌지만 그녀는 계속 끌어냈다. 반 애들 모두 흥분해서 자리에서 일어났다. 그런 줄 알았지만, 어슐라는 아무 조치도 취하지 않았다.

이 아이를 놓치면 문으로 튀어나가리라는 걸 그녀는 알고 있었다. 수업 중에 집으로 달아난 적도 있었다. 그래서 어슐라는 교탁에 있던 회초리를 잡아채 아이를 내리쳤다. 아이가 몸을 뒤틀며 발길질을 해댔다. 그녀 아래로 아이의 희멀건 얼굴이 눈에 들어왔다. 물고기 눈처럼 냉랭하지만 끔찍한 공포와 증오로 가득한 눈이었다. 그녀는 그애가, 자신이 감당하기엔 너무 벅찬, 몸을 뒤틀어대는 그 소름 끼치는 것이 혐오스러웠다. 그애가 자신을 압도하지 않을까 두려웠지만 극히 차분한 마음으로 어슐라는 연신 회초리를 내리쳤고, 아이는 알아듣기 힘든 비명을 내지르고 그녀에게 사납게 발길질을 해대며 맞섰다. 그녀는 한 손으로 가까스로 아이를 그러잡고는 간간이 회초리를 날렸다. 아이는 미친 것처럼 몸을 뒤틀었다. 하지만 후려치는 매가 주는 고통이 사납게 몸부림치는 겁쟁이의 기운 속으로 더 깊이 파고들어, 마침내 길게 훌쩍거리다 비명을 지르더니 축 늘어졌다. 어슐라는 아이를 놓았다. 아이가 이와 눈을 번득이며 달려들었다. 그녀의 마음속에 한순간 고통스러운 공포가 스쳤다. 아이는 짐승 같았다. 그녀는 아이를 제지한 후 다시 회초리로 내리쳤다. 아이가 미친 듯, 광적으로 몇번 몸을 비틀며 그녀를 차려고 달려들었다. 그렇지만 다시 회초리가 그의 몸을 파고들었고, 외마디 울부짖음과 함께 아이는 바닥에 주저앉았다. 마치 한마리 기꺾인 짐승처럼 거기 앉아서 소리 질렀다.

이 난리가 끝날 무렵 하비 교장이 달려왔다.

"무슨 일입니까?" 그가 고함을 질렀다.

어슐라는 자기 내부의 무언가가 부서지려는 것을 느꼈다.

"제가 윌리엄스를 체벌했습니다." 그녀가 대답했다. 가슴이 벌렁거려서 간신히 말을 내뱉었다. 교장은 분이 치밀어 어쩔 줄 모르는 채 서 있었다. 어슐라가 바닥에서 몸부림치며 발악하는 아이를 보았다.

"일어나." 그녀가 말했다. 아이는 몸부림을 치며 그녀에게서 더 떨어졌다. 그녀는 한걸음 더 다가갔다. 잠깐 교장의 존재를 의식했지만 다시 까맣게 잊어버렸다.

"일어나." 그녀가 말했다. 움찔하더니 아이가 일어났다. 울부짖던 소리는 거칠게 훌쩍거리는 울음으로 가라앉았다. 아이도 제정신이 아니었던 것이다.

"난로 옆에 가서 서 있어." 그녀가 밀했다.

기계적인 듯 훌쩍거리며 아이가 움직였다.

교장은 말문이 막혀 꼼짝 않고 서 있었다. 낯빛이 노랬고 손은 경련이 난 듯 실룩거렸다. 그러나 어슐라는 그에게서 별로 멀지 않은 곳에 뻣뻣이 서 있었다. 지금은 그 무엇도 그녀를 건드릴 수 없었다. 그녀가 하비 교장을 넘어선 것이다. 그녀는 죽을 만큼 모독당한 듯했다.

교장이 뭐라 중얼거리더니 돌아서서 대형 교실 저 끝으로 갔고, 거기서 자기 반 아이들에게 미친 듯 화를 내며 내지르는 고함이 들려왔다.

윌리엄스는 난로 옆에서 심하게 훌쩍거렸다. 어슐라는 반 아이들을 보았다. 그녀를 주시하고 있는 쉰개의 창백하게 정지된 얼굴들이, 그녀에게 고정된 채 열중해서 무표정하게 주시하는 백개의 동그란 눈동자들이 있었다.

"역사 교본을 나눠줘라." 그녀가 반장에게 말했다.

교실은 쥐 죽은 듯 조용했다. 어슐라는 거기 서서 다시, 째깍거리는 시계 소리와 아래편 책장에서 꺼낸 책들을 쌓는 소리를 들을 수 있었다. 그러더니 희미하게 털썩하고 책상 위에 책 내려놓는 소리가 들렸다. 아이들이 일사불란하게 손을 움직여서 조용히 책을 건넸다. 그들은 더이상 무리가 아니라 각각이 분리되어 소리 없고 굳게 닫힌 사물 같은 존재였다.

"125쪽 펴서 그 장을 읽도록." 어슐라가 말했다.

일제히 교본 펼치는 소리가 났다. 그 페이지를 찾은 아이들이 순순히 고개를 숙이고 책을 읽었다. 그들은 기계적으로 책을 읽었다.

어슐라는 몸이 격렬하게 떨려서 자신의 높다란 의자로 가서 앉았다. 윌리엄스가 아직도 훌쩍이고 있었다. 브런트 선생의 거슬리는 목소리, 교장의 고함, 이런 것들이 유리 칸막이 너머로 희미하게 들려왔다. 이따금 책을 읽던 한쌍의 눈이 선생의 상태를 사심 없이 캐보려는 듯 잠시 주의 깊게 그녀에게 머물렀다가 다시 수그러졌다.

그녀는 미동도 않고 가만히 앉아 있었다. 눈은 아이들을 향했지만 보고 있지 않았다. 그녀는 아주 고요하고 힘이 없었다. 책상에서 손도 못 들 것 같았다. 거기 계속 앉아 있으면 다시는 움직이지도, 지시를 내리지도 못할 것 같았다. 4시 15분이었다. 그녀는 학교가 파하는 게 두려웠다, 그러면 혼자일 테니.

반 분위기가 다시 느긋해지고 긴장이 풀리기 시작했다. 윌리엄스는 아직 울고 있었다. 브런트 선생이 종례 중이었다. 어슐라는 의자에서 내려왔다.

"윌리엄스, 자리로 가." 그녀가 말했다.

아이는 얼굴을 소매에 문지르고 발을 질질 끌며 교실을 가로질렀다. 자리에 앉으면서 슬쩍 어슐라를 훔쳐보았다. 아이의 눈이 아까보다 더 빨겠다. 흠씬 두들겨맞은 쥐새끼 꼴이었다.

마침내 아이들이 다 돌아갔다. 하비 교장은 그녀 쪽을 보지도, 말을 걸지도 않고 뚜벅뚜벅 지나쳐갔다. 어슐라가 책장을 잠그고 있을 때 브런트 선생이 머뭇거리며 다가왔다.

"브랭귄 선생, 클라크와 레츠도 그런 식으로 잡으면 선생은 이제 괜찮을 겁니다" 하고 말했다. 야릇한 동료의식이 담긴 그의 푸른 눈이 내려다보고 있었고, 길쭉한 코는 그녀 쪽을 가리키고 있었다.

"그래요?" 어슐라가 까칠하게 웃었다. 그 누구도 말 거는 게 싫었다.

화강암 보도를 또각또각 걸어갈 때, 그녀는 남자아이 몇명이 등 뒤에서 홱 숨는 걸 알아챘다. 가방을 든 그녀의 손을 뭔가가 쳤고 멍이 들었다. 데구루루 굴러가는 것을 보니 감자였다. 손이 아팠지만 안 아픈 체했다. 조금만 더 가면 전차를 탈 테니까.

그녀는 두렵고 불편했다. 수모를 당하는 꿈을 꾼 것처럼 아주 불편하고 불쾌했다. 이 일을 누구에게라도 털어놓느니 죽는 게 나았다. 그녀는 자신의 부어오른 손을 차마 볼 수 없었다. 그녀 내부에서 무언가가 부서졌고, 그녀는 위기를 통과해낸 것이다. 윌리엄스를 제압했으나 희생을 치렀던 것이다.

집에 가기에는 너무 괴로워서 전차에서 내리지 않고 시내까지 가서 조그만 찻집에 들어갔다. 거기, 가게 안쪽 어둡고 좁은 곳에서 그녀는 차를 마시고 버터 바른 빵을 먹었다. 아무 맛도 나지 않았다. 차를 마시는 건 그녀의 존재를 덮어버리는 기계적 행위에 불과했다. 어둡고 흐릿하고 조그만 그곳에서 그녀는 아무것도 의식하지 않고 앉아 있었다. 오직 자기도 모르게 멍든 손등을 어루만질 뿐이었다.

마침내 집으로 돌아가는 길에, 서녘 하늘은 온통 붉은 석양으로 물들었다. 그녀는 자신이 왜 집으로 가고 있는지 알지 못했다. 그곳엔 자신을 위한 것이 하나도 없었다. 정말로 아무 일도 없는 체해야 했다. 속을 털어놓을 이도, 의지할 데도 없었다. 하지만 그녀는 자신을 파괴하려 드는, 자신이 맞붙어 싸우고 있는 인간 세상의 두려움을 알고 있었기에 이 붉은 노을 아래 홀로 나아가야 했다. 그래야만 했다.

다시 아침이 되자 어슐라는 학교에 가야 했다. 그녀는 일어나서 아무 군말 없이 출근했다. 어떤 더 크고 강하고 거친 의지의 수중에 들어간 것이었다.

학교는 아주 조용했다. 그러나 반 아이들이 그녀를 주시하며 언제라도 덤벼들 태세인 것을 느낄 수 있었다. 그녀는 본능적으로 자신이 약하게 나가면 제압해버리려는 아이들의 본능을 감지했다. 그러나 그녀는 냉정을 지키며 스스로를 방어했다.

윌리엄스는 결석했다. 오전 수업 중에 교실 문에 노크 소리가 들리더니 누군가 교장선생님 면담을 청했다. 하비 교장이 화가 나고 초조해서 무거운 발걸음으로 나갔다. 그는 성난 학부모를 무서워했다. 그가 복도에 잠시 있더니 다시 교실로 들어왔다.

"스터지스," 그가 덩치 큰 자기 반 학생 한명을 불렀다. "앞에 나와서 떠드는 애들 이름 적어. 브랭귄 선생, 이리 좀 오시오."

교장은 앙심을 품고 그녀를 장악하려는 것 같았다.

어슐라가 따라갔더니 휴게실에 허옇고 마른 여자가 와 있었다. 회색 정장에 보랏빛 모자를 쓴 행색이 나쁘지 않았다.

"버넌 때문에 왔답니다." 여자가 세련된 억양을 구사하며 말했다. 이 여자는 전체적으로 세련되고 청결한 외양을 풍겨서, 그녀의 반쯤 비렁뱅이 같은 몸가짐이나 내부에서 뭔가 썩어가는 듯 손대기 싫은 불쾌한 느낌과 기묘하게 충돌했다. 여자는 귀부인도, 일반 노동자의 아내도 아니었고 사회와 분리된 존재 같았다. 차림새로 보면 가난한 것은 아니었다.

여자가 윌리엄스의 어머니이고 윌리엄스가 버넌이라는 걸 어슐라는 대번에 알아차렸다. 그가 늘 깨끗하고 세일러복 차림에 잘 입고 다녔다는 사실이 기억났다. 그리고 그에게도 이와 똑같이 특이하고 시체처럼 흐리멍덩한 병적인 면이 있었다.

"오늘 아이를 학교에 보낼 수 없었어요." 여자가 짐짓 우아한 체 말을 이었다. "어젯밤 집에 와서 너무너무 아팠답니다, 엄청 아팠어요. 의사를 불러야겠다고 생각했지요. 애가 심장이 약한 건 아시지요."

여자가 생기 없는 연푸른색 눈으로 어슐라를 쳐다보았다.

"아니요, 몰랐습니다." 여선생이 대답했다.

그녀는 역겹고 불안한 느낌에 가만히 서 있었다. 콧수염을 늘어뜨린 덩치 큰 사내인 하비 교장이 슬쩍 볼썽사나운 눈웃음을 지으며 옆에 서 있었다. 여자가 느물거리며 별로 인간미 없는 어조로 말을 이었다.

"오, 걔는 어릴 적부터 심장병이 있었답니다. 그래서 개근을 못하는 거예요. 그런 애를 때리는 건 정말 나쁘죠. 오늘 아침에 엄청 아팠답니다. 집에 가면 의사한테 가볼 거예요."

"그럼 지금은 누구하고 같이 있습니까?" 저음인 교장의 목소리가 간사하게 끼어들었다.

"오, 절 도와주러 오는 아주머니에게 맡겼답니다. 아일 잘 아는 사람이지요. 하지만 집에 돌아가면 의사한테 가야겠어요."

어슐라는 가만히 서 있었다. 이 모든 것에서 암묵적인 위협이 느껴졌다. 하지만 이 여자가 너무 이상해서 그녀로서는 이해가 되지 않았다.

"애가 맞았다고 하더군요." 여자가 계속 말했다. "또, 재우려고 옷을 벗겨보니 온몸에 맞은 자국이 있었어요. 아무 의사한테나 보여줘도 될 정도로요."

하비 교장이 대답을 기다리듯 어슐라 쪽을 쳐다보았다. 그녀는 이제야 이해가 되기 시작했다. 여자는 자기 아들을 폭행한 혐의로 어슐라를 위협하고 있었다. 어쩌면 돈을 바랐다.

"회초리로 때렸습니다." 그녀가 말했다. "윌리엄스가 엄청나게 말썽을 부렸어요."

"애가 말썽을 부렸다면 미안하군요." 여자가 말했다. "하지만 우리 애가 형편없이 맞은 건 분명하던데요. 아무 의사한테라도 보여줄 수 있겠더라고요. 이런 일은 절대 용납이 안 되죠, 세상에 알려진다면 말이죠."

"애가 계속 제게 발길질을 해서 매를 댔습니다." 이렇게 말하며 어슐라는 자신이 변명하고 있는 듯해 점점 화가 났다. 하비 교장은 반짝이는 눈초리로 거기 서서 두 여자의 당혹스러운 상황을 즐기고 있었다.

"애가 행실이 나빴다면 정말 유감이군요." 여자가 말했다. "하지만 이런 벌을 받을 정도는 아니었을 거예요. 전 아이를 학교에 보낼 수 없고요, 또 병원비 댈 여유도 사실 없답니다. 교사가 아이를 이런 식으로 때리는 게 허용된 건가요, 교장선생님?"

교장은 대답하지 않았다. 어슐라는 자신이 정말 싫었고, 이 상황에서 교활하고 악의에 찬 눈빛을 반짝이고 있는 하비 교장도 혐오스러웠다. 상대방 여자가 말할 기회를 엿보았다.

"제겐 아주 큰 금액이고요, 그리고 전 아이를 늘 깔끔하게 입히려고 엄청 노력한답니다."

어슐라는 여전히 대답할 마음이 없었다. 그녀는 지저분한 종잇조각이 날아다니는 아스팔트 마당으로 시선을 돌렸다.

"아일 저렇게 때리도록 허용된 건 정말 아니죠, 특히나 몸도 약한 애를 말이에요."

어슐라는 들리지 않는다는 듯 굳은 표정으로 마당을 응시했다. 이 모든 게 지긋지긋했고 감각도, 현실감도 벌써 사라지고 없었다.

"애가 말썽 부릴 때도 있는 건 알지만요, 그래도 이건 너무하잖아요. 온몸에 매 맞은 자국투성이랍니다."

하비 교장은 꼼짝 않고 꿋꿋이 서서 눈을 빛내며 이제 상황이 다 끝나기를 기다리고 있었다. 눈가의 냉소적인 미소 때문에 잔주름이 졌다. 그는 자신이 이 상황의 주인이라고 느꼈다.

"그리고 애가 말도 못 하게 아팠어요. 오늘 학교에 보낼 수가 없었답니다. 고개도 못 들더라고요."

그래도 어슐라는 대답하지 않았다.

"교장선생님, 이해하실 거예요, 애가 왜 결석했는지요." 여자가 하비 교장 쪽을 보며 말했다.

"아, 그럼요." 즉각 그가 어물쩍 대답했다. 어슐라는 그의 남성적인 의기양양함이 역겨웠다. 이 여자도 혐오스러웠다. 모든 게 다 혐오스러웠다.

"우리 애가 심장이 약하다는 걸, 교장선생님, 꼭 좀 유념해주셔야겠어요. 이런 일을 다 겪고 나서 지금 너무 아프답니다."

"알겠습니다, 유의하겠습니다." 교장이 말했다.

"애가 말썽 부리는 건 저도 알아요."──여자는 이제 남선생에게만 말을 건넸다──"그래도 때리지 않고 벌줄 수 있었으면 해요. 진짜 약한 애거든요."

어슐라는 슬슬 화가 났다. 하비가 상황을 완전히 장악하고 있었다. 그에게 알랑거리는 이 여자는 마치 성질 고약한 노파를 구워삶듯 살살거렸다.

"오늘 아침에 우리 애가 왜 결석했는지 설명하러 오지 않을 수가 있어야지요, 교장선생님. 이해하실 거예요."

여자가 손을 내밀었다. 하비는 깜짝 놀라 부루퉁하게 손을 잡았다가 놓았다.

"안녕히 계세요"라고 하더니 여자가 장갑 낀 추레한 손을 어슐라에게 내밀었다. 못생긴 여자는 아니었다. 하지만 아주 기분 나쁘면서도 잘 먹혀드는, 묘하게 간사한 데가 있었다.

"안녕히 계세요, 하비 교장선생님, 감사했습니다."

회색 정장에 보랏빛 모자를 쓴 여자가 특이하게 어슬렁대는 걸음으로 학교 마당을 질러갔다. 어슐라는 그녀가 이상하게 가련하면서도 혐오감을 느꼈다. 부르르 몸이 떨렸다. 그녀는 다시 교실로 들어갔다.

다음 날 아침, 월리엄스가 전보다 더 파리하지만 아주 말끔하게 세일러복을 차려입고 나타났다. 아이는 슬쩍 웃으며 어슐라를 쳐다보았다. 교활하면서도 기가 꺾인, 시키는 대로 하겠다는 표정이었다. 아이의 어떤 점이 어슐라를 몸서리치게 만들었다. 이런 아이한테 손을 댔다는 생각에 소름이 돋았다. 쉬는 시간에는 아이의 형이 교문 밖에 서 있었다. 열다섯살쯤 되는 어린 청년으로, 키가 크고 마르고 창백했다. 그는 신사가 하듯 모자를 들어올리며 인사했다. 그러나 그 역시 기가 꺾이고 알랑거리는 느낌을 풍겼다.

"저 사람은 누구죠?" 어슐라가 물었다.

"윌리엄스의 형이에요." 바이올렛 하비가 새된 목소리로 말했다. "그 여자, 어제 여기 왔다면서요?"

"예."

"와봤자예요, 그 여자 성격으론 아무 문제도 못 일으켜."

어슐라는 듣기 민망하고 무자비한 말에 몸이 움츠러들었다. 하지만 그 말에는 어떤 모호하고도 끔찍한 매력이 있었다. 이 모든 게 얼마나 추악한지! 어슐라는 어슬렁거리는 걸음걸이의 그 이상한 여자와 저 기이하고 느물거리는 형제가 안된 마음이 들었다. 그녀 반의 윌리엄스는 어딘가 잘못된 아이였다. 이 모두가 너무 역겨웠다.

그렇게 싸움은 어슐라의 마음이 상할 때까지 계속되었다. 남학생 몇명을 더 손보고 나서야 그녀는 자기 자리를 굳힐 수 있었다. 그랬더니 하비 교장은 어슐라가 남자나 된 듯 미워했다. 그녀는 이제 자신을 가지고 놀려는 덩치 큰 말썽꾼들을 다스리는 길은 몽둥이뿐이라는 걸 알게 되었다. 하비 교장은 가능한 한 그애들을 때리지 않으려 했다. 이 시건방지고 거만하며 독립적인 고등학교 출신 여선생이 미웠던 것이다.

"그래, 라이트, 이번에는 무슨 짓을 저질렀니?" 교장은 벌을 주도록 5학년 반에서 보낸 아이에게 상냥하게 말하곤 했다. 그리고 아이가 거기 서서 빈둥대며 시간을 허비하게 두었다.

그래서 어슐라는 더이상 교장에게 부탁하지 않았다. 그 대신, 열받으면 그녀는 분노로 싸늘히 빛나는 악에 받친 굳은 눈빛이 되어 회초리를 움켜쥐었다. 그리고 건방지게 군 녀석을 머리, 귀, 손 할 것 없이 후려갈겼다. 그리하여 마침내 아이들이 그녀를 무서워하자 기강을 잡을 수 있었다.

그러나 이렇게 하느라 그녀의 영혼은 크나큰 대가를 치러야 했다. 마치 거대한 불꽃이 그녀 속을 통과해서 예민한 조직들을 태워버린 것 같았다. 어떤 형태건 육체적 고통은 생각만 해도 움찔하던 그녀가 매질을 하며 싸워야 했고, 자신의 본능을 총동원해서 상처 입혀야만 했던 것이다. 그리고 아이들의 기를 꺾어 기강을 잡은 후에도 그들이 훌쩍거리는 소리와 처량한 모습을 견뎌야만 했다.

아, 때때로 어슐라는 미칠 것 같았다. 책이 더럽거나 말 좀 안 듣는다고 그게 뭐가 중요해, 무슨 상관이야? 사실 아이들이 매 맞고 굴복해서 이렇게 울며 무력한 상태가 되느니 교칙을 모조리 어기는 편이 더 나았으리라. 그녀 자신과 아이들이 이 지경이 되느니 애들의 건방진 행동과 모욕을 수천번이고 참고 견디는 게 나았으리라. 그녀는 자신이 제정신을 잃고 아이에게 달려들어 매질한 것을 비통한 심정으로 후회했다.

하지만 달리 방법이 없었다. 그러고 싶지 않았지만 그래야만 했다. 아, 왜, 왜 그녀는 이 사악한 체제와 연합해 짐승처럼 살아야 하는가? 그녀는 왜 교사가 되었던가, 왜, 왜?

아이들은 때리지 않고는 도리가 없었다. 그녀는 아이들이 전혀 불쌍하지 않았다. 친절과 사랑을 가득 품고 왔건만, 아이들은 그녀를 갈가리 찢어놓으려 했다. 그들은 하비 교장을 택했다. 그럼 좋아, 하비 교장뿐 아니라 너희 담임도 어떤 사람인지 보여주지, 먼저 담임한테 복종해야 해. 아이들이건, 하비 교장이건, 그녀를 둘러싼 어떤 체제건 절대 그녀를 호구로 대하게 두지 않으리라. 그녀를 깔

아뭉개고 자유를 앗아가게 하지 않으리라. 선생으로 인정받지 못하고 맡은 업무도 해내지 못한다는 말은 듣지 않으리라. 이런 상태에서도, 일과 남성적 인습의 세계에서도 그녀는 싸우고 자기 자리를 지킬 것이었다.

어슐라는 이제 그녀 어린 시절의 삶과 동떨어져서 일과 기계적인 고려 사항들로 된 새로운 생활 속에서 이방인으로 지냈다. 그녀와 매기는 점심시간에, 혹은 이따금 작은 식당에서 차를 마시면서 삶과 사상에 대해 토론했다. 매기는 열렬한 여성참정권론자로서 선거권을 신봉했다.[6] 어슐라에게 선거권은 생생한 진실이 아니었다. 그녀 내면에는 선거권을 포함해 기계적 체제의 한계를 훌쩍 넘어선, 종교와 삶에 대한 오묘하고 열정적인 지식이 있었다. 그러나 그녀의 근본적인 유기적 지식은 아직 형태를 갖춰 말로 표현할 수 있는 단계에 이르지 못했다.

매기와 마찬가지로 어슐라에게도 여성의 자유는 심오하고 진정한 어떤 것을 의미했다. 그녀는 어딘가, 어떤 점에선가 자신이 자유롭지 않다고 느꼈다. 자유롭기를 바랐다. 그녀는 반발했다. 자유롭기만 하면 어딘가에 이를 수 있을 것이었다. 아, 자신을 넘어선 황홀하고 진실된 그곳에, 그녀의 깊고 깊은 내면에서 느끼는 그곳에.

사회에 나와 자기 밥벌이를 하면서, 어슐라는 줄곧 고통스러울 만큼 강인하게 자유를 향해 나아갔다. 그러나 자유를 얻으면 얻을수록 더욱더 깊이 커다란 결핍을 깨닫게 될 뿐이었다. 그녀는 너무

---

6 영국의 여성참정권 운동은 1865년 '여성참정권위원회'가 결성되고 이듬해 하원에 청원을 넣으면서 본격화되었다. 1918년 국민대표법에 의해 30세 이상 여성에게 선거권·피선거권이 인정되었고, 1928년에 이르러서야 모든 여성에게 남성과 동등한 참정권이 부여되었다.

나 많은 것을 원했다. 아름다운 명작을 읽고 충만해지고 싶었다. 아름다운 것들을 보고 그 환희를 영원히 누리고 싶었다. 크고 자유로운 사람들을 알고 싶었다. 그러고도 늘 이름 붙일 수 없는 결핍이 남아 있었다.

너무도 어려웠다! 대처하고 해결할 일들이 넘쳤다. 게다가 지금 어디로 가고 있는지도 알지 못했다. 눈먼 싸움이었다. 그녀는 이 성 필립스 초등학교에서 혹독한 시련을 겪었다. 그녀는 족쇄에 매여 자유를 잃어버린 망아지 신세였다. 지금 족쇄가 주는 격심한 고통을 겪고 있었다. 길들여져야 하는 고통과 쓰라림, 그 치욕을 견디고 있었다. 이 고통이 그녀의 영혼 속으로 억지로 스며들었다. 하지만 절대 굴복하지 않으리. 이런 족쇄에 그녀는 결코 오래 굴복하지 않을 것이었다. 그렇지만 그것의 실체를 알아낼 것이고, 그것을 깨부수기 위해 그것을 감내하고자 했다.

그녀와 매기는 노팅엄에서 열리는 대규모 참정권 집회나 콘서트, 극장, 전시회 등 여러군데에 같이 다녔다. 어슐라가 저축한 돈으로 자전거를 사서 두 여자는 링컨으로, 싸우스웰로, 또 더비셔까지 자전거를 타고 다녔다. 얘깃거리가 끝이 없었다. 서로를 알아가고 발견해나가는 건 커다란 즐거움이었다.

그러나 어슐라는 위니프리드 잉거에 대해서는 한마디도 하지 않았다. 그것은 그녀 삶에서 절대 공개되어선 안 될 일종의 비밀스러운 사건이었다. 그 일은 생각조차 하지 않았다. 그것은 그녀로서는 열 힘이 없는 닫힌 문이었다.

일단 가르치는 일에 길이 들고 나니, 어슐라는 차츰 자기만의 새 생활을 누리게 되었다. 십팔개월 후면 대학에 진학할 계획이었다. 그러면 학위를 딸 것이고 아, 어쩌면 여성 명사가 되어 운동의 지도자가 될지도 몰랐다. 누가 알겠는가? 어쨌거나 십팔개월이 지나면 대학에 갈 계획이었다. 당장 중요한 것은 일, 일이었다.

대학 진학 때까지는 성 필립스 초등학교에서 가르치는 이 일을 계속해야 했다. 그것은 언제나 그녀를 탈진시켰지만, 이젠 자기 삶을 전부 쏟아붓지 않고도 헤쳐나갈 수 있었다. 한정된 기간이니 그동안은 이 일에 충실하려 했다.

수업 자체도 결국 거의 기계적인 일이 되었다. 가르치는 일은 진빠지고 지치는 부담이었고 부자연스럽기만 했다. 그러나 가르치느라 다른 걸 다 망각해버리는 건 약간 즐거웠다. 할 일이 정해져 있고 책임질 일정 수의 학생들과 업무가 있다보니 자신의 자아는 잊혔다. 일이 습관처럼 되고 그녀 개인의 영혼은 배제되어 여기가 아닌 곳에서 자라게 되자 그녀는 거의 행복할 정도였다.

교사 생활 이닌 동안 수업을 하느라 갖은 풍파를 겪으면서, 어슐라의 진정한 개인적 자아는 응집되어 더욱 일관성을 띠게 되었다. 학교는 그녀에게 언제나 감옥이었다. 하지만 그녀의 거칠고 혼란스러운 영혼이 단단하고 독립적으로 자라난 감옥이었다. 컨디션이 좋고 피곤하지 않을 때면 가르치는 일도 싫지 않았다. 아침에 일과를 시작해서 온 힘을 쏟아 수업을 꾸려가는 게 즐거웠다. 그녀에게 그것은 격렬한 형태의 운동 같았다. 그러면 남겨진 그녀의 영혼은 쉬었고, 휴지기를 가지면서 다시금 힘을 모았다. 그렇지만 수업 시간이 너무 길고 업무는 과중했으며, 그녀가 보기에 학교 교칙은 지나치게 부자연스러웠다. 그녀는 지쳐서 많이 여위고 약해졌다.

아침 등굣길에 어슐라는 이슬에 젖은 산사나무 꽃을 보았다. 조그만 장밋빛 꽃술에 이슬이 담뿍 내려 있었다. 아침 햇살 비치는 하늘 저 높이 종달새 노랫소리가 울려퍼졌고 시골 마을에는 흥이 넘쳤다. 이런 때, 먼지 낀 잿빛 시내로 정신없이 뛰어가는 것은 신성모독이었다.

그래서 눈앞에 아이들이 있는데도 수업에 전념하지 못했고, 뛸듯이 아름다운 초여름 시골 풍경을 동경하는 그녀의 활력을 쉰 명 아이들이 산수 문제 몇개 더 풀도록 제압하는 데 쓰고 싶지 않았다. 그녀는 정신이 딴 데 가 있었다. 잊으려 해봐도 잊을 수가 없었다. 창문 아래 미나리아재비와 파슬리 화병만 봐도 마음은 무성한 풀밭 사이 데이지가 살짝 묻혀 있고 뾰족한 분홍 꽃잎의 가는동자꽃이 널린 먼 초원을 향했다. 하지만 그녀 앞에는 쉰 명의 아이들 얼굴이 있었다. 그 얼굴들이 풀밭 어둑한 곳에 핀 커다란 데이지 같았다.

어슐라의 얼굴에 환한 빛이 떠올랐고 가르치는 모습에 약간 비현실감이 풍겼다. 아이들이 잘 보이지 않았다. 그녀는 두 세계 사이에서, 꽃들이 만발하는 초여름의 자기만의 세계와 일에 매진해야 하는 이 다른 세계 사이에서 고투하고 있었다. 그녀에게서 비쳐나오는 햇살이 그녀와 아이들 사이에서 반짝였다.

그렇게 이상한 아련함과 고요 속에서 오전 시간이 흘렀다. 점심 시간이 되어 어슐라와 매기는 교실 창문을 다 열어놓고 즐겁게 점심을 먹었다. 그러고는 성 필립스 교회 묘지로 산책을 갔다. 그곳에는 붉은 산사나무 아래 그늘진 모퉁이가 있었다. 두 사람은 거기서 이야기를 나누거나, 셸리나 브라우닝의 시와 '여성과 노동'에 관한 글을 읽었다.

학교에 돌아와서도 어슐라의 마음은 산사나무의 진분홍 낙화가 바닷가 무수한 조가비처럼 흐드러지고, 매기의 나지막하고 다정한 목소리 사이로 이따금 낭랑하게 울려퍼지는 교회 종소리와 새 울음이 들리는 교회 묘지의 그늘진 모퉁이에 머물러 있었다.

이런 날이면 어슐라의 영혼은 즐거웠다. 아, 너무 행복해서 이 기쁨을 가져다가 한아름씩 흩뿌리고 싶었다. 그녀가 희열에 들떠 있으면 아이들도 행복해졌다. 하지만 그녀에게 이런 오후의 아이들은 학생이 아니었다. 그들은 꽃이나 새, 작고 발랄한 동물이나 어린아이였고 그 무엇이건 상관없었다. 다만 5학년 학생은 아니었다. 그녀는 그들에게 아무 책임을 느끼지 않았다. 이때만은 가르치는 이 일이 놀이였다. 혹여 아이들이 덧셈을 틀리게 한들 무슨 상관이랴? 읽기책에서 재미있는 부분을 택하리라. 연대가 나오는 역사 대신 아름다운 이야기를 들려주리라. 문법 시간에는 전에 이미 배워서 어렵지 않은 글을 분석할 수 있으리라.

> 그녀는 새끼 사슴처럼 뛰놀리라
> 환희에 거워 초원을 가로지르리
> 산 위 샘물까지 명랑하게.[7]

그녀는 좋아하는 이 구절을 기억에서 떠올려 적었다.

이렇게 황금 같은 오후가 흘러가면, 그녀는 행복한 마음으로 집으로 향했다. 학교에서의 일과를 다 마쳤으니 석양이 타오르는 코세테이의 저녁으로 마음껏 뛰어들 수 있었다. 그녀는 집까지 걸어가는 게 너무 좋았다. 하지만 오늘 갔던 곳은 학교가 아니었다. 그것은 붉은 산사나무 꽃송이 아래서 즐긴 학교 놀이였다.

그러나 계속 이렇게 지낼 수는 없었다. 기말고사가 다가오는데 그녀의 반은 시험 대비가 되어 있지 않았다. 그녀는 행복한 자아에

---

7 윌리엄 워즈워스의 시 「그녀는 삼년 동안 해와 소나기 속에서 자랐네」(1799)의 일부.

서 억지로 벗어나서 이 과밀학급 아이들에게 산수 문제를 풀도록 전력을 다해 강요해야 한다는 게 짜증스러웠다. 공부하기 싫어하는 아이들에게 강요하고 싶지 않았다. 하지만 뭔가 마음에 걸려 괴로웠고 수업이 제대로 되지 않았다는 생각이 들었다. 그녀는 미칠 듯 짜증스러워 수업 중에 엄청 짜증을 부렸다. 그런 다음이면 격렬한 다툼과 증오와 매질로 하루를 보내게 되었고, 쓰라린 심정으로 귀가할 때면 황금빛 저녁을 빼앗긴 채 어떤 컴컴하고 거친 곳에 유폐되어 할 일도 제대로 못 했다는 자책감에 사로잡혔다.

여름이 되어 뜸부기가 저녁 녘까지 울어댄들, 종달새가 해 지기 전 하늘 높이 날아 다시 한번 지저귄들 무슨 소용 있는가. 기분이 울적하고 그날 학교에서 받은 부담과 수모만 기억나는 지금, 이 모두가 무슨 소용인가.

어슐라는 여전히 학교가 싫었다. 여전히 울었고 학교에 대한 믿음이 없었다. 아이들이 왜 배워야 하며 그녀는 왜 가르쳐야 하나? 이 모두 다람쥐 쳇바퀴 돌리기 아닌가. 삶을 이따위로, 멍청하고 인위적인 의무 수행으로 만들어버리다니 얼마나 바보 같은 짓인가? 모든 것이 그렇게 조직되어 있었고 너무도 비정상적이었다. 학교, 덧셈, 문법, 기말시험, 출석부, 이 모두 의미 없는 헛짓거리일 뿐이었다!

그녀는 왜 이 세계에 충성을 바치고 이 세계에 지배당하도록 자신을 내버려둬서 따스한 태양과 물오르는 생명력 가득한 그녀 자신의 세계를 무화시켰던가? 그녀는 가만있지 않으려 했다. 이 메마르고 폭압적인 남자의 세계에 갇힌 수인이 되지 않으리라. 이런 세계는 신경도 쓰지 않으리라. 그녀의 학급이 기말시험 성적이 나쁜들 그게 무슨 대순가. 나쁘면 나쁘라지, 무슨 상관인가?

그럼에도 불구하고 시험기간이 되거나 학급 성적이 나쁘게 나오면, 어슐라는 기분이 비참해져서 여름이 주는 기쁨을 죄다 잃어버리고 우울하게 지냈다. 체제와 일이라는 이 세계에서 정말로 빠져나와 자신만의 행복한 들판으로 나갈 수가 없었다. 그녀는 이 노동하는 세계에서 자기 자리를 가져야 했고, 거기서 온전한 권리를 누리는 공인된 일원이어야 했다. 지금 이 시점에, 그녀에게 그것은 들판과 태양과 시보다 더 중요했다. 그러나 그럴수록 그녀는 그 세계에 맞서게 되었다.

긴 여름방학 동안 일광욕이나 수영을 하며 느긋하게 지내기를 너무나 즐기는 자신의 본모습, 그녀의 행복한 자아가 되는 동시에 반 아이들에게서 결과물을 도출해내는 교사가 되는 것은 참으로 어려운 일이라는 생각이 들었다. 그래서 교사직을 그만둬도 될 때를 꿈꾸면 기분이 좋았다. 그러나 그녀는 막연하나마 책임감이 마음속 깊이 확고히 자리 잡고 있다는 것을 알았다. 아직 그녀의 주된 관심사는 일이었던 것이다.

가을이 지나 겨울이 다가오고 있었다. 어슐라는 점점 더 일의 세계, 이른바 생활 전선의 일원이 되어갔다. 장래는 예측할 수 없지만 얼마 안 있어 대학에 간다는 생각은 변함없이 확고했다. 그녀는 대학에 진학해서 학비 면제로 이삼년간 교육받을 수 있었다. 이미 지원해서 내년이면 진학할 학교도 정해진 상태였다.

그렇게 그녀는 학위 취득을 위해 계속 공부했다. 프랑스어, 라틴어, 영문학, 수학과 식물학을 수강할 예정이었다. 그녀는 일크스턴의 교원 양성소[8] 야간 강의를 들으러 다녔다. 이 세계를 정복하고

---

8 1870년 영국에서 초등교육령 시행으로 발생한 교사에 대한 폭발적인 수요를 감당하기 위해 20세기 초까지 운영된 비공식 교원 양성기관. 주 대상은 초등학교

지식을 갖추는 동시에 자격을 획득해야 하기 때문이었다. 자신을 추동하는 내부의 어떤 결핍 때문에 그녀는 치열하게 공부했다. 현재로서는 이 세계에서 자기 자리를 잡겠다는 이 유일한 욕망이 거의 모든 것에 우선했다. 그게 어떤 자리일지 자문해보지도 않았다. 맹목적인 욕망이 그녀를 몰아붙였다. 자기 자리를 차지해야 했다.

그녀는 스스로 아주 성공적인 초등학교 교사는 못 되리라는 걸 알았다. 그렇다고 실패한 것도 아니었다. 그 일이 싫었지만 해내기는 했다.

매기는 성 필립스 초등학교를 떠나서 더 마음에 맞는 근무처를 구했다. 두 사람은 친구로 남았다. 그들은 야간 수업에서 만나 공부하면서 어떻게든 굳은 희망을 품자고 서로 격려했다. 어디로 가고 있는지, 궁극적으로 무엇을 원하는지 알지 못했다. 그러나 지금은 배우고 알고 행동하기를 원한다는 것을 알았다.

그들은 사랑과 결혼에 대해, 결혼에서 여성의 지위에 대해 이야기했다. 매기는 사랑이란 삶의 꽃이며 예기치 않게, 법칙도 없이 피어나는 것이라고, 그래서 보이는 대로 꺾고 피어 있는 짧은 기간 동안 즐겨야 한다고 했다.

어슐라로서는 이런 생각이 불만스러웠다. 그녀는 아직 안톤 스크리벤스키를 사랑한다고 생각했다. 그러나 그녀를 제대로 알아볼 만큼 강건하지 못했다는 사실 때문에 그가 용서되지 않았다. 그는 그녀를 거부했던 것이다. 그러니 어떻게 그를 사랑할 수 있겠는가? 그러니 어떻게 사랑이 그리 절대적이라는 건가? 그녀는 그런 사랑은 믿지 않았다. 사랑이란 매기가 생각하듯 목적 그 자체가 아니라

교사 지망생들로, 이 과정을 수료하고 대학에서 학사학위를 받으면 정교사가 되었다.

길이자 과정이었다. 그리고 사랑의 길은 언제고 발견될 터였다. 그런데 그 길은 어디로 이어지는가?

"세상엔 사랑할 남자가 많다고 믿어. 꼭 한 남자만 있는 건 아니야." 어슐라가 말했다.

그녀는 스크리벤스키를 생각하고 있었다. 위니프리드 잉거를 알았다는 기억 때문에 마음이 헛헛했다.

"그렇지만 넌 사랑과 애욕을 구분해야만 해." 매기가 경멸조로 말하면서 덧붙였다. "남자들은 쉽사리 너한테 애욕을 품겠지만, 널 사랑하진 않을 거야."

"그렇지 않아," 열띤 어조로 어슐라가 대답했다. 그녀의 얼굴에는 괴로운 빛이, 거의 광적인 열의가 서려 있었다. "애욕은 사랑의 일부일 뿐이야. 오래 지속될 수 없기 때문에 그렇게 대단해 보이는 거야. 그래서 애욕으로는 절내 행복해질 수 없어."

기쁨과 행복, 영원성을 확고히 믿는다는 점에서 어슐라는 슬픔과 사물의 필연적 소멸을 옹호하는 매기와 대조적이었다. 어슐라는 삶의 굴레에서 혹독한 시련을 겪었다. 매기는 늘 혼자였고 늘 물러나 있었기에, 그래서 깊고 무거운 슬픔에 잠겨 있었기에 그녀에게 슬픔은 거의 일용할 양식이었다. 어슐라가 성 필립스 초등학교에서 보낸 마지막 겨울에 두 여자의 우정은 절정에 이르렀다. 어슐라가 폐쇄된 삶을 사는 매기의 근본적인 슬픔을 아프도록 느끼고 저릿하게 향유하기도 한 것은 바로 이해 겨울이었다. 매기는 자기 삶의 한계와 맞붙어 싸우는 어슐라의 고투를 기뻐했고 또 아파했다. 그러다 어슐라가 매기가 한사코 갇혀 있는 그런 형태의 삶을 깨고 나가자, 두 사람은 멀어지기 시작했다.

14장
넓어지는 원

매기의 가족인 스코필드 집안은 벨코트 대저택 뒤편의 농장 비슷한 커다란 정원사용 주택에 살고 있었다. 대저택은 사람이 살기에는 너무 습해서 스코필드 집안사람들이 관리인, 사냥터지기, 정원사, 농부 일을 도맡았다. 부친은 사냥터를 관리하고 가축을 길렀고, 맏아들은 대저택의 큰 정원을 활용해서 시판용 원예업에 종사했으며, 둘째 아들은 농부에 정원사를 겸했다. 코세테이처럼 여기도 대가족이 살았다.

벨코트에 머물면서 어슐라는 매기의 오빠들에게 귀부인 대접을 받는 게 즐거웠다. 이 청년들은 인물이 좋았다. 큰오빠는 스물여섯 살이었다. 정원사인 그는 키는 크지 않았지만 건장하고 체격이 좋았다. 따스하고 편안한 갈색 눈에다 깎은 듯 잘생긴 구릿빛 얼굴에는 금발의 콧수염을 길게 길렀는데, 어슐라에게 말을 걸 때면 콧수염을 잡아당기곤 했다.

그녀가 다가가면 이 청년들이 떠받들어주었기 때문에 어슐라는 흥분되었다. 그녀는 그들의 눈동자를 반짝거리고 전율하게 만들 수 있었고, 큰오빠 앤서니가 콧수염을 꼬고 또 꼬게 할 수 있었다. 그녀는 경쾌하게 웃으며 재잘거리면 이들을 거의 마음대로 움직일 수 있다는 걸 알았다. 그들은 그녀의 새로운 생각을 좋아했고, 정치나 경제에 대해 열변을 토할 때면 유심히 지켜보았다. 어슐라는 말을 하는 동안, 자신을 바라보는 앤서니의 황갈색 눈동자가 목신의 눈동자처럼 반짝이는 것을 보았다. 그는 그녀의 말을 듣는 것이 아니라 그녀 자체에 귀 기울였다. 그녀는 가슴이 뛰었다.

그녀가 그의 온실로 같이 가서 푸르고 예쁜 화초들과 잎사귀 틈으로 고개를 숙인 분홍빛 앵초, 여봐란듯 자주색, 진홍색, 흰색을 뽐내는 시네라리아를 볼 때 흐뭇해하는 그의 모습은 정말이지 목신 같았다. 그녀가 퍼붓는 온갖 질문마다 그는 아주 징획하고 세세하게 답했다. 약간 특이하게, 박식한 체하며 답을 해서 웃음이 터질 정도였다. 하지만 그녀는 그가 하는 일에 정말 관심을 가졌다. 그러면 그의 얼굴에는 기묘한 빛이 감돌아서 마치 농장 마당 문간에 매어둔 염소 눈빛 같았다.

그녀는 그와 함께 온기가 도는 지하실로 내려갔는데, 거기 캄캄한 데서 벌써 대황의 연노란색 작은 순들이 나오고 있었다. 앤서니가 어두운 땅이 보이도록 손전등을 내리비췄다. 어슐라는 대황의 반짝이는 순 끝이 굵다란 붉은 줄기 위에서 밀고 올라오는 모습을 보았다. 보드라운 흙을 뚫고 불꽃의 끝자락처럼 솟아오르고 있었다. 앤서니의 얼굴이 그녀 쪽을 올려다보고 있었다. 그가 희미하게 음악 같은 말 울음소리를 내며 웃자 그의 눈동자와 이에 반짝, 빛이 비쳤다. 그는 잘생겨 보였다. 그녀의 귓가에 생소한 소리가, 희미하고 음악적인 말 울음 같은 앤서니의 웃음소리가 들렸다. 위로 구부러진 콧수염, 차갑고도 고정된, 거만하게 웃는 듯 쳐다보는 눈동자가 환한 빛을 발했다. 그의 몸짓에 약간 의기양양한 승리의 기색이 어린 듯해서, 그녀는 순순히 따르고 받아들이는 자세를 취하지 않을 수 없었다. 그렇지만 그는 아주 겸손했고 목소리도 정말 감미로웠다. 담벼락에 올라가야 했을 때는 손을 내밀어 어슐라가 딛고 가게 해주었다. 떨면서도 든든하게 그녀의 무게를 받치는 그의 생기 넘치는 든든함을 발끝으로 느낄 수 있었다.

그녀는 마치 최면 상태에 있는 것처럼 그를 의식했다. 일반적인 의미로는 그와 아무 관계도 아니었다. 하지만 집 안으로 들어설 때 그의 독특할 만큼 편안하고 무던한 모습, 그녀를 바라볼 때 느껴지는 차갑고도 빛나는 강력한 눈빛은 마법 같았다. 그의 눈동자에는 염소의 연회색 눈처럼 낮과는 아무 관련 없는 달빛의 뭉근하고도 맹렬한 불이 담긴 듯했다. 그 때문에 어슐라는 쾌활해졌으나 그녀의 정신은 불씨 꺼진 물체처럼 사그라들었다. 감각만이 가득 찼고 그녀의 모든 감각이 활기 넘쳤다.

그러다 일요일에 어슐라에게 멋있게 보이려고 주일 정장을 차려입은 그를 보게 되었다. 우스꽝스러웠다. 뻣뻣한 주일 정장이 풍기는 우스꽝스러운 느낌이 오래도록 가시지 않았다.

어슐라는 어쩐지 앤서니 때문에 매기에게 충실하지 못하다는 생각이 계속 들었다. 가련한 매기는 배신당한 듯 외떨어져 있었다. 매기와 앤서니는 서로 본능적으로 맞지 않는 적이었다. 어슐라는 넘치는 애정과 아려오는 안타까움을 품고 벗에게로 돌아가야 했다. 매기는 다소 뻣뻣하게 그런 어슐라를 받아주었다. 그리고 나면 시와 책과 학업이 염소 같은 동작들과 차갑고도 번득이는 유머를 구사하는 앤서니의 자리를 대신했다.

어슐라가 벨코트에 머무는 동안 눈이 내렸다. 아침에 보니 진달래 덤불 위로 눈이 덮여 있었다.

"우리 밖에 나가볼까?" 매기가 말했다.

그녀의 목소리에서는 어슐라를 이끌어주던 자신감이 사라졌고 이제는 머뭇거리며 약간 뜨악하게 친구를 대했다.

그들은 대문 열쇠를 가지고 거닐다가 저택의 공터로 흘러들었다. 그곳은 서리 내린 하늘 아래 거무스름한 나무들과 덤불들이 서 있는 은백의 세상이었다. 두 여자가 덧문이 닫힌 고요한 대저택을 지나가자 차량용 통로에 쌓인 눈 위로 두 사람의 발자국이 찍혔다. 공터 아래 한참 떨어진 곳에 한 사내가 눈밭을 가로질러 건초를 한 아름 나르고 있었다. 자그맣고 거무레한 모습이 무심히 움직이는 한마리 짐승 같았다.

어슐라와 매기는 여기저기 구경하다가 졸졸 흘러가는 차가운 개울로 내려갔다. 개울물은 냇가에 쌓인 눈을 조금씩 녹여가며 그 사이를 시커멓게 흘러가고 있었다. 울새 한마리가 초롱초롱한 눈을 반짝이더니 진홍빛과 잿빛의 깃털을 펼치고 산울타리 속으로 포드닥 날아갔다. 앙증맞게 생긴 푸른박새들이 실랑이하는 모습도 보았다. 그러는 동안 개울물은 졸졸 소리 내며 차갑게 흘러갔다.

두 여자는 계속 걸어서 눈 덮인 풀밭을 가로질러 살얼음이 잡힌 인공 연못 쪽을 향했다. 그곳엔 커다란 나무 한그루가 있었는데, 담쟁이덩굴이 휘감긴 굵은 줄기가 거의 수평이 되게 연못 위로 구부러져 있었다. 어슐라는 아주 유쾌하게 나무에 올라가서 반짝이는 담쟁이와 칙칙한 산딸기가 열린 가지 위에 자리를 잡았다. 끝 부분에 눈이 묻은 담쟁이 잎사귀는 초록색 창槍을 쑥 내민 것 같았다.

그 아래로 얼음 낀 연못이 보였다.

　매기가 책을 꺼내더니 나무둥치 아래 나지막이 앉아서 콜리지[1]의 「크리스타벨」을 읽기 시작했다. 어슐라는 건성으로 들었다. 그녀는 너무도 즐거웠다. 그때, 자신 있고 약간 으쓱거리는 걸음걸이로 눈길을 가로질러 다가오는 앤서니가 눈에 들어왔다. 긴장된 자신감으로 미소 짓는 그의 얼굴이 눈과 대비되어 구릿빛으로 굳어 보였다.

　"안녕하세요!" 어슐라가 소리쳤다. 얼굴 위로 응답하는 기색이 퍼지더니 그가 대답하듯 고개를 홱 젖혀 올려다보았다.

　"안녕!" 그가 인사했다. "거기 있으니까 꼭 새 같네요!"

　어슐라의 웃음소리가 울려퍼졌다. 그녀는 그의 날카로운 음성이 내는 특이한 높은 콧소리에 화답했다.

　어슐라는 앤서니를 의식하지 않았지만 그의 세계 안에서 그와 연결된 것 같은 상태로 지냈다. 어느 날 저녁 오솔길을 걷다가 그를 만나서 두 사람은 나란히 걷게 되었다.

　"여긴 정말 너무 아름다워요." 그녀가 소리치듯 말했다.

　"그래요?" 그가 말했다. "좋아하신다니 기쁘네요."

　그의 목소리에 묘한 자신감이 서려 있었다.

　"아, 정말 좋아요. 오빠네 농장에서 작물들 키우며 이렇게 아름다운 데서 사는 것보다 더 바랄 게 뭐가 있겠어요. 여긴 정말 에덴 동산 같아요."

　"그래요?" 그가 살짝 웃으며 말했다. "아, 그렇죠, 그리 나쁘진 않죠……" 그는 망설이고 있었다. 그의 연푸른색 눈빛이 강렬했고,

---

1 Samuel Taylor Coleridge(1772~1834). 영국의 시인, 평론가. 낭만주의의 선구자로 「크리스타벨」은 그의 미완성 담시(1797~1800)다.

그는 그녀를 지그시, 마치 짐승이 바라보듯 주시하고 있었다. 그녀의 마음속에 뭔가가 불쑥 솟구쳤다. 그가 그녀에게 그 자신처럼 되어야 한다고 말하리라는 것을 알았다.

"여기서 나랑 같이 살래요?" 그가 머뭇거리며 물었다.

그녀는 자신에게 거리낌 없이 이런 제안을 내놓는 태도가 두렵고 강렬하게 느껴져서 움찔했다.

두 사람은 농장 입구의 대문에 당도했다.

"어떻게요?" 그녀가 물었다. "여기 혼자 사시는 게 아니잖아요."

"결혼하면 되지요." 그는 햇살을 달빛으로 식혀버리듯 낯설고 차갑게 번득이는, 에두르는 어조로 대답했다. 실체 있는 모든 사물들이 완전히 변형된 듯 느껴졌다. 그림자들과 일렁이는 달빛이, 차갑고 비인간적인, 번득이는 온갖 감각들이 실재했다. 어슐라는 두려움 비슷한 심성으로 사신이 이것을 받아들이리 한다는 걸 깨달았다. 그녀는 어쩔 수 없이 그를 받아들일 것이었다. 그의 손이 그들 앞에 있는 대문을 향해 뻗어나갔다. 그녀는 가만히 서 있었다. 그의 몸은 구릿빛에 딱딱하며 최종적이었다. 그녀는 꼼짝없이 어떤 모욕을 당하는 것 같았다.

"그럴 순 없어요." 자기도 모르게 그녀가 대답했다.

늘 그러듯 짧게 히잉 웃는 그의 웃음소리가 지금은 아주 슬프고 비통했다. 그가 대문 빗장을 젖혔다. 그렇지만 문을 열지는 않았다. 두 사람은 잠시 멈춰 서서 보랏빛 잔가지들 사이로 불타오르듯 일렁이는 노을을 바라보았다. 분노와 굴욕과 체념으로 번들거리는 그의 단단하고 말끔한 구릿빛 얼굴이 어슐라의 눈에 들어왔다. 그는 자신이 제압당했음을 아는 짐승 같았다. 그녀의 심장이 그와 그의 매력적인 제안에 대한 감각, 그리고 비애와 위로할 길 없는 고

독감으로 활활 타올랐다. 그녀의 영혼은 한밤중에 울어대는 갓난 아이 같았다. 그는 영혼이 없었다. 아, 그런데 왜 그녀는 영혼이 있는가? 그가 더 깨끗한 자인데도.

그녀는 돌아섰다, 그에게서 돌아섰다. 그리고 장밋빛으로 야릇하게 달아오른 동녘 하늘을, 어둑해지는 푸르스름한 눈밭 저 위로, 장밋빛 하늘 위로 떠오르는 노랗고 아름다운 달을 바라보았다. 이 모두 얼마나 아름다운가, 이 모두 얼마나 어여쁜가! 그는 그것을 보지 않았다. 그는 그것과 하나였다. 그러나 그녀는 그것을 보았고, 그것과 하나가 되었다. 그녀가 본다는 그 사실이 그들을 무한히 갈라놓았다.

두 사람은 각자의 다른 운명을 따라 묵묵히 오솔길을 걸어갔다. 나무들이 점점 더 어두컴컴해졌고 눈은 비현실적인 세상처럼 어스레한 빛만 비췄다. 한낮은 그림자처럼 희미하게 빛나는 눈 덮인 저녁 속으로 사라지고 없었다. 그러는 동안 어슐라는 거리를 지키면서도 그를 자신 가까이 두려고 두런두런 말을 건넸고, 그는 무거운 발걸음을 옮겼다. 그가 가만히 정원 문을 열어주자, 그녀는 그를 문밖에 둔 채 자신만의 동산으로 들어가고 있는 느낌이었다.

다음 날 어슐라가 이 괴로운 심정에서 달아나고 있을 때, 아니, 달아나려 애쓰고 있을 때 매기가 와서 말했다.

"어슐라, 나라면 앤서니 오빠를 원치 않으면서 오빠가 널 사랑하게 만들진 않을 거야. 그건 좋지 않아."

"하지만 매기, 난 정말 오빠가 날 사랑하게 만들지 않았어." 그녀는 당황스럽고 괴로우면서도 뭔가 비열한 짓을 저질렀다는 느낌으로 울부짖었다.

그렇지만 그녀가 앤서니를 좋아하긴 했다. 살아가면서 이따금 앤서니 생각이 날 때나 그가 했던 제안이 떠오를 때가 있었다. 그러나 그녀는 여행자였다. 그녀는 세상을 떠도는 여행자였고, 그는 자기 감각을 충족하며 살아가는 외톨이였다.

자신이 여행자라는 사실, 그것을 그녀는 어쩔 수 없었다. 그녀는 앤서니를 알았다. 그가 여행자가 아니라는 것을 알았다. 그러나 그녀는 점점 더 다가가고 있다고 느껴지는 그 목표점을 찾아, 아, 기어이 끝까지, 끝까지 나아가고 나아가야 했다.

어슐라는 성 필립스 초등학교에서 그녀의 두번째이자 마지막 학년을 하루하루 보내는 중이었다. 시간의 흐름에 따라 처음엔 10월, 그다음엔 11월, 12월, 1월, 이런 식으로 체크 표시를 했다. 그러면서 남은 시간에서 여름방학 기간 한달을 빼도록 늘 신경 썼다. 그녀는 자신이 지금 둥근 원을 따라 돌고 있으며, 이제 조금만 더 가면 동그라미가 완성될 것을 알고 있었다. 그때가 되면 나는 법을 어느 정도 터득한 새가 공중으로 몸을 던지듯 그녀도 탁 트인 세상으로 나갈 참이었다.

대학이 기다리고 있었다. 그것이 그녀의 광활한 미지의 창공이었다. 대학에 가면 여태 알던 모든 삶의 한계에서 벗어날 것이었다. 그녀의 아버지도 직장을 옮길 예정이었다. 그들은 모두 코세테이를 떠나기로 되어 있었다.

월 브랭귄은 이제껏 자신의 상황에 대해 무심히 지내왔다. 레이스 도안사 일이야 그저 밥벌이 정도였지 개인적으로 별 의미가 없다고 생각했다. 자신에게 무엇이 진짜 의미 있는 일인지 알지 못했다. 아내인 애나와 붙어살면서 그의 정신에는 늘 육체적 열기가 속속들이 퍼져 있었고, 그는 본능에 따라 그때그때 움직이며 더듬거리듯, 늘 더듬거리듯 나아갔던 것이다.

노팅엄 교육위원회가 신설하는 직책 가운데 수공예 강사직에 지원해보라는 제안을 받았을 때, 그는 자신의 후텁지근하고 어둑한 우리에서 벗어날 수 있는 드넓은 공간이 주어진 듯했다. 그는 기대에 부풀어 자신 있게 원서를 보냈다. 자신의 불가사의한 운명에 대한 믿음 같은 게 있었던 것이다. 나날의 노동이 주는 어쩔 수 없는 피로 때문에 그의 근육은 약간 뻣뻣해졌고, 불그레하게 민첩하던 얼굴에는 둔한 기색이 감돌았다. 이제 거기서 벗어날 수도 있었다.

그는 새로운 가능성으로 가슴이 부풀었고 아내도 순순히 따라주었다. 애나는 이제 변화를 맞을 의욕이 있었다. 그녀 역시 코세테이가 지겨웠다. 자라는 아이들에게 이 집은 너무 비좁았다. 그리고 그녀도 마흔살 가까이 되어, 모성의 잠에서 깨어나기 시작했고 에너지가 점점 더 바깥을 향했다. 자라나는 생명들이 질러대는 소리에 그녀는 무감각한 상태에서 깨어났다. 생활을 꾸려가는 일에 그녀도 한몫해야 했다. 자식들을 거느리고 이사 갈 채비가 완벽히 갖춰졌다. 아이들의 터전을 옮긴다면 지금이 적기이리라. 막내까지 태어났으니 그 녀석도 잘 자라겠지.

그리하여 애나는 그녀다운 태평하고 서투른 방식으로 남편과 함께 계획을 짜고 의논도 했지만, 어쨌거나 변화가 일어나고 있었고 변화의 방식에 대해선 정말로 무심했다. 이렇게 안 되면 저렇게 되겠지, 하는 식이었다.

온 집안이 변화의 기운으로 들끓었다. 어슐라는 너무도 흥분한 상태였다. 마침내 아버지가 사회적으로 중요한 인물이 되려는 참이었으니까. 너무 오랫동안 그는 격식도 직위도 없이 사회적으로 미미한 존재였다. 그러다 이제 노팅엄 군의 미술 및 수공예 담당

강사를 맡게 된 것이다. 그것은 대단한 자리였다. 지위이기도 했다. 아버지는 그 나름 전문가가 될 수도 있었다. 그는 범상치 않은 사람이었다. 어슐라는 그들 모두 이제야 발판을 굳히게 되었다고 느꼈다. 아버지가 이제 실력을 발휘하게 되리라. 그녀가 아는 어느 누가 아버지만큼 자기 손끝에서 그렇게 아름다운 것들을 빚어낼 수 있을까? 아버지가 이 새 일에 적격이라고 그녀는 믿었다.

그들은 곧 이사할 예정이었다. 좁아터진 코세테이의 이 시골집을, 아이들 모두가 태어난 이곳, 언제나 똑같은 잣대로 판단되던 바로 여기, 코세테이를 떠날 것이었다. 이 집 형제자매들을 동네의 여느 아이들과 함께 뒹굴며 자란 애들로 기억하는 사람들로서는 이들이 자라서 자기들과 달라지리라는 걸 절대로, 절대로 이해하지 못했다. 그들은 '어틀러 브랭귄'을 자기들 중 하나로 여겼고, 가족 내에서 그렇듯이 고향 마을에서 그녀의 위치를 정해놓았던 것이다. 그 유대감은 막강했다. 그러나 그녀가 코세테이가 허용하거나 이해할 수준을 넘어 성장하고 있는 지금, 그녀와 옛 지인들 사이의 유대는 구속으로 변하고 있었다.

"야, 어슐라야, 워찌 지낸다냐?" 그녀와 마주치면 그들은 이렇게 인사했다. 그리고 그녀가 익숙한 목소리로 익숙한 반응을 보이길 요구했다. 그녀 안의 무언가는 그녀를 아는 이들에게 반응하고 거기 속해야 했다. 하지만 다른 뭔가가 쓰라린 심정으로 그것을 거부했다. 십년 전에 그녀에게 옳았던 것이 지금은 옳지 않았다. 지금의 그녀를 이루고 있고 그녀가 지향하는 그 다른 부분을 그들은 보지 못했고 허용하지도 못했다. 그럼에도 그들은 그것을, 자신들을 초월하는 그 무엇을 느꼈고 상처받았다. 그래서 어슐라가 거만하고 잘난 체한다느니, 요새 와서 주제를 모르고 나댄다느니 말들이 많았다. 어떤 애인지 다 아는데 젠체해봐야 소용없다고도 했다. 날 때부터 그녀를 알던 사람들이었다. 그들이 그녀에 대해 이러쿵저러쿵 뒷말을 해댔다. 어슐라는 함께 지내온 사람들과 자신이 정말로 다르다고 느꼈기 때문에 수치스러웠다. 이제 고향 사람들이 편하지 못한 게 가슴 아팠다. 하지만, 하지만, 우리가 날리는 연은 연줄이 닿는 만큼 멀리 바람에 실려 날아오른다. 당기고 또 당기면 연은 날아갈 것이고, 남들이 심통을 부린대도 연이 더 멀리 날아가면 기분 좋은 법이다. 그렇게 코세테이는 그녀를 옥죄었으나, 그녀는 멀리 떠나서 자기 연을 한껏 드높이 날리고 싶었다. 멀리 떠나서 웅크리지 않고 자기 키 그대로 똑바로 서고 싶었다.

그랬기에 아버지가 새 직위를 얻고 집이 이사하게 된 것을 알았을 때, 어슐라는 뛸 듯 기뻐서 환희의 노래를 부르고픈 심정이었다. 코세테이라는 낡고 갇힌 껍질일랑 벗어던지고 저 푸른 하늘로 춤추며 날아오르고 싶었다. 춤추고 노래하고 싶었다.

그녀는 앞으로 살게 될 새로운 곳에 대해 공상에 잠겼다. 그곳에 가면 고상한 심성의 우아하고 교양 있는 이들을 사귈 것이고, 지역의 지체 높은 이들과 지내며 어디에도 구애받지 않고 느낌에 따라 생활하리라. 유복하고 도도하며 소탈한 친구를 상상해보았다, 하비 교장 같은 그런 부류는 전혀 알지 못하는, 매기의 목소리에 스민 옥죄인 경멸과 두려움의 기색도 전혀 없는 그런 친구를.

이제 멀리 떠날 참이었기에 그녀는 코세테이에서 아끼던 모든 것들에 몰두했다. 자신이 좋아하던 곳 여기저기로 돌아다녔다. 흐드러지게 핀 눈풀꽃을 찾아 남의 땅에 들어간 적이 있었다. 저녁때였고 겨울이라 일찍 어둑해진 초원은 신비롭기 그지없었다. 숲에 다다랐을 때, 작은 골짜기에는 벤 지 얼마 안 된 참나무 한그루가 있었다. 개암나무 아래에 연한 꽃망울들이 숱하게 반짝였고, 여기저기 떨어진 날카로운 금빛 나뭇조각들 옆으로 회녹색 눈풀꽃 잎사귀가 아무렇게나 뻗어 있고 고개 숙인 조그만 꽃들이 무심히 피어 있었다.

어슐라는 황홀한 심정으로 몇송이를 고이 꺾었다. 금빛 나뭇조각들이 햇살처럼 노랗게 빛났고, 석양에 비친 눈풀꽃 꽃송이는 밤하늘에 처음 뜬 별님 같았다. 그 가운데 홀로 있노라니 이렇게 아련히 반짝거리는 어스름과 다정한 작은 꽃들, 내리는 황혼 위로 번진 햇살 같은 나뭇조각들이 떨어져 있는 곳으로 찾아든 것이 너무도 행복했다. 그녀는 베인 나무둥치 위에 한동안 아득히 앉아 있었다.

어슐라는 집으로 돌아가기 위해 보랏빛 땅거미 내린 숲을 나와 시골길 쪽을 향했다. 길 위에는 바큇자국이 만든 작은 웅덩이들이 기나랗게 보석처럼 반짝였고, 주변 농지는 벌써 어두워졌으며, 저 높이 하늘은 보석 같았다. 아, 얼마나 아름다운 풍경인가! 가슴이 벅찼다. 노래하며 달려가 이 가슴 저린 열정을 외쳐대고 싶었다. 그렇지만 그렇게 한대도 마음속 깊은 것들을 쏟아낼 수 없었기에, 그녀는 고요히 외로움과 슬픔에 잠겨 있었다.

부활절이 되자 그녀는 다시 며칠간 매기네 집을 방문했다. 하지만 이젠 주춤하며 선뜻 나서지 않았다. 앤서니를 보았다. 깊은 사연을 담은 표정이며 애원의 빛이 서린 눈동자가 아름답기까지 했다. 어슐라는 그가 자신에게 얼마나 실감 있게 다가오는지 알고 싶어 그를 보고 또 보았다. 하지만 그녀 자신의 자아야말로 다른 곳에 몰두했다. 그녀는 어떤 다른 존재를 가진 것 같았다.

그래서 그녀는 봄과 피어나는 꽃봉오리들로 마음을 돌렸다. 담벼락 곁에 커다란 배나무가 있었는데, 자그마한 희뿌연 초록 꽃망울들이 빼곡하니 달려 있었다. 기쁨에 겨워 나무 앞에 서자 어떤 깨달음이 가슴 깊이 파고들었다. 몽글몽글 맺힌 희뿌연 초록 뒤에는 너무도 많은 것들이 피어나려고 기다리고 있다는, 너무도 화사한 햇살이 그 위로 쏟아지리라는 것이었다.

풍요로운 몇주의 시간이 꿈결처럼 흘러갔다. 코세테이 집 끝쪽의 배나무가 활짝 피어오르자 마치 파도에 부서진 물보라 같았다. 그다음엔 초롱꽃이 피어나기 시작했다. 꽃들은 나무와 수풀 아래 평지에 야트막이 고인 물처럼 파랗게 피어 점점 더 번져나가다 마침내 범람하듯 진파랑 물결로 뒤덮였고, 연초록 잎사귀들이 환히 타오르고 조그만 새들은 신나게 재재거리며 날아갔다. 그러다 얼마 안 되어 초롱꽃의 홍수는 사라져버렸고, 그러고 나면 여름이었다.

올해는 바닷가로 휴가를 가지 않기로 했다. 휴가 때 이사하기로 한 것이다.

이사할 곳은 윌리 그린[2] 근방이었는데, 그곳은 브랭귄 일가에게 는 상당히 중심지로, 혼잡한 탄광 지역의 가장자리에 위치한 오래되고 조용한 마을이었다. 양지바른 정원에 들어선 묘한 구식 가옥 들이 풍기는 운치 덕분에 이 마을은 점점 뻗어나가는 탄광 도시인 벨도버의 정자나 유원지 같은 역할을 했고, 선술집이 문을 열기 전인 일요일 오전이면 광부들이 유쾌히 걸어다니는 산책로가 되어주었다.

윌리 그린에는 문법학교가 있었다. 윌 브랭귄이 주당 이틀 근무할 그 학교에서는 교육에 관한 몇몇 실험들이 이루어지고 있었다.

어슐라는 좀더 한적한 지역인 싸우스웰이나 셔우드 포리스트 쪽

---

2 노팅엄 북서쪽 이스트우드(작품 속 벨도버) 근방의 무어 그린 지역을 가리킴.

윌리 그린에 살고 싶었다. 그쪽이 아주 아름답고 낭만적이기 때문이었다. 하지만 일단 세상으로 나가기로 한 이상 이것저것 가릴 순 없었다. 윌 브랭귄은 신식으로 변모해야 했다.

그는 아내의 돈으로 벨도버의 붉은 벽돌로 된 신흥 주택가에 상당히 큰 집을 사들였다. 홀로된 탄광 경영주의 아내가 지은 저택으로, 큰 교회 근처에 새로 난 작고 조용한 샛길에 위치하고 있었다.

어슐라는 좀 서글펐다. 특별한 곳을 기대했는데 지저분한 소도시의 붉은 벽돌로 지은 신흥 교외 지구에 정착하게 된 것이었다.

브랭귄 부인은 기분이 좋았다. 방들이 엄청나게 컸다. 아래층에는 쾌적한 서재 외에도 멋진 식사 공간과 응접실과 부엌이 있었다. 모든 것이 감탄할 만큼 잘 배치되어 있었다. 집주인이 처음 자리 잡을 때 아주 호화롭게 꾸며놓았던 것이다. 그녀는 벨도버 토박이로서 여왕처럼 행세할 작정이었다. 은백색 욕실에다 계단은 참나무를 썼고, 기둥 모양의 불룩한 지지대가 있는 참나무로 된 벽난로 선반도 위압적이었다.

'멋지고 튼튼할 것', 이것이 이곳의 기조였다. 그렇지만 어슐라는 집 안 곳곳에서 풍기는 떡 벌어지게 잘산다고 뻐기는 분위기가 질색이었다. 그녀는 아버지에게 불룩 튀어나온 참나무 벽난로 장식을 끌로 밀어 평평하게 만들어주겠다는 약속을 받아냈다. 그런 유의 거들먹거리는 중앙 장식이 너무 혐오스러웠던 것이다. 아버지 본인은 몸이 길쭉하니 단단하지 못했다. 그런 그가 이렇게나 '멋지고 튼튼한' 위세와 무슨 상관이 있단 거야?

그들은 이전 주인 소유의 가구도 상당히 많이 샀다. 멋진 윌턴 카펫, 커다란 원형 테이블, 장미와 새 문양의 반들거리는 사라사 커버를 씌운 체스터필드 소파 등 흔히 보는 고급 취향의 물건들이었다. 창문을 크게 냈고 바로 건너편으로 야트막한 골짜기가 내다보여서 집은 아주 볕바르고 멋졌다.

어쨌건 간에, 어느 지인의 표현대로 그들은 벨도버의 엘리트층에 속하게 될 것이었다. 그들이 문화를 대표할 것이었다. 이곳에는 의사, 탄광 경영주, 약제사보다 사회적 신분이 더 높은 사람이 없었기 때문에, 브랭귄네는 그들이 소장한 델라 로비아의 아름다운 성모 복제상, 도나뗄로의 아름다운 부조들과 보띠첼리의 복제화만으로도 단연 돋보일 처지였다. 아니, 평범한 응접실인 이 집 식사 공간에 걸린 보띠첼리의 「봄」과 「베누스의 탄생」과 「예수 탄생」의 대형 복제화만 보아도 벨도버 사람들은 입을 다물지 못할 것이었다.

그러니 어찌 됐건 시골에서 별 볼 일 없이 사느니 벨도버에서 공주가 되는 게 나은 법이다.

도합 열명에 이르는 브랭귄 식구들이 이사하려니 준비할 게 많았다. 벨도버의 집을 단장하고 코세테이 집에 있는 것들은 다 들어냈다. 학기 말이 되면 이사를 시작할 것이었다.

어슐라는 여름방학이 시작되는 7월 말에 학교를 떠났다. 이 마지막 날 아침에, 바깥은 밝고 화창했으며 자유로운 분위기가 교실 안까지 스며들었다. 학교 담벼락을 녹여 없앨 기세였다. 담이 벌써 흐릿하니 비현실적으로 보였다. 방학 날이었다. 잠시 후면 학생들과 교사들은 학교 밖에 있을 것이고 각자 자기 길을 가리라. 쇠창살이 끊어지고 형기刑期가 만료되며, 감옥은 그들 곁에 잠시 머뭇거리다 사라지는 그림자이리라. 아이들이 책과 잉크병을 치우고 지도를 말아올리고 있었다. 기분 좋고 신나서 모두 얼굴빛이 환했다. 이 마지막 형기의 흔적을 깡그리 지우고 치우느라 한바탕 어수선했다. 모두 곧 자유롭게 풀려날 것이었다. 어슐라는 분주한 가운데서도 성심껏 출석부에 적힌 자신의 근무시간 총계를 냈다. 자랑스럽게 천 단위 숫자를 적어넣었다. 수많은 아이들에게 또 한 학기의 수업을 해준 셈이었다. 정말 엄청난 일이었다. 초조한 가운데 흥분된 시간들이 천천히 흘렀다. 그러다 그 시간도 마침내 끝이 났다. 마지막으로 그녀는 아이들 앞에 섰고, 아이들은 기도를 하고 찬송을 불렀다. 잠시 후 그것도 다 끝났다.

"여러분, 모두 잘 가요." 그녀가 말했다. "절대 안 잊을게요, 여러분도 날 잊지 말아요."

"예, 선생님." 아이들이 빛나는 얼굴로 입을 모아 소리쳤다.

아이들이 줄지어 나갈 때, 어슐라는 감격에 겨워 그들에게 미소 지으며 서 있었다. 그리고 학기마다 수고했다고 반장들에게 6페니씩 나눠주자 그들도 집으로 돌아갔다. 책장은 잠겼고 칠판은 깨끗이 닦여 있었으며 잉크병과 먼지떨이도 나 치워졌다. 교실이 텅 비어 휑뎅그렁했다. 여기서 그녀는 승리를 쟁취했다. 이제 이곳은 껍데기였다. 그녀는 여기서 선한 싸움을 싸웠고, 그 시간이 전적으로 불쾌했던 것도 아니었다. 무슨 기념비나 트로피처럼 서 있는 이 혹독하고 텅 빈 교실에조차 약간 감사한 마음이 들었다. 여기서 그녀 삶의 그렇게도 많은 부분을 걸고 싸웠고, 이겼으며, 지기도 했다. 이 학교의 흔적은 언제까지나 그녀의 일부를 이룰 것이며 그녀의 흔적 역시 이 학교의 일부로 남을 것이었다. 그녀는 그것을 인정했다. 이제 작별의 순간이 다가왔다.

교무실에서는 교사들이 어슬렁거리며 잡담을 나누고 있었다. 맨섬, 랜디드노, 야머스 같은 휴가 예정지들에 대해 신나게 이야기 중이었다. 그들은 기대에 부풀었고 한 배를 탔다 내리는 동료들처럼 서로에게 애착이 있었다.

하비 교장이 어슐라에게 작별 인사를 할 차례였다. 그는 은회색 관자놀이에 눈썹이 검고 태연하고 남자다운 꿋꿋함이 있어서 잘생겨 보였다.

"자," 그가 말했다. "우리 모두 브랭귄 선생님께 작별 인사를 드립니다. 앞으로 행운이 가득하길 바라 마지않습니다. 언젠가 다시 만날 수 있으리라 믿고, 어떻게 지내는지 소식도 들으리라 생각합니다."

"아, 예," 어슐라가 낯을 붉히고 웃으며 더듬거렸다. "아, 예, 나중에 뵈러 오겠습니다."

그러고는 이 인사말이 너무 개인적으로 들릴 것을 깨닫고 스스로가 바보처럼 느껴졌다.

"매기 스코필드 선생님이 이 책 두권을 추천하셨어요." 교장이 책 두권을 탁자 위에 놓으며 말했다. "마음에 드셨으면 좋겠습니다."

어슐라가 무척 부끄러워하며 책을 집어들었다. 스윈번과 메러디스[3]의 시집이었다.

"아, 잘 읽겠습니다." 그녀가 말했다. "정말 감사합니다. 모두들 정말 감사드려요, 정말로……"

어슐라는 더듬거리며 말을 맺었고, 새빨개진 얼굴로 흥분해서 책장을 넘겼다. 처음 읽는 기쁨에 젖은 체했지만 사실 하나도 눈에 들어오지 않았다.

하비 교장이 눈을 반짝이며 지켜보았다. 오직 그만이 이 상황의

---

3 스윈번(Algernon Charles Swinburne, 1837~1909)과 메러디스(George Meredith, 1828~1909) 모두 영국의 문인. 스윈번은 탐미주의적 시작품으로, 메러디스는 실험적 문체의 시와 독립적 성향의 여성 인물이 등장하는 소설로 유명하다.

주인으로서 편안해 보였다. 어슐라에게 선물을 주고 이 기회에 자신의 교사들에게 호의를 베푼다는 게 그로서는 즐거웠다. 대개 교사는 저마다 교장의 지배에 분개해서 팽팽한 관계였기 때문에 이런 일은 흔치 않았다.

"그래요," 그가 말했다. "우리가 고른 선물이 선생님 마음에 드셨으면 합니다."

그가 특유의 의미심장한 미소를 지으며 잠시 바라보더니 자기 책장 쪽으로 돌아갔다.

어슐라는 매우 혼란스러웠다. 책을 아끼듯 꼭 껴안았다. 그리고 자신이 동료 교사 전부를, 하비 교장까지 사랑한다고 느꼈다. 아주 혼란스러운 기분이었다.

마침내 그녀는 밖으로 나왔다. 뜨겁게 내리쬐는 태양 아래 아스필드 운동장 위로 웅크린 학교 건물들을 한번 쓱 올려다보고 또 낯익은 도로 쪽을 한번 내려다본 다음, 그 모든 것으로부터 돌아섰다. 왠지 가슴이 아렸다. 이제 떠나는 것이었다.

"자, 그럼, 행운을 빌어요." 막다른 길목에서 악수를 나누던 선생이 말했다. "언젠가 돌아오시길 기대합니다."

그가 비꼬는 투로 말했다. 어슐라는 웃으며 자리를 떴다. 이제 자유였다. 햇볕 드는 전차 윗자리에 앉아 기쁨에 떨며 주위를 둘러보았다. 그녀는 자신에게 너무도 큰 의미를 지녔던 것을 막 떠나왔다. 이제 더이상 학교에 출근해서 늘 하던 일들을 하지 않을 것이었다. 이상도 하지! 기쁜 중에도 격한 통증 같은 게 느껴졌다. 그러나 후회가 아닌 두려움에서 오는 아픔이었다. 하지만 이 아침, 그녀는 얼마나 기뻤던가!

어슐라는 자랑스럽고 즐거워서 가슴이 떨려왔다. 선물로 받은 두 권의 시집이 정말 마음에 들었다. 그녀에게 이 책들은 다행히도 잘 끝맺은 자신의 지난 이년의 결실이자 승리를 나타내는 징표였다.

"어슐라 브랭귄 선생님께, 앞날의 행운을 기원하고 성 필립스 초등학교에서 보낸 따스한 시간을 추억하며." 반듯하고 꼼꼼한 필체로 쓴 교장의 글씨였다. 조심스레 펜을 쥔 교장의 두툼한 터럭손이 눈앞에 보이는 듯했다.

책에는 교장이 서명했고 다른 교사들 서명도 다 적혀 있었다. 모든 이들의 서명을 받아서 어슐라는 기뻤다. 그들 모두를 사랑한다고, 그들이 자신의 동료라고 느꼈다. 그녀는 결코 잃을 수 없는 자긍심을 얻은 채 학교를 떠났다. 학교라는 일터에서 동무이자 동료로서 자기 자리를 지켰기에 동료 교사들이 자신들의 일원인 그녀에게 서명해주었다. 그녀는 이 세상 모든 일하는 이들의 일원으로서 사람들이 건설하는 구조물에 자신의 작은 벽돌을 쌓았고, 그리하여 동료 일꾼으로서의 자격을 획득했던 것이다.

드디어 이사 날이 다가왔다. 어슐라는 일찍 일어나 남은 물건들을 쌌다. 건초 추수기와 곡물 수확기 사이 잠시 한가한 때라서 마시 농장의 외삼촌한테 빌린 마차들이 당도했다. 짐을 마차에 실어 묶은 후, 어슐라는 자기 자전거를 타고 벨도버로 내달렸다.

새집에는 그녀뿐이었다. 어슐라는 깨끗이 닦아놓은 고요한 집 안으로 들어갔다. 식사 공간에는 두꺼운 매트가 깔려 있었는데, 햇볕에 말린 골풀로 만든 아름답고 윤기 흐르는 산뜻한 색의 단단한 매트였다. 벽은 연회색이고 문은 그보다 진한 회색이었다. 커다란 창문으로 햇빛이 흘러드는 모습에 어슐라는 경탄을 금치 못했다.

햇빛이 들어오도록 방문과 창문을 활짝 열어젖혔다. 도로 위쪽의 자그마한 잔디밭 둘레에 심긴 꽃들이 밝고 환했고, 잔디밭은 나중에 집들이 들어서게 될 건너편 공터를 내려다보고 있었다. 아직 아무도 도착하지 않았다. 그래서 그녀는 뒤편 정원으로 내려가서 담 쪽으로 가보았다. 교회당의 종이 여덟번 울려 시간을 알렸다. 근처 시내의 잡다한 소리들이 들려왔다.

마침내 낯익은 가구들을 아무렇게나 실은 채 모퉁이를 돌아오는 마차가 눈에 들어왔다. 그 옆으로 테리사와 남동생 톰이 전차 종점에서 10마일 넘는 길을 걸어왔다고 뿌듯해하며 씩씩하게 걸어오고 있었다. 어슐라가 맥주를 따라주자 마부가 문간에서 벌컥벌컥 들이켰다. 두번째 마차가 들어오고 있었다. 아버지가 모터바이크를 타고 나타났다. 돌계단 위로 휘청거리며 가구들을 날라서 햇살 드는 작은 잔디밭에 어지럽게 부려놓으니 그 모습이 아주 이상하고 불안해 보였다.

아버지 윌은 쾌활하고 선선해서 같이 일하기 좋았다. 어슐라는 아버지에게 무거운 물건들을 어디다 놓을지 일러주는 일이 즐거웠다. 그녀는 짐을 힘겹게 계단 위로 옮긴 후 문간으로 들이는 모습을 불안하게 지켜보았다. 큰 짐들을 들인 다음 마차는 다시 출발했다. 어슐라와 아버지가 아직 잔디밭에 있는 가벼운 짐들을 다 갖다 나른 후 제자리에 정리했다. 점심때가 되었다. 식구들은 부엌에서 치즈와 빵으로 간단히 식사를 했다.

"그래, 일이 척척 돌아가는구나." 아버지 윌이 유쾌하게 말했다.

마차 두대가 더 도착했다. 오후 시간은 끙끙거리며 가구를 2층으로 옮기느라 지나갔다. 5시 가까이에 마지막 짐들이 들어왔는데, 외삼촌 프레드가 모는 이륜마차에 애나와 어린 동생들이 타고 있었다. 구드런은 마거릿을 데리고 전차역에서 걸어왔다. 이제 식구들이 다 왔다.

"자!" 아내가 마차에서 내리자 윌 브랭귄이 입을 열었다. "이제 전부 왔구나."

"그래요." 그의 아내가 명랑하게 대답했다.

두 사람 간에 오가는 이 간단한 대화와 무언의 애정 덕분에, 낯선 곳이 어색해서 옹기종기 모여 있던 아이들은 고향집에 온 듯 푸근해졌다.

모든 게 뒤죽박죽이었다. 그래도 부엌에는 불을 지피고 난로 앞에 깔개를 깔고 벽난로 선반 위에 주전자를 올려놓았다. 해 질 녘이 되자 브랭귄 부인이 새집에서의 첫 식사를 준비하기 시작했다. 어슐라와 구드런은 촛불을 들고 분주히 다니며 침실의 짐을 정리하느라 겨를이 없었다. 잠시 후 부엌에서 햄과 계란, 커피 냄새가 풍겼고 가스등 아래서 허겁지겁 식사가 시작되었다. 식구들은 낯선 곳에 캠핑 온 이들처럼 옹송그리며 한데 모였다. 어슐라는 손아래 동생들을 돌볼 책임을 진 것 같았다. 막내는 엄마 곁을 떠나지 않았다.

어두워지자 아이들은 졸리면서도 흥분해서 잠들지 못했다. 한참 지나서야 재잘대던 목소리들이 잦아들었다. 엄청나게 신기한 모험을 하는 느낌이었다.

아침에 동이 트자 금세 식구들이 깼고 아이들은 커다란 소리로 떠들어댔다.

"잠에서 깼는데 여기가 어딘지 모르겠더라고."

시내의 낯선 소음들이 흘러들었고, 연이어 울리는 큰 교회 종소리는 코세테이의 작은 종보다 훨씬 더 거슬리고 집요했다. 창문 밖으로 새로 지은 다른 붉은 집들을 지나 골짜기 건너편의 우거진 언덕까지 내다보였다. 모두들 넓고 환하고 시원하게 트인 해방감에 즐거운 기분이었다.

그렇지만 얼마 안 있어 모두가 일하기 시작했다. 이 집 식구들은 태평한 성격에다 어지르고 사는 편이었다. 하지만 일단 착수하고 보니 집 안 정리는 일사천리로 진행되었다. 저녁 무렵, 집 안은 거의 말끔하게 정리가 되었다.

그들은 하인을 두지 않고 밤에는 자기 집에 돌아가는 파출부만 두기로 했다. 그리고 아직은 파출부도 두지 않을 생각이었다. 당분간 낯선 이 없이 식구들끼리 편하게 지내고 싶었다.

15장
환희의 쓴맛

온 집안이 한바탕 부산스러웠다. 어슐라는 10월이 되어야 대학에 입학할 예정이었다. 그래서 이 집에서 자기 목소리를 내고야 말겠다는 듯, 자기 책임이라고 작정하고 가구를 배치했다가 또다시옮기고 고르고 고심하며 애를 썼다.

목공과 금속 작업을 할 때는 아버지가 평소 쓰던 연장을 사용할수 있어서 그걸로 망치질을 하고 땜질도 했다. 일이 진척되는 모습에 어머니는 상당히 흡족해했다. 아버지도 관심을 보였다. 그는 딸에대해 기꺼운 믿음이 있었다. 마당에 자기 작업장도 짓는 중이었다.

마침내 당분간 지낼 정도로 정돈을 마쳤다. 응접실은 넓고 텅 비어 있었다. 그곳에는 이 가족이 자랑스러워해 마지않는 고급 월턴카펫과 반들거리는 꽃무늬 사라사 커버를 씌운 대형 소파와 의자들, 피아노, 그리고 브랭귄이 만든 작은 석고상 외엔 이렇다 할 게없었다. 하도 크고 휑뎅그렁하다보니 응접실이 식구들로 그득 찬 느낌은 들지 않았다. 그래도 그들은 이렇게 크고 휑한 응접실이 있다는 느낌이 좋았다.

집 안의 중심은 식사 공간이었다. 단단한 골풀 매트가 깔려 있어 바닥이 환했고 식구들의 가슴속에도 빛을 비춰주었다. 창가에 자리해 햇살이 드는 널따란 공간이었다. 식탁은 아주 견고해서 밀릴 것 같지 않았고 의자도 넘어뜨려도 멀쩡할 만큼 튼튼했다. 아버지가 제작한 낯익은 오르간을 한쪽 구석에 두니 특히나 조그맣게 보였는데, 장식장은 공간에 맞게 정비례로 줄어든 것처럼 맞춤했다. 여기가 바로 가족의 거실이었다.

어슐라에게는 침실이 생겼다. 작고 평범한 방으로, 하인 침실로 쓰던 곳이었다. 뒷마당이 내려다보이는 창문 너머로 다른 집들의 뒤뜰이 보였다. 오래되고 잘 가꾼 곳도 있었고 포장 상자들이 널브러진 곳도 있었다. 하이스트리트 쪽을 성년으로 가게를 낸 집들 뒤편과, 부副매니저나 회계부장의 고상한 티를 낸 주택들이 교회당을 마주 보고 있었다.

대학 입학 때까지 아직 여섯주가 남아 있었다. 그동안 그녀는 초조한 마음으로 라틴어와 식물학 공부를 하거나 기분이 내키면 수학 문제를 풀었다. 그녀는 교원양성과정으로 대학에 진학하는 것이었다. 그래도 대입 자격시험을 통과한 상태라서 대학 학위과정에 지원했다. 일년이 지나면 중급 교양과정을 마칠 것이고, 그다음 이년 후에는 학사학위를 취득할 예정이었다. 그러므로 일반 교사들의 경우와는 달랐다. 직업훈련에 그치는 것이 아니라, 순수 교육만 받기 위해 입학한 개인 자격의 학생들과 함께 공부할 예정이었다. 그녀는 선택받은 사람들의 일원이 될 것이었다.

다가올 삼년 동안 다시 부모에게 다소간 의존하게 되었다. 학비는 들지 않았다. 등록금은 정부 부담이고 매년 보조금도 몇 파운드 받았다. 보조금으로 기차 요금과 옷값 정도는 충당할 수 있었다. 부모는 먹여주기만 하면 되었다. 그녀는 부모에게 부담을 주고 싶지 않았다. 살림이 그리 넉넉잖게 보였다. 아버지는 연 수입이 200파운드에 불과했고 어머니 소유 자산의 상당 부분은 주택 구입에 쓰였던 것이다. 그래도 그럭저럭 생활하기에는 충분했다.

구드런은 노팅엄 군립 미술학교에 다니고 있었다. 특히 조각에 힘을 쏟았고 재능이 있었다. 진흙으로 어린아이나 동물 같은 자그마한 모형을 즐겨 만들었다. 작품 몇점은 이미 군 주최 학생 전시회에 출품한 적이 있었고 구드런은 아주 탁월한 축이었다. 그녀는 지금 다니는 미술학교가 짜증스러워서 런던으로 가고 싶어 했다. 그렇지만 그럴 돈이 없을뿐더러 부모도 딸을 그렇게 멀리 보내려 하지 않았다.

테리사는 고등학교를 졸업했다. 체격이 크고 건장하며 대담한 왈가닥으로, 더 높은 단계의 삶에는 전혀 관심이 없었다. 그녀는 집에 남기로 했다. 막내만 빼고 다른 형제들은 모두 학교에 다녔다. 학기가 시작되면 모두 윌리 그린의 문법학교로 전학할 예정이었다.

어슐라는 벨도버에서 사람들을 새로 알아가는 게 아주 신났다. 그렇지만 그런 흥분은 금세 지나갔다. 목사, 수석 약제사, 그 아래 약제사들, 세명의 의사, 부매니저, 이들의 집에서 차를 마셨으니 사실 거의 모두를 알게 된 셈이었다. 같이 있을 때는 그럴 마음이었지만 정작 사람들이 진지하게 받아들여지지 않았다.

걷거나 자전거를 타고 근처 시골을 돌아다녀보니 맨스필드와 싸우스웰, 워크숍 사이의 숲 쪽이 정말 아름다웠다. 그러나 그녀는 그저 놀이 삼아 이곳을 돌아다닐 뿐이었다. 진짜 탐구는 대학에서 시작될 것이었다.

학기가 시작되었다. 그녀는 매일 기차를 타고 시내로 들어갔다. 대학의 격리된 정적이 그녀를 에워싸기 시작했다.

처음에는 실망하지 않았다. 잔디와 라임나무로 둘러싸여 조용한 거리에 위치한 대학의 거대한 석조건물은 지극히 평화로웠다. 아득한 마술 나라처럼 느껴졌다. 아버지에게 들은 대로 대학의 건축은 형편없었다. 그래도 다른 모든 건물의 건축과는 달랐다. 이 누추한 산업도시에서 예쁘장하고 장난감 같은 고딕 양식은 멋지다고 할 만했다.

그녀는 커다란 석조 벽난로 선반과 발코니를 받치는 고딕 양식의 아치가 있는 건물이 마음에 들었다. 확실히 아치는 흉해 보였고, 마분지처럼 조각된 문장紋章 장식의 석조 벽난로는 자전거 거치대와 방열기 바로 맞은편에 있어서 우스꽝스러웠다. 커나란 세시판에는 게시물 나부랭이들이 펄럭이며 길게 뻗은 벽에 깃든 은둔과 신비의 느낌을 깡그리 날려버리는 듯했다. 그럼에도 불구하고, 아무리 형편없다고 해도, 이 안에는 수도원에서 비롯된 경이로운 교육을 상기시키는 분위기가 있었다. 그녀의 영혼은 곧장 날아서 하느님의 사제들이 인간의 학문을 보존하고 종교의 그늘 아래 전승하던 중세로 돌아갔다. 이런 정신을 품고 어슐라는 대학에 입학했다.

휴게실과 물품보관소는 첫눈에 너무 조잡하고 품위가 없어서 언짢았다. 어떻게 이렇게 전혀 아름답지 못한 거지? 하지만 대놓고 비판할 순 없었다. 성지에 들어왔기 때문이었다.

어슐라는 모든 학생이 고귀하고 순수한 정신을 갖기를, 진실하고 참된 것만 말하기를, 그들의 얼굴이 수녀와 수도사처럼 고요히 빛나기를 바랐다.

아, 슬프게도 웨이브 머리에 한껏 멋 부린 여학생들은 낄낄거리는 신경질적인 수다쟁이였고, 남학생들은 상스럽고 어릿광대 같았다.

그럼에도 불구하고 책을 들고 복도를 지나 회전 유리문을 밀치고 첫 강의가 있는 대형 강의실로 들어가는 것은 아주 멋졌다. 창문들은 크고 높다랬고, 학생용 갈색 책상이 빼곡히 늘어서 있었으며, 강단 뒤 커다란 칠판은 매끈했다.

어슐라는 뒤편 창가에 앉았다. 밖을 내려다보니 라임나무가 노랗게 물들어 있고 배달부 소년이 가을 햇살 내리는 고요한 거리를 가만히 지나는 게 보였다. 세상이 아득히 먼 곳에 있었다.

여기, 지나간 모든 세기의 기억이 끊임없이 속살거리는 이 거대한 조가비 내부에서 시간은 시들어갔고 지식의 메아리가 영원한 침묵을 가득 채웠다.

그녀는 강의에 귀 기울이고 황홀할 정도로 즐겁게 필기도 하며 자신이 들은 것을 한순간도 비판하지 않았다. 교수는 대변인이자 사제였다. 검은 가운 입은 교수가 강단에 서면 그의 입에서 강의실을 가득 채우는 어지러운 지식 가닥들이 아련히 흘러나와 한데 엮이며 어느덧 한시간의 강의가 되었다.

처음에 그녀는 비판을 자제했다. 교수를 밥 먹고 신발 신고 출근하는 남자로, 보통 사람으로 여기지 않으려 했다. 그들은 검은 가운을 입고 아득하고 고요한 사원에서 영구히 봉사하는 지식의 사제들이었다. 그들은 첫발을 떼는 자로서, 신비의 시작과 끝이 그들 수중에 있었다.

강의를 들으며 어슐라는 묘한 기쁨을 느꼈다. 교육 이론을 듣는 게 즐거웠고 지식의 내용 자체를 섭렵할 때, 지식이 어떻게 움직이고 운용되며 그 존재를 형성하는지 알게 될 때 엄청난 자유와 즐거움을 맛보았다. 라신[1]을 읽을 때 얼마나 행복했던가! 이유는 알지 못했다. 그러나 웅장한 희곡 대사가 너무도 안정되게, 너무도 신중하게 펼쳐질 때 어슐라는 진실의 영역에 들어간 듯 짜릿함을 느꼈다. 라틴어 시간에는 리비우스와 호라티우스[2]의 작품을 공부했다. 라틴어 시간의 신기하고 친근하며 조곤조곤한 분위기가 호라티우스에게 어울렸다. 그렇지만 그녀는 호라티우스가 마음에 들지 않았고 리비우스 역시 그랬다. 한담 위주의 교실 분위기에서 엄정함이란 찾아볼 수 없었다. 그녀는 자신이 알고 있는 로마 정신을 지켜내려 무던히 애썼다. 그러나 라틴어 수업은 점점 예의범절과 장황한 수사의 문제로, 한담이자 꾸며낸 이야기에 불과하게 되었다.

그녀가 두려워한 건 수학 수업이었다. 강의 속도가 너무 빨라서 가슴이 쿵쾅거렸고 신경이 온통 곤두서는 것 같았다. 그래서 배운 것을 놓치지 않기 위해 자습 시간에 엄청 노력했다.

그다음으로 식물학 실습실에서 보내는 아름답고 평화로운 오후 시간이 왔다. 학생이 몇명밖에 없었다. 식물 속대와 면도날과 도구를 가지고 실험대 앞의 높다란 스툴에 앉아서 조심스레 슬라이드를 올려놓고 현미경 초점을 맞춘 다음, 슬라이드 상태가 좋으면 몸을 돌려 기쁜 마음으로 관찰 일지를 기록하고 자기 책에 흥겹게 관

---

1 Jean Baptiste Racine(1639~99). 프랑스의 극작가. 17세기 고전주의를 대표하는 작가다.
2 리비우스(Titus Livius, B.C.59?~A.D.17)는 『로마 건국사』 142권을 쓴 로마의 역사가, 호라티우스(Quintus Horatius Flaccus, B.C.65~B.C.8)는 풍자시, 서정시로 유명한 로마의 시인.

찰 내용을 그리면서 그녀는 참으로 행복했다.

그녀는 곧 대학 친구를 사귀게 되었다. 피렌쩨에 산 적이 있는 여학생으로, 수수한 짙은 색 원피스에 자줏빛이나 무늬가 들어간 멋진 스카프를 두르고 다니는 친구였다. 이름은 도러시 러셀이고 아버지가 남부 지방의 변호사였다. 도러시는 노팅엄에서 독신인 고모와 같이 살면서 여가 시간에는 여성사회정치연맹[3] 일에 몰두했다. 조용하고 진지한 성격의 그녀는 상앗빛 얼굴에 검은 머리카락을 귀 뒤로 수수하게 넘기고 다녔다. 어슐라는 이 친구가 아주 좋았지만 두렵기도 했다. 너무 나이 든 것 같고 자신에게 너무 매몰찬 것 같았다. 그래봤자 아직 스물두살밖에 되지 않았지만. 어슐라는 늘 이 친구가 카산드라[4] 같은 숙명적인 존재로 느껴졌다.

두 사람은 친밀하면서도 진지한 우정을 나누었다. 도러시는 매사에 한결같은 열정으로 임하며 몸을 사리는 법이 없었다. 그녀가 어슐라에게 제일 가까이 다가오는 때는 식물학 시간이었다. 그림을 잘 그리지 못했기 때문이었다. 어슐라는 현미경 아래 놓인 박편을 아름답고 훌륭하게 그려서 도러시는 늘 그녀에게 다가와 그림 그리는 법을 배웠다.

대학에서의 첫해가 이렇게 멋지고 외딴 곳에서 배움에 매진하며 지나갔다. 어슐라의 대학 생활은 전투처럼 맹렬했지만 평화처럼 아득하기도 했다.

그녀는 아침에 구드런과 같이 노팅엄에 갔다. 두 자매는 날씬하

<hr>

3 여성참정권 운동 가운데 가장 전투적인 분파. 1903년 에멀라인 팽크허스트 등이 창립했다.

4 그리스 신화 속 불행한 예언자. 아폴론에게 예언의 능력을 받았지만 그의 사랑을 거절한 대가로 설득력을 빼앗겨 사람들은 그녀의 예언에 귀 기울이지 않았다.

고 튼튼한 아가씨들로서 열성적이고 극도로 예민해서 어디 가든 눈에 띄었다. 두 사람 중에 구드런이 더 예뻤는데, 아주 부드러워 보이며 졸린 듯 나른한 처녀다운 분위기가 있었지만 그 밑에는 균형 잡히고 변하지 않는 면이 있었다. 그녀는 부드럽고 편안한 옷차림에 무심한 우아함이 풍기는 모자를 쓰고 다녔다.

옷차림은 어슐라가 훨씬 더 신경 썼다. 그렇지만 남의 눈을 너무 의식해서 늘 딴 사람한테 깊이 감탄하고 자기를 거기 맞추다보니 터무니없이 어색한 모습을 연출하곤 했다. 실용적인 옷차림을 할 때는 늘 멋졌다. 겨울이 와서 트위드 코트와 스커트를 입고 열성적이고 생기 넘치는 얼굴 위에 조그만 검은색 모피 모자를 쓰고 걸을 때면, 그녀는 긴장해 몹시 예민하고 감수성 풍부한 표정이 되어 거리를 따라 둥둥 떠가는 듯했다.

1학년 말에 **중**급 교양 시험에 통과하자 어슐라는 열심히 하던 활동들을 좀 잠재웠다. 느슨해지고 긴장이 탁 풀렸다. 시험 준비에 몰두했고 또 그 고비를 잘 넘겨서 띌 듯이 기뻤기에, 초조하고 신경이 곤두선 채 지내다가 이제 나른한 상태에 빠지면서 의지도 풀려 느슨해졌다.

어슐라네는 스카버러에서 한달간 휴가를 보냈다. 구드런과 아버지가 그곳에서 열린 하계 공예학교 일로 분주해서 어슐라는 동생들과 숙소에 남아 있는 시간이 많았다. 그래도 틈이 나면 혼자 돌아다녔다.

그녀는 자리에서 일어나 반짝이는 바다를 내다보았다. 그녀에게 바다는 너무 아름다웠다. 마음속에서 벅찬 눈물이 솟구쳤다.

거기 아득한 허공으로부터, 아직 태어나지 않은 열정적인 그리움이 그녀를 향해 서서히 밀려들었다. "아직 동트지 않은 새벽이 너무도 많도다."⁵ 바다 저 끝에서부터 아직 동트지 않은 모든 새벽들이 그녀에게 호소하고, 그녀의 태어나지 않은 영혼 전체가 동트지 않은 새벽을 갈구하고 있는 듯했다.

아름답게 명멸하는 잔잔한 바다를 내다보며 앉아 있자니 가슴속에서 울음이 북받쳐 얼른 입술을 깨물었다가, 참았던 눈물이 흘러내리고야 말았다. 이렇게 흐느끼면서도 그녀는 소리 내어 웃었다. 그녀는 왜 울었던가? 울고 싶지 않았다. 바다가 너무 아름다워 웃었다. 바다가 너무 아름다워 울었다.

어슐라는 자신의 이런 상태를 보이고 싶지 않아 불안하게 주위를 둘러보았다.

파도가 거칠어지는 때가 되었다. 그녀는 해안까지 밀려드는 바닷물을 응시했다. 어느새 커다란 파도가 밀려와 바위에 부딪혀 물보라를 일으키고, 너무도 아름다운 흰 거품 속에 모든 걸 감쌌다가 다시 쏟아내면 주위엔 시커먼 바위들이 가득 몸체를 드러냈다. 아, 파도가 하얗게 부서질 때 자유로이 놓여날 수만 있다면!

가끔 그녀는 항구를 따라 거닐며 바닷바람에 검게 그은 선원들을 보았다. 딱 붙는 푸른 셔츠를 입은 그들은 느긋이 부둣가에 서서 그녀에게 건방지고 은근한 눈길을 던지며 웃었다.

그녀와 그들 사이에 어떤 관계가 맺어졌다. 그녀가 그들에게 말을 건다거나 그중 누구와 아는 체하는 일은 전혀 없었다. 하지만 그녀가 바닷가를 거닐고 선원들이 부둣가 담벼락에 기대고 있을 때면 그들 사이엔 뭔가 날카롭고 즐겁고 아픈 느낌이 있었다. 어슐라는 그중에도 푸른 눈동자 위로 소금기 있는 금발을 흩날리는 젊

---

5 인도 브라만교의 경전 『리그베다』의 한 구절. 니체의 저서 『새벽』(*Morgenröte*, 1881)에 인용되었다.

은 선원이 제일 좋았다. 그는 여지없이 새롭고 청신하고 바다 내음이 나서 이 세상 사람이 아닌 것 같았다.

그녀는 스카버러에 있다가 톰 삼촌네로 갔다. 위니프리드는 여름이 끝날 무렵 사내아이를 낳았다. 어슐라를 대하는 품이 낯설고 어색했다. 두 여자는 속을 터놓지 않고 서로 뜨악하게 대했다. 외삼촌 톰은 자상한 아빠이자 아주 가정적인 남편이었다. 그러나 그의 가정적인 모습에서는 뭔가 사이비 냄새가 났고, 어슐라는 더이상 외삼촌을 좋아하지 않았다. 그의 본성에 있던 추하고 몰염치한 면이 이제 겉으로 나온 끝에, 그는 매사를 감상적인 기준에 맞게 전도顚倒시켰다. 신념 없는 물질주의자인 그는 온화하고 배려 넘치는 고용주이자 관대한 남편, 모범 시민으로서 인간적 감정을 가득 채워 이 일을 성공리에 해치웠다. 아주 영리하게도 가는 데마다 존경받을 짓을 했고, 제 아내까지 속이고도 넘았다. 아내는 그를 사랑하지 않았다. 그녀는 기꺼이 그와 함께 안일하고 자기기만적인 상태로 살면서 그에게 맞춰 움직였다.

집으로 돌아오니 어슐라는 마음이 놓였다. 앞으로 이년은 평화롭게 보낼 수 있었다. 이년간은 미래가 정해져 있었다. 그녀는 학년 말시험에 대비하기 위해 대학으로 돌아갔다.

그러나 이 한해 동안, 대학의 매력이 사라지기 시작했다. 교수는 삶과 지식의 심오한 신비 속으로 첫발을 들여놓은 사제가 아니었다. 결국에 그들은 상품을 취급하는 중개인에 불과했고, 그 일에 이골이 나서 본인이 다루는 물건에도 무감각해져버린 자들이었다. 라틴어가 뭐길래? 지식이라는 허울 좋은 상품이나 한가지였다. 라틴어 수업은 기껏해야 일종의 중고 골동품 가게로서, 골동품을 사고 골동품의 시장가격을 배우는 곳에 불과하지 않은가. 알고 보면 대개 별 볼 일 없는 것들이었다. 어슐라는 골동품 가게에서 파는 중국이나 일본 골동품이 지겹듯이 라틴 골동품도 따분했다. '골동품'이라는 단어 자체가 아무 감흥을 주지 못했다.

왠지 모르게 공부에서 활기가 사라져버렸다. 모든 게 위조된 가짜 같았다. 고딕 아치, 평화, 라틴 정신, 프랑스식 품위, 초서[6]의 순진성, 이 모두가 가짜로 보였다. 대학은 중고 가게로서 시험에 필요한 장비를 구입하는 곳이었다. 시내 공장으로 통하는 보잘것없는 소일거리에 불과했다. 이런 생각이 어슐라의 내면으로 점점 더 스며들었다. 이곳은 종교적인 수도원도, 순수 학문을 연마하는 은둔처도 아니었다. 돈 버는 기술을 숙달시키는 보잘것없는 견습생 양성소에 불과했다. 대학 자체가 공장을 위해 존재하는 작고 지저분한 실험실이었다.

모질고 추한 환멸감이 또다시 어슐라를 덮쳐왔다. 이제 피할 길 없는 한결같은 어둠과 쓰디쓴 우울이, 이 세상 모든 것 아래에 추함이라는 영구적인 기층基層이 있다는 깨달음이 그녀를 덮쳤다. 오후에 학교에 오니, 교정에는 데이지꽃이 몽글몽글 피어 있고 부드럽게 드리운 푸른 라임나무가 햇빛에 반짝이고 있었다. 아, 풀밭 깊숙이 몽글몽글 피어오른 하얀 데이지꽃을 보니 가슴이 에였다.

대학 안으로, 가짜 작업장으로 들어가야만 한다는 걸 알았기 때문이었다. 그곳은 시종일관 물질적 이익이라는 단 하나의 동기만 있을 뿐 아무것도 생산하지 않는 가짜 상점, 가짜 물류 창고였다. 지식이라는 종교적 미덕에 의지해 존재하는 척 가장했다. 그러나 지식이라는 종교적 미덕은 물질적 성공의 신을 모시는 아첨꾼이

---

6 Geoffrey Chaucer(1342?~1400). 잉글랜드의 작가이자 시인. '영시의 아버지'로 불린다.

되어버렸다.

그녀는 무기력한 상태에 휩싸였다. 기계적으로, 습관대로 학업을 이어갔다. 그러나 거의 절망적이었다. 아무 데도 집중할 수 없었다. 오후에 있는 고대영어 시간에 그녀는 창밖으로 아래를 내려다보고 있었다. 베어울프[7]건 뭐건 귀에 들어오지 않았다. 저 아래 거리에는 울타리 곁으로 햇살 비치는 회색 도로가 뻗어 있었다. 분홍 원피스에 진홍 양산을 쓴 여자가 길을 건너고 있었고, 조그만 흰 강아지가 한점 빛처럼 그녀 곁에서 뛰어가고 있었다. 진홍색 양산 쓴 여자가 살짝 그림자를 드리운 채 경쾌한 걸음으로 길을 건넜다. 어슐라는 넋을 잃고 지켜보았다. 진홍색 양산 쓴 여자와 촐랑대며 따라가던 테리어 강아지의 모습이 사라졌다. 어디로, 어디로 간 거지?

어느 현실 세계에서 저 분홍옷 입은 여자가 걷고 있는가? 어슐라 자신은 어느 무삼사하고 비현실적인 물류 창고에 갇혀 있나?

대학이라는 이곳, 여기가 대체 무슨 소용이지? 고작 시험문제에 답이나 쓰려고, 나중에 더 높은 상품성을 얻으려고 배우는 거라면 고대영어가 무슨 소용인가? 그녀는 내밀한 상업적 성소에 이렇게 오래 봉사하는 게 신물이 났다. 그렇지만 달리 뭐가 있을까? 삶이란 이런 건가, 이게 다인가? 어디를 가든 모든 것이, 이와 똑같은 것에 봉사하도록 타락한 상태였다. 모든 것이 내실 있는 삶을 방해하고 천박한 것들을 생산하는 데 매진했다.

그녀는 돌연 프랑스어 공부를 그만둬버렸다. 식물학은 우등을 할 것 같았다. 이 과목이 유일하게 살맛 나는 학문이었다. 그녀는 이미 식물의 삶 속으로 들어가 있었다. 식물계의 신기한 법칙에 매

---

7 8~9세기경 고대영어로 정착한 영문학 최초의 서사시 『베어울프』의 동명 주인공.

료되었다. 그녀는 여기서 인간 세상의 목적과는 완전히 다르게 작동하는 무언가를 목격했다.

대학은 황폐하고 저급했으며, 가장 천박하고 치사한 상업지로 개조된 사원이었다. 그녀는 신비의 원천까지 거슬러 울려퍼지는 학문의 메아리를 들으러 오지 않았던가? 신비의 원천을! 하지만 황량하게도 가운 걸친 교수들은 시험장에서 좋은 값에 팔릴 상품들을, 그것도 판매가에 못 미치는 기성품을 내놓았고 자신들도 그 사실을 알고 있었다.

이제 그녀는 대학 생활 내내, 아직 생명의 신비가 반짝이는 식물학 실험실에서 몰두하는 이 순간 외에는 겉만 번지레한 싸구려 물건을 거래하느라 타락하고 있다고 느꼈다.

화나고 경직된 채 그녀는 마지막 학기들을 지냈다. 차라리 대학을 그만두고 돈벌이하러 돌아가는 게 나을지 몰랐다. 브린슬리가 초등학교와 하비 교장조차 이곳과 비교하면 살아 있는 것 같았다. 일크스턴 학교에 대한 격한 미움도 대학의 황폐한 타락에 비하면 아무것도 아니었다. 그렇다고 브린슬리가로 돌아가지는 않을 것이었다. 학사학위를 취득할 것이고, 당분간 문법학교 교사를 할 생각이었다.

대학 생활의 마지막 해가 느릿느릿 흘러가고 있었다. 시험과 졸업이 닥쳐오고 있었다. 입안 가득 환멸의 쓴맛이 퍼졌다. 다음 행보도 마찬가지로 실망스러울까? 그녀 앞에는 늘 빛나는 문으로 가는 길이 놓여 있었다. 그러다 가까이 가면 그 빛나는 문은 언제나 또다른 더럽고 번잡하며 죽은 추한 마당으로 이어졌다. 언제나 빛나는 산마루가 하늘 아래 펼쳐져 있었다. 그러다 산꼭대기에 올라보면 또다른 기형적이고 지저분한 활동들이 들어찬 추악한 계곡이 나타날 뿐이었다.

하지만 상관없어! 산꼭대기마다 조금은 다르고 계곡마다 약간은 새롭지 않은가. 코세테이, 아버지와 보낸 어린 시절, 마시 농장과 그 옆의 작은 교회 부설 학교, 외할머니와 외삼촌들, 노팅엄의 고등학교와 안톤 스크리벤스키, 달빛 아래 모닥불 사이에서 그와 춤추던 밤, 생각만 해도 끔찍한 위니프리드 잉거와의 시간, 교사가 되기 전 몇달, 그다음 브린슬리가에서의 지긋지긋한 경험 후 비교적 평화롭던 때, 매기, 지금도 떠올리면 그 영향이 생생하게 느껴지는 매기의 오빠, 이후의 대학 생활, 그리고 지금은 프랑스에 있는 도로시 러셀. 이제 다음 행보는 다시 세상 속으로!

이것만 해도 벌써 역사였다. 각각의 단계마다 그녀는 무척 달랐다. 하지만 언제나 어슐라 브랭귄이었다. 그런데 어슐라 브랭귄이란 게 도대체 무얼 의미하지? 그녀는 자신이 누구인지 알지 못했다. 거부와 거절로 가득할 뿐이었다. 언제나, 언제나 쓰라린 환멸과 허위로 들끓었다. 그렇기에 철두철미 거부하는 마음뿐이었다. 그녀의 행동은 늘 부정적인 것 같았다.

진정한 의미에서 그녀의 본모습은 어둡게 감춰져 있어 밖으로 나설 수 없는 것이었다. 마른 잿더미에 묻힌 씨앗 같았다. 그녀가 사는 이 세상은 등불이 밝혀주는 둥근 원 같았다. 불 밝힌 이 영역, 인간의 가장 완전한 의식에 의해 밝혀진 이 영역이 세상 전부라고 그녀는 생각했다. 여기에 모든 것이 영구적으로 드러나 있다고 생각했다. 그러나 그러는 내내, 그녀는 어둠 속에서 야수의 눈처럼 번득이며 꿰뚫어보다 사라지는 점점이 박힌 불빛들을 의식했다. 그녀의 영혼은 거대한 공포에 휩싸여 오직 저 바깥의 어둠만을 인정해왔던 것이다. 그녀가 생활하고 오가는, 기차가 내달리고 공장이 기계로 제품을 찍어내고 동식물이 과학과 지식의 빛에 따라 작동하는 빛의 이 내부 영역, 그것이 문득 등불 아래 환한 부분 같았다. 빛 속에 있다는 이유로 어둠의 존재는 아예 알지도 못한 채, 눈멀게 하는 빛의 안전함 속에서 나방과 아이들이 뛰노는 곳이었다.

하지만 어슐라는 이 영역 바로 바깥에서 희미하게 빛나는 어두운 움직임을 볼 수 있었고, 어둠 속에서 번득이는 눈으로 모닥불과 야영객들의 허세를 주시하는 들짐승들의 눈을 보았다. 그녀는 빛을 비추는 의식의 꺼져가는 모닥불 안쪽으로 항시 고개를 돌려 바라보며 "우리의 빛과 우리의 질서 너머에는 아무것도 없다"라고 말하는 이들 무리의 기이하고 어리석은 허세를 느꼈다. 해와 별, 창조자, 정의의 체제로 이루어진 이 의식은 모습을 다 드러내지 않은 채 가장자리에서 도사리며 주위를 선회하는 저 광대한 어둠을 줄곧 무시했다.

그렇다, 감히 그 누구도 어둠 속으로 횃불 하나 던지지 못했다. 누가 그렇게 한다면 그는 "이 바보, 반사회 분자야, 너는 왜 쓸데없이 우리를 성가시게 하는가? 어둠은 정녕 존재하지 않는다. 우리는 빛 내부에 거하며 살아가고 거기서 우리 존재를 갖는다. 우리에게는 지식의 영원한 빛이 부여되고, 우리는 지식의 가장 내밀한 핵심과 쟁점을 구성하고 이해한다. 바보이자 악한아, 네가 어찌 감히 어둠을 들이대며 우리를 업신여기느냐?"라고 소리치는 자들에게 죽도록 조롱받을 것이기 때문이었다.

그럼에도 불구하고 어둠은 잿빛 그림자 형상의 들짐승들과, 빛이 어둠에 더 익숙한 짐승들을 몰아낼 때 울타리 밖으로 내쫓긴 검은 그림자 형상의 천사들과 더불어 주위를 돌고 있었다. 한순간 어둠을 목격했던 몇몇 천사들은 어둠 속에 하이에나와 늑대 무리가 바글거리는 것을 보았다. 또 몇몇 천사들은 이미 그들 빛의 허세를 포기했고, 그들의 자만심이 사라졌기에 늑대와 하이에나의 눈에서 번득이는 빛을 보았다. 그것이 어둠으로 들어가는 문에서 번쩍이는 천사의 검이 발하는 빛이며, 어둠 속 그 천사들은 자신들이 번득이는 짐승의 엄니처럼 당당하고 두려우며 부인할 수 없는 존재라는 것을 알았다.

어슐라가 스크리벤스키의 소식을 다시 들은 것은 스물두살 되던 대학 졸업반 시절, 부활절 직전이었다. 그는 전쟁 중 남아프리카에서 군복무를 하던 처음 몇달간 이따금 그녀에게 편지를 썼고, 그후로는 갈수록 드문드문 엽서를 보내오곤 했다. 이제 대위로 임관해 아프리카에서 복무 중이었다. 어슐라는 이년 넘게 그의 소식을 듣지 못하던 차였다.

그녀의 상념은 자주 그에게로 향하곤 했다. 그는 길고 흐린 잿빛 하루를 여는, 노란 광채를 띠고 어슴푸레 밝아오는 새벽 같았다. 그에 대한 기억은 아침의 찬란한 첫 시간들을 떠올릴 때와 같았다. 그리고 이곳은 멍하고 흐릿한 잿빛의 늦은 낮 시간이었다. 아, 그가 그녀에게 진실하기만 했다면 그녀는 엉망진창인 나날의 이 수고와 상처와 수모를 조금도 겪지 않고 환한 햇살을 누렸을 텐데. 그가 그녀의 천사일 수 있었을 텐데. 그는 눈부신 열쇠를 쥐고 있었다. 아직도 그랬다. 그러면 그녀에게 자유와 환희로 이어지는 문들을 열어줄 수 있었을 텐데. 아니, 그녀에게 진실했다면 그는 그녀 영혼의 천국인 행복과 무진장의 자유라는 저 가없는 창공으로 뛰어들 문이었을 텐데. 아, 저 거대한 영역을, 자기실현과 환희의 저 무한하고 가없는 공간을 그녀에게 열어주었을 텐데.

그녀가 유일하게 믿은 것은 자신이 품고 있던 그에 대한 사랑이었다. 그 사랑은 여전히 반짝이고 완전했으며 추억할 만한 것이었다. 그녀는 지금의 일상이 실패로 보일 때면 "아, 그이를 진짜 좋아했어"라고 되뇌곤 했다. 마치 그와 더불어 그녀 삶의 피어나는 꽃봉오리가 저버린 심정이었다.

그러다 그에게서 다시 소식이 왔다. 편지를 받는 마음은 아팠다. 기쁨이나 자연스러운 환희는 더이상 없었다. 하지만 그녀의 의지는 환호했다. 의지는 이미 그에게 집착하고 있었다. 그러자 지난날의 들뜬 꿈이 꿈틀대며 잠에서 깨어났다. 그가, 온 우주 저 끝까지 파르르 떨리는 입맞춤을 선사할 수 있는 황홀한 입술을 가진 남자가 온 것이다. 정말로 그가 돌아온 걸까? 믿기지 않았다.

"친애하는 어슐라에게, 나 잠시 영국에 귀국했어. 몇달 있다가 다시 출국할 건데 이번 부임지는 인도야. 우리가 함께한 추억을 아직 간직하고 있는지 궁금해. 난 아직도 당신의 작은 사진을 갖고 있어. 거의 육년이 지났으니 당신도 많이 변했겠지. 난 꽉 차게 여섯살을 더 먹었어. 그리고 코세테이에서 당신을 알던 그때 이래로 또다른 삶을 살았지. 당신이 날 만나고 싶어 할지 궁금해. 다음 주에 더비로 가면 노팅엄에 들를 생각이야. 그럼 혹시 차라도 같이할 수 있겠지. 그럴 수 있는지 알려줄래? 답장 기다릴게. 안톤 스크리벤스키."

어슐라는 대학 로비의 우편함에서 이 편지를 꺼내들고 여자 기숙사로 건너가는 길에 뜯어보았다. 주위 세상이 다 녹아 없어지는 듯해 그녀는 청명한 대기 속에 홀로 서 있었다.

어디 가면 혼자 있을 수 있을까? 그녀는 위층 참고도서실로 가는 샛길로 내달렸다. 책을 한권 들고 주저앉아 편지를 생각하고 또 생각했다. 심장이 뛰고 사지가 떨렸다. 꿈결인 듯 대학의 종소리가 한번 들렸고, 그후 아련히 한번 더 들렸다. 1교시가 지나가버린 것이다.

그녀는 황급히 필기장을 집어들고 써내려갔다.

"친애하는 안톤, 그래요, 아직 반지 갖고 있어. 당신을 다시 만난다면 아주 기쁠 거야. 당신이 날 보러 여기 학교로 오거나 아니면 내가 시내 어디로 갈 수도 있어. 어떻게 할지 알려줄래요? 당신의 진실한 벗."

떨리는 목소리로 어슐라는 자신의 친구인 사서에게 봉투 한장 얻을 수 있겠느냐고 물었다. 편지를 봉하고 주소를 쓴 후 그녀는 모자도 안 쓴 채 그것을 부치러 나갔다. 우체통 속으로 편지가 툭 떨어질 때, 세상은 아무 구속 없는 지극히 고요하고 창백한 곳이 되었다. 그녀는 다시 대학으로, 희뿌연 첫 새벽빛 같은 자신의 창백한 꿈으로 천천히 놀아왔다.

스크리벤스키는 다음 주 어느 오후에 오기로 되어 있었다. 날마다 어슐라는 아침에 등교해서, 그리고 강의 사이 쉬는 시간에 부리나케 편지함으로 달려갔다. 사람들 눈에 훤히 띄는 곳에 꽂힌 편지를 재빨리 은밀한 손길로 잡아챈 다음 안 보이게 꼭 쥐고서 로비를 가로질러 내달린 게 서너번이었다. 그녀는 자기만의 공간이 늘 기다리고 있는 식물학 실험실에서 편지를 읽었다.

편지가 몇번 오가고 그가 오는 날이 다가왔다. 그가 정한 약속 날은 금요일 오후였다. 어슐라는 열심히 현미경을 들여다보며 관찰했다. 집중이 잘되진 않았지만 정신을 차리고 빠른 동작으로 작업에 임했다. 그녀의 슬라이드에는 그날 런던에서 가져온 특별한 물질이 놓여 있었고, 교수는 그것 때문에 수선을 떨며 흥분한 상태였다. 어슐라는 현미경 초점을 맞춘 후 쏟아지는 빛 속에 어둑하게 놓인 그 동식물 복합체를 들여다보며, 며칠 전 이 대학의 물리학 박사인 프랭크스톤 여사와 나눈 대화가 자꾸 마음에 걸렸다.

"정말 모르겠어," 프랭크스톤 박사는 말했다. "무엇 때문에 생명에 어떤 특별한 신비가 깃들어 있다고들 생각하는지 진짜 모르겠어, 안 그래요? 우리는 심지어 전기를 이해하듯이 생명을 이해하지도 않는데, 그런다고 그게 생명이 특별한 어떤 것, 이 우주의 다른 무엇과도 종류가 다르고 구별되는 어떤 것이라는 우리의 흔한 말을 보증하진 않아, 안 그래요? 생명이란 우리가 과학에서 이미 알고 있는 활동들과 동일한 질서로 구성된 물리적, 화학적 활동들의 복합체 아닌가? 왜 생명에, 오직 생명에만 특별한 질서가 있다고들 상상하는지 난 정말 알 수가 없어……"

대화는 불확실한 어조로 모호하고 아쉽게 끝나고 말았다. 하지만 목적은, 목적은 무엇인가? 전기는 영혼이 없다, 빛과 열은 영혼이 없다. 그녀 자신이 이런 것들과 같은 비개인적 물리력 혹은 물리력들의 결합체인가? 어슐라는 현미경 아래 빛의 장場 안에 놓인 어둑한 단세포생물을 가만히 들여다보았다. 그것은 살아 있었다. 움직이는 게 보였다. 부연 빛 속에서 섬모운동을 하는 모습과 환한 판을 가로질러 미끄러지는 세포핵의 희미한 빛도 보였다. 그렇다면 이 생물의 의지는 무엇인가? 이것이 만약 물리적, 화학적 힘들의 결합체라면 무엇이 그 힘들을 통합시키며 무슨 목적으로 그 힘들이 통합되었는가?

측량할 수 없는 물리적, 화학적 활동들이 어떤 목적을 위해 그녀의 현미경 아래 어둑하니 움직이는 이 얼룩 같은 물체 속에 결절화結節化되었는가? 그것들을 결절화해 그녀 눈 아래 바로 그것으로 창조한 의지는 무엇이었나? 그것의 의도는 무엇이었나? 진정 그것다운 그것 자체가 되는 것? 그것의 목적은 단지 기계적이고 그 자신에 국한된 것이었나?

그것은 그것다운 자신이고자 했다. 그렇지만 어떤 자신 말인가? 돌연, 그녀의 의식 속에서 온 세상이 현미경 아래 생물의 세포핵처럼 강렬한 빛을 내며 신비하게 번득였다. 돌연, 그녀는 강렬하게 번득이는 앎의 빛 속으로 가뭇없이 사라져버렸다. 그게 다 무엇인지 그녀는 이해할 수 없었다. 다만 그것이 제한된 기계적 에너지가 아니며, 자기보존과 자기주장이라는 목적만도 아님을 알았다. 그것은 어떤 절정의 달성이자 무한한 존재였다. 개별적 자아는 무한과 일체였다. 자기다운 자기가 되는 것은 지고하고 빛나는 무한의 승리였다.

어슐라는 초조한 심정으로 현미경을 내려다보며 멍하니 앉아 있었다. 그녀의 영혼은 이 신세계에 무한히 몰두했다. 이 신세계에서, 스크리벤스키가 그녀를 기다리고 있었다. 그가 기다리고 있을 거야. 그녀의 영혼이 몰두해 있어서, 그녀는 아직 갈 수 없었다. 조금만 더 있다 자리를 떠야지.

죽음의 순간 같은 정적이 그녀를 사로잡았다. 저 멀리, 복도 저편에서 뎅뎅 5시를 알리는 종소리가 들려왔다. 이제 가야 해. 그러나 그녀는 고요히 앉아 있었다.

다른 학생들이 의자를 밀어넣고 현미경을 제자리로 치우고 있었다. 사방이 갑자기 부산스러웠다. 창문 너머로 학생들이 팔에 책을 낀 채 끝도 없이 재잘거리며 계단을 내려가는 모습이 보였다.

자리를 뜨고픈 엄청난 갈망이 어슐라를 엄습했다. 그녀도 가버리고 싶었다. 이 물질계가 두렵고 자신의 변모가 두려웠다. 스크리벤스키를 만나러 달려가고 싶었다. 새 삶을, 진실을 만나고 싶었다.

그녀는 번개같이 슬라이드를 닦아 제자리에 두고 자기 실험 구역을 말끔히 정리했다. 분주히, 분주히 움직였다. 스크리벤스키를 만나러 달려가고 싶어서 서두르고 또 서둘렀다. 자신이 무엇을 만나게 될지 그녀는 알지 못했다. 그러나 그것은 새로운 시작이 되리라. 서둘러야 했다.

어슐라는 팔에 실험복을 걸치고 면도칼과 공책, 연필을 한 손에 쥔 채 잰걸음으로 복도를 내달렸다. 치켜든 얼굴이 열망에 넘쳐 긴장해 있었다. 어쩌면 그가 안 왔을지도 몰라.

복도를 나서자 대번에 그가 보였다. 그녀는 한눈에 그를 알아보았다. 하지만 그는 너무 이상했다. 묘하게 삼가며 소극적인 느낌으로 서 있었는데, 그것은 어슐라가 자신이 알던 귀족 청년들에게서 너무도 두려워하는 태도였다. 그는 누구에게도 보이지 않았으면 좋겠다는 듯 서 있었다. 옷차림은 아주 훌륭했다. 그녀는 자신을 덮친 쨍한 서리 같은 냉기를 인정하지 않으려 했다. 이 사람이 바로 그야, 신세계로 가는 열쇠이자 핵이야.

스크리벤스키는 현관을 가로질러 재빠르게 다가오는 어슐라를 보았다. 하얀 플란넬 블라우스에 검은 스커트를 입은, 어딘가 멍하면서도 미지의 빛이 감도는 날씬한 소녀를 보자 그는 깜짝 놀라고 들떴다. 무척 긴장되었다. 다른 학생들이 현관 근처를 어슬렁거리고 있었다.

어슐라가 손을 내밀며 앞이 안 보이는 듯 눈부신 표정으로 웃었다. 그도 그녀를 잘 알아볼 수 없었다.

잠시 후, 그녀는 외출 준비를 하러 잠깐 자리를 떴다. 그런 다음 두 사람은 그녀가 학창 시절에 그랬던 것처럼 차를 마시러 시내로 걸어 나갔다. 예전 그 찻집에 갔다.

어슐라는 그가 엄청나게 변한 것을 알아보았다. 친지이고 오랜 사이라는 느낌은 있었지만 그녀와는 다른 세상에 속해 있었다. 두 사람은 마치 잠시 휴전을 선포한 듯했고, 이 휴전 상태에서 대면한 듯했다. 그녀는 그를 보자마자 자신들이 휴전 상태에서 만난 적이라는 것을 암묵적으로 감지했다. 그의 움직임 하나, 말 한마디가 모두 그녀의 존재와 상반되었다.

그렇지만 그녀는 그의 얼굴, 매끈한 피붓결을 사랑했다. 그는 전보다 그을었고 몸이 더 탄탄해 보였다. 이젠 정말 남자였다. 어슐라는 이런 남자다움 때문에 그가 이상하게 느껴지는 거라고 생각했다. 부드러운 청년이던 그가 그녀에겐 더 가까웠다. 남자란 어쩔 수 없이 이렇게 이상하게 분리된, 존재의 차가운 타자성으로 나아가야 하는구나 싶었다. 그는 말했지만 그녀에게 한 것은 아니었다. 그녀는 말하려 했지만 그에게 가닿게 힐 수 없었다.

그는 아주 균형 잡히고 확실해 보였고 너무도 자신만만한 인물 같았다. 뛰어난 기수로서 특유의 확신과 몸에 밴 명확한 결단력 같은 게 있었으며, 기수다운 동물적 어둠의 느낌도 풍겼다. 그러나 그럴수록 그의 영혼은 더욱 동요하고 막연할 뿐이었다. 그는 일련의 습관적 행위와 결정들로 이루어진 듯 보였다. 이 남자의 연약하고 가변적인 속살에 접근하기란 불가능했다. 그녀는 그런 것을 전혀 알지 못했다. 오직 어둡고 무겁게 고정된 그의 동물적 욕망만을 느낄 수 있었다.

그에게 드리운 이 맹목적인 욕망이 그를 그녀에게로 데려왔던 것이다. 그녀는 그의 내면의 어떤 가망 없는 고정성 때문에 혼란스럽고 상처 입었으며, 그것이 풍기는 냉랭한 절망감 때문에 두려웠다. 그는 무얼 원하는가? 그의 욕망은 땅속 깊이 묻혀 있었다. 그는 왜 털어놓지 않나? 무얼 원하지? 그는 이름 붙일 수 없는 무언가를 원했다. 그녀는 두려워 몸을 움츠렸다.

그렇지만 그녀는 흥분되었다. 지하에 묻힌 어두운 남성의 영혼 속에서, 그는 그녀 앞에 무릎을 꿇고 어둡게 스스로를 드러내고 있었다. 어슐라의 몸이 떨리고 어두운 불꽃이 그녀를 휩쌌다. 그가 발치에서 기다리고 있었다. 무력하게 처분을 기다리고 있었다. 그녀는 받아들일 수도, 거부할 수도 있었다. 만약 거부한다면 그의 내면의 무언가가 죽을 것이다. 그에게 그것은 생사의 문제였다. 그럼에도 이 모든 게 완전히 캄캄한 상태로 유지되어야 했고, 의식은 그 무엇도 인정해서는 안 되었다.

"영국에 얼마나 있을 거야?" 그녀가 물었다.

"확실치 않아. 그래도 7월까지는 있을 거야."

그러곤 둘 다 말이 없었다. 그는 여기, 영국에 여섯달 머물 것이었다. 그들 사이에 여섯달이라는 기간이 있었다. 그는 기다렸다. 세상이 온통 쇠로 만들어진 것처럼, 한결같은 강철의 경직성이 또다시 그녀를 사로잡았다. 이 주조된 금속체에 온몸으로 대항해본들 아무 소용이 없었다.

얼른 그녀는 상상력을 상황에 맞게 조정했다.

"인도에 배치됐다고?" 어슐라가 물었다.

"응, 육개월 휴가 마치면 바로 가야 해."

"거기 가 있으면 좋을 것 같아?"

"그럴 거야. 사교 생활도 다양하고 사냥이나 폴로[8] 같은 놀거리도 많아. 언제건 좋은 말이 있지. 그리고 일거리도 많아, 일이 널렸어."

---

8 말을 타고 스틱으로 나무 공을 상대의 골에 넣어 득실을 가리는 경기.

그는 줄곧 옆길로 샜고 줄곧 고개를 돌려 자기 영혼을 직시하기를 피했다. 어슐라는 그가 거기, 인도에서 지배계급의 일원으로서 그 자신의 것보다 어설픈 문명의 주인 노릇을 하고, 오래된 문명에 군림하며 잘나가는 모습을 그려볼 수 있었다. 그것이 그의 선택이었다. 그는 다시 귀족이 될 것이다. 권위와 책임을 부여받아 거대하고 무기력한 집단을 아래에 거느리는 그런 존재가 될 것이다. 지배계급의 일원으로서 더 나은 국가이념을 구현하고 실행하는 데 몸바칠 것이다. 그리고 인도엔 해야 할 실질적인 일들이 있을 것이다. 사실 그 나라는 이 사람 자신이 대표하는 문명을 필요로 하고 있었다. 실로 그가 닦는 길과 다리를, 그가 그 일부를 구성하는 계몽을 필요로 하고 있었다. 그는 인도로 갈 것이다. 하지만 그것은 그녀의 길은 아니었다.

그럼에도 그가 어떤 결정을 내리건 간에 그녀는 그를, 그의 몸을 사랑했다. 그는 그녀에게 뭔가를 바라는 것 같았다. 그녀가 그 자신에 대해 결단을 내려주길 기다리고 있었다. 그가 그녀에게 처음 키스했을 때, 오래전 그녀의 마음속에서 결정은 이미 내려졌다. 그는 그녀의 애인이었다. 선과 악이 사라진대도 그랬다. 그녀의 심장과 영혼이 감금되고 침묵당한대도 그녀의 의지는 절대 누그러지지 않았다. 그는 그녀를 시중들었고, 그녀는 그를 수락했다. 그가 그녀에게 돌아왔기 때문이었다.

그의 얼굴에, 그의 맑고 부드러운 피부에 화색이 돌고 금빛 도는 회색 눈동자에 다정한 빛이 반짝였다. 그는 타올랐고 불붙어 찬란하고 귀족적인, 범 같은 존재가 되었다. 그녀가 그의 화려하고 불타는 매력을 포착했다. 그녀의 심장과 영혼은 저 아래에 단단히 숨겨져 차단되어 있었다. 그녀는 그런 것들에서 벗어나 있었다. 오직 자신의 만족만을 취할 작정이었다.

어슐라는 당당하고 단단하게 일어났다. 마치 적절한 강도로 피어오르는 한송이 꽃 같았다. 그의 온기가 그녀의 정력을 북돋웠다. 다른 사람들과 대조되어 환하게 번쩍이는 듯한 아름다운 그의 형체 때문에 그녀는 당당해졌다. 그것은 마치 그녀에게 바치는 경의 같았고, 그녀는 그의 앞에서 인류의 우아함과 꽃다움 전부를 대표하는 듯 느꼈다. 그녀는 단지 어슐라 브랭귄이라는 개인이 아니었다. 여자였다, 인간계에 속한 여자 전체였다. 모든 것을 포괄하는 보편자인 그녀가 어찌 한 개인에 국한되겠는가?

그녀는 짜릿했고 그에게서 떨어지고 싶지 않았다. 그녀의 자리는 그의 곁이었다. 그 누가 그녀를 떼어놓으리.

두 사람은 까페에서 나왔다.

"뭐 하고 싶은 거 있어?" 그가 물었다. "우리가 할 수 있는 게 있을까?"

어둡고 바람 부는 3월 밤이었다.

"아무것도 없네." 어슐라가 대답했다.

그가 원하던 대답이었다.

"그럼 좀 걷지. 어디로 갈까?" 그가 물었다.

"강가로 가볼까?" 자신 없는 목소리로 어슐라가 제안했다.

잠시 후 그들은 트렌트 다리로 가는 전차를 탔다. 그녀는 무척 기뻤다. 유유히 흐르는 강가로 멀리 뻗은 어두운 목초지를 걸을 생각을 하니 딴 세상에 온 기분이었다. 거대하고 불안한 밤을 관통해 소리 없이 흘러가는 검은 강물 생각에 그녀는 흥분되었다.

그들은 다리를 건너 아래쪽으로 내려가서 가로등에서 멀리 떨어진 곳을 향했다. 금방 깜깜한 데로 들어서자 그가 그녀의 손을 잡았다. 두 사람은 어둠 속으로 조심스레 발을 내디디며 말없이 걸었다. 왼편에 펼쳐진 시내에서는 연기가 피어올랐고 낯선 불빛들과 소리들이 있었으며, 숲과 다리 아래쪽으로 바람이 몰아쳤다. 그들은 서로를 강하게 끌어당겨 몸을 바싹 붙이고 걸었다. 그가 그녀를 바싹 당겨 섬세하고 은밀하며 강력한 열정을 담아 품에 안았다. 그들은 마치 깊고 깊은 어둠 속에서 유효한 어떤 비밀 협약을 맺은 것 같았다. 그 깊고 깊은 어둠이 그들의 우주였다.

"예전이랑 똑같아." 어슐라가 말했다.

그러나 실은 예전과 조금도 같지 않았다. 그럼에도 그의 마음은 완벽히 그녀와 일치했다. 그들의 생각은 하나였다.

"돌아올 걸 알았어." 마침내 그가 말했다.

어슐라의 몸이 가볍게 떨렸다.

"내내 날 사랑했어?" 그녀가 물었다.

직설적인 물음에 압도되어 그는 잠시 멍해졌다. 어둠이 도도하게 흘러가고 있었다.

"당신한테 돌아오지 않을 수 없었어." 어디 홀린 사람처럼 그가 말했다. "뭘 봐도 그 뒤에 늘 당신이 있었어."

어슐라는 운명처럼 승리감에 취해 말이 없었다.

"사랑했어," 그녀가 말했다. "늘 사랑했어."

그의 속에서 어두운 불꽃이 솟구쳐올랐다. 그녀에게 자신을 주어야 했다. 자신의 기반 자체를 바쳐야 했다. 그가 그녀를 바싹 끌어당겼고, 두 사람은 말없이 걸음을 옮겼다.

두런거리는 목소리에 어슐라는 깜짝 놀랐다. 건너편 어두컴컴한 목초지 출입구 근처에서 들리는 소리였다.

"데이트하는 연인들이야." 그가 부드럽게 말했다.

어슐라는 울타리에 기댄 어두컴컴한 형상들을 보면서 이 어둠 속에 사람이 있다는 게 신기했다.

"연인들이나 밤에 이런 델 다니지." 그가 말했다.

그러고는 울림 있는 목소리로 나지막이 아프리카에 대해, 기이한 어둠과 기이한 핏빛 공포에 대해 말했다.

"난 영국의 어둠은 무섭지 않아." 그가 말했다. "내게 영국의 어둠은 부드럽고 자연스러워. 특히 당신이 여기 있을 때 그건 날 드러내는 매개이기도 해. 하지만 아프리카에 가면 어둠은 공포가 깃들어서 육중하고 유동적이야. 어떤 것에 대한 공포가 아니야, 그냥 공포야. 피 냄새처럼 공포가 맡아져. 흑인들은 그걸 알아. 그들은 그걸, 어둠을 정말로 숭배해. 거의 좋아할 정도야, 공포 말이야, 뭔가 관능적이고."

어슐라는 다시 그가 짜릿하게 느껴졌다. 그녀에게 그는 어둠에서 울려나오는 목소리였다. 그는 줄곧 아프리카에 대해 낮은 톤으로 말하면서 그녀에게 낯설고 관능적인 무언가를, 흑인적인 것이라 할 어떤 것을 전달했다. 몸을 감싸는 목욕물처럼 느슨하고 부드러운 열정이 담긴 말투였다. 그가 자신의 피를 사로잡았던 그 뜨겁고 풍요로운 어둠을 서서히 그녀에게 전이시켰다. 그는 기이할 정도로 은밀했다. 온 세상이 폐기되어야 했다. 부드럽게 구슬리는 울림 있는 그의 어조가 그녀를 미치게 만들었다. 그는 그녀가 답해주기를, 알아듣기를 원했다. 물질의 분자 하나하나가 점점 커져 다산의 욕망으로 은밀히 다급해지는 밤이, 농후한 다산의 분위기로 한껏 부풀어오른 충만한 밤이 지나가고 있는 듯했다. 어슐라는 팽팽하게 긴장되고 떨려서 고통스러울 정도였다. 그들이 육중한 강물 옆으로 깔린 어둠 속을 걷는 동안 차츰 그가 아프리카에 대해 말하기를 그쳤고, 적막이 찾아왔다. 그녀의 팔다리는 풍요롭고 팽팽했다. 낮고 깊은 떨림을 경험하고 있는 게 분명했다. 걷기 힘들 정도였다. 어둠의 깊은 떨림은 느낄 수 있을 뿐 들을 수 없었다.

어슐라가 걷다가 갑자기 스크리벤스키에게로 돌아서더니 마치 쇠로 변한 듯 그를 꽉 그러안았다.

"날 정말 사랑해?" 그녀가 고통스럽게 소리쳤다.

"사랑해," 감싸안는 듯 특이한 목소리로, 본래 모습과 다르게 그가 답했다. "사랑하고말고."

그는 그녀 위에 내린 살아 있는 어둠 같았고, 그녀는 강력한 어둠의 품에 안겨 있었다. 그가 부드럽게, 말할 수 없이 부드럽게, 운명처럼 단호한 부드러움으로, 비옥하고 단호한 부드러움으로 그녀를 감싸안았다. 그녀는 탱탱한 물체가 부딪힐 때처럼 부르르 떨었다. 그래도 그는 부드럽게, 끝없이, 밤처럼 사방에 내려 그녀를 뒤덮은 어둠처럼 계속 그녀를 안고 있었다. 그가 키스하자 그녀는 바스라져 부서지는 듯 바르르 떨었다. 그녀 안의 불 켜진 그릇이 전율하다 영혼 속에서 부서지자, 빛은 허우적거리다 꺼져버리고 깜깜해졌다. 그녀는 온통 깜깜한, 의지 없는, 수용의 의지만을 가진 존재였다.

그가 키스했다. 부드럽고 감싸안는 키스였다. 그녀는 정신이, 영혼이 빠져나간 상태로 그 키스에 온전히 반응했다. 어둠이 어둠에 들러붙듯 그에게 바싹 매달려 부드럽게 흘러드는 그의 키스 속으로 자기 몸을 눌러, 그의 키스의 근원이자 핵심으로 자신을 내리눌러, 그녀 위를 지나며 넘쳐흐르고 뒤덮어 그녀의 마지막 조직에까지 넘쳐흐르는, 따스하고 풍요로이 흘러드는 그의 키스에 덮이고 감싸였다. 그리하여 그들은 하나의 흐름이, 하나의 어두운 비옥한 흐름이 되었고, 그녀는 자신의 입술로 그의 맨 밑바닥 근원 자체를 열어 그의 핵심에 달라붙어 있었다.

그렇게 그들은 선 채로 남김 없는 진한 키스를 했다. 입맞춤은 두 사람 모두를 압도해 굴복시켰고, 그들을 묶어 출렁이는 어둠의 풍요롭고 단일한 핵이 되게 했다.

그것은 축복이자 풍요로운 어둠의 단일한 핵이었다. 영혼을 담은 그릇이 전율하여 부서지자 의식의 빛이 꺼졌고, 그러자 어둠이 군림했으며 형언할 수 없는 만족이 찾아왔다.

그들은 선 채로 잦아들 줄 모르는 키스를 즐겼다. 몸을 내맡기며 끝도 없이 키스했지만 그럼에도 다함이 없었다. 혈관이 펄떡였고 피는 한줄기처럼 함께 흘렀다.

그리하여 서서히 잠이, 께느른한 졸음이 깃들자 졸린 가운데 그들 의식의 작은 빛이 깨어났다. 어슐라는 자신을 둘러싼 밤과 바로 옆에서 소리 내며 충만하게 흘러가는 강물, 세찬 바람결에 윙윙 울어대는 나무들을 의식하게 되었다.

그녀는 여전히 그의 곁에 붙어 있었지만 점점 더 그녀 자신으로 돌아왔다. 이제 기차 타러 가야 한다는 걸 알았다. 그러나 그와의 접촉에서 떨어져나오고 싶지 않았다.

마침내 그들은 깨어나서 출발했다. 그들은 더이상 칠흑 같은 어둠 속에 존재하지 않았다. 번쩍이는 다리와 강 건너 반짝거리는 등불들이 있었고 그들 앞과 오른편으로 시내의 환한 불빛이 보였다.

그러나 어둡고 부드러우며 반박의 여지 없는 그들의 육체는, 지고하고 거만한 어둠은 불빛에 아랑곳하지 않고 걸음을 옮겼다.

"저 멍청한 불빛들은," 어슐라가 어둡고 관능적이며 오만한 어투로 중얼거렸다. "불빛을 뿜어대는 저 시내는 멍청하고 인위적이고 부풀려진 거야. 저건 실제로 존재하지 않아. 검은 물 위에 뜬 기름이 색색으로 반짝이듯이 가없는 어둠 없이는 존재할 수 없어. 그러니 그게 뭐란 말이야? 아무것도, 아무것도 아니야."

집으로 가는 전차를 탄 후에도 그녀는 똑같이 느꼈다. 불빛들, 시민들의 단조로운 모습은 속임수였고 이동하거나 자리에 앉은 사람들도 바깥에 내놓은 마네킹일 뿐이었다. 어슐라는 짐짓 태연하고 시민적 의무에 충실한 체하는 그들의 창백하고 딱딱한 모습 아래로 그들 모두를 포괄하는 검은 흐름을 볼 수 있었다. 그들은 마치 움직이는 작은 종이배들 같았다. 그러나 실제로 그 배 각각은 서로 다를 바 없는 동질적인 욕망으로 음침해진, 맹목적으로 치닫는 어둡고 맹목적이며 열렬한 한자락 물결이었다. 그들의 대화 모두, 행동 모두 가짜였고 그들은 잘 차려입은 동물들이었다. 옷만 보일 뿐 한조각 어둠인 두멍 인간을 연상시켰다.

그후 몇주 내내, 그녀는 이와 마찬가지의 어두운 풍요를 느끼며 지냈다. 부릅뜬 두 눈은 야생동물의 눈처럼 빛났고 어둡게 밝혀진 얼굴에는 기이한 웃음기가, 그녀 주변 모든 이들의 삶의 시민적 허세를 조롱하는 듯한 웃음기가 서려 있었다.

"창백한 시민들, 당신들은 도대체 누구인가?" 번득이는 그녀의 얼굴은 말하는 듯했다. "양의 탈을 쓴 억눌린 짐승들아, 사회제도에 맞춰 위조된 원시의 어둠아."

그녀는 내내 관능적인 무의식 상태로 지내면서 규격화되고 인위적인 나날을 사는 다른 이들을 비웃었다.

"저들은 옷 갈아입듯이 거짓 자아를 두르고 살아." 그녀는 경직되고 무기력한 남자들을 조롱과 경멸 어린 눈빛으로 바라보며 되뇌었다. "저들은 잠재된 어둠 속에 거하는 어둡고 비옥한 존재가 되느니 차라리 점원이나 교수가 되는 게 낫다고 생각하지. 그러는 당신들은 스스로 어떤 존재라고 생각하나?" 그녀의 영혼이 강의실 맞은편에 앉은 교수에게 물었다. "교수 가운을 입고 안경을 쓴 채 거기 앉아 있는 당신은 스스로를 뭐라고 생각하나요? 정글의 어둠 속에서 빼꼼히 엿보며 숨어서 쿵쿵 피 냄새를 맡는 짐승이지. 자기 욕망을 채우려고 코를 쿵쿵거려. 그게 바로 당신 본모습이야, 아무도 안 믿을 테고 당신도 절대 인정하지 않겠지만."

그녀의 영혼은 이런 가식을 모조리 비웃었다. 그녀 자신으로 보자면, 그녀 역시 계속 가식적으로 지냈다. 옷을 입고, 단장하고, 강의에 출석하고, 필기를 했다. 하지만 이 모두를 피상적이고 조롱하는 기분으로 해치웠다. 저들이 하는 2 더하기 2는 4라는 식의 속임수 정도는 이해하고도 남았다. 그녀도 저들만큼 똑똑했다. 하지만 그녀가 신경 썼던가, 저들의 원숭이 놀음 같은 지식이나 학문이나 시민적 예의범절 따위에 조금이라도 신경 썼던가? 그런 것에는 추호도 신경 쓰지 않았다.

스크리벤스키가 있었고, 그녀의 어둡고 생기 넘치는 자아가 있었다. 그녀의 대학 밖에서 또다른 어둠인 스크리벤스키가 기다리고 있었다. 밤의 저 끝에서 그가 주의 깊게 기다리고 있었다. 그라고 해서 이 피상적인 세상에 신경 썼던가?

어슐라는 한밤중 거칠게 울부짖는 표범처럼 자유로웠다. 그녀에게는 어둡고 강력하게 흐르는 그녀 자신의 피의 흐름이 있었고, 희미하게 빛나는 비옥한 중심이 있었으며, 그녀의 짝이자 보완물, 결실을 함께할 이가 있었다. 그러니 그녀는 전부를, 모든 걸 가진 셈이었다.

스크리벤스키는 계속 노팅엄에 머무르고 있었다. 그도 자유로웠다. 시내에 아는 사람이 없었고 시민으로서 체면 차릴 일도 없었다. 자유로웠다. 저들의 전차와 시장, 극장과 회합은 그에게 빙빙 돌아가는 만화경이었기에, 그는 사자나 호랑이가 누워서 찌푸린 눈으로 우리 앞을 지나가는 만화경처럼 비현실적인 사람들을 주시하듯이, 혹은 표범이 눈을 껌뻑이며 누워 사육사의 불가사의한 재주를 구경하듯이 이 모습들을 지켜보았다. 그는 이 모두를 경멸했다. 모두 존재조차 없었다. 저 잘난 교수들, 잘난 성직자들, 잘난 정치 연설가들, 잘난 열혈 여성들, 그들을 보는 내내 그는 자기 영혼이 이죽대며 그들의 모습을 비웃는다고 느꼈다. 나무와 누더기로 된 재주 부리는 꼭두각시들이 너무 많았다!

그는 사회의 기둥이자 모범이라는 시민들을 지켜보았다. 자신을 꼭두각시처럼 움직이게 만들고픈 욕망 때문에 나무토막처럼 뻣뻣해진 엄소 나리와 꼭두각시놀음에 어울리는 바지를 보았다. 그것은 남자의 다리였지만, 그 다리는 경직되고 뒤틀려 추하고 기계적으로 변해버렸다.

지금 그는 희한하게도 홀로 있는 게 행복했다. 얼굴에 희미한 웃음기가 서렸다. 더이상 다른 이들이 재주 부리는 놀음에 끼어야 할 필요가 전혀 없었다. 자신을 찾을 실마리를 이미 발견했고, 우리에서 도망쳐 곧바로 정글로 돌아간 야생 짐승처럼 이 쇼에서 이미 벗어났기 때문이었다. 조용한 호텔에 객실을 잡아두고, 말을 빌려 타고 시골로 가서는 가끔 농가에서 밤을 지내고 이튿날 돌아오기도 했다.

그는 내면에서 우러나는 풍요와 윤택함을 느꼈다. 말을 타거나 걷거나 햇살 아래 누워 있거나 선술집에서 술을 마시거나, 어떤 활동을 하든지 관능적인 쾌감이 느껴졌다. 그에겐 사람도 언어도 아무 쓸모가 없었다. 모든 것에서 흥겨운 쾌감을 얻었다. 내면에서 우러나는 관능적 풍요와 자신이 거하는 범우주적인 밤이 주는 다산의 거대한 느낌이 있었다. 꼭두각시 같은 사람들, 그들의 뻣뻣하고 기계적인 목소리들, 그는 그것들로부터 아득히 떨어져 있었다.

늘 어슐라와 만나고 있었기 때문이었다. 그녀는 자주 오후 수업을 빼먹고 그와 같이 산책하러 갔다. 그러지 않으면 자동차나 이륜마차를 타고 시골로 가서 차를 두고 둘이서만 숲으로 들어가곤 했다. 그는 아직 그녀를 취하지 않았다. 그들은 키스할 때마다, 포옹할 때마다, 친밀한 접촉이 주는 쾌감을 느낄 때마다 본능적으로 아껴가며 미묘하게 그것의 끝까지 경험했고, 최후의 것이 다가오고 있음을 무의식적으로 알고 있었다. 그것은 창조의 근원으로 들어가는 그들의 최종적 입구가 될 터였다.

어슐라가 자기 집으로 데려가서 그는 주말에 그녀의 가족과 벨도버에 머물렀다. 그녀는 그와 한집에 있는 게 좋았다. 그가 소리 내어 웃거나 은근히 품위 있게 행동하면서 식구들의 분위기 속으로 섞여드는 방식은 얼마나 독특한지. 모두 그를 좋아했다. 그는 친척이나 다름없었다. 그가 하는 농담이나 따스하고 관능적이며 실없이 장난하는 그의 존재가 브랭귄 집안에 즐길 거리가 되어주었다. 이 집에는 늘 어둠이 고동치고 있었기에, 그들은 집으로 돌아올 때면 자신들의 꼭두각시 모형을 벗어던지고 햇빛 아래 누워 졸음을 즐겼다.

그들 사이에는 자유의 느낌이, 저변을 흐르는 어둠의 느낌이 있었다. 하지만 여기 집에서, 어슐라는 그게 몹시 언짢았다. 아주 거슬렸다. 만약 식구들이 자신과 스크리벤스키의 관계를 안다면 부모가, 특히 아버지가 얼마나 화를 낼지 알고 있었다. 너무도 교묘하게 그녀는 웬만큼 남자의 구애를 받는 여느 소녀처럼 굴었다. 실제로 여느 소녀와 다를 바 없었다. 그러나 이 무렵 그녀는 사회적 부담에 대해 완전하고도 최종적인 반감을 갖고 있었다.

그녀는 하루 매 순간 그의 다음 입맞춤을 기다렸다. 수치와 희열을 느끼며 이 사실을 자인했다. 거의 의식적으로 기다렸다. 그도 기다렸다. 그렇지만 때가 될 때까지 그녀보다는 무의식적으로 기다렸다. 그녀에게 다시 키스해야 할 때가 되었을 때 가로막히면 그는 죽을 것 같았다. 욕구가 충족되지 못한 채 시간이 흐르면 살이 잿빛이 되고 시체처럼 무기력하게 늘어져서 살아 있지 않은 기분이었다.

그는 마침내 최상의 정점에 이르러 그녀에게 다가갔다. 아주 어둡고 바람 부는 깊은 밤이었다. 그들은 벨도버 쪽 오솔길로 내려가서 계곡을 향했다. 키스의 마지막 단계에 이르자, 두 사람 사이에 침묵이 흘렀다. 저 아래 거내한 어둠이 흐르는 낭떠러지에 선 듯했다.

바람 부는 쪽으로 컴컴한 공터가 내리뻗고, 아래로 기차역에 불빛들이 반짝이며, 멀리 바람결에 선로 이동하는 기차 소리, 바람에 실려 조그맣게 딸랑대는 화물차 종소리가 들리고, 건너편 캄캄한 언덕 위에는 벨도버 끝자락의 반짝이는 등불들, 오른편 철길 가로 늘어선 용광로에서 타오르는 불빛이 보이는 어둠을 따라 난 오솔길에서 벗어나자, 그들의 발걸음은 약간 비틀거리기 시작했다. 그들은 곧 어둠에서 나와 불빛 속으로 들어설 참이었다. 그것은 되돌아가는 것과 같았다. 욕망의 좌절이었다. 그러고 싶지 않은 두 사람은 바르르 몸을 떨며 시내의 불빛과 저 너머 기계의 번쩍이는 빛을 응시하며 어둠의 가장자리에서 머뭇거렸다. 그들은 세상으로 되돌아갈 수 없었다. 그럴 수 없었다.

그렇게 머뭇거리다가 그들은 길가의 커다란 떡갈나무로 다가갔다. 가지마다 싹이 돋은 나무가 바람을 맞아 윙윙거렸고 속속들이 진동하는 나무 줄기는 힘차고 꿋꿋했다.

"우리 여기 앉자." 스크리벤스키가 말했다.

그리고 그들은 윙윙 울어대는 나무 밑, 거의 보이지 않지만 자신들을 받아주는 강력한 존재 아래서 맞은편 어둠에 비친 반짝이는 불빛들을 보며 잠시 누웠다가, 어두워진 들판 가를 쏜살같이 지나가는 기차 이름을 보았다.

그때 그가 몸을 돌려 키스했고, 그녀는 그를 기다렸다. 그녀에게 아픔은 자신이 원한 아픔이었고 고뇌는 자신이 바란 고뇌였다. 그녀는 밤의 강력한 떨림에 사로잡혀 휘말려버렸다. 남자란, 남자란 어떤 존재인가? 그녀를 감싸안은 어둡고 강력한 진동이었다. 그녀는 멀리, 저 멀리 날아가는 어두운 바람에 실린 듯 천국의 태곳적 어둠 속으로, 원래의 불멸 속으로 사라져버렸다. 불멸의 어두운 영역으로 들어섰다.

자리에서 일어났을 때, 그녀는 이상하게도 자유롭고 강하다고 느꼈다. 부끄럽지 않았다. 왜 그래야 하는가? 그녀와 함께한 남자, 그가 곁에서 걷고 있었다. 그녀가 그를 취했고, 그들은 함께했다. 그들이 어디로 갔었는지 그녀는 알지 못했다. 그러나 그녀는 또다른 본성을 부여받은 듯했다. 그녀는 그들이 함께 뛰어든 저 영원불변한 곳에 속했다.

그녀의 영혼은 확신에 차서 인공적 불빛이 비치는 세상의 견해에 무관심했다. 그들이 철길 위 육교 계단을 오르다가 열차 승객들과 마주쳤을 때 그녀는 다른 세상에 속한 것 같았고, 그들 곁을 지나도 아무 영향을 받지 않았을 때 그녀는 자신을 그들로부터 분리하는 전적인 어둠에 속한 기분이었다. 집에 도착해 불 밝힌 부엌에 들어섰을 때 불빛도, 부모의 시선도 그녀를 투과하지 못했다. 그녀의 일상적 자아는 전과 동일했다. 다만 어둠을 아는 더 강한, 또다른 자아가 생긴 것뿐이었다.

어둠과 의기양양한 밤에 거하는 이 야릇한 독자적 힘은 절대 그녀를 저버리지 않았다. 이제껏 이보다 더 그녀다운 적이 없었다. 그누구건, 세상에 속한 청년 스크리벤스키조차 그녀의 영원한 자아와 눈곱만큼이라도 상관있을 거라는 생각은 불가능했다. 그녀의 일시적이고 사회적인 자아는, 그건 그냥 알아서 굴러가게 내버려두었다.

그녀의 온 영혼은 스크리벤스키에게, 세상에 속한 청년이 아니라 아직 발현되지 않은 현재의 이 남자에게 묶여 있었다. 그녀는 절대적으로 강한, 온 세상보다 더 강한 자기 자신을 절대적으로 확신했다. 세상은 강하지 않았다. 그녀가 강했다. 세상은 오직 부차적 의미로만 존재할 뿐 그녀의 존재가 지고했다.

어슐라는 평범한 일상을 유지하며 대학 생활을 계속했다. 그것은 그녀의 어둡고 강력한 지하의 삶을 덮는 가리개일 뿐이었다. 자신의 존재, 그리고 스크리벤스키와의 관계라는 사실이 너무도 강력해서 그녀는 이 다른 세상에서 휴식을 취했다. 아침이면 등교해서 활짝 핀 모습으로 외따로 수업을 들었다.

그녀는 그의 호텔에서 점심을 먹었다. 그리고 저녁마다 시내나 그의 방이나 시골에서 같이 지냈다. 집에는 학위를 위해 야간 자습을 한다고 둘러댔다. 하지만 공부는 조금도 신경 쓰지 않았다.

그들 둘 다 완전하고 행복하고 차분했다. 자신들의 더할 나위 없는 존재라는 사실이 그밖의 모든 것을 그들과는 상관없는 철저히 부차적인 것으로 만들었다. 시간이 지날수록 그들이 원하는 것은 자기들만의 시간을 더 갖는 것뿐이었다. 완벽히 자신들만의 시간이 되기를 원했다.

부활절 방학이 다가오고 있었다. 그들은 바로 떠나기로 약속했다. 돌아오지 않는대도 전혀 문제 될 게 없었다. 그들은 실제 일어나는 일들에는 무관심했다.

"우리 결혼해야 할 것 같아." 약간 아쉬운 투로 그가 말했다. 지금 이대로 황홀할 만큼 자유롭고 더 깊은 세상에 있는 것 같았다. 그들의 관계를 공표한다면 그것은 그를 무효화하는 모든 것, 지금 잠시 그가 완전히 절연하고 있는 그 모든 것들과 한 방향으로 가겠다는 의미였다. 만약 결혼한다면 그는 사회적 자아의 모습을 취해야 할 것이었다. 그리고 사회적 자아를 취한다는 생각이 들자마자 그는 주눅이 들고 멍해져버렸다. 그녀가 만일 그의 사회적 아내라면, 그녀가 만일 저 복잡한 죽은 현실의 일부라면 그의 지하의 삶이 그녀와 무슨 상관이 있겠는가? 사회적 아내란 물질적 상징물이나 다름없었다. 반면, 지금 어슐라는 그에게 인습적 삶에서 가능한 그 무엇보다 더 생생한 존재였다. 그녀는 인습적 삶 전부가 새빨간 거짓임을 밝혔고, 그와 그녀가 함께 어둡고 유동적이며 무한히 강력한 존재가 되어 그들을 가둔 저 죽은 전체가 거짓임을 생생히 밝혀내고 있었다.

그는 생각에 잠긴 어슐라의 혼란스러운 얼굴을 가만히 보았다.

"난 자기랑 결혼하고 싶지 않아." 어두운 낯빛으로 그녀가 말했다.

이 대답이 오히려 그를 자극했다.

"왜?" 그가 물었다.

"우리 그건 나중에 생각해, 응?" 그녀가 말했다.

그는 좀 토라졌지만 그녀를 격렬히 사랑했다.

"당신 입이 꼭 동물 주둥이 같아, 사람 게 아니고." 그가 말했다.

"그래?" 크게 소리치는 그녀의 얼굴이 순수한 불꽃처럼 빛났다. 그녀는 화제를 돌렸다고 생각했다. 하지만 그는 되돌아갔다. 흡족한 답을 듣지 못했던 것이다.

"왜?" 그가 물었다. "왜 나랑 결혼하기 싫은데?"

"다른 사람들이랑 같이 있고 싶지 않아서." 그녀가 말했다. "지금처럼 지내고 싶어. 혹시 결혼하고 싶은 마음이 생기면 말할게."

"알았어." 그가 말했다.

그는 이 문제를 미결 상태로 두고 어슐라가 책임지는 편이 차라리 좋았다.

그들은 부활절 휴가에 대해 의논했다. 그녀는 온전히 즐길 것만 생각했다.

그들은 피커딜리 광장에 있는 호텔로 갔다. 그녀가 이니 행세를 하기로 했다. 그들은 빈민 구역의 가게에서 1실링짜리 결혼반지를 샀다.

그들은 일반적인 인간세계를 깡그리 거부해버렸던 것이다. 뭔가에 홀린 듯 자신감이 넘쳤다. 그들은 홀린 상태였다. 완벽하고 최고조로 자유롭다고 느꼈고 의문의 여지 없이, 인간의 조건들을 뛰어넘을 정도로 자신만만했다.

그들은 완벽했고, 그렇기에 자신들 외에 아무것도 존재하지 않았다. 세상은 정중하게 무시해버릴 수 있는 하인들의 세상이었다. 어디를 가든지 그들은 감각에서 우러난 순수한 자신감으로 따뜻하고 밝게 빛나는 감각적인 귀족이었다.

다른 사람들에게 미치는 영향은 가히 놀라울 정도였다. 웨이터건 우연히 알게 된 사람들이건 이들과 접촉하게 된 모든 이에게 이 젊은 남녀의 매력이 느껴졌다.

"예, 남작 나리." 그녀는 놀리듯 몸을 살짝 굽히며 남편에게 프랑스어로 대답하곤 했다.

이렇게 그들은 작위 있는 귀족으로 대우받게 되었다. 그는 공병대 장교였고, 그들은 갓 결혼한 부부로서 곧 인도로 떠날 예정이었다.

그렇게 약간의 낭만적 분위기가 그들을 감싸고 있었다. 그녀 스스로도 인도 출발을 앞둔 귀족 남편의 젊은 아내라고 믿었다. 이런 사회적 사실은 달콤한 가장이었다. 살아 있는 사실은 그와 그녀가 절대적인 모든 한계를 넘어 남자와 여자라는 것이었다.

너무도 완벽한 나날 —— 그들은 삼주를 함께 지내기로 되어 있었다 —— 이 흘러갔다. 그러는 내내, 그들 자신이 진실이고 외부의 모든 것은 그들에게 바치는 헌사였다. 그들은 돈에는 신경 쓰지 않고 지냈지만 사치는 전혀 하지 않았다. 일주일 좀 안 되는 동안 20파운드를 썼다는 걸 알고서 그는 약간 놀랐지만 그것은 은행에 가야 한다는 짜증일 뿐이었다. 체제 자체가 아니라 낡은 체제의 조직이 그에게 남아 있었다. 돈 따위는 안중에도 없었다.

오랜 의무들 역시 존재하지 않았다. 그들은 극장에 갔다가 숙소로 돌아와서 저녁을 먹고 옷을 벗고는 가운 차림으로 돌아다녔다. 널따란 침실이 있었고, 한구석에 자리한 천장 높은 거실은 한갓지고 아주 아늑했다. 그들은 늘 방에서 식사했고 한스라는 독일 청년의 시중을 받았다. 그는 이 두 사람이 정말로 멋지다고 생각하며 한결같이 "물론입니다, 남작 나리, 천만에요, 남작 부인"이라고 독일어로 대답했다.

그들은 종종 공원 너머로 불그레 먼동 트는 모습을 보았다. 웨스트민스터 대성당의 탑이 모습을 드러내고, 공원의 나무들 옆으로 죽 늘어선 피커딜리의 가로등이 희미하게 나방처럼 깜빡거리며, 밤새 금속처럼 번득이며 가로등 아래 저 멀리 밤 속으로 내달리던 마차들이 이제 새벽이 밝아 아지랑이처럼 희끄무레해진 그늘진 포도를 따라 따가닥따가닥 달려가고 있었다.

그러다 붉은 새벽빛이 더 강해질 무렵, 그들은 유리문을 열고 아찔한 발코니로 나가서 행복에 겨운 두 천사처럼 의기양양하게 아직 잠들어 있는 세상을 내려다보았다. 좀 있으면 마지못해 의무를 수행하고 웅성거리며 느릿느릿 아수라장처럼 돌아가는 비현실로 깨어날 세상이었다.

그러나 공기가 찼다. 그들은 침실로 들어와서 자리에 들기 전 목욕을 했다. 욕실 칸막이 문을 열어놓아서 수증기가 침실로 들어와 거울이 희뿌예졌다. 어슐라가 언제나 먼저 자리에 들었다. 그녀는 그가 목욕하는 모습을 지켜보았다. 새빠르게 생각 없이 움직이는 동작들, 젖은 어깨에 비친 전등 불빛을 바라보았다. 욕조에서 나온 그가 머리가 다 젖어 이마에 딱 붙은 채 서서 눈에 묻은 물을 닦아냈다. 그는 날씬했고 그녀가 보기에 완벽했다. 군살 하나 없이 말쑥한 잘 빠진 청년이었다. 몸에 난 갈색 털이 가늘고 부드럽고 멋졌다. 흰 욕실에 서 있는 그는 너무나 아름답게 달아올라 있었다.

그가 베개를 베고 자신을 바라보는 그녀의 따스하고 어둑한, 열에 들뜬 얼굴을 보았다. 하지만 그 얼굴을 본 것은 아니었다. 그것은 언제나 거기 있었고 그에게는 자신의 눈과 같았다. 그는 한번도 그녀를 분리된 존재로 의식하지 않았다. 그녀는 그 자신의 눈이자 고동치는 심장과 같았다.

잠옷을 가지러 그가 그녀 쪽으로 갔다. 그녀에게 다가가는 것은 언제나 가슴 뛰는 모험이었다. 그녀가 그를, 그의 엉덩이를 감싸안고 따스하고 부드러워진 살냄새를 맡았다.

"향기가 나네." 그녀가 말했다.

"비누야." 그가 대답했다.

"비누야." 그녀가 그의 말을 따라 하며 반짝이는 눈으로 올려다 보았다. 둘 다 소리 내어 웃었다. 늘 그랬다.

그들은 곧 곤히 잠들었다. 한 몸처럼 꼭 붙어서 한낮까지 잤다. 그런 후 자신들만의 변화무쌍한 현실로 깨어났다. 그들만이 이 현실의 세계에 거주했다. 다른 모든 이들은 더 낮은 영역에 살았다.

하고픈 건 뭐든 다 했다. 사람들도 만났다. 그들을 방문한 도러시와 스크리벤스키의 친구인 옥스퍼드 출신 젊은이 두어명도 만났다. 그들은 어슐라를 군더더기 없이 스크리벤스키 부인이라고 불렀다. 그녀를 진심으로 존중하며 대해서 그녀는 정말로 신세계뿐 아니라 구세계를 포함한 우주 전체의 여왕이 된 기분이었다. 자신이 구세계의 울타리 바깥에 있다는 사실을 잊어버렸다. 구세계를 그녀 자신의 진짜 세계의 마법 아래 복속시켰다고 생각했다. 실제 그렇기도 했다.

이렇게 변화무쌍한 현실 속에서 여러 주가 지나갔다. 그러는 내내 그들은 서로에게 미지의 세상이었다. 한쪽이 하는 어떤 동작이건 다른 한쪽에게는 진실이자 모험이었다. 그들은 외부의 자극을 원치 않았다. 극장에도 거의 가지 않았고, 창문 양쪽을 다 열고 발코니로 난 문도 열어둔 채 피커딜리 광장이 내려다보이는 높다란 거실에서 그린 파크를 건너다보거나 조그맣게 보이는 마차들 행렬을 내려다보았다.

그러다 갑자기, 일몰을 보다가 그녀는 떠나고픈 마음이 들었다. 떠나야만 했다. 즉시 떠나야 했다. 그래서 두시간 후 그들은 채링

크로스 역에서 빠리행 기차에 몸을 실었다. 빠리는 그의 제안이었다. 어디든 그녀는 상관없었다. 떠나는 것이 즐거울 따름이었다. 며칠 동안 그녀는 빠리의 신기한 모습들을 보며 즐거워했다.

그런 후, 무슨 이유에선지 그녀가 런던으로 돌아가는 길에 루앙에 들르겠다고 했다. 스크리벤스키는 본능적으로 그녀가 거기 가고 싶어 하는 게 마뜩잖았다. 그렇지만 그녀는 고집스레 가고자 했다. 그곳이 자신에게 미치는 영향을 시험해보고 싶은 듯했다.

루앙에서 처음으로 그는 죽음의 냉랭함을 느꼈다. 그 누구도 두렵지 않았고 오직 그녀만이 두려웠다. 그녀가 그를 떠날 것 같았다. 그녀는 그가 아닌 어떤 것을 좇았다. 그를 원하지 않았다. 구시가와 대성당, 이 도시의 연륜과 웅장한 평화가 그에게서 그녀를 앗아갔다. 그녀는 마치 잊고 지내던, 하지만 원하는 어떤 것인 듯 거기 빠져들었다. 육중한 모습으로 잠들어 있는, 무상함을 알지 못하고 어떠한 부인否認도 들어본 적 없는 이 거대한 석조 성당, 이제 이것이 현실이었다. 그 안정됨, 빼어난 절대성은 장엄했다.

그녀의 영혼이 홀로 내달리기 시작했다. 그는 깨닫지 못했고 그녀도 깨닫지 못했다. 그러나 루앙에서 그는 최초의 치명적인 고통을, 그들이 흘러 들어가고 있는 죽음의 첫 감각을 느꼈다. 그리고 그녀는 최초로 묵직한 그리움을, 무감각으로, 절망으로 깊이 빠져드는 불안한 느낌 같은 묵직한 절망의 경고를 느꼈다.

그들은 런던으로 돌아왔다. 아직 이틀이 남아 있었다. 그녀가 떠날 것이 두려워 그는 몸이 떨리고 열이 났다. 어떤 숙명적인 예감에 그녀는 차분해졌다. 일어날 일은 일어나리라.

그러나 그녀가 떠날 때까지, 그리고 그가 쎄인트 팽크러스 역을 나와서 일요일 저녁 핌리코를 경유해 에인절가와 무어게이트가로

가는 전차에 몸을 실을 때까지 그는 아직 매력을 내뿜으며 꽤 편안한 상태를 유지했다.

그때 비로소 싸늘한 공포가 그의 몸속으로 점점 젖어들었다. 씨티 로드의 끔찍한 모습이 눈에 들어왔고, 자신이 탄 전차가 지독히도 냉랭하고 추악함을 깨달았다. 차갑고 삭막한 잿빛 불모성이 주위를 에워쌌다. 그가 당연히 소속된 빛나고 황홀한 그 세상은 이제 어디 있는가? 어쩌다 여기 이 쓰레기 더미에 내동댕이쳐졌단 말인가?

그는 미친 것 같았다. 끔찍한 벽돌 건물들, 전차, 거리의 우중충한 사람들 때문에 취한 것처럼 머리가 빙빙 돌고 앞이 보이지 않았다. 정신이 나가버렸다. 조금 전만 해도 그녀와 함께 만물이 충만한 존재감으로 고동치는 다정하고 생기에 찬, 흥분 넘치는 세상에 살고 있었는데. 지금은 메마른 벽과 기계적인 차량들, 꾸물대며 기어가는 유령 같은 사람들의 우중충하고 차가운, 경직된 세상 가운데서 버둥거리고 있었다. 생명의 불씨가 꺼지고 재만 살아 간간이 움직이거나 굳어버릴 뿐, 끔찍하고 시끄러운 움직임, 차갑고 메마른 광석 찌꺼기 떨어지는 덜커덕 소리뿐이었다. 내리쬐는 햇살이 잿빛 도심을 드러내는 인공조명 같고, 밤의 불빛은 붕괴를 나타내는 불길한 번득임 같았다.

그는 정신 나간 듯 허둥거리며 단골 술집에 가서 위스키 한잔을 시켜놓고 돌처럼 꼼짝 않고 앉아 있었다. 자신이 시체같이 느껴졌다. 세상의 죽은 언어로 사람이라 부르는 저 유령 같고 생기 없는 여느 존재들로 보일 만큼의 생기만 남아 있었다. 그녀의 부재가 그에게는 고통 이상의 것이었다. 그것은 그의 존재를 무너트렸다.

무감각한 상태로 점심을 먹고 차를 마시러 갔다. 그의 얼굴은 내내 뻣뻣이 굳어 핏기가 없었으며 그의 생명은 메마른 기계적 움직임에 불과했다. 하지만 그 와중에도 그는 자신을 덮쳐온 이 끔찍한 비참함에 대해 살짝 궁금증이 생겼다. 어떻게 이렇게도 죽은 재처럼 불이 꺼져버릴 수 있단 말인가? 그는 그녀에게 편지를 썼다.

"생각해봤는데 우리 곧 결혼해야겠어. 인도로 부임하면 봉급이 오를 테고 우리 둘이 지낼 만할 거야. 만약 당신이 인도로 가고 싶지 않다면 내가 여기 영국에 머무를 수도 있어. 하지만 인도가 당신 마음에 들 것 같아. 말도 타고 거기 있는 사람들과 알고 지낼 수 있을 거야. 혹시 여기 계속 있으면서 학위를 따고 싶다면 그 직후에 결혼할 수도 있어. 당신 답을 들은 후 바로 당신 아버지께 편지할게……"

그는 그녀를 이런 식으로 처리해버린 채 지냈다. 그녀와 같이 있을 수만 있다면! 지금 그가 바라는 것은 결혼해서 그녀를 확보하는 것뿐이었다. 하지만 그러는 내내 그는 아무 감정도 연관도 없이 철저히, 철저히 희망을 잃고 싸늘하게 죽어 있었다.

자기 생명이 죽어버린 것 같았다. 영혼이 소멸되었다. 존재 전체가 메말라 그는 생명을 떠난 유령이 되었다. 충만함이라곤 찾을 수 없는 납작한 형체일 뿐이었다. 날이 갈수록 미칠 것 같은 마음이 쌓여갔다. 아무것도 아니라는 비존재의 공포가 그를 사로잡았다.

그는 여기저기 사방을 헤매고 다녔다. 그러나 무엇을 하건 껍데기뿐 그 속을 채울 것은 아무것도 없다는 걸 알았다. 극장에 갔다. 거기서 듣고 본 것이 이제 그의 전부를 이루는 의식의 차가운 표면을 덮쳤다. 그 의식 이면에는 아무것도 없었고 그는 어떤 것도 경험할 수 없었다. 그의 내면에 기계적으로 기록될 뿐 그 이상은 없었다. 그에겐 존재도 내용도 없었다. 그가 접하는 사람들도 마찬가지였다. 그들은 뻔한 속성들의 조합에 불과했다. 지금 그가 거하는 이 세상에는 원만함도 충만함도 없었다. 모든 게 생명이나 존재 없는 죽은 형체의 정신적 배열이었다.

하루 대부분을 그는 친구나 동료와 같이 지냈다. 그러면 모든 걸 잊었다. 그들의 활동이 그 자신의 부정성을 보완했으며, 그들은 그의 부정적 공포와 함께했다.

그는 술을 마실 때만 기분이 좋아져서 과음하게 되었다. 그러면 이전의 자신과 정반대가 되었다. 따스하게 퍼지는 공기 같은 세상에서 따스하게 퍼지는 한조각 빛나는 구름이 되었다. 형태 없이 퍼져나가듯 모든 것과 하나가 되었다. 모든 게 장밋빛으로 녹아내려서 그가 빛이고, 모든 게 빛이며, 딴 사람들도 다 빛이 되면 정말 멋지고 아주 좋았다. 노래를 부르곤 했는데 그것도 너무 좋았다.

어슐라는 굳게 닫힌 마음으로 벨도버로 돌아왔다. 그녀는 스크리벤스키를 사랑했다. 그 점은 확고했다. 그외에는 여지를 두지 않았다.

그녀는 결혼해서 인도로 가자는 그의 길고 집요한 편지를 그저 담담하게 읽었다. 결혼 운운하는 말은 신경도 쓰지 않았다. 그 말이 실감 나지 않았다. 편지 대부분이 별 의미 없이 주절거리는 내용 같았다.

그녀는 유쾌하고 편하게 답장했다. 그녀는 편지를 길게 쓰는 편이 아니었다.

"인도는 참 좋을 것 같아. 코끼리 등에 올라타서 굽실거리며 늘어선 원주민들 사이를 건들거릴 내 모습이 그려지네. 그렇지만 아버지가 허락하실지 모르겠어. 두고 봐요.

우리가 같이 지낸 즐거운 시간들이 계속 생각나. 그렇지만 끝날 무렵에는 날 그렇게 많이 좋아하진 않았지? 빨리 떠날 땐 날 안 좋아했잖아. 왜 그랬어요?

당신을 아주 사랑해. 당신 몸을 사랑해. 그 몸은 투명하고 섬세해. 당신이 다 벗고 다니지 않아서 정말 다행이야, 만약 그러면 여자들이 다 당신한테 빠져버릴 테니까. 난 당신 몸이 너무 탐나. 너무 좋아."

그는 이 편지를 받고 약간 흡족했다. 그렇지만 날이면 날마다, 텅 빈 죽은 존재처럼 여기저기 헤매다녔다.

그는 4월 말이 되어서야 노팅엄에 다시 올 수 있었다. 그때 그녀를 설득해서 주말 동안 옥스퍼드 근처 친구네에 머물기로 했다. 이 즈음 두 사람은 약혼한 상태였다. 그가 그녀 아버지에게 편지를 보내 일을 진척시켰던 것이다. 그는 그녀에게 에메랄드 반지를 주었고 그녀는 반지가 아주 사랑스러웠다.

식구들은 그녀가 벌써 집을 떠난 사람인 듯 이제 약간 거리를 두고 대했다. 거의 혼자 있게 두었다.

그녀는 옥스퍼드 근처 시골집에서 그와 사흘을 지냈다. 아름다운 곳이었고 그녀는 무척 행복했다. 하지만 가장 기억에 남는 것은 함께 밤을 보낸 스크리벤스키가 자기 방으로 가만히 돌아간 후 아침에 일어나서 혼자 있을 때 느낀 그 풍요로움이었다. 혼자 있는 방을 한껏 누리며 블라인드를 걷으면 저 아래 정원에서 햇빛을 받아 온통 눈처럼 빛나는 자두나무가 보였다. 푸른 하늘 아래 활짝 꽃이 피어 있었다. 나무는 활짝 꽃을 피웠고 푸르른 하늘 아래 희디흰 꽃잎을 흩날리고 있었다! 그 모습에 그녀는 감격했다.

누가 와서 말을 걸기 전에 얼른 옷을 입고 정원으로 나가 자두나무 아래를 거닐어야 했다. 그녀는 살짝 빠져나와서 요정 나라 여왕처럼 이리저리 거닐었다. 나무 아래에서 푸른 하늘을 올려다보니 꽃송이가 은회색을 띠고 있었다. 은은히 퍼지는 꽃향기, 희미하게 윙윙거리는 벌들의 소리, 아름다운 아침이 놀랍도록 빨리 흘러갔다.

그녀는 아침식사 종소리에 실내로 돌아왔다.

"어디 갔다 왔어요?" 다른 사람들이 물었다.

"자두나무 보러 안 나갈 수가 있어야죠." 대답하는 그녀의 얼굴이 꽃처럼 빛났다. "정말 너무 아름다워요."

스크리벤스키의 영혼에 성난 기색이 스쳤다. 그녀는 그와 함께 있기 싫었던 것이다. 그는 의지를 단단히 굳혔다.

밤에 달이 뜨자 꽃송이가 신비롭게 반짝였고, 그들은 그 모습을 보러 같이 나갔다. 곁에 있는 그의 얼굴에 달빛이 비치자 그의 형체가 은빛을 띠었고 그늘진 두 눈은 헤아릴 수 없이 깊었다. 그녀는 그에 대한 애정이 솟구쳤다. 그는 아주 조용했다.

집으로 들어온 후, 그녀는 피곤한 체했다. 그래서 재빨리 자리에 들었다.

"오래 있지 말고 와요." 밤 인사를 해야 해서 그녀가 속삭였다.

그리고 그는 그녀에게 다가갈 수 있는 순간을 집중해서, 집요하게 기다렸다.

그녀는 그를 즐겼다. 그를 최대한으로 활용했다. 손가락으로 그의 옆구리의 부드러운 살이나 부드러운 등을 만지길 좋아했다. 그녀의 손길이 닿으면 승마로 단련된 그의 근육들이 단단해졌다. 그러면 그녀는 자신의 손길 아래 너무도 부드럽고 매끄러워지면서 그토록 무한한 봉사를 바쳐오는 그의 터질 듯 단단한 몸 때문에 아찔한 흥분과 욕망에 사로잡혔다.

그녀는 주인이 차지하는 온갖 쾌락과 방종을 누리며 그의 몸을 소유하고 즐겼다. 그러나 그는 점점 그녀의 몸이 두려워졌다. 그는 그녀를 끝없이, 끝없이 원했다. 그러나 감미로운 접근과 사랑스레 감겨오는 끝없는 포옹을 즐기지 못하게 하는 어떤 긴장감이, 어떤 제약이 그의 욕망 속으로 스며들었다. 그는 두려웠다. 그의 의지는 변함없이 긴장되고 고정되어 있었다.

그녀의 졸업시험이 한여름에 있었다. 지난 몇달간 공부에 소홀했지만 그녀는 시험을 꼭 치겠다고 우겼다. 그도 그녀가 학위를 받기를 바랐다. 그러면 그녀가 만족하겠거니 생각했다. 하지만 속으로는 그녀가 시험에 떨어져서 그에게 더 만족해주길 바랐다.

"우리 결혼하면 당신은 인도에 살고 싶어, 영국에 살고 싶어?" 그가 물었다.

"이, 인도지, 지금껴진." 그녀는 생각 없이 아무렇게나 대답했는데, 그는 그게 거슬렸다.

또 한번은 격하게 말하기도 했다. "영국을 떠나고 싶어. 모든 게 너무 저질이고 좀스러워, 정신적인 구석이라곤 하나도 없어. 난 민주주의는 딱 질색이야."

그녀가 이렇게 말하는 걸 들으면 그는 화가 났지만 이유는 알지 못했다. 그녀가 세상 돌아가는 상황을 비판하면 왠지 참을 수가 없었다. 마치 자기를 비판하고 있는 것 같았다.

적의에 차서 그가 물었다. "민주주의가 질색이라니, 그게 무슨 말이야?"

"민주주의 사회에서는 탐욕스럽고 추한 자들만 꼭대기에 오르니까." 그녀가 말했다. "거기까지 올라가는 건 그런 사람들이니까. 퇴보하는 종족들만이 민주주의를 숭상하지."

"그럼 자기가 원하는 건 뭐야, 귀족정치야?" 이렇게 물으며 그는 마음속으로 감동했다. 늘 자기가 지배계급인 귀족층에 속해 마땅하다고 느꼈던 것이다. 그러나 그녀가 그의 계급을 옹호하는 것을 듣자니 아픈 쾌감 섞인 야릇한 고통이 느껴졌다. 뭔가 불법적인 것을 묵인하고 비난받을 만한 그릇된 이익을 취하고 있는 것 같았다.

"난 정말 귀족정치를 원해." 그녀가 소리쳤다. "돈 위주의 귀족정치가 아니라 태생에 따른 귀족정치가 훨씬 나아. 요새 도대체 누가 귀족이야, 가장 잘 다스릴 사람으로 어떤 이들이 선출되지? 돈 있고 돈 버는 머리가 있는 자들이잖아. 그밖의 소양은 상관도 안 해, 돈 버는 머리가 있어야 하니까, 돈의 이름으로 지배하고 있으니까."

"국민이 정부를 선출하잖아." 그가 말했다.

"알아. 하지만 국민이 누구야? 국민 각각은 돈을 좇는 개인이야. 같은 액수의 돈이 있다고 아무나 나와 동등한 사람이란 게 난 싫다고. 그 사람들 누구보다 내가 더 낫다는 걸 확실히 아니까. 그들이 싫어. 나와 동등한 사람들이 아니야. 난 돈 위주의 평등이 싫어. 그건 추악한 평등이야."

그를 향한 그녀의 눈동자가 이글거렸다. 그는 그녀가 그를 파괴하고 싶어 한다는 느낌이 들었다. 그를 손아귀에 넣고 부숴버리려 하고 있었다. 그녀에 대한 분노가 치밀었다. 적어도 자신의 생존을 위해 그는 그녀와 싸울 작정이었다. 단단하고 맹목적인 반감이 그를 사로잡았다.

"난 돈에는 정말로 관심 없어," 그가 말했다. "떡고물에 손대고 싶지도 않고. 내 손은 너무 예민하거든."

"당신 손이 나한테 뭐라도 되나!" 그녀가 격하게 소리쳤다. "섬섬옥수지. 그리고 인도 가는 것만 해도 그래. 거기 가면 뭐 대단한 사람이나 될 것 같지! 당신 인도 가는 거, 그건 그저 도피야."

"어째서 도피라는 거야?" 분노와 두려움으로 하얗게 질려 그가 소리쳤다.

"당신은 인도인들이 우리보다 단순하다고 생각하잖아, 그래서 그들 가까이 있으면서 주인 행세하는 걸 즐길 테고." 그녀가 말했다. "그러면서 다름 아닌 인도인들의 복리를 위해 그들을 통치한다고 스스로 아주 의롭게 느끼겠지. 의롭게 느끼다니, 당신이 뭐라고. 당신의 통치에서 의롭다고 할 게 뭐가 있어. 당신의 통치는 역겨워. 뭘 위해 통치한다는 거야, 그곳을 여기처럼 황폐하고 추악하게 만들려는 거 말고?"

"난 내가 조금도 의롭다고 느끼지 않아." 그가 말했다.

"그러면 정말 어떻게 느끼는데? 당신이 어떻게 느끼건 말건, 전부 별 볼 일 없는 것들이야."

"당신 자신은 어떻게 느끼는데?" 그가 물었다. "당신 생각엔 자신이 의롭지 않나?"

"아니, 의롭지, 난 당신과 당신이 속한 낡고 죽은 그 모든 걸 반대하니까." 그녀가 큰 소리로 말했다.

그녀는 견고한 깨달음으로 표명한 이 마지막 말로써 그가 고수해온 깃발을 내리쳐버린 듯했다. 그는 무릎이 잘려나가 쓸모없는 존재가 된 것 같았다. 견딜 수 없는 메스꺼움이 그를 사로잡았다. 정말로 다리가 잘리고 무력한 몸통만 남아서 남한테 의지하고 꼼짝도 못 하는 무용지물이 된 것 같았다. 그저 형체일 뿐 생기 있게 살아 있지 않은 듯한 끔찍한 절망감 때문에 그는 미친 듯 화가 나고 제정신이 아니었다.

이제는 어슐라와 같이 있을 때도 이런 죽음의 느낌이 그를 엄습했다. 개체의 생기가 다 빠져버린 몸뚱이처럼 이리저리 걸어다녔다. 이런 상태로 그는 듣지도 보지도 느끼지도 못했고, 기계적 생명 활동만 지속했다.

그는 이런 상태로 자신이 할 수 있는 최대한 그녀를 미워했다. 머리를 굴려서 그녀가 자기를 존중하게 만들 갖가지 방도를 짜냈다. 그녀가 그를 존중하지 않았기 때문이었다. 그녀를 안 만나고 편지도 쓰지 않았다. 다른 여자들에게, 구드런에게 집적거리기도 했다.

이 마지막 수에 어슐라는 불같이 화를 냈다. 여전히 그의 몸을 격렬히 탐했다. 그녀는 열불을 내며, 한 여자도 만족시키지 못하는 사내가 여러 여자한테 껄떡댄다고 질타했다.

"내가 당신을 만족시키지 못한다고?" 또 하얗게 질린 얼굴로 그가 물었다.

"못하지," 그녀가 말했다. "런던에서의 처음 몇주 이후에는 한번도 만족시키지 못했어. 지금은 전혀 만족시키지 못해. 당신이 나를 가지는 게 내게 무슨 의미가 있어?"

그녀는 냉정하고 무관심하게, 하찮다는 듯 어깨를 으쓱하고 얼굴을 돌렸다. 그는 그녀를 죽일 것만 같았다.

그를 미치도록 자극해서 분노에 찬 그의 눈동자가 고통으로 검게 타들어가는 걸 보면 그때는 엄청난 괴로움이 그녀의 영혼을 덮쳐왔다. 엄청난, 어찌할 수 없는 괴로움이었다. 그러면 그녀는 그를 사랑했다. 왜냐하면 아, 그를 사랑하고 싶기 때문이었다. 생사보다 더 강렬한 것이 그를 사랑할 수 있기를 바라는 그녀의 갈망이었다.

그를 파괴하는 그녀 때문에 그가 미칠 것 같을 때, 그의 무사안일한 태도가 깡그리 무너지고 일상적 자아도 모두 부서져 극심한 고통에 미쳐 날뛰는 벌거벗겨진 원초적 사내만 남게 될 때, 그런 순간들이면 그를 사랑하려는 그녀의 욕정은 사랑이 되었고, 그녀는 다시 그를 취했으며, 그들은 터져나오는 욕정 속에서 절정에 올랐다. 그럴 때, 그는 자신이 그녀를 만족시킨다는 것을 알았다.

하지만 그 모두는 발아하는 죽음의 싹을 품고 있었다. 관계 후에는 매번, 그를 향한, 혹은 그에게서 한번도 얻지 못한 것을 향한 그녀의 고통스러운 욕망은 더욱 강렬해졌고 그녀의 사랑은 더욱 절망적으로 변했다. 관계 후에는 매번, 그녀에 대한 그의 광적인 의존은 더욱 깊어졌고 꼿꼿이 서서 자기 힘으로 그녀를 안겠다는 그의 바람은 갈수록 약해졌다. 그는 자신이 그녀의 부속물에 지나지 않는 것 같았다.

어슐라의 졸업시험 직전, 성령강림절 기간이 다가왔다. 그녀는 며칠 쉬기로 했다. 도러시는 세습재산을 상속받아서 써식스 주에 농가를 한채 짓고 있었다. 그녀가 휴가를 같이 보내자고 그들을 초대했다.

그들은 써식스 고원 기슭에 자리 잡은 도러시의 나지막하고 말끔한 농가로 갔다. 여기서는 원하는 건 뭐든 할 수 있었다. 어슐라는 늘 고원의 정상에 가보기를 열망했다. 하얀 길을 따라 구불구불 올라가면 둥그런 정상으로 이어졌다. 가지 않을 수 없었다.

정상에 오르니 몇 마일 떨어진 영국해협이 보였다. 융기한 바다는 하늘빛에 희미하게 반짝였고, 저 멀리 와이트섬이 우뚝 솟은 그림자 같았다. 환하게 빛나는 강은 구획 지은 평원을 굽이돌아 바다로 흐르고, 그림자 드리운 육중한 덩어리 같은 어런들 성이 보였다. 높다랗고 매끈하게 펼쳐진 고원은 하늘 아래 높고 평탄한 구릉을 이루어 작열하는 막강한 태양이 빛나는 저 하늘만을 인정한 채, 몇 군데 관목 숲만이 저 거대하고 수그러질 수 없는 고원과 시시각각 변하는 하늘 사이의 교접을 침범하게 두었다.

저 아래로 마을들과 삼림지대의 숲과 씩씩하게 내달리는 기차가 보였다. 용감무쌍한 아이처럼 기차는 잔뜩 위세를 부리며 강가의 목초지를 지나 고원 사이 갈라진 틈 안으로 달려갔다. 하얀 증기를 내뿜으며 달려갔지만 그러는 내내 아주 조그맣게 보였다. 크기는 작아도 대단한 기세로 세상 이 끝에서 저 끝을 달려 이제는 닿지 않는 곳이 없었다. 그러나 그보다는 장엄한 무심함으로 태양 앞에 사지와 몸뚱이를 드러내어 햇빛과 해풍과 바닷물 머금은 구름을 자신의 금빛 피부 속으로 들이켜는, 존재의 최상의 고요와 평온을 지닌 저 고원, 저 고원이야말로 훨씬 더 멋지지 않은가? 가늘게 증기를 내뿜으며 구획 지은 평원을 지나 가뭇한 바다 쪽으로 너무도 빠르고 너무도 기운차게 사라지는 맹목적이고 가련한, 기운찬 위세의 기차를 보며 그녀는 서글퍼 울었다. 기차는 어디로 가고 있는가? 어디로도 가고 있지 않았다. 그저 가고 있을 뿐이었다. 너무도 맹목적으로, 어떤 목표나 목적지 없이, 그럼에도 저렇게 바삐 달려가다니! 그녀는 선사시대의 오래된 토루土壘에 앉아 울었다. 눈물이 뺨 위로 흘러내렸다. 기차가 온 세상에 터널을 뚫어버렸던 것이다. 막무가내로 추하게 뚫어버렸다. 그녀는 영원한 저 하늘과의 교접 외엔 괘념치 않는 너무도 강인한 이 고원에 얼굴을 묻고 엎드려서, 바람과 구름과 쏟아지는 햇살에 가슴과 팔다리를 다 드러낸, 저 하늘 아래 평탄히 놓인 강인한 언덕이 될 수 있기를 소망했다.

그러나 그녀는 다시 일어나서 햇살이 비친 발치 아래 저 멀리로 연기가 피어오르고 기운 넘치는 마을들이 있는 구획 지은 평지 쪽을 보지 않을 수 없었다. 저 멀리 내달리는 기차는 너무 근시안적이었고, 쩨쩨한 활동들에 매인 마을들의 좀스러운 모습은 너무 끔찍했다.

스크리벤스키는 자신이 어디에 있는지, 그녀와 같이 무엇을 하고 있는지도 모른 채 멍하니 돌아다녔다. 그녀의 열정은 온통 저 높이 고원을 헤매다니는 데 가 있는 듯했고, 평지로 내려와야 할 때면 그녀는 침울해했다. 저 위에서는 활기차고 자유로웠다.

그녀는 집에서는 더이상 그를 안으려 하지 않았다. 집이 지긋지긋하고 특히 침대가 싫다고 했다. 그가 그녀의 침대에 오는 게 뭔가 불쾌했다.

그녀는 밤에 고원에 있으려 했다. 그도 그녀와 함께 저 위로 갔다. 한여름이라서 낮이 활기차고 길었다. 10시 반쯤, 마침내 짙푸른 어둠이 내리면 두 사람은 담요를 가지고 가파른 산길을 올라 고원 꼭대기로 갔다.

그 위에 가면 별들이 기다랗고 지 아래 대지는 어둠 속으로 시리져버렸다. 그녀는 거기서 별들과 있으면 자유로웠다. 아득히 가냘픈 노란 불빛들이 보였지만 바다나 육지의 불빛들은 너무도 아득했다. 그녀는 이 위, 별들 사이에서 자유로웠다.

그녀는 옷을 다 벗어버리고 그도 다 벗게 한 후 달이 비치지 않는 부드러운 풀섶 위를 달렸다. 옷을 벗어둔 데서 멀리, 1마일도 넘는 곳까지 어둡고 부드러운 바람 속을 완전히 벗은 채, 저 고원처럼 다 벗은 채 내달렸다. 머리카락이 풀려 어깨 위에 흩날렸고 그녀는 샌들을 신고 저 멀리 이슬연못⁹까지 계속 질주했다.

둥근 이슬연못에 뜬 별들은 흔들림 없이 고요했다. 그녀는 가만히 물속으로 들어가 별을 잡으려 손을 뻗었다.

---

9 구릉지에서 이슬과 빗물을 모아 가축의 식수로 쓰는 인공 연못.

그러다 흠칫 놀라 물러나서 날쌔게 달리기 시작했다. 그가 거기, 그녀 옆에 있긴 했지만 마지못해 봐주는 정도였다. 그는 그녀의 두려움을 가리는 가림막이었다. 그녀에게 봉사했다. 그녀가 그를 안아 움켜쥐고 자기 몸 가까이 바싹 죄었지만 부릅뜬 두 눈은 별들을 보고 있었다. 마치 별들이 그녀와 누워 그녀 자궁의 깊이 모를 어둠으로 들어가 마침내 그녀를 가늠하고 있는 듯했다. 그것은 그가 아니었다.

새벽녘이 되었다. 그들은 석기시대 토루 위 높다란 곳에 함께 서서 가만히 동이 트기를 기다렸다. 빛이 대지 위로 내렸다. 하지만 대지는 어두웠다. 그녀는 멀리 어두운 대지 끝에서 희끄무레한 하늘 가장자리를 보았다. 어둠이 점점 푸르러졌다. 저 뒤편 바다에서 미풍이 불어오고 있었다. 그것은 새벽의 희뿌연 틈을 향해 달려오고 있는 듯했다. 그녀와 그는 이 어둠의 전초기지에 우두커니 서서 새벽을 기다리고 있었다.

빛은 더 강해져 짙은 청옥색의 투명한 밤을 배경으로 솟구쳐올랐다. 빛이 더 강하고 더 하얘지다가 그 위로 장밋빛 홍조가 일렁였다. 장밋빛 홍조가, 이어서 노란빛이, 새로 탄생한 연노란빛이, 이 전체가 하늘 가장자리의 샘 위에 잠시 떨며 머물고 있었다.

장밋빛이 일렁이고 떨리며 타오르더니 불꽃으로, 잠시 머무는 빨간 불꽃으로 녹아들었고, 노란빛은 점점 커지는 샘에서 밀려나와 큰 물결을 이루며 쏟아져 노란빛 큰 물결이 어둠 위로 물보라를 흩뿌리며 하늘 저 멀리 내달리자, 어둠은 점점 더 푸르고 푸르게 옅어지다 마침내 어둠이었던 바로 그것이 광채로 변했다.

해가 뜨고 있었다. 작열하는 빛이 바르르 떨며 강력하고 맹렬하게, 물밀듯 밀려왔다. 그러다 작열의 근원 그 자체가 불쑥 치솟아

모습을 드러냈다. 해가 하늘에 떴고, 너무 강력해서 쳐다볼 수 없었다.

그리고 그 아래 대지는 고요히, 너무나 평화로이 누워 있었다. 이따금 수탉이 울 뿐이었다. 그외에는 저 먼 노란 언덕에서부터 고원 기슭의 솔밭에 이르기까지, 모든 것이 새로운 황금빛 창조의 큰 물결에 씻겨 새로운 존재로 태어났다.

황금빛으로 또렷이 드러난 대지, 그것은 형언할 수 없이 고요하고 희망 가득해서 어슐라의 영혼은 크게 동요해 눈물을 흘렸다. 그 순간, 스크리벤스키가 그녀를 흘낏 보았다. 눈물이 그녀의 뺨 위로 흘러내리고 입이 삐죽거리고 있었다.

"왜 그래?" 그가 물었다.

그녀가 잠시 목소리를 가다듬더니 "너무 아름다워" 하고 붉게 타오르는 아름다운 내지를 보며 말했다. 그것은 너무나 아름답고 완벽하고 때 묻지 않았다.

그 역시 몇 시간만 지나면 영국의 모습이 어떨지 알았다. 헛소동에 불과한 맹목적이고 추악하며 맹렬한 활동들, 더러운 연기를 내뿜으며 기차를 달리게 하고 지구의 뱃속까지 휘저어놓는 헛소동들. 섬뜩한 두려움이 그를 덮쳤다.

그는 어슐라를 보았다. 눈물 젖은 그녀의 얼굴은 찬란히 빛나는 성자의 모습 같았다. 뜨겁게 타오르는 빛나는 눈물을 닦아줄 손은 그의 손이 아니었다. 그는 처참한 무력감에 압도되어 외따로 서 있었다.

점점 더 거대하고 무력한 슬픔이 그의 속에 차오르고 있었다. 하지만 아직은 그 슬픔을 날려버릴 만했고, 그는 자기 생명을 지키고자 분투하고 있었다. 눈에 띄게 말이 없어지고 주위 사물들에 무감해졌는데, 이를테면 그에게 내릴 그녀의 판결을 기다리는 중이었다.

그들은 노팅엄으로 돌아왔고, 그녀의 시험기간이 다가왔다. 그녀는 시험을 보러 런던으로 가야 했다. 하지만 그와 같이 호텔에 묵으려 하지 않았다. 영국박물관 근처 자그마하고 조용한 펜션에 가겠다고 했다.

런던의 그 조용한 주택가가 그녀에게 깊은 인상을 주었다. 그곳은 아주 완벽했다. 그녀의 마음이 그곳의 고요함에 갇힌 듯 보였다. 어느 누가 그녀를 해방시킬 것인가?

그녀의 실기시험이 끝나는 날 저녁, 그는 그녀와 함께 리치먼드 근처 강 아래편의 호텔로 식사하러 갔다. 석양에 노랗게 물든 강물과 홍백 줄무늬의 보트 차양들, 그리고 나무 아래 푸른 그늘이 진 그곳은 황금빛으로 아름다웠다.

"우리 언제 결혼하지?" 그가 가만히, 단순하게, 그냥 편한 질문인 듯 물었다.

그녀는 강 위를 오가는 유람선들을 바라보았다. 그는 그녀의 어리둥절해하는 황금빛 얼굴을 보았다. 그러자 목구멍에 뭐가 걸린 것 같았다.

"모르겠어." 그녀가 말했다.

격한 슬픔에 그는 목이 메었다.

"왜 모른다는 거야, 결혼하기 싫어?" 그가 물었다.

그녀가 천천히 고개를 돌렸고 생각에 잠겨 표정 없이 멍한, 소년의 얼굴 같은 그녀의 얼굴이 그의 얼굴을 보았다. 그녀는 딴생각에 몰두해서 그가 보이지 않았다. 자기가 무슨 말을 하려는지도 알지 못했다.

"결혼하고 싶지 않아." 그녀는 말했고, 그녀의 천진한, 괴롭고도 멍한 눈이 잠시 그의 눈에 머무르다 딴생각에 잠겨 다시 먼 데를 향했다.

"아주 안 하겠다는 거야, 아직은 안 하겠다는 거야?" 그가 물었다.

목에 뭔가 걸린 느낌이 더 강해졌고 누가 목을 조르고 있는 듯 얼굴이 당겼다.

"아주 안 하겠다는 거야." 그녀가 말했다. 그녀 너머에서 기필코 말을 뱉는 어떤 먼 자아의 목소리였다.

목이 졸린 듯 당겨진 그의 얼굴이 한순간 멍하니 그녀를 주시하더니, 잠시 후 그의 목구멍에서 이상한 소리가 났다. 그녀는 놀라서 정신이 들었고 겁에 질려 그를 보았다. 그의 머리가 기묘하게 들썩이며 턱이 홱 젖혀지더니 이상하게 꺽꺽거리는 딸꾹질 소리가 다시 났고, 얼굴은 미친 사람처럼 일그러졌다. 그는 자신을 붙잡아주던 뭔가가 부러져버린 듯 일그러진 얼굴로 넋이 빠져 울고 또 울었다.

"토니, 울지 마." 그녀가 깜짝 놀라 소리쳤다.

그런 그를 보니 마음이 갈가리 찢겼다. 그가 손으로 더듬거리면서 의자에서 일어났다. 하지만 울음을 억누르지 못한 채 소리 없이 울고 있어서 얼굴은 일그러진 가면처럼 찌푸렸고 눈물이 뺨의 살짝 오목한 멋진 부분으로 흘러내렸다. 정신없이, 계속 이렇게 끔찍한 가면 같은 얼굴을 한 채 그는 더듬거리며 모자를 쓰고 테라스에서 내려갔다. 8시였지만 날이 아직 환했다. 사람들이 쳐다보았다. 어슐라는 너무 당황스럽고 화도 좀 나서, 그의 뒤에서 웨이터에게 금화 반 파운드를 주고 노란 실크 코트를 집어들고는 스크리벤스키를 따라 나왔다.

강가 길을 따라서 무턱대고 불안하게 걸어가는 그가 보였다. 이상하게 뻣뻣하고 불안한 모양새를 보니 아직 울고 있는 게 분명했다. 그녀는 서둘러 쫓아가서 그의 팔을 잡았다.

"토니," 그녀가 소리쳤다. "울지 마! 왜 이래? 왜 이러는 거야? 울지 마요! 꼭 이래야 되겠어?"

그는 그녀가 하는 말을 들었고 그의 남성성은 처참하고 냉혹하게 훼손당했다. 그럼에도 아무 소용이 없었다. 그는 자기 얼굴을 어찌해볼 도리가 없었다. 얼굴과 가슴이 저절로 그러는 듯 격렬하게 흐느끼고 있었다. 그의 의지나 지식은 이것과 아무 상관이 없었다. 그저 멈출 수 없을 뿐이었다.

그녀는 그의 팔을 잡은 채 걸었다. 화나고 당혹스럽고 고통스럽기도 해서 아무 말도 없었다. 그는 정신없이 우느라고 앞이 안 보이는 사람처럼 아무 데로나 걸음을 뗐다.

"집에 갈래요? 택시 잡을까?" 그녀가 말했다.

그는 그 말을 잘 알아듣지도 못했다. 그녀는 너무 당황하고 불안한 마음에 천천히 지나가고 있던 택시를 향해 무턱대고 손짓했다. 운전사가 손을 들어 인사하고 차를 댔다. 그녀는 차 문을 열고 스크리벤스키를 태운 다음 자기도 탔다. 얼굴을 쳐들고 입을 앙다문 그녀의 모습은 딱딱하고 냉정하며 수치스러워 보였다. 운전사가 몸을 돌려 검붉은 얼굴이 그녀를 향하자 그녀는 움찔 놀랐다. 검은 눈썹에 짙은 콧수염을 짧게 다듬은, 혈기 왕성한 동물 같은 얼굴이었다.

"어디로 모실까요, 부인?" 흰 이를 드러내고 그가 물었다.

그녀는 또 잠시 허둥거렸다.

"러틀랜드 광장 40번지로 가주세요." 그녀가 말했다.

운전사는 모자에 슬쩍 손을 대어 인사하고 무심히 차를 몰았다. 스크리벤스키를 못 본 체하기로 그녀와 약속이나 한 것 같았다.

스크리벤스키는 택시에 갇힌 듯 앉아 있었는데, 아직도 얼굴이 실룩거리고 눈물을 떨치느라 이따금 고개를 살짝 내저었다. 손은 전혀 움직이지 않았다. 어슐라는 차마 그 모습을 볼 수 없었다. 치켜든 얼굴을 창 쪽으로 돌려버렸다.

마침내 자제력을 되찾고서 그녀가 다시 그를 돌아보았다. 그는 훨씬 잠잠해진 상태였다. 젖은 얼굴이 가끔 실룩댔으며 손은 여전히 움직임이 없었다. 하지만 눈동자는 비 온 뒤 씻긴 하늘처럼 아주 고요하고 파리한 빛이 가득했으며 거의 유령같이 흔들림이 없었다.

그녀의 자궁 속에서 그를 향한 통증이 불타올랐다.

"자기가 이렇게 마음 상할 줄 몰랐어." 머뭇거리다 그의 팔에 아주 가볍게 손을 얹으며 그녀가 말했다. "나도 모르게 말이 나와버렸어. 별 뜻 없어, 정말로."

그는 아주 가만히 그녀의 말을 들었지만 기력이 다 빠지고 감정도 없어 보였다. 그녀는 어떤 희한한, 속을 알 수 없는 동물인 듯 그를 바라보며 기다렸다.

"이제 안 울 거지, 그지, 토니?"

이 물음을 들으니 그는 그녀를 향한 수치심과 원통함이 격렬히 끓어올랐다. 그의 콧수염이 눈물로 흠뻑 젖은 것이 눈에 띄었다. 그녀는 손수건을 꺼내 그의 얼굴을 닦아주었다. 운전사의 묵직하고 둔한 등이 의식은 하지만 관심 없다는 듯 계속 돌아앉아 있었다. 스크리벤스키는 어슐라가 부드럽고 조심스레, 하지만 그가 직접 하는 것만큼은 못해서 어설프게 얼굴을 닦는 동안 꼼짝 않고 앉아 있었다.

손수건이 너무 작았다. 금방 푹 젖어버렸다. 그녀는 그의 주머니를 더듬어 손수건을 찾아냈다. 그리고 그녀의 것보다 더 큰 손수건으로 조심스레 얼굴을 닦아주었다. 그러는 내내 그는 가만히 있었다. 그녀가 그의 뺨을 당겨 입맞춤했다. 그의 얼굴은 차가웠다. 마음이 아팠다. 그의 눈에 다시 눈물이 차오르는 것이 보였다. 마치 어린아이인 양, 그녀는 그의 눈물을 또 닦아주었다. 이쯤 되자 그녀가 울음을 터트릴 지경이었다. 그녀는 입술을 꼭 물었다.

그녀는 자기가 울음을 터트릴까봐 그의 곁에 바싹 다가앉아 따뜻하고 다정하게 그의 손을 꼭 잡고 가만히 있었다. 택시가 달리고 또 달리는 사이에 한여름 저녁의 황혼이 물들기 시작했다. 한참 동안 그들은 가만히 앉아 있었다. 어쩌다 한번씩, 그의 손을 덮은 그녀의 손이 다정히 더 꼭 잡았다가 점점 스르르 풀렸다.

땅거미가 내리기 시작했다. 가로등이 하나둘 켜졌다. 운전사가 택시의 불을 밝히려고 잠시 차를 댔다. 스크리벤스키가 처음으로 몸을 움직여 앞으로 기대고 운전사를 보았다. 그의 얼굴은 한결같이 정지되고 투명한, 아이 같은 표정을 하고 있어서 낯설어 보였다.

그들은 눈살을 찌푸린 채 등불을 들여다보는 운전사의 기이하고 퉁퉁한, 거무튀튀한 얼굴을 보았다. 어슐라는 몸이 떨렸다. 거의 동물 같은, 그러나 자신들을 다 알아보고 또 지배하에 두는 민첩하고 힘센 동물의 경계하는 얼굴이었다. 그녀는 스크리벤스키에게 바싹 다가앉았다.

"자기?" 차가 다시 속력을 내며 달리자 그녀가 뭔가 알아내려는 듯 물었다.

그는 움직이지 않았고 소리도 내지 않았다. 점점 짙어지는 어둠 속에서 어슐라가 그의 손을 잡고 몸을 앞으로 내밀어 잠잠한 뺨에 입 맞추게 두었다. 울음은 이제 사라졌다. 이젠 더 울지 않으리라.

그는 다시 온전해지고 자기 자신이 되었다.

"자기." 관심을 끌어보려고 그녀가 다시 불렀다.

그러나 그는 아직 그럴 수 없었다.

그는 도로를 주시했다. 켄싱턴 가든 옆을 달리고 있었다. 처음으로 그의 입술이 움직였다.

"내려서 공원에 갈까?" 그가 물었다.

"그래요." 무슨 일이 일어날지도 잘 모르면서 그녀가 가만히 대답했다.

잠시 후 그가 운전석에 연결된 손잡이를 당겼다. 건장하고 뚱한 운전사가 머리를 옆으로 기울이는 게 보였다.

"하이드 파크 코너에 세우세요."

검은 머리가 끄덕했고 차는 계속 달렸다.

얼마 안 가서 택시가 멈췄다. 스크리벤스키가 자비를 냈다. 어슐라는 물러서 있었다. 그녀는 운전사가 팁을 받으면서 인사를 하고, 그런 뒤 출발하기 전에 날쌔고 강력한 동물 같은 표정으로 고개를 돌려 그녀를 주시하는 것을 보았다. 눈빛이 강렬하고 흰자위가 번득였다. 그런 후 그는 차를 몰아 군중 속으로 사라졌다. 그가 그녀를 녹주었다. 그녀는 겁먹고 있었던 것이다.

스크리벤스키는 그녀와 함께 공원으로 들어갔다. 아직 밴드가 연주 중이고 공원은 사람들로 북적거렸다. 두 사람은 잦아드는 음악 소리에 귀를 기울이다가 한쪽으로 빠져 어둑한 벤치로 가서 손을 잡고 바싹 붙어 앉았다.

그러다 마침내 침묵에서 흘러나오는 소리처럼 그녀가 궁금해하며 물었다.

"왜 그렇게 마음 아팠어?"

이 순간, 그녀는 정말로 몰랐다.

"당신이 나랑 절대로 결혼 안 하고 싶다고 해서." 그가 어린애처럼 단순하게 대답했다.

"근데 그게 뭐 그리 속상했어?" 그녀가 말했다. "내 말을 전부 곧이곧대로 신경 쓸 필요 없잖아."

"몰라. 나도 안 그러고 싶었어." 그는 민망해서 순순히 답했다.

그녀가 그의 손을 따스하게 꼭 쥐었다. 두 사람은 붙어 앉아서 군인들이 애인과 같이 지나가는 모습이나 공원 가장자리를 따라 뻗은 대로 저편으로 늘어선 수많은 가로등을 바라보았다.

"자기가 그렇게나 마음 쓸 줄 몰랐어." 그녀도 순순히 말했다.

"나도 몰랐어." 그가 말했다. "완전 혼이 나간 것 같아. 하지만 나한텐 중요해, 정말로."

그의 목소리가 너무 조용하고 건조해서 그녀의 마음은 두려움으로 창백해졌다.

"자기!" 그에게 다가가며 그녀가 말했다. 하지만 그것은 사랑이 아니라 두려움에서 나온 말이었다.

"나한텐 진짜 중요해. 그밖에 딴 건 하나도 중요하지 않아, 살아서도 죽어서도." 근본적인 진실을 전하는 한결같이 차분하고 건조한 목소리로 그가 말했다.

"그게 뭔데?" 그녀가 침울한 목소리로 작게 말했다.

"당신이, 나랑 같이 있어주는 거야."

또다시 그녀는 겁이 났다. 이 말에 설복당할 것인가? 그녀는 몸을 웅크려 그의 곁에 가까이, 아주 가까이 갔다. 두 사람은 한마디도 하지 않고 앉아서 도시가 내는 크고 무겁고 울리는 소음과 지나가는 연인들의 중얼거림, 군인들의 발자국 소리를 들었다.

그에게 기댄 그녀가 가볍게 몸을 떨었다.

"추워?" 그가 말했다.

"조금."

"어디 가서 저녁 먹을까?"

그는 이제 흔들림 없이 조용하고 과단성 있으며 초연해서 아주 아름다웠다. 그녀에게 미치는 어떤 이상하고 차가운 힘이 있는 것 같았다. 그들은 식당으로 가서 끼안띠 와인을 마셨다. 그래도 그의 창백하고 쾡한 표정은 가시지 않았다.

"오늘 밤엔 날 두고 가지 마." 그가 마침내 그녀를 바라보며 애원하듯 말했다. 그가 너무도 이상하고 낯설어서 그녀는 겁이 났다.

"하지만 식구들이 걱정할 텐데." 이렇게 말하는 그녀의 몸이 가볍게 떨렸다.

"그선 내가 말할게. 우리가 약혼한 사인 길 일잖아."

그녀는 창백하게 말없이 앉아 있었다. 그는 기다렸다.

"갈까?" 마침내 그가 말했다.

"어디?"

"호텔로 가."

그녀는 마음이 굳어버렸다. 대답하지 않고 그의 말을 따라 자리에서 일어났다. 그러나 지금 그녀의 상태는 냉랭하고 공허했다. 그래도 그를 거부할 수 없었다. 그것은 운명 같았다. 그녀가 원치 않는 운명 같았다.

그들은 이딸리아인이 운영하는 호텔로 가서 깨끗하지만 색이 우중충한 대형 침대가 있는 우중충한 객실을 잡았다. 침대 위 천장에는 커다란 원 안에 꽃다발이 그려져 있었다. 꽤 예뻐 보였다.

그가 다가와 그녀에게 꼭 달라붙었다. 마치 쇠가 착 달라붙어서

부둥켜안는 것 같았다. 그녀의 욕정이 자극받았다. 격렬하지만 차가운 욕망이었다. 그러나 이 밤, 그들의 욕정은 격렬하고 극단적이며 능숙했다. 그는 그녀를 꼭 안고 잤다. 밤새 꼭 안고 있었다. 그녀는 수동적으로 따랐다. 하지만 그녀는 깊이 자지도, 제대로 잠들지도 못했다.

다음 날 아침, 그녀는 정원에 물 뿌리는 소리와 격자창으로 흘러드는 햇살에 잠을 깼다. 외국에 온 것 같았다. 스크리벤스키가 야차처럼 그녀에게 들러붙어 자고 있었다.

그가 바로 뒤에서 몸을 붙인 채 팔을 두르고 머리를 그녀의 어깨에 기대어 자는 동안, 그녀는 가만히 누워 생각에 잠겼다. 그는 아직 자고 있었다.

그녀는 블라인드 너머 창살 사이로 들어오는 햇살을 주시했고, 그러자 그녀를 둘러싼 사방이 다시 눈 녹듯 사라졌다.

그녀는 어느 다른 나라, 다른 세상에 가 있었고, 거기서 낡은 구속은 모두 녹아 없어지고 사람들은 자유로이, 동료 인간들을 무서워하지 않고 경계하지도 방어하지도 않으며, 평온하고 무심하며 편안하게 다녔다. 은빛을 받으며 몽롱한 채로 그녀는 자유로이, 편안히 돌아다녔다. 세상의 굴레가 끊어졌다. 영국이라는 이 세상이 사라지고 없었다. 저 아래 정원에서 목소리가 들려왔다.

"어이, 조반니, 어어이, 조반니!"

그녀는 자신이 새 나라에, 새 삶에 와 있다는 것을 알았다. 영혼이 은빛 비치는 어떤 다른, 더 소박하고 더 정교한 자연계를 자유롭고 소박하게 떠도는 상태로 이렇게 가만히 누워 있자니 너무나 감미로웠다.

하지만 그러는 내내 그녀에게 닥칠 불길한 예감이 잠복하고 있었다. 그녀는 스크리벤스키를 더 의식하게 되었다. 그가 잠에서 깨어나고 있다는 걸 알았다. 그를 위해서 그녀의 영혼을 조정하고 그녀의 아득한 세상을 떠나야만 했다.

이제 그가 잠에서 깼다. 그는 가만히 누워 있었는데, 잘 때와 달리 또렷한 고요함이 감지되었다. 잠시 후 그가 경련을 일으키듯이 팔로 그녀를 꽉 안고는 약간 주뼛거리며 말했다.

"잘 잤어?"

"잘 잤어."

"나도 잘 잤어."

잠시 침묵이 흘렀다.

"날 사랑해?" 그가 물었다.

그녀는 몸을 돌려 뭔가 알아내려는 듯 그를 보았다. 그는 그녀와 무관하게 보였다.

"그럼." 그녀가 말했다.

그러나 이렇게 대답한 것은 지금 이대로가 좋고 그가 귀찮게 하는 게 싫어서이기도 했다. 두 사람 사이에 기묘한 침묵의 틈이 생겼고, 그는 그것이 두려웠다.

그들은 좀 늦게까지 누워 있다가 아침식사를 시키려고 그가 벨을 울렸다. 그녀는 자리에서 일어났을 때 곧장 아래층으로 내려가 이곳에서 나가버릴 수 있었으면 했다. 이 방 안에서는 좋았지만 아래층 로비에서 사람들의 주목을 받을 걸 생각하니 좀 괴로웠다. 얼굴이 검고 살짝 얽은 씨칠리아 출신의 이딸리아 청년이 단추가 죽 달리고 몸에 붙는 회색 제복 차림으로 쟁반을 들고 나타났다. 그의 얼굴은 무표정하고 불가해했고 아프리카 사람의 태연함 같은 게 있었다.

"이딸리아에 온 것 같네요." 스크리벤스키가 쾌활하게 말을 걸었다.

두려움 비슷한 멍한 표정이 청년의 얼굴을 스쳤다. 무슨 말인지 알아듣지 못한 것이었다.

"여기가 이딸리아 같다고요." 스크리벤스키가 설명해주었다.

이딸리아 청년의 얼굴에 알아듣지 못하겠다는 듯 웃음기가 스쳤다. 그가 상을 차린 후 자리를 떴다. 그는 이해하지 못했다. 아무것도 이해하려 하지 않았다. 길들다 만 야생동물처럼 문에서 사라져버렸다. 청년의 생기 있고 예리하며 한곳에 집중하는 동물적인 분위기, 그 모습에 어슐라는 살짝 몸을 떨었다.

이 아침, 그녀가 보기에 스크리벤스키는 아름다웠다. 그의 얼굴은 고통과 사랑이 스며들어 부드러워졌고 움직임은 아주 고요하고 우아했다. 그렇게 아름다워 보였지만 그녀는 냉정히 거리를 두었다. 내내 그들을 갈라놓는 그 거리를 좁히지 않고 견뎌내는 듯했다. 그러나 그는 알지 못했다. 이 아침, 그는 생기가 스며들어 아름다웠다. 이런저런 동작들과 롤빵에 꿀을 바르고 커피를 따르는 모습도 감탄할 만했다.

아침식사가 끝나고 그가 욕실로 간 동안, 그녀는 다시 베개를 베고 가만히 누웠다. 그리고 그가 비누질해서 씻고 수건으로 재빨리 몸을 닦는 모습을 유심히 바라보았다. 그의 몸은 아름다웠으며 움직임은 골똘하고 생기 있어서 감탄스러울 정도였다. 그녀는 그것을 주저 없이 인정했고 감탄했다. 지금 그는 완결된 듯 보였다. 그녀 안에 어떠한 창조적인 비옥함도 불러일으키지 않았다. 그는 결국 이렇게 종결된 듯했다. 그녀는 그를 모든 면에서 알았으나, 그 어느 면에서도 그는 미지의 것으로 나아가지 못했다. 그녀는 그를 사무치게, 열정적일 만큼 알아보았지만 거기에는 무시무시한 경이나 풍요로운 두려움, 미지의 것과의 유대, 경애하는 마음, 이런 것은 전무했다. 그러나 이 아침, 그는 알지 못했다. 그의 몸은 잠잠하고 충족되었고 그의 핏줄은 만족감으로 충만해서, 그는 종결되었고 행복했다.

어슐라는 다시 집으로 돌아갔다. 그러나 이번에는 그도 같이 갔다. 그는 그녀 곁에 머물고 싶어 했다. 그녀와 결혼하고 싶어 했다. 벌써 7월이었다. 9월 초에는 인도로 떠나야 했다. 혼자 간다는 건 상상도 못 했다. 그녀가 같이 가야만 했다. 초조하게 그는 그녀 곁을 지켰다.

어슐라의 졸업시험이 끝났고 대학 생활도 다 마쳤다. 이제 결혼하느냐 다시 일하느냐는 선택만 남았다. 그녀는 아무 데도 지원하지 않았다. 모두들 결혼 쪽으로 결론을 내렸다. 낯설기 그지없는 곳, 인도가 그녀를 유혹했다. 하지만 콜카타나 뭄바이나 씸라[10]를 생각하면, 그리고 거기 거주하는 유럽인들을 떠올리면 인도는 노팅엄 못지않게 따분했다.

그녀는 졸업시험에서 떨어져 낙제를 했고, 그래서 학위를 받지 못하게 되었다. 충격이었다. 마음이 딱딱하게 굳었다.

"그건 중요하지 않아." 그가 말했다. "당신이 런던대학교 학사건 아니건 뭔 상관이야? 머릿속에 있는 게 어디 가는 것도 아니고, 게다가 스크리벤스키 부인이 되면 학사학위가 대수겠어."

이 말은 위로가 되기는커녕 그녀를 더 상처 내고 매몰차게 만들었다. 이제 그녀는 자신의 운명에 직면했다. 스크리벤스키 부인, 나

---

10 영국령 인도제국의 여름 수도.

아가 스크리벤스키 남작 부인, 그가 '공병'이라고 부르는 영국군 공병대 중위의 부인이 되어 인도에 주재하는 유럽인들과 살 것이냐, 아니면 노처녀 교사 어슐라 브랭귄으로 살 것이냐, 선택은 그녀의 몫이었다. 그녀는 준학사 자격은 얻었다. 그래서 고학년 학급이나 윌리 그린 문법학교의 준교사 자리는 어렵잖게 구할 것 같았다. 과연 어느 길을 택할 것인가?

또다시 교사라는 굴레를 쓰는 건 정말 싫었다. 진심으로 진저리 났다. 하지만 결혼해서 인도 주재 유럽인들 틈에서 스크리벤스키와 같이 살 걸 생각하면 막막하고 갑갑했다. 아무 감흥이 없었다. 막다른 골목일 뿐이었다.

스크리벤스키, 그녀 자신, 그리고 모두가 어떤 결정이 날지 기다렸다. 안톤이 말을 걸어올 때나 은근히 남편 행세를 할 때면 그가 얼마나 꽉 닫혀 있는지 느껴졌다. 반면에 도러시를 만나서 이 문제를 의논하다보면 도러시의 관점에 따르기를 명백히 부인한다는 의미에서 그와 즉시, 단박에 결혼할 것처럼 느껴졌다.

거의 우스꽝스러운 상황이었다.

"그래도 넌 그를 사랑하잖아?" 도러시가 물었다.

"사랑하는 게 문제가 아니야." 어슐라가 말했다. "그이를 정말 사랑해, 세상 누구보다 훨씬 더. 지금처럼 어떤 사람을 사랑하는 일은 다신 없을 거야. 우린 서로의 정수를 다 맛보았어. 하지만 난 사랑엔 전혀 관심 없어. 소중히 여기지도 않아. 사랑을 하건 하지 않건, 사랑을 받건 말건 상관없어. 그게 나한테 뭐라고?"

그러고서 그녀는 너무도 경멸스럽다는 듯 어깨를 으쓱했다.

도러시는 생각에 잠겼다. 좀 화가 나고 겁도 났다.

"그럼 너한테 진짜 소중한 건 뭔데?" 그녀가 짜증을 내며 물었다.

"몰라." 어슐라가 말했다. "모르긴 해도 뭔가 비개인적인 어떤 거야. 사랑, 사랑, 사랑, 그게 도대체 뭘 의미하지, 어디로 향하는 거냐고? 개인적인 만족도 그래. 그건 아무 데로도 나아가게 하지 않아."

"사랑은 원래 아무 데로도 나아가지 않는 거야, 안 그래?" 도러시가 비꼬는 투로 말했다. "그건 그 자체가 목적인 유일한 거라고 생각해."

"그렇다면 사랑이 나한테 왜 중요하겠어?" 어슐라가 소리쳤다. "그 자체로 목적이라면 난 백명의 사내를 하나씩 차례로 사랑할 수도 있겠네. 스크리벤스키 같은 사내 하나로 끝낼 이유가 어디 있어? 계속해서 내가 좋아하는 모든 유형의 남자를 하나씩 다 사랑해보지 못할 이유가 뭐냐고, 사랑이 그 자체로 목적이라면 말이야. 세상엔 안톤 말고도 내가 사랑할 수 있고 사랑하고 싶은 남자들이 차고 넘쳐."

"그렇다면 넌 그 사람을 사랑하지 않는 거야." 도러시가 말했다.

"단언컨대 그이를 사랑해. 누굴 사랑하더라도 그이만큼, 그이보다 더 사랑하지는 못할 거야. 다만 안톤에게는 없는, 내가 다른 남자들에게서 사랑할 많은 것들이 있을 뿐이야."

"그게 뭔데, 예를 들자면?"

"그건 중요하지 않아. 하지만 어떤 남자들의 견고한 지력智力, 노동하는 남자들이 지닌 품위와 직접적이고 의문의 여지 없는 특징, 또 유쾌하고 무모하게 열정적인 태도도 있겠지, 진짜로 개의치 않을 줄 아는 남자가 가진."

도러시는 어슐라가 이미 어떤 다른 것을, 스크리벤스키라는 남자가 주지 않는 어떤 것을 갈망하고 있음을 느낄 수 있었다.

"문제는 말이야, 네가 진짜로 뭘 원하느냐는 거야." 도러시가 질문을 던졌다. "그냥 다른 남자들이야?"

어슐라는 조용해졌다. 그녀 자신이 두려워하는 질문이었다. 그녀는 그저 문란한 여자인가?

"만약 그렇다면," 도로시가 말을 이었다. "넌 안톤이랑 결혼하는 게 나아. 다른 남자는 끝이 좋을 수가 없어."

그리하여 자기 자신에 대한 두려움 때문에 어슐라는 스크리벤스키와 결혼하기로 했다.

이즈음 그는 인도로 떠날 준비를 하느라 아주 바빴다. 친척들을 방문하고 사업 계약도 해야 했다. 어슐라에 대해서는 이제 거의 안심하고 있었다. 그녀는 체념한 듯 보였다. 그러자 그는 다시금 자신만만해졌고 중요한 인물이 된 것 같았다.

8월 첫주였고, 그는 링컨셔 해안의 방갈로에서 열리는 큰 파티에 갔다. 사교계의 귀부인입네 하는 그의 이모할머니가 연 파티로, 테니스와 골프를 치고 자동차와 모터보트를 타며 즐기는 행사였다. 어슐라는 일주일간 여기서 지내도록 초대받았다.

그녀는 가면서도 썩 내키지 않았다. 결혼 날짜가 이달 28일경으로 정해졌다. 그들은 9월 5일에 배편으로 인도로 떠나기로 되어 있었다. 그녀가 무의식적으로 알고 있는 유일한 것, 그것은 바로 자신은 결코 인도로 떠나지 않으리라는 사실이었다.

그녀와 안톤은 결혼을 앞둔 귀빈이라서 큰 방갈로에 있는 객실들을 배정받았다. 그곳은 커다란 중앙 홀과 그보다는 작은 서재 둘, 그리고 여덟아홉개 정도의 침실로 이어지는 복도 두개가 있는 커다란 건물이었다. 스크리벤스키는 한쪽 복도에, 어슐라는 다른 쪽 복도에 있는 침실에 묵었다. 손님들 무리 속에서 그들은 불안했다.

그렇지만 그들은 연인 사이라서 얼마든지 자기들끼리 나가도

되었다. 그럼에도 그녀는 이 낯선 사람들 무리 속에서 프라이버시를 전혀 못 누리는 것처럼 어색하고 불편했다. 이 동질적인 무리에 익숙지 않았다. 그녀는 두려웠다.

자신이 견고하고 편하게 얄팍한 친밀함을 스스럼없이 나누는 이곳 사람들과 다르다고 느꼈다. 자신이 충분히 표현되지 못한다고 느꼈다. 여기는 자신만의 비관습적인 방식을 고수하자는 분위기였다. 그녀는 그게 마음에 들지 않았다. 무리나 사람들 모임에서는 격식 있는 편이 좋았다. 그녀는 자신이 마땅한 인상을 주지 못했다고 느꼈다, 인상적이지도 아름답지도 않은 별 볼 일 없는 존재라고. 스크리벤스키 앞에서조차 하찮고 열등해진 기분이었다. 그는 다른 사람들과 지내며 제 역할을 썩 잘 수행했다.

밤에 두 사람은 밖으로 나갔다. 구름 뒤에 숨은 달에서 은은히 빛이 내리면서 이따금 희뿌연 진주 조각 같은 빛이 비쳤다. 그렇게 그들은 축축한 바닷가 모래밭을 걸으며 유령처럼 흰빛으로 살랑대는 기다랗고 커다란 파도 소리를 들었다.

그는 스스로에 대해 확신이 있었다. 그녀가 걸음을 옮길 때, 부드러운 실크 옷자락—그녀는 푸른색의 풍성한 산둥山東산 비단 드레스를 입고 있었다—이 바닷바람에 휘날려 그의 다리로 펄럭이며 들러붙었다. 그녀는 옷이 날리지 않았으면 했다. 모든 게 그녀를 드러내 보이는 것 같았지만, 용기 있게 거부하지 못했기에 너무도 혼란스러웠다.

그는 모래언덕 사이로 움푹 팬, 잿빛 가시덤불과 빳빳한 잿빛 풀 사이 은밀한 곳으로 그녀를 데려갔다. 그녀를 자기 몸에 꽉 밀착시키자 그녀의 팔다리를 휘감은 가는 불길 같은 비단을 통해 팽팽하고 말할 수 없이 탐스러운 그녀의 몸매가 고스란히 전해왔다. 가려졌으나 드러난 둥글고도 팽팽한 그녀의 몸, 그녀의 살 위로 불꽃처럼 흘러내리는 비단은 불길처럼 그의 속으로 흘러들어 뇌를 유황불처럼 타오르게 만드는 것 같았다. 그녀는 그가 바라는 바를 찾고자 가까이, 더 가까이 다가올 때 그녀의 사지에 닿는 그의 손길 아래 비단의 짜릿한 불길, 그녀를 덮쳐오는 불길, 그것이 좋았다. 강전해질이 반응해 분출하듯 파르르 떨었다. 그러나 그녀는 자신이 아름답게 느껴지지 않았다. 저녁 내내, 자신이 이 남자에게 아름다운 존재가 아니라 자극적일 뿐이라고 느꼈다. 그녀는 그가 자기를 취하도록 두었고, 그는 타오르는 욕정으로 미친 듯 흥분했다. 하지만 그후 차갑고 보드라운 모래 위에 누워 군데군데 구름 낀 희미하게 빛나는 하늘을 올려다보며, 그녀는 지금 자신이 이전과 똑같이 차갑다고 느꼈다. 그러나 그는 거칠게 숨을 헐떡이며 야만적일 정도로 만족한 것 같았다. 그는 복수한 듯 보였다.

불어오는 산들바람이 살랑대는 해안가 풀숲을 지나 어슐라의 얼굴을 스쳤다. 그녀가 결코 누리지 못할 최상의 성취는 어디로 갔나? 그녀는 왜 이렇게 차갑고 냉랭하고 무반응이었나?

숙소로 돌아와서 그들이 묵는 방갈로와 한데 모인 여러 방갈로의 수많은 보기 흉한 등불들이 어슐라의 눈에 들어왔을 때, 그가 속삭였다.

"자기, 방문 잠그지 마."

"잠글래, 여기선." 그녀가 말했다.

"아니, 그러지 마. 우린 한 몸이야. 맞잖아."

그녀는 대답하지 않았다. 그는 그녀의 침묵을 동의로 받아들였다. 그는 다른 사람과 객실을 같이 쓰고 있었다.

"내가 더 행복한 쪽으로 건너간다고 온 집 안에 난리가 나진 않겠지." 그가 말했다.

"자네가 법석을 떨고 엉뚱한 방문을 두드리지만 않으면 괜찮겠지." 잠을 청하러 돌아누우며 같은 방 사내가 말했다.

스크리벤스키는 넓은 줄무늬 잠옷 차림으로 방을 나섰다. 나지막한 벽난로 불빛이 비치고 담배와 위스키, 커피 냄새가 나는 커다란 식사 공간을 가로질러 반대편 복도로 들어가 어슐라의 방을 찾았다. 그녀는 눈을 크게 뜬 채 누워 있었다. 괴로웠다. 그저 위안만이라도 그가 와서 기뻤다. 그의 품에 안겨 그의 몸이 닿는 것을 느끼니 위안은 되었다. 하지만 그의 팔과 몸은 얼마나 이질적인지! 그래도 이 집 안의 다른 사람들만큼 그렇게 끔찍하게 이질적이고 적대적으로 느껴지지는 않았다.

그녀는 자신이 이 집에서 얼마나 힘든지 알지 못했다. 그녀는 건강하고 매사에 임청나게 흥미가 넘쳤다. 그래서 테니스를 치고 골프를 배우고 노를 저어 깊은 바다로 나가 수영을 했으며, 정말로 아주 신나게 이 모두를 즐겼다. 하지만 그러는 내내 이곳의 다른 사람들 틈에서 그녀는 간담이 서늘하고 움츠러들었다. 마치 그녀의 겁날 정도로 예민한 벌거벗은 모습이 이 사람들의 단단하고 무자비한 물질적 영향 앞에 노출된 것 같았다.

사람들이 각자의 몸을 최대한, 맹렬할 정도로 즐기는 가운데 시간은 정처 없이 흘렀다. 저녁이 되어 어슐라를 독차지할 때까지는 스크리벤스키도 이 무리의 일원이었다. 그녀는 곧 결혼해서 다른 대륙으로 떠날 예비 신부라고 상당한 자유가 허용되었고 정중한 대접도 받았다.

괴로움은 저녁 무렵 시작되었다. 뭔지 모를 어떤 것에 대한 그리움이, 그녀로선 알지 못할 어떤 것에 대한 열망이 닥쳐왔다. 그녀는 누군가 만날 약속이라도 있는 듯 뭔가를 기다리고 또 기다리며 땅거미 진 해변을 홀로 걷곤 했다. 바다의 소금기 도는 쌉쌀한 열정, 뭍에 대한 무심함, 그 일렁이는 또렷한 움직임, 그 힘, 들이닥침과 타오르는 소금기가 그녀를 미치도록 자극했고, 엄청난 성취의 예감으로 그녀를 안달하게 하는 것 같았다. 그럴 때면 그 화신인 양 스크리벤스키가 나타났다, 그녀가 아는, 그녀가 좋아하는 매력적인 스크리벤스키가. 그러나 그의 영혼은 일렁이는 힘으로 그녀를 감싸안지 못했고 그의 가슴은 타오르는, 소금 같은 열정으로 그녀를 밀어붙이지도 못했다.

어느 날 저녁, 그들은 저녁식사 후 나지막한 골프장을 가로질러 모래언덕이 있는 바다 쪽으로 나갔다. 하늘에는 작고 희미한 별들이 떠 있고 사방이 고요하고 어두컴컴했다. 두 사람은 아무 말 없이 함께 걷다가 모래언덕 사이 공간에 두껍게 쌓인 모래사장을 애써 헤쳐 지나갔다. 평탄하고 흐릿한 어둠 아래, 모래언덕의 더 어두운 그림자 속에서 아무 말 없이 걸음을 옮겼다.

두툼한 모랫길을 오르던 어슐라는 순간적으로 깜짝 놀라 고개를 들고 물러섰다. 거대한 백색 존재가 그녀를 정면으로 막아서 있었다. 달이 둥근 용광로 입구처럼 눈부신 백열을 내뿜고 있었던 것이다. 쨍하니 높이 뜬 달빛이, 찬란하고도 가공할 만큼 눈부신 흰빛이 거기서 나와 바다 쪽 반경을 비추고 있었다. 그들은 외마디 소리를 지르며 얼른 그늘진 곳으로 물러났다. 그는 비밀을 겹겹이 숨긴 가슴이 까발려진 느낌이었다. 눈부신 백열의 불길 속에서 가뭇없이 사라지는 유리구슬처럼 그 자신이 아무것도 아닌 존재로 녹아내리는 것 같았다.

"너무 멋져!" 나지막이 외치는 어조로 그녀가 소리쳤다. "정말 멋져!"

그러더니 앞으로 불쑥 나가 달빛 속으로 들어섰다. 그가 뒤따랐다. 그녀 역시 달을 향해, 저 흰 불길 속으로 녹아내리는 듯했다.

모래가 은가루 같았고, 바닷물이 변함없는 광채를 내며 그들 쪽으로 밀려왔다. 그녀는 들썩이며 밀려드는 저 반짝이는 파도를 맞으러 갔다. 가슴을 달에, 배는 반짝이며 들썩이는 저 파도에 내맡겼다. 그는 뒤에 선 채 녹아내리는 그림자처럼 옴짝달싹하지 못했다.

어슐라는 바닷가에, 견고하고 빛나는 바다의 몸체 앞에 서 있었고 파도가 그녀의 발치로 밀려들었다.

"가고 싶어," 강하고 압도하는 목소리로 그녀가 소리쳤다. "가고 싶어."

그는 달빛을 받아 금속 같은 그녀의 얼굴을 보았고, 그를 향해 하피[11] 울음처럼 울려퍼지는 그녀의 금속성 목소리를 들었다.

그녀는 신들린 사람처럼 물가를 서성이며 돌아다녔고 그는 그 뒤를 따라다녔다. 포말과 반짝이는 바닷물이 세게 밀려와 그녀의 발과 발목께에 맴도는 것이 보였고, 그녀는 넘어지지 않으려 팔을 휘저었다. 그러는 순간마다 그는 그녀가 입은 옷 그대로 바다로 걸어들어가 물속으로 헤엄쳐 가버리는 모습을 봤으면 하고 기대했다.

하지만 그녀는 돌아서서 그에게로 걸어왔다.

"가고 싶어." 그녀가 또 소리쳤다. 날카로운 갈매기 울음처럼 높고 매서운 목소리였다.

"어딜 가고 싶다는 거야?"

"나도 몰라."

---

11 그리스 신화에 나오는 광포한 바다 괴물. 여자 얼굴에 큰 날개와 발톱을 가졌다.

그러고는 그의 팔을 와락 움켜쥐고 포로인 양 그를 붙잡더니 눈부시게 휘황찬란한 근처 바닷가로 데려갔다.

그때 거기서, 크게 확 퍼지는 빛 속에서, 돌연 파괴적인 힘이 생긴 것처럼 그녀가 그를 꽉 그러안았다. 그를 안은 팔을 꽉 죄어 자기 품속에 단단히 조른 채 그녀의 입이 점점 더 격렬하게, 강력하고 찢어발기는 듯한 키스로 그를 탐했다. 그녀에게 사로잡힌 그의 몸이 힘을 잃었고, 뾰족한 부리로 퍼붓는 하피의 격렬한 키스에 심장은 두려움으로 녹아내렸다. 바닷물이 또 밀려와 그들의 발을 적셨지만 그녀는 개의치 않았다. 그녀는 의식하지 않았고, 그의 정수를 다 가질 때까지 자신의 부리 달린 입을 밀어넣고 있는 듯했다. 그러다 마침내 몸을 떼어 그를 쳐다보고 또 보았다. 그는 그녀가 무엇을 원하는지 알았다. 그래서 손을 잡고 갯벌을 가로질러 모래 언덕으로 돌아갔다. 그녀는 말없이 따라왔다. 그는 자신에게 생사가 걸린 증명의 시련이 닥쳐온 것 같았다. 컴컴하고 우묵한 곳으로 그녀를 이끌었다.

"아니, 이쪽이야." 달빛이 정면으로 비치는 비탈 쪽으로 나가면서 그녀가 말했다. 그녀는 꼼짝 않고 누워서 눈을 크게 뜨고 달을 올려다보고 있었다. 그는 예비 단계 없이 곧바로 다가갔다. 그녀가 가슴에 고정하듯 밀착해서 그를 안았다. 끔찍했다. 절정에 이르려는 싸움, 그 투쟁은 무시무시했다. 그것은 그의 영혼에 고뇌가 될 때에야, 그가 굴복할 때에야, 마치 죽은 듯 그녀의 머리카락과 모래 사장에 얼굴을 묻고 꼼짝없이 있을 때에야, 마치 암흑 속에 가뭇없이 숨겨져, 묻혀, 파묻혀, 이 영원한 암흑 속에 묻히기만을, 오직 그것만을 바랄 뿐 다른 아무것도 원치 않는 듯이 영원히 정지할 것처럼 무너질 때에야 끝이 났다.

그는 기절한 것 같았다. 한참 지나 정신이 들었다. 어슐라의 가슴이 평소와 다르게 움직이는 게 느껴졌다. 그녀를 보았다. 눈을 크게 뜬 경직된 그녀의 얼굴이 달빛 속 이미지처럼 놓여 있었다. 그러나 그 눈에서 눈물 한방울이 천천히 굴러 달빛에 반짝이며 뺨을 타고 흘러내렸다.

이미 죽은 그의 몸으로 칼이 푹 들어오는 느낌이었다. 그는 고개를 돌리고 한껏 긴장한 채 달빛에 비친 변함없이 경직된 금속 같은 그 얼굴을, 고정된 채 아무것도 보지 않는 눈동자를 얼마간 보고 또 보았다. 눈동자에 천천히 눈물이 고이고 반짝이는 달빛을 받아 일렁이더니 가득 차 넘쳐서 또르르 흘러내렸다. 달빛 실린 눈물이 어둠 속으로, 모래사장으로 떨어졌다.

그는 겁먹은 듯 슬금슬금 몸을 뗐다. 그녀는 움직이지 않았다. 그녀를 흘낏 보았지만 똑같은 자세로 누워 있었다. 날아날 수 있을까. 그는 몸을 돌려 자기 앞에 훤히 뻗은 갯벌을 보고는 돌진하듯 몸을 뗐다. 달빛 비치는 모래사장에 팔다리를 뻗고 누운, 움직임도 변화도 없는 얼굴 위로 눈물이 고여 흐르는 저 끔찍한 형체로부터 조금이라도 멀어지기 위해 뛰고 또 뛰었다.

그녀를 또 봐야 한다면 뼈가 부러지고 몸이 으스러져 흔적도 없이 사라져버릴 것 같았다. 그리고 아직은, 그는 살아 있는 자신의 몸에 애착이 있었다. 그는 오래, 아주 오래 헤매다가 머리가 침침해지더니 지쳐 의식을 잃었다. 해안가 풀 아래, 그가 찾은 가장 깊은 어둠 속에 웅크린 채 의식도 없이 쓰러졌다.

어슐라는 움직일 때마다 후려치듯 아팠지만 서서히 발작 같은 고통에서 벗어났다. 서서히 자신의 죽은 몸을 모래사장에서 일으켜 마침내 일어섰다. 이제 그녀에게는 달도 바다도 없었다. 다 지나

가버렸다. 그녀는 자신의 죽은 몸을 끌고 숙소로, 자기 방으로 가서 맥없이 누웠다.

아침이 되자 피상적인 생활이 다시 시작되었다. 그러나 그녀 안의 모든 것은 차갑게 죽어 움직임이 없었다. 스크리벤스키가 아침 식사에 모습을 드러냈다. 창백하고 완전히 부서진 모습이었다. 그들은 서로를 보지 않았고 말도 하지 않았다. 보통 사람들의 진부하고 의미 없는 대화에서 떨어져 분리된 채로, 그들은 거기 이틀 더 머무는 동안에도 자신들에게 일어난 일에 대해 말하지 않았다. 두 사람은 감히 서로를 아는 체하지도, 쳐다보지도 못하는 죽은 자들 같았다.

때가 되어 어슐라는 짐을 싸고 옷을 입었다. 같은 기차로 떠날 손님들이 몇명 있었다. 이제 그가 그녀에게 말할 기회가 더는 없을 터였다.

미루고 미루다가 마지막 순간에 그는 그녀의 침실 문을 두드렸다. 그녀가 손에 우산을 들고 서 있었다. 그가 문을 닫았다. 무슨 말을 해야 할지 몰랐다.

"당신, 나랑 끝낸 거야?" 고개를 들며 마침내 그가 물었다.

"내가 그런 게 아니야," 그녀가 말했다. "당신이 끝낸 거지. 우리 서로 끝낸 거야."

그는 그녀를, 굳게 닫힌 얼굴을 보면서 참 잔인하다고 생각했다. 그리고 이제 다시는 그녀에게 손댈 수 없다는 것을 알았다. 그의 의지가 박살 났고, 그는 말라 죽었다. 하지만 그는 자기 육신의 생명에 매달렸다.

"그래, 내가 뭘 어쨌는데?" 약간 불평하는 투로 그가 물었다.

"몰라." 여전히 생기 없고 건조한 목소리로 그녀가 말했다. "이제 끝났어. 실패로 돌아갔어."

그는 말이 없었다. 어슐라의 말에 속이 타들었다.

"그게 내 잘못이야?" 한참 있다 그가 올려다보며 말했다. 최후의 일격이었다.

"당신이 못 한 건⋯⋯" 그녀가 말을 꺼냈다. 그러나 끝맺지 않았다.

더이상 듣기가 두려워 그는 돌아서 나와버렸다. 그녀는 가방과 손수건, 우산 등을 챙겼다. 이제 떠나야 했다. 그는 그녀가 떠나기를 기다리고 있었다.

한참 후, 마차가 와서 그녀는 일행과 같이 떠났다. 그녀가 시야에서 사라지자 커다란 안도감이, 유쾌한 따분함이 그를 덮쳐왔다. 한순간에 모든 것이 지워져버렸다. 그는 하루 종일 아이같이 싹싹하고 사교적으로 굴었다. 사는 게 이렇게 유쾌할 수 있다니 놀라웠다. 예전보다 훨씬 너 좋았나. 어슐라를 떼어버리는 게 이렇게 쉬운 일이었어! 만사가 얼마나 친근하고 단순하게 느껴지는지! 그녀는 도대체 어떤 그릇된 것을 그에게 강요했었던 거야?

그러나 밤이 되면 그는 혼자 있을 자신이 없었다. 한 방을 쓰던 친구도 떠났고 어둠의 시간은 고통이었다. 괴롭고 두려운 마음으로 창문을 지켜보았다. 언제까지 기다려야 그에게서 이 끔찍한 어둠이 걷힐까? 그는 신경을 곤두세우고 어둠을 견뎠다. 동틀 무렵이 되어서야 잠이 들었다.

어슐라 생각은 전혀 하지 않았다. 밤이 주는 공포만이 점점 커져서 광기처럼 그를 사로잡았다. 불쑥불쑥 깨어나는 쓰라린 고통 때문에 잠을 설쳤다. 공포가 그의 정수를 갉아먹었다.

밤늦게까지 자지 않고 새벽 1시나 1시 반까지 무리에 섞여 술을 마셔보았다. 그러면 세시간은 모든 걸 잊고 잘 수 있을 테니까. 5시가 되면 날이 밝을 테니까. 그러나 눈을 떴을 때 캄캄한 어둠이면 그는 충격으로 미칠 것 같았다.

낮에는 괜찮았다. 항상 그 순간의 일에 열중하고 눈앞의 사소한 일에 집착했고, 그것으로 충분하고 만족스러웠다. 맡은 일이 아무리 하찮고 무익한 것이라도 전심전력을 쏟았고 그것을 정상적이고 흡족하다고 느꼈다. 그는 항상 활동적이고 쾌활하고 명랑하며 매력적이고 좀스러웠다. 다만 어둠이 그의 영혼에 도전해오는 자기 침실의 어둠과 침묵이 두려웠다. 그것만은, 어슐라 생각을 견딜 수 없듯이 그것만은 견딜 수 없었다. 그에게는 영혼도 배경도 없었다. 어슐라 생각은 단 한번도 하지 않았고 아무 기별도 보내지 않았다. 그녀야말로 어둠이자 도전이요 끔찍한 공포였다. 그는 눈앞의 일들로 관심을 돌렸다. 그 자신의 영혼에 대한 도전인 이 어둠으로부터 자신을 차단하기 위해 얼른 결혼해버리고 싶었다. 대령의 딸과 결혼할 생각이었다. 급히, 망설임 없이, 행동에 옮겨야 한다는 강박에 쫓겨 그는 그 아가씨에게 자기가 파혼했다고, 잠시 빠졌던 것뿐이고 이젠 끝난 관계라는 걸 누구보다 자신이 잘 안다고 말하고, 친애하는 벗을 곧 만날 수 있겠느냐고 편지를 썼다. 답장을 받을 때까지는 행복하지 못할 것이라고.

그는 대령의 딸로부터 좀 놀라긴 했으나 그를 만나게 된다면 기쁘겠다는 답장을 받았다. 그녀는 고모와 같이 살고 있었다. 그는 당장 그녀를 만나러 가서 그날 저녁 바로 청혼했다. 청혼은 받아들여졌다. 결혼식은 이주 안에 조용히 치렀다. 어슐라한테는 알리지 않았다. 한주가 더 지나서 스크리벤스키는 새 아내와 함께 인도로 떠났다.

16장
무지개

어슐라는 쓰러질 듯 멍하고 쏙 낟힌 심정으로 벨도버의 집으로 돌아왔다. 말을 꺼낼 수도, 알릴 힘도 없었다. 기가 다 빠진 것 같았다. 식구들이 무슨 일이냐고 물었다. 스크리벤스키와 파혼했다고 대답했다. 식구들은 어이가 없다는 듯 화난 표정이었다. 그러나 그녀는 이제 아무것도 느낄 수 없었다.

무감각하게 몇주가 흘렀다. 지금쯤 그는 인도로 출발했을 터였다. 그녀는 거의 관심이 없었다. 기력도 관심도 없이 축 늘어져 있었다.

한순간, 충격적인 느낌이 그녀를 관통했다. 너무 격렬해서 그녀는 거꾸러진 것 같았다. 임신인가? 그동안 그녀 자신과 그에 관한 고뇌에 치여 지내다보니 이런 일은 생각도 하지 못했다. 이제 이 느낌이 불꽃처럼 그녀의 온몸을 사로잡았다. 임신인가?

데인 듯 놀란 첫 몇시간 동안 그녀는 자신이 어떤 감정인지 알지 못했다. 화형대에 묶인 것 같았다. 불길이 그녀를 핥아 집어삼키고 있었다. 하지만 불길은 유익하기도 했다. 그녀를 사그라뜨려 쉬게 해주었으니. 그녀는 불길이 자신을 감싸고 무너트려 쉬게 하도록 내버려두었다. 자신의 심장과 자궁에서 느낀 바를 그녀는 알지 못했다. 잠시 기절한 듯한 상태였다.

그러다 점차 심장을 누르는 중압감이 심해지더니 의식으로 들어왔다. 뭘 하려는 거야? 아이를 낳으려고? 아일 낳는다고? 어디 대고?

그녀의 육신은 짜릿했으나 영혼은 아팠다. 이것은, 이 아이는 그녀 자신의 존재적 무효를 확증하는 봉인 같았다. 그러나 육신으로는 아이를 가진 게 기뻤다. 그래서 스크리벤스키에게 편지를 써서 그에게로 가서 결혼하겠다고, 그의 착한 아내로서 소박하게 살겠다고 말할 생각을 하기 시작했다. 자아니, 삶의 형태니, 그런 게 뭐가 중요해? 오직 나날이 살아가는 일상이 중요하고, 저 너머가 없고 더 깊은 고뇌나 더 깊은 곡절이 없는, 풍요롭고 평화로우며 완전한, 사랑받는 육신의 실존만이 중요했다. 그녀가 틀렸던 것이다. 다른 것을, 저 환상적인 자유를, 스크리벤스키와는 가질 수 없을 거라 상상했던 저 공허하고 오만한 성취를 원하다니 참으로 교만하고 못돼먹었던 것이다. 그녀 주제에 자기 삶에서 어떤 환상적인 성취를 원하다니? 남편과 자식들, 비바람 가릴 거처만 있으면 족하지 않아? 그녀의 어머니에게 족했듯이 그녀에게도 족하지 않냐고? 그녀는 결혼해서 남편을 사랑하며 자기 본분을 지키리라. 그것이 이상적인 삶이었다.

갑자기 어머니가 정당하고 진실되게 보였다. 어머니는 단순했고 근본적으로 옳았다. 자신에게 주어진 삶을 받아들였던 것이다.

교만한 자만심에 빠져 삶을 자기한테 맞게 창조하겠다고 고집하지 않았다. 어머니가 옳아, 정말 옳아. 그리고 어슐라 자신은 틀렸고 하찮고 교만했다.

겸허함이라는 고양된 기분이 몰려들었고, 이 겸허함에는 속박된 평화 같은 게 들어 있었다. 그녀는 사지가 속박되게 둔 채 속박을 사랑하고 그것을 평화라고 불렀다. 이런 상태로 자리에 앉아 스크리벤스키에게 편지를 썼다.

"당신이 나를 떠난 후 너무 힘들었어. 그러다 이제 정신이 돌아왔지. 당신한테 못되고 고약하게 군 게 얼마나 후회되는지 말할 수 없을 정도예요. 내게 주어진 건 당신을 사랑하고 나에 대한 당신의 사랑을 아는 일이었어. 그렇지만 감사히 무릎 꿇고 하느님이 주신 것을 받아들이는 대신 난 달을 가져야만 했어. 달을 내 것으로 가지겠다고 고집했지. 그길 가질 수 없으니, 다른 긴 모두 없어져야만 한다고.

당신이 날 정말 용서해줄 수 있을지 모르겠어. 헤어질 무렵 당신한테 한 행동을 생각하면 부끄러워 죽을 것 같고, 당신 얼굴을 다시 볼 자신도 없어. 정말로 내가 죽어서 이런 나의 망상을 영원히 숨겨버리는 게 최선일 테지. 하지만 임신한 걸 알게 되어서 그럴 수는 없어.

이 아인 당신 아이예요. 그러니 이 몸을 다 바쳐 아이가 잘 자라도록 애지중지하고 죽을 생각 따윈 말아야겠지, 그 또한 주제넘은 짓이니까. 그래서, 당신이 한때 날 사랑했고 이 아이는 당신 아이니까 나를 다시 받아주길 바라요. 전보로 한마디만 보내주면 금방 당신한테 갈게. 순종적인 아내가 되어 모든 면에서 당신을 받들겠다고 맹세해. 이젠 나 자신과 나의 교만한 어리석음이 미울 뿐이야.

당신을 사랑해요. 당신을 생각하는 게 좋아. 당신은 늘 온당하고 점잖았지만 난 정말 글러먹었지. 다시 당신과 함께한다면, 평생 당신 그늘 아래 쉬는 것 이상을 바라지 않을게요……"

이 편지를 어슐라는 한 문장 한 문장, 그녀의 가장 깊고 진실한 마음에서 우러나듯이 썼다. 이제야, 이제서야 자신의 가장 깊은 속에 다다랐다고 느꼈다. 이것이야말로 언제까지나 자신의 진짜 자아였다. 최후의 심판 날 하느님 앞에도 이 편지를 들고 나설 것이었다.

순종하는 것 말고 여자에게 무엇이 있는가? 여자의 육신이 아이 낳는 일 말고 어디에 쓰일 것이며 자식들, 그리고 생명의 수여자인 남편을 위해서가 아니면 여자의 힘을 어디에 쓸 것인가? 마침내 그녀도 여자가 된 것이었다.

그녀는 이 편지를 콜카타에 있는 스크리벤스키에게 전달되도록 그가 다니던 클럽으로 부쳤다. 그가 인도에 도착하면 얼마 안 돼서, 삼주 이내에 편지를 받을 것이었다. 한달쯤 지나면 그에게서 답장이 올 테고, 그러면 그녀는 떠나리라고 생각했다.

그녀는 그에 대해서 자신만만했다. 옷가지나 챙기며 조용히, 평안히 지내다보면 그와 다시 결합해서 그녀의 역사가 영원히 종결될 때가 올 것이라고만 생각했다. 한동안 부자연스러운 고요처럼 평화가 지속되었다. 그러나 점점 속에서 안달이 나고 심란해지는 게 느껴졌다. 그녀는 거기서 달아나려고 애썼다. 스크리벤스키로부터 답장이 와서 그녀의 행로가 결정되기를, 그녀 운명의 길을 따르게 되기를 바랐다. 그녀가 두려워하던 자기혐오 상태에 빠질 위험에 처한 것은 바로 이런 수동성 때문이었다.

그가 그간 편지를 보내오지 않았다는 사실에 자신이 얼마나 무신경한지 신기할 지경이었다. 이쪽에서 편지를 보낸 걸로 족했다.

바라는 답장이 올 테고, 그러면 다 된 거였다.

　10월 초의 어느 오후, 그녀는 미칠 듯 속이 끓어올라 걷기라도 하려고 비 내리는 밖으로 나섰다. 집 안에 있으려니 숨이 막혔다. 가는 데마다 축축하고 황량했다. 때 낀 주택들이 우중충한 붉은색으로 번들거렸고, 골목 끝 집은 반지레한 검보라색 슬레이트 지붕 아래 벌건 주홍빛으로 어슴푸레 빛나고 있었다. 어슐라는 윌리 그린 쪽으로 걸었다. 고개를 들고 빠른 걸음으로 걷다보니 야트막한 골짜기를 가로질러 늘어선 불빛들이 눈에 들어왔다. 저 멀리 흩뿌리는 빗속에 탄광과 거기서 피어오르는 증기구름이 잠시 희뿌옇게 빛나는 꿈같은 모습도 보았다. 그때 다시 비의 장막이 드리웠다. 그녀는 비가 주는 아늑함과 포근함이 좋았다.

　숲 쪽으로 걷자니 저 아래 구름을 지나 윌리 호수의 푸르스름한 빛이 어슴푸레 보였다. 바람에 산사나무들이 머리카락처럼 나부끼고 대기 사이로 둥근 관목들이 유령처럼 나타나는 탁 트인 평지를 걸었다. 너무나 멋지고 자유로운 혼돈 상태였다.

　하지만 어슐라는 비 피할 곳을 찾아 급히 숲 쪽으로 갔다. 거기서, 머리 위 바람 소리가 엄청나게 윙윙대며 그녀를 에워쌌다. 어마어마한 소리의 원을 포위한 나무 줄기들이, 빗물에 검게 줄이 간 거대한 나무 줄기들이 저 위로 포효하는 소리와 발치를 휩쓰는 원 사이에 우뚝 선 기둥처럼 빽빽이 뻗어 있었다. 나무 줄기들 사이를 슬며시 빠져나가며 그녀는 겁이 났다. 묵묵히 도열한 나무들 사이를 지나자니 그것들이 돌아서서 그녀를 가둬버릴 것 같기도 했다.

　그래서 그녀는 아무도 자신을 못 보았으리라 상상하며 재빨리 지나갔다. 자신이 마치 수많은 전사들이 원탁에 둘러앉은 커다란 방의 창으로 날아든 새 같다고 느꼈다. 그녀는 누구의 눈에도 띄지 않을 거라 여기며 이 전사들의 근엄하고 기운찬 대열 사이를 황급히 지나 마침내 뛰는 가슴으로 저편 창문을 통과해 밖으로, 선명한 초록의 습지인 풀밭으로 나아갔다.

그녀는 공유지에 있는 쉼터로 몸을 피한 후, 사방을 덮은 빗줄기가 느리게 떠다니는 물결처럼 풍경을 가로질러 선회하는 것을 보았다. 비와 일렁이는 풍경에 둘러싸인 그녀는 몸이 흠뻑 젖었고 집에서도 멀리 있었다. 안정되고 안전한 곳으로 돌아가자면 이 모든 풍파를 헤쳐 나아가야만 했다.

외로운 존재인 그녀는 집으로 돌아가려고 황야를 가로질러 죽 뻗은 길을 걸었다. 길은 높다랗게 이어진 마른 덤불 사이의 풀밭에 난 좁은 고랑이어서 산토끼나 겨우 다닐까 싶었다. 그래서 발 디딜 곳을 잘 살피며 재빨리 걸어갔다. 바람에 실려 날아가는 새처럼 아무 생각 없이 조심스레 움직였다. 그렇지만 움푹 꺼진 개울을 통과할 때, 그녀의 가슴에는 살아 있는 조그만 공포의 씨앗이 숨어 있었다.

문득 어떤 다른 존재가 있다는 게 느껴졌다. 빗속에, 그리 멀지 않은 곳에 어렴풋이 말 몇마리가 보였다. 그런데 가까이 다가올 모양새였다. 그녀는 어쩔 수 없이 계속 걸어갔다. 말들은 그녀 위편 관목 덤불의 그늘 쪽에 있었다. 그녀는 고개를 숙인 채 계속 걸었다. 말들 쪽으로 고개를 들고 싶지 않았다. 말들이 거기 있다는 걸 의식하고 싶지 않았다. 거친 길을 계속 걷기만 했다.

가슴이 답답하게 무거워지는 게 느껴졌다. 말들이 주는 중압감 때문이었다. 그래도 저 말들을 둘러서 가야지. 이 중압감을 견디다 보면 벗어나겠지. 계속 죽 걷다보면 다 지나가겠지.

갑자기 중압감이 심해지더니 그걸 견디느라 심장이 더욱 조여왔다. 숨쉬기가 힘들었다. 그러나 이 중압감 또한 견딜 수 있으리라. 그녀는 보지 않고도 말들이 가까이 오고 있다는 걸 알았다. 도대체 어떤 녀석들이야? 거칠게 내딛는 말발굽 소리가 느껴졌다. 그녀에게 다가오고 있는 이것은, 그녀의 가슴을 짓누르는 이 중압감은 도대체 뭐지? 그녀는 알지 못했고 쳐다보지 않았다.

그러나 이제 가던 길이 끊겨버렸다. 뒤로는 말들이 가로막고 있었다. 그녀는 말들이, 검고 육중한, 강력하고 육중한 한 무리의 말들이 수풀 무성한 수로 위 나무다리에 모여 있다는 걸 알았다. 그래도 그녀는 계속해서 발을 내딛고 또 내딛었다. 저것들이 그녀 앞으로 갑자기 치고 나올 것 같았다. 갑자기 치고 나올 거야. 그녀는 발을 내딛고 또 내딛었다. 신경과 혈관이 점점 더 팽팽하게 긴장해 뜨겁게, 백열처럼 뜨겁게 달아올랐다. 그러다 녹아내리면, 그녀는 죽으리라.

그러나 말떼는 이미 그녀 앞으로 치고 나왔다. 말들이 그녀 앞으로 치고 나와 다가왔다가 지나갈 때, 찰나 같은 의식 속에서 말들의 움직임이, 그 강력한 옆구리의 떨림과 긴장된 채 내닫는 힘이 그녀를 뚫고 갔다.

그녀는 말들이 아주 가버리지 않았다는 것을 알았다. 아직 그녀를 기다리고 있다는 것을 알았다. 그래도 그녀는 말떼가 발굽을 쿵쿵 굴리며 지나간 나무다리 위로 계속 나아갔다. 지금 말들이 어떤지 의식하면서 계속 나아갔다. 그녀는 결코 느슨해지지 않게 꽉 조이고 다물린 말들의 가슴팍이 느껴졌다. 오랜 인내의 불꽃을 뿜는 붉은 콧구멍과, 가슴팍을 죄는 압박을 터뜨리고자 밀고 밀고 또 밀어대는 너무나 둥글고 너무나 묵직한 엉덩이가 느껴졌다. 그들은 한없이 밀어대어 시간의 벽에 부딪쳐도 자유롭게 터져나오지 못해 미칠 지경이었다. 말들의 커다란 엉덩이는 빗물에 젖어 매끄럽고 거뭇해져 있었다. 그러나 검고 축축한 빗물도 말들의 옆구리에 갇혀 거세게 밀어붙이는 저 엄청난 불길을 끄지 못했다. 절대로, 절대로 끌 수 없었다.

그녀는 계속 나아가 점점 가까워졌다. 그녀는 거대한 섬광 같은 말발굽을, 텅 빈 어둠을 에워싸는 푸르스름하고 휘황찬란한 번쩍임을 알아차렸다. 발굽 편자의 푸르스름하고 휘황찬란한 번쩍임이 크게, 크게 보였고 그것은 울룩불룩한 검은 옆구리 주위의 번갯불 후광처럼 커다랬다. 원형의 번갯불 같은 말발굽의 저 번쩍임은 말들의 막강한 옆구리로부터 흘러나왔다.

말떼가 또 그녀를 기다리고 있었다. 떡갈나무 아래, 저들의 섬뜩하고 불가해하며 의기양양한 옆구리들이 한데 모여 기다리고 기다렸다. 그녀가 다가오기를 기다리고 있었다. 아주 먼 데서 오는 것처럼, 그녀는 말들이 시커멓게 무리 지은 채 야트막한 둑 위에 모여 있는, 잔가지 많은 떡갈나무들이 늘어선 쪽으로 다가갔다.

다가가야만 했다. 그렇지만 말들은 그녀를 알아차리지 않으려는 듯 흩어지더니 경중경중 뛰면서 커다란 원을 이루었다가, 다시 그녀 뒤편의 탁 트인 언덕바지 쪽으로 뛰어갔다.

말떼는 어슐라의 뒤편에 있었다. 조금만 가면 키 큰 산울타리에 난 문으로 이어지는 길이 그녀 앞에 있으니 밭갈이를 끝낸 작은 들판으로 갈 수 있을 테고, 그러면 큰길과 질서 정연한 인간 세상으로 나갈 수 있을 터였다. 갈 길은 분명했다. 그녀는 마음을 달랬다. 하지만 걷는 내내 마음은 두려움으로, 두려움으로 옹송그렸다.

갑자기 그녀는 번개에 홀린 듯 멈칫했다. 넘어질 것 같았지만 비틀대며 잰걸음으로 앞으로 걸었다. 등 뒤로 난 길을 따라 말들이 벼락같이 질주하는 소리가 그녀를 뒤흔들었고, 그 중압감이 덮치고 덮쳐 절멸의 순간까지 몰아갔다. 말들이 벼락같이 덮칠까봐 그녀는 돌아보지도 못했다.

무자비하게도, 말떼가 방향을 틀더니 어슐라의 왼손을 스쳤다. 그녀는 주름진, 아직은 뭔가 불충분한 말들의 격렬한 옆구리를 보았다. 섬광을 번뜩이는 커다란 말굽들이 아직도 그녀 곁을 떠거덕 떠거덕 달렸고, 말들은 한마리씩 집중한 채 점점 더 흥분하여 스쳐지나갔다.

말들이 벼락같이 내달려 그녀 근처를 에워쌌다 지나가버린 것이다. 녀석들은 격렬하게 달리던 속도를 늦추더니 천천히 걸어서 그녀 앞쪽의 문과 나무들 옆 모퉁이에 다시 한번 모여 무리를 이루었다. 말들은 이리저리 불안하게 움직였고, 그들의 불안한 옆구리들이 하나의 무리를 이루면서 하나의 목적이 자리 잡았다. 말들은 그녀에게 맞서고 있었다.

그녀는 아무 느낌도 들지 않았다. 감정 따위는 사라져버렸다. 감히 가까이 갈 수 없다는 것을 알았다. 저 응축되고 주름진 옆구리를 가진 말떼가 그녀를 완전히 압도해버렸던 것이다. 그것들은 자신들의 승리를 알고서 불안하게 어슬렁거리며 기다렸다. 오래 기다린 승리가 주는 긴장감을 풍기며 불안하게 어슬렁거렸다. 그녀는 느낌이 사라지고 팔다리에 맥이 빠지면서 물처럼 흐물흐물해졌다. 단단하게 덮칠 힘은 모두 저 말떼의 육중한 몸에 있었다.

그녀는 후들거리며 걸음을 옮기다가 완전히 멈춰 섰다. 진짜 위기였다. 말들의 옆구리가 불안하게 움직였다. 그녀는 어쩌지 못해 고개를 돌렸다. 왼편의 내리막길에 200미터쯤 빽빽한 산울타리가 나란히 뻗어 있었다. 그중 한곳에 떡갈나무가 있었다. 저 떡갈나무

가지로 올라가서 뒤로 돌면 산울타리 안쪽에 떨어질 수 있어.

사지에 맥이 빠져 덜덜 떨리고 걸음을 뗄 때마다 넘어질까 무서웠지만, 그녀는 말떼 옆을 멀리 돌아간다는 심정으로 자기 길을 걷기 시작했다. 무리를 이룬 말들의 옆구리가 그녀에게 대항하듯 출렁거렸다. 그녀는 넋 나간 사람처럼 덜덜 떨며 앞으로 갔다.

그러다 갑자기, 참았던 괴로움이 터지듯 쏜살같이 튀어나가 떡갈나무의 거친 옹이를 붙잡고 나무 위로 올라가기 시작했다. 그녀의 몸은 약했지만 두 손은 강철같이 단단했다. 그녀는 자신이 강하다는 것을 알았다. 온 힘을 다해 올라가서 마침내 가지를 붙잡았다. 말들이 느끼고 있다는 걸 그녀는 알았다. 이제 가지 위에 발을 디디고 섰다. 말들은 약간 느슨하게 흩어져서 어슬렁대며 상황을 파악하려는 듯했다. 그녀는 떡갈나무를 돌아 건너편으로 조심스레 발을 옮기고 있었다. 말들이 그녀를 향해 서서히 달려오기 시작할 때, 그녀는 산울타리 안쪽의 덤불에 쿵 떨어졌다.

잠시 움직일 수 없었다. 그러다가 산울타리 아래쪽에 난 토끼 구멍으로 떠거덕떠거덕 다가오는 수많은 말발굽들이 보였다. 견딜 수 없었다. 그녀는 벌떡 일어나 들판을 비스듬히 가로질러 빠르게 걸었다. 말들은 산울타리 바깥쪽을 따라 전속력으로 달려 모퉁이까지 가더니 거기서 멈춰 섰다. 그녀는 걸음을 재촉해 텅 빈 들판을 가로지르는 내내 거기 웅기중기 모여 있는 말들을 느낄 수 있었다. 이젠 말들이 가련할 지경이었다. 그녀는 의지만으로 스스로를 움직여 몸을 떨면서도 큰길 옆 풀밭 위에 솟은 비스듬한 가시나무 아래 울타리로 간신히 올라갔다. 기운이 다 빠져서 가시나무 몸통 쪽으로 비스듬히 기운 울타리에 꼼짝 않고 앉아 있었다.

힘이 빠져 거기에 앉아 있자니 시간과 변화의 흐름이 가뭇없이 사라져, 그녀는 의식도 변화도 변화의 가능성도 없는 돌멩이처럼 아무것도 느끼지 않고 강바닥에 누운 듯했다. 그러는 동안 세상만 사는 그녀를 버려둔 채 덧없이 흘러갔다. 그녀는 온갖 변화의 바닥까지 가라앉아 변경할 수 없고 수동적인, 강바닥에 가만히 가라앉아 있는 돌멩이 같았다.

어슐라는 더이상 갈 데 없이 고립되어 가시나무 몸통에 기댄 채 한참을 가만히 누워 있었다. 광부 몇명이 비에 젖은 길을 저벅저벅 걸어가고 있었다. 목소리가 들렸고, 어깨가 귀까지 올라붙게 움츠린 듯했다. 빗속에서 얼룩진 그들의 형상이 흡사 유령 같았다. 그들은 그녀를 보지 않았다. 그들이 지나칠 때 그녀는 힘없이 눈을 떴다. 그때, 혼자 걷던 광부 한 사람이 그녀를 보았다. 깜짝 놀라 바라보는 그의 시커먼 얼굴에서 흰자위가 보였다. 그는 놀라고 걱정스러워 말이라도 붙여보려는 듯 길음을 주춤거렸다. 그가 말을 붙일까봐, 뭐라도 물을까봐 그녀는 얼마나 두려웠던가.

그녀는 미끄러지듯 앉은 자리에서 내려와 멍하니 길을 따라 걸었다. 멍했다. 집까지는 먼 길이었다. 평생 이렇게 힘겹게, 힘겹게 걸어야 할 것 같았다. 한걸음 한걸음, 산울타리 사이 비 내리는 축축한 길을 따라 걷고 또 걸었다. 한걸음 한걸음, 지루하게 걷고 또 걷다보니 속에서 깊고도 차가운 욕지기 같은 게 올라왔다. 그 차가운 욕지기는 얼마나 깊은지, 아, 얼마나 깊은지! 그것 또한 저 바닥을 보여주었다. 그녀는 오늘 모든 것의 바닥을 알게 될 운명 같았다, 모든 것의 바닥을. 그래, 어쨌거나 그녀는 더 내려갈 데 없는 바닥을 따라 걷고 있었고 아주 안전했다. 영원히 걷고 또 걸어야 한다 해도 이게 바로 바닥이고 더 깊은 데는 없다는 걸 아는 이상, 아주 안전했다. 더 깊은 데는 없어, 그래. 그러니 확신이 들고 뻗대지 않을 수 있었다.

마침내 어슐라는 집에 도착했다. 벨도버로 가는 언덕길을 오르기가 정말 힘들었다. 이 언덕길을 왜 올라가야 하나? 왜 올라가야 하냐고? 그냥 아래 있으면 안 돼? 이 오르막을 왜 올라가야 해? 바닥에 있는 사람한테 왜 오르고 또 오르라고 밀어붙이는 거야? 아, 너무 힘들고 지치고 부담스러웠다! 언제나 힘겹고 늘, 항상 부담스러웠다. 하지만 그녀는 꼭대기까지 올라가야 했고, 집에 가서 침대로 가야 했다. 잠자리에 들어야 했다.

그녀는 집으로 들어가 어둑한 2층으로 올라갔다. 이렇게 흠뻑 젖은 걸 아무도 눈치채지 못했다. 너무 피곤해서 아래층에 다시 내려갈 수 없었다. 침대로 들어가 누우니 오한에 몸이 덜덜 떨렸지만, 기가 다 빠져버려 일어나지도 도움을 청하지도 못했다. 그러다 점점 더 병이 심해졌다.

그녀는 이주일 정도 몹시 앓았다. 고열로 정신이 혼미하고 몸이 떨리며 통증에 시달렸다. 그러나 혼미한 통증 가운데서도 존재의 뭉근한 확고함, 영원성의 감각은 한결같이 있었다. 어떤 면에서 그녀는 어떠한 모진 폭풍이 자기 몸에 불어닥친대도 침범하거나 변경할 수 없는 강바닥 돌멩이 같았다. 그녀의 영혼은 가만히 변함없이, 고통으로 가득 찬 채 가라앉아 있었으나 영원히 그 자체였다. 병을 앓는 내내 어떤 깊고도 변치 않는 앎이 끈질기게 버티고 있었다.

그녀에게는 그 앎이 있었고, 그렇기에 더이상 마음 쓰지 않았다. 앓는 내내 모호하게 형태가 바뀌면서 그녀 자신과 스크리벤스키에 관한 의문이 끈질기게 떠올랐다. 아직 피상적이며 그녀의 고립되고 완강한 진실의 핵심에 닿지 않는, 신경을 갉아대는 통증 같은 의문이었다. 하지만 스크리벤스키라는 부식물腐蝕物은 그녀 속에서

346

타들어가다가 결국 스스로 완전히 연소되었다.

그녀가 꼭 그에게 속해야 하는가, 그를 따라야 하는가? 뭔가가 그렇게 하도록 강제했지만 그것은 진실이 아니었다. 그녀가 스크리벤스키에게 속한 데서 오는 통증이, 비진실이 주는 통증이 변함없이 존재했다. 그녀가 그에게 매이지 않았는데 무엇이 그녀를 그에게 매어두었는가? 이 허위가 왜 이리 오래 지속되는가? 이 허위가 왜 그녀를 끝도 없이 갉아대며, 그녀는 왜 미망에서 깨어나 선명한 진실을 직시하지 못하는가? 깰 수만 있다면, 그럴 수만 있다면 그녀가 스크리벤스키와 연결되었다는 이 거짓된 꿈은 사라져버릴 텐데. 하지만 혼미한 잠이 그녀를 꼼짝 못 하게 내리눌렀다. 마음이 진정되고 정신이 들 때조차 그런 미망에 빠져 있었다.

그러나 어슐라는 결코 거기 빠져 있지 않았다. 어떤 비본질적인 것이 그녀를 그에게 매었나? 그녀에게 들씌워진 어떤 굴레가 있었다. 왜 그것을 뚫고 나가지 못하는가? 그게 뭐기에? 무엇이기에?

혼미한 상태에서도 그녀는 이 물음을 계속, 계속 붙들고 있었다. 그러다 지칠 정도가 되자 마침내 답이 나왔다. 바로 아이였다. 아이가 그녀를 그에게 묶어두었던 것이다. 아이가 굴레처럼 그녀의 머리를 감싸고 옥죄었다. 아이가 그녀를 스크리벤스키에게 묶어두었다.

하지만 왜, 무슨 이유로 아이가 그녀를 스크리벤스키에게 묶어둔다는 거지? 그녀만의 아이일 수는 없어? 이 아이는 그녀만의, 전적으로 그녀만의 사건이 아닌가? 아이가 그와 무슨 상관이 있다고? 그녀가 왜 스크리벤스키와 그의 세계에 매여 고통받고 옥죄여야 해? 안톤의 세계, 그것이 신열에 들뜬 머릿속에서 그녀를 에워싸고 압박하는 사슬이 되었다. 이 사슬에서 벗어나지 못하면 미칠 것 같았다. 사슬은 바로 안톤과 안톤의 세계였다. 그녀가 가졌던 안톤이 아니라 가지지 못했던, 어떤 다른 세력이, 세상이 소유한 안톤이었다.

병을 앓는 내내 그녀는 그와 그의 세계에서 벗어나고자, 그것을 제자리로 치워버리려고, 치워버리려고 싸우고 싸우고 또 싸웠다. 그러나 그 세계는 거듭 되살아나 그녀를 지배했고 또다시 그녀를 휘어잡았다. 아, 육신의 형언할 수 없는 피로감이여, 그녀는 그것을 벗어던지지도 빠져나오지도 못했다. 여기서 벗어날 수만 있다면, 감각으로부터, 몸으로부터 놓여날 수만 있다면, 자신이 접하고 있는 세상의 온갖 장애로부터, 아버지, 어머니, 연인, 지인, 모두로부터 벗어날 수만 있다면 얼마나 좋을까.

완전히 지쳐 앓으면서도 그녀는 되뇌고 또 되뇌었다. "난 아버지도 어머니도 연인도 없어. 이 세상에 정처가 없어. 난 벨도버, 노팅엄, 영국, 이 세상 어디에도 속하지 않아, 이 중 어디에도 존재하지 않아. 이런 데 속박되어 뒤엉켜 살고 있지만 그들은 전부 가짜야. 견과가 가짜 세상인 껍질을 벗어던지듯이 나는 여기서 벗어나야 해."

그리고 또다시, 열에 들뜬 그녀의 머리에 2월 도토리의 생생한 실체가 떠올랐다. 도토리는 껍질이 터지고 버려진 채 나무 밑에 놓여 있었고 알맹이가 비어져나와 싹을 틔우려 하고 있었다. 그녀는 또렷하고 힘찬 싹을 밀어올리는 껍질 벗은 말간 알맹이였고, 세상은 철 지난 겨울처럼 내버려져 있었다. 그녀의 어머니, 아버지, 안톤, 대학과 친구들, 이 모두는 지나간 한해처럼 벗어던져졌다. 그 사이 알맹이는 자유롭고 발가벗은 채 새 뿌리를 내리고자, 흐르는 '시간' 속에서 '영원'이라는 새 앎을 창조하고자 안간힘을 쏟고 있었다. 이 알맹이가 유일한 진실이었다. 나머지는 모두 망각 속으로 떨어져나갔다.

이 느낌이 점점 더 커갔다. 어느 오후 눈을 떠 그녀 방의 창문과 그 너머 희미하게 연기 나는 풍경을 바라보았을 때, 이 모든 것은 사방에 널려 있는 껍질들일 뿐 그밖에는 아무것도 보이지 않았다. 그녀는 아직 갇혀 있었으나 완전히 막힌 것은 아니었다. 그녀와 껍질 사이에 공간이 있었다. 껍질이 터져 틈이 생긴 것이다. 머지않아 그녀는 새날에 단단히 뿌리박을 것이고, 그녀의 발가벗은 알맹이는 새 하늘과 새 대기로 된 묘상苗床에 자리 잡을 것이며, 이 낡고 썩어가는 질긴 껍질은 사라지리라.

어슐라는 점점 푹 잘 수 있게 되었다. 그녀의 새로운 진실을 확신하고 잠들었다. 영혼 가득히 새 세상의 새 공기를 마시며 잠들었다. 평화는 지극히 깊고 풍요로웠다. 그녀는 새 땅에 자신의 뿌리를 내렸고 사라나는 데에 짐짐 더 몰두했다.

마침내 그녀가 잠에서 깼을 때, 이 땅에 새날이 온 것 같았다. 이 신새벽을 맞이하고자 오욕과 무명無明을 헤치며 얼마나 오래, 얼마나 오래 싸워왔던가? 그녀는 겨울의 끝에 피어나는 가장 가녀린 꽃잎처럼 지극히 연약하고 섬세하고 맑은 느낌이었다. 하지만 밤의 지축은 돌아서 이제 새벽이 밝아오고 있었다.

스크리벤스키, 그리고 그와의 이별이라는 옛 경험은 아득히, 아득히 떨어져나갔다. 매혹적이던 처음 몇주와 같은 몇몇 일들은 생생했다. 전에는 이런 것들이 환각처럼 느껴졌지만 이젠 평범한 현실 같았다. 나머지는 모두 생생하지 않았다. 그녀는 스크리벤스키가 최종적으로 전혀 진짜가 되지 못했음을 깨달았다. 열정적인 환희에 빠진 몇주 동안 그는 그녀와 함께 그녀의 욕망 속에 있었고, 그 기간 동안 그녀가 그를 창조해냈던 것이다. 그러나 결국 그는 실패했고 부서져버렸다.

너무도 큰 공허가 그와 그녀를 갈라놓았다는 게 참 기이했다. 그녀는 이제 옛 추억이나 지난 시절의 자신을 좋아하듯 그를 좋아했다. 그는 과거에 속한, 한계 지어진 존재였다. 이미 알려진 존재였다. 지나간 것에 대해 그렇듯 그에 대해 애틋한 마음이 들었다. 하지만 앞을 내다볼 때면 그는 존재하지 않았다. 그랬다, 눈을 들어 그녀 앞에 펼쳐진 미지의 땅을 향하면, 알아볼 수 있는 것은 안개처럼 지면에서 피어오르는 청아한 빛줄기와 형언할 수 없이 신비한 나무들뿐이었다. 그것은 새 세상과 옛 세상을 뒤덮은 공허와 어둠을 건넌 후 그녀가 홀로 그 해안을 밟게 된 미지의, 미답의, 미발견의 땅이었다.

아이가 유산된 것 같았다. 다행스러웠다. 그러나 아이가 있었더라도 별 차이는 없었을 것이다. 그녀는 아이와 자신을 지켰을 것이고 스크리벤스키에게 가지 않았을 것이다. 안톤은 과거에 속했다.

스크리벤스키에게서 "난 결혼했소"라는 전보가 왔다. 그녀의 마음속에서 예전의 고통과 분노와 경멸이 일렁거렸다. 그는 이다지도 철저히 낡아빠진 과거에 속했단 말인가? 어슐라는 그와 절연했다. 그는 원래 그대로였던 것이다. 그가 원래 그대로인 게 다행스러웠다. 그녀가 뭐라고 자기 욕망에 따라 남자를 취하려 했던가? 중요한 건 그녀가 남자를 창조하는 것이 아니라 신이 창조한 남자를 알아보는 것이었다. 남자는 무한으로부터 올 것이고, 그녀는 그를 맞이하리라. 그녀는 자기 남자를 창조할 수 없다는 것이 기뻤다. 자신이 그의 창조와 무관하다는 것이 기뻤다. 이 일이 그녀가 마침내 안식을 얻은 저 광대한 힘의 영역 안에 있다는 것이 기뻤다. 남자는 그녀 자신도 속한 저 영원으로부터 오리라.

몸이 차츰 나아지자, 어슐라는 자리에 앉아 새로운 창조의 광경을 지켜보았다. 창가에 앉으면 저 아래 거리를 지나는 사람들이 보였다. 광부들, 아낙네들, 아이들 모두 낡은 열매의 껍질에 쌓여 걷고 있었지만 그 껍질 사이로 새싹이 봉긋하니 움트는 윤곽이 보였다. 광부들의 고요하고 말 없는 형상들에서도 새로운 해방을 향한 일종의 긴장감이, 고통스러운 기다림이 보였다. 아낙네들이 짐짓 내세우는 자부심도 마찬가지였다. 아낙네들의 자부심은 부서지기 쉬웠다. 그것은 금방 부서져서 새싹을 틔우는 힘과 인고를 드러낼 것이었다.

어슐라는 눈 닿는 모든 것에서 지나간 삶의 낡고 굳은 황폐한 형태 대신 살아 있는 하느님의 창조를 발견하고자 탐색하고 애썼다. 때로 엄청난 공포가 엄습했다. 때로 촉을 잃거나 느낌이 사라져 그녀 자신과 온 인류를 묶어두는 껍질에 대한 예선의 공포만 의식할 때도 있었다. 모두 감옥에 갇혀 있었고, 모두 미쳐가고 있었다.

그녀는 이미 관 속에 갇힌 듯 뻣뻣해진 광부들의 몸을 보았다. 그들의 움직임 없는 눈동자, 생매장된 눈동자를 보았다. 또한 생기 없는 승리를 구가하듯 비탈길에 늘어선 신흥 주택들의 거칠게 잘라낸 모서리들을 보았다. 마구잡이로 자른 흉한 각도와 직선의 승리이자 의기양양하고 방자한 퇴락의 표현, 너무나 순수해서 딱딱하고도 부서지기 쉬운 퇴락의 표현이었다. 맞은편 우중충한 언덕 위로 회갈색 풍경이 보였다. 슬레이트 지붕을 얹은 볼품없는, 검은 얼룩처럼 보이는 주택들과, 언덕 꼭대기의 조악한 신흥 주택들 저 위편으로 흉측한 퇴물처럼 불쑥 솟은 낡은 교회 첨탑이 보였다. 볼품없고 취약하며 각진 신흥 주택들이 벨도버로부터 뻗어나가 레슬리에서 뻗어나온 조악한 신흥 주택들과 이어졌고, 레슬리의 주택들은 점점 이어져 헤이너의 주택들과 뒤섞여 있었다. 메마르고 취약하며 끔찍한 퇴락이 지상 곳곳으로 퍼져나간 형상이었다. 어슐라는 견딜 수 없이 역겨워 그대로 죽어버릴 것 같았다. 그러다 흘러가는 구름 사이로 어렴풋이 형형색색의 띠가 비탈 한편을 연한 색채로 물들이는 게 보였다. 그녀는 깜짝 놀라 넋을 놓은 채 하늘에 떠도는 빛깔을 찾아보다가, 서서히 떠오르는 무지개를 보았다. 하늘 한편에 강렬하게 환한 빛이 비쳤고, 그러자 그녀의 가슴은 희망으로 에어왔다. 그녀는 반원이 있을 법한 지점에서 빛의 기미를 찾아보았다. 서서히, 어디선지 모르지만 신비하게 색채가 모여 모양을 이루자, 희미하게 웅장한 무지개가 떴다. 활 모양이 구부러져 뚜렷해지더니 당당한 아치를 이루며 빛과 색채와 허공이 모여 멋진 건축물을 지어냈고, 양쪽 기둥은 낮은 비탈 위 흉측한 신흥 주택들 사이에서, 아치는 저 하늘 높이에서 환하게 광채를 띠었다.

지상에 무지개가 떴다. 그녀는 퇴락해가는 이 땅 위를 딱딱한 껍질 같은 몸으로 뿔뿔이 기어가는 추레한 사람들이 여전히 살아가고 있다는 것과, 무지개가 그들의 핏속에 우뚝 떠올라 그들 영혼에 생기를 일깨우리라는 것을, 그리고 그들이 붕괴로 향하는 저 딱딱한 껍질을 벗어던질 것을, 새롭고 정淨한 벌거벗은 몸들이 새싹을 틔우고 새로이 성장해 저 하늘의 빛과 바람과 맑은 비로 자라나리라는 것을 알았다. 그녀는 무지개에서 지상의 새 건축물을 보았다. 낡고 부서지기 쉬운 퇴락한 집들과 공장들이 다 쓸려나가고, 저 위 아치를 이룬 하늘에 어울리는 진리의 살아 있는 구조로 지어진 세상이었다.

근대적 남녀관계와 소설 『무지개』의 약속

시련을 넘어 새 문명의 길을 모색하다

D. H. 로런스(1885~1930)는 영국 중부 노팅엄셔의 탄광촌 이스트우드에서 광부인 아버지와 교사를 지낸 어머니 사이의 다섯 자녀 중 넷째로 태어났다. 오늘날의 대중에게는 다양한 해적판과 번안물에 더해 근년에 넷플릭스 영화로 각색된 『채털리 부인의 연인』(1928)을 쓴 '성 문학의 대가'로 각인되었을 공산이 크지만, 당대 사람들은 작가의 신원에 관심이 많았다. 영문학사에서 로런스의 경우처럼 노동계급 가정에서 성장해 대작가의 반열에 오른 경우는 드문데, 이런 배경은 종종 그의 예술에 대한 온당한 평가를

가리기도 했다.

　로런스의 아버지 아서는 문맹에 가까웠지만 육체적 건강성과 본능이 살아 있는 사람이었다. 그는 광부이자 동료라는 의미의 '버티'(butty) 조합을 만들어 탄광주와 노동조건 및 임금을 협상하며 노동자들 간의 끈끈한 유대를 다졌고, 휴일이면 술 마시고 춤추기를 즐겼다. 반면, 어머니 리디아는 이질적이고 팍팍한 탄광촌에서도 고상한 삶을 추구했다. 일과처럼 성경을 읽고 외웠으며 청교도적 엄격함으로 아들을 중산층으로 상승시키고자 정성을 기울였다. 결혼 직후, 퇴근한 남편이 탄광의 검댕을 씻지도 않고 하얀 식탁보 앞에 앉자 그녀는 그의 상스러운 행동에 분개한다. 그러자 아서는 아무렇지 않게 "이건 깨끗한 먼지야"라고 응수한다. 이는 로런스의 성장배경을 암시하는 상징적인 일화이다. 『무지개』 첫 장면의 브랭귄 남녀처럼 아버지는 이전 공동체의 본능적 삶에 자족하여 안주하는 쪽이라면, 어머니는 그와는 다른 형태의 삶을, 좀더 의식적이고 너른 영역으로의 상승을 갈구했다.

　부모 사이의 계급적·정신적 갈등은 로런스의 자전적 초기작 『아들과 연인』(1913)에 고스란히 담겨 있다. 남편에게서 궁극적인 만족을 얻지 못하는 여인들이 흔히 그렇듯 모자는 유별난 애착관계를 이룬다. 모렐 부인에게 아들 폴은 연인과 같은 대리적 존재였고, 이로 인해 아들은 원만한 이성관계를 맺는 데 어려움을 겪는다. 이런 점 때문에 '오이디푸스 콤플렉스'를 구현한 최초의 작품으로 지목되기도 하는데, 로런스가 프로이트 심리학을 적용한 결과물은 아니다. 소설의 주인공은 어머니의 죽음을 계기로 자신을 옥죄던 심리적인 구속에서 결연히 벗어나거니와, 작가는 이런 모자관계가 보편적인 유형이 아니라 우리 시대에 들어와 모종의 이유로 깨져버린 남녀관계의 불균형에서 비롯된 시대적 비극이라고 회고한다.

로런스는 『무지개』의 제3세대인 어슐라가 그랬던 것처럼, 초등학교 견습 교사를 거쳐 왕실 장학금을 받고 노팅엄대학에서 학위를 받은 후 크로이던에서 교사 생활을 한다. 1909년경 그의 시와 단편이 포드 매덕스 휴퍼의 추천을 받아 『잉글리시 리뷰』에 실리고 첫 장편 『흰 공작』(1911)이 출간되면서 전도유망한 작가로 주목받는다. 어릴 적부터 병약하던 그는 건강이 버티지 못해 교직을 사퇴하고 고향에 돌아오는데, 이때 그의 삶과 예술 행로에 중대한 사건이 일어난다. 대학 시절 수강한 어니스트 위클리 교수의 집에 초대받았다가 그의 아내 프리다(결혼 전 이름은 프리다 폰 리히트호펜Frieda von Richthofen)와 사랑에 빠진 것이다. 여섯살 연상인 프리다는 독일 귀족의 딸로서 국적과 출신뿐 아니라 생활 방식이나 도덕적 성향 면에서 로런스와 판이했고 — 그녀는 결혼 생활 중에도 자유연애를 실천했고 가사노동에 관심이 없었다 — 그로 인한 갈등이 끊이지 않았으나, 로런스 작품 세계의 폭과 활력의 놀라운 원천이었음은 분명하다. 두 사람은 빈털터리로 프리다의 친정인 독일로, 그리고 알프스를 넘어 이딸리아로 '사랑의 도피'를 이어갔고, 이 무렵부터 로런스의 창조적 역량은 놀랄 만큼 분출한다.

1914년 1차대전 직전 프리다가 이혼 허가를 얻자 두 사람은 영국으로 돌아와 정식으로 결혼한다. 하지만 프리다의 국적 때문에 스파이로 몰려 거주지에서 감시당하고 로런스 자신은 치욕스러운 징병검사를 받는 등 전쟁은 그들을 전에 없는 궁지로 몰아넣는다. 이 시기를 전후하여 로런스는 문학평론인 「토머스 하디 연구」를 통해 서구적 관점을 넘어선 우주관과 인간관이 담긴 고유한 사상을 벼리는 한편, 작가의 최고작으로 평가되는 『무지개』와 『연애하는 여인들』로 모습을 드러낼 『자매들』(‘결혼반지’로 개제하기도 함) 집필에 착수한다. 『무지개』는 전작과 판이한 ‘새로운’ 소설이 되리라는 작가의 자부심에도 불구하고 편집자 에드워드 가넷으로부터 충분한 이해를 얻지 못했고, 여러 대목이 삭제된 채 1915년 가까스로 출간된다. 그러나 출간 한달여 만에 ‘음란출판물법령’ 위반 판결을 받아 전량 압수·판매금지 조치를 당했으며, 이미 책을 구비한 서적상들이 판매 시도만 해도 기소하라는 명령이 떨어진다. 동성애 장면과 일부 성적 묘사가 외설 혐의를 받았으나, 그 저변으로 제국주의 본진인 영국에서 (어슐라가 스크리벤스키를 면전에서 공격하듯이) 국가주의와 전쟁 자체를 비판한 대목들이 당국의 심기를 거슬렀을 것이 분명하다. 충격적인 것은 일부 평론가와 출판사 머슈언(Methuen)까지 합세해 탄압을 용인하고 지지하였다는 사실인데, 상황이 이렇다보니 1916년에 탈고한 『연애하는 여인들』은 출간될 기약이 없었고, 1920년이 돼서야 뉴욕에서 개인 출판 형식으로 독자와 만나게 된다.

로런스에게 1차대전의 충격은 작가적 이력의 시련에 머물지 않았다. 호주를 배경으로 쓴 『캥거루』(1923)의 「악몽」 장에서 쓰라리게 회고하듯이, 이 전쟁은 서구 역사와 체제가 추구해온 정신의 최종적 실패를 의미했다. 게다가 문명 창조의 선봉을 지켜야 할 개인들마저 이 흐름에 휩쓸려 굴복하는 모습을 목격하며 그는 자신을 이 세계와 이어주던 탯줄이 영영 끊어지고 말았음을 절감한다. 격변기였던 만큼 이 시기의 많은 작가·예술가 들이 기존 사회의 전통과 인습에 환멸을 느꼈고, ‘예술’을 지키기 위해 고국을 떠나는 경우가 적지 않았다. 그러나 당시 로런스가 서구문명에 대해 느낀 절망의 성격은 이와 달랐다. 그는 끝까지 ‘삶을 위한 예술’을 고수했고, 그의 방랑은 도피나 부정이 아닌 (죽음을 지나) 살아 있는 삶을 향한 선택이요 새로운 문명의 실마리를 찾는 모색이었기 때문이다.

1919년 로런스 부부는 마침내 영국을 떠난다. 그들은 잠시 유럽에 머물다가 씰론(스리랑카)과 호주를 경유한 후 미국 뉴멕시코주 타오스 산장에 정착한다. 19세기 미국문학 탐구를 통해 미국 민주주의의 성격과 미완의 가능성을 타진하고(『미국 고전문학 연구』, 1923), 성과 계급과 인종의 경계를 넘나드는 만남을 실험한 빼어난 중·단편들(「공주」「말을 타고 가버린 여자」『쎈트 모어』 등)을 발표한 것도 바로 이곳 미국 서부의, 이상주의에 물들지 않은 살아 있는 자연에서였다. 멕시코 방문 경험을 바탕으로 쓴 야심작 『날개 돋친 뱀』(1926) 역시 획기적이다. 보수 기독교의 대안으로 아즈텍 종교와 문화라는 토착 전통을 되살려 원주민들의 각성을 이끈다는 제3세계 혁명이 주제로 등장한다. 혁명의 성공을 상정하는 이 유토피아적 기획이 당시 멕시코 안팎의 현실정치라는 사실주의적 틀에 담기기에는 무리가 없지 않았으나, 진정한 '탈(脫)식민'의 길을 꿈꾸는 오늘의 우리에게 풍부한 시사점을 던지는 작품이다. 말년의 로런스는 유럽으로 돌아와 산업사회에 대한 다소 목가적이고 개인적인 해결책에 가까운 『채털리 부인의 연인』을 썼고, 폐결핵으로 죽어가면서도 시 창작과 그림 그리기에 몰두했다. 짧은 생애였으나 자신의 문장(紋章)처럼 스스로를 불살라 영원히 새롭게 태어나는 불사조 같은 삶이었다.

소설로 쓴 근대적 남녀관계

로런스가 당대 영국뿐 아니라 전지구적 문명의 향방을 고심한 작가라면,『무지개』역시 우리 시대가 당면한 문제와 그 근원을 짚어내야 할 것이다. 하지만 이 어려운 대작의 의미를 적절히 소개하고 '해설'하는 것은 불가능한 일이기에 몇가지 물음들을 중심으로 살펴보고자 한다.

사회사적 큰 사건들이 중심이 되는 일반적인 연대기 서사와 비교할 때, 이 소설의 배경은 일견 소박하고 등장인물도 많지 않다. 이야기는 대략 1840년에서 1905년에 걸친 시기 영국 미들랜즈 농촌의 코세테이와 일크스턴이라는 한정된 지역에 사는 평범하고 외떨어져 보이는 브랭권 집안 3대의 사랑과 성과 결혼에 집중된다. 그렇다면 가족 연대기인 이 소설이 어떤 점에서 근대적 남녀관계를 다루고 있는지, 남녀관계의 변화 과정이 어떤 의미로 근대 세계의 본질을 포착하는 것인지 물어볼 법하다.

이 문제는 흔히 '서곡'으로 불리는 제1장의 앞부분에서 거침없이 제기된다. 마치 영화 전체의 분위기를 예고하는 오프닝의 부감 숏처럼, '서곡'은 전통사회에 근본적인 변화가 일어나고 있고, 남녀의 전통적 역할과 지향의 역전(逆轉)이 근대 진입이라는 그 변화의 주된 동인임을 선언하는 듯하다. 브랭권 남자들이 자연과 본능에 충실하고 "피와 피의 친밀한 교감"에 안주하는 반면, 여자들은 의식(意識)과 행동으로 이루어진, "말하고 발언하는 바깥세상"을 (1권 11면) 열망한다. 그런데 근대를 추동하는 창조적 충동인 이 열망에는 유기적 공동체 상실이라는 위험이 한결같이 도사리고 있다. 그 위험에 대해 로런스는 지칠 줄 모르고 비판했고, 그런 연유로 그를 산업사회 이전으로의 복귀를 꿈꾸는 '원시주의자'로 규정하는 평가도 많았다. 그렇지만 로런스는 의식의 진전과 "더 높은 형태의 존재"를(1권 14면) 향한 노력의 필연성을 누구보다 긍정했고, 그 열망의 담지자로서 브랭귄 여자들을 앞장세우고 있다. 어려운 문제는 이 열망이 어떻게 성취될 것인가, 그리고 남녀 간의 균열된 균형을 어떻게 극복할 것인가인데, 그 미완의 시대적 과제는 소설의 각 세대, 각 개인 앞에 놓여 있다.

1840년 무렵 산업화의 진전을 알리는 운하가 건설되고 인근에 탄광이 개발되자 브랭귄 사람들은 예전의 자족적인 삶을 누릴 수 없게 된다. 소설의 제1세대인 톰 브랭귄에게도 이 변화는 피할 수 없는 도전이다. 그는 자신을 공부시켜 '더 높은 형태의 존재'로 키우려는 엄마의 열망이 옳지만, 그 옳음은 의식적 자기표현에 좌절하고 마는 "아들의 제질을 인정하지 않으려 허기 때문일 뿐"인(1권 21면) 것도 안다. 그래서 톰은 농부로 정착하고 농장을 상속받는다. 동시에 그는 자신이 처한 이 세계가 '비현실'이라는 뼈아픈 인식만큼이나 그것을 살아 있는 '현실'로, 자신의 '세계'로 만들려는 창조적 열망 역시 물려받는다. 사실『무지개』에 등장하는 남성 인물들 가운데 톰만큼 괜찮은 남자는 없다. 소설의 막간극(interlude)에 해당하는 제9장 「마시 농장과 홍수」에서 암시되듯이, 그는 타락 이전의 순수한 세계이자 구약시대를 상징하는, 이를테면 넉넉한 품의 '가부장'처럼 묘사된다. 평범한 시골 자영농인 그에게 고전시대의 막을 내리는 신화적·성서적 권위가 부여된 것이다.

톰은 계층부터 언어까지 공통점이라고는 찾아보기 힘든 폴란드 출신의 '아직 죽지 못한 사람'〔未亡人〕인 리디아와의 결혼을 통해 삶의 성취를 이룩한다. 그러기 위해서 리디아는 죽음에서 삶으로 건너와야 했고, 톰은 "자신을 깨고 벗어난다는 것"이(1권 65면) 무엇인지 거듭 깨달아야 했다. 『무지개』는 사실적 서술과 시적 묘사를 넘나들며 풍부한 상징과 은유, 언어의 음악성 등으로 다양한 문체를 선보이지만, 특히 인물의 존재적 변모가 일어나는 대목에 이르면 심리적 집중도가 팽팽히 고조되면서 통념에 의지하는 읽기가 불가능하다. 비유하자면 입자처럼 정적이던 물질이 예측 불가의 운동성을 띤 파동으로 이루어졌음을 발견하는 순간 같다고 할까. 바람 부는 3월 황혼 녘, 톰이 목사관을 찾아가 리디아에게 청혼하고 키스하는 장면은 그 대표적인 예로서 읽는 이의 영혼을 몰입시킨다. 로런스 문학에서 황혼은 종종 개인적 자아의 죽음과 재생뿐 아니라 문명 간의 만남을 상징하는 시간대인데, 예고 없이 찾아든 톰의 방문은 완전한 미지의 세계인 마시 농장에 마치 제집인 양 앞문으로 불쑥 들어왔던 리디아의 앞선 장면과 겹치면서 '세계들' 간의 만남이라 할 상징성을 띤다.

제2장 「마시 농장의 삶」은 19세기 정치와 혁명사의 한복판에서 펼쳐지는 리디아의 첫 결혼과 삶의 여정을 그린다. 마시 농장의 삶에 지역적인 확장 이상의 의미를 부여하는 장인 것이다. 화자의 압축적 서술을 통해 전달되는 리디아의 '역사'는, 단순하게 말해서 정치적 거대서사에 해당하는 남성적 역사와 그에 가려 목소리를 부여받지 못한 여성 역사의 실상이라는 이중 구조로 집약된다. 톰과의 결혼은 리디아를 소생시켰고, 그로 말미암아 그녀는 자신의 과거를 새롭게 조명할 힘을 얻는다. 혁명에 실패하고 죽음이 모든 것을 휩쓴다 해도 그것이 삶의 전부이자 끝은 아니라는 것, 그리고 인간 자신이 역사의 최종적 주재(主宰)일 수는 없다는 그 진실을 깨닫는다. 크게 보아 이런 태도는 역사의 진정한 창조성에 대한 믿

음과 다르지 않을 텐데, 리디아는 이를 "개별 인간의 노력은 실패할 수 있어도 인류의 기쁨은 부정될 수 없다"고(1권 379면) 표현한다. 이념과 이상주의의 한계를 넘어 새 길을 찾아나서는 우리 시대에 울림이 큰 대목이 아닐까 싶다.

제1세대의 결혼이 균형에 다다를 수 있었던 것은 자연과의 합일이 가능한 전통 세계가 아직 살아 있다는 사실과도 무관하지 않다. 실로 그들의 삶에는 바람과 어둠의 자연 세계, 계절의 추이에 순응하는 생명체들의 관계 맺음, 출산과 죽음이 순환하며 면면히 이어지는 시간의 유장함이 깃들어 있다. 아내가 산고를 겪는 밤, 톰이 의붓딸 애나를 달래는 헛간 장면은 잊지 못할 감동으로 다가온다. 이렇게 제1세대 남녀는 서로의 다름에 '순명(順命)'함으로써 마침내 무지개의 균형에 도달하고, 그 아치 아래서 애나는 안전하게 뛰노나.

톰의 상태를 '순명'으로 표현했지만, 그가 도달하는 경지에서 동양적 깨달음과 통하는 면이 발견되는 것도 자못 흥미롭다. 가령 그는 자기 '의지'를 버리는 겸허함으로써 여성의 타자성을 받아들이고 어렵사리 온전한 조화(調和)에 다가가는데, 그 깨달음이 거기서 그치는 것이 아니라, "삶의 세계뿐 아니라, 영원불변하는 무한의 세계가"(1권 118면) 있다는 믿음으로 이어지는 것이다. 이는 특히 제12장 「수치」에서 요약되는 인간중심주의적 관점과 뚜렷이 대비되며, 거기서 벗어나 진정한 '인간됨'으로 전회(轉回)할 실마리를 찾기 위해서도 특히 주목할 대목으로 보인다. 또다른 예는 톰이 의붓딸 애나를 시집보내면서 괴로워하는 장면에서 발견된다. 그는 딸에게 집착할 수밖에 없는 자기 삶의 한계에 깊은 회한을 토로하던 끝에 문득 이렇게 마음을 돌린다. "사람은 언제 끝에 다다르는 걸까? 어느 방향에서 끝나는 걸까? 끝도 종점도 없어, 우르르 꽝음이 들리는 이 광대한 허공이 있을 뿐. 사람은 결코 늙지도 죽지도 않는가? 그것이 실마리였다. 그는 고뇌 속에서도 야릇하게 환희를 느꼈다."(1권 198면) 아내와 이룩한 '둘이자 하나인 관계'(Two-in-One)를 통해 그는 마침내 '늙지도 죽지도 않는', 혹은 '불생불멸(不生不滅)'이라 할 무한한 세계에 속하게 된 것이다.

그렇지만 현실은 이러한 합일이 어려워지는 쪽으로 급격히 흘러간다. 시간이 정지된 절대적 정적 속에서 외부 세계가 의미를 상실하고 자아와도 단절되는 제2세대 윌 브랭권의 신혼 초입의 상태는 더 살펴보아야겠으나, 제5장 말미의 톰과 형 알프레드의 대화에서만 해도 각자의 에고가 타자와의 관계에 우선하는 단자적 개인주의의 씨앗이 뚜렷이 예고된다.

애나의 '승리'와 근대적 자아의 탄생

『무지개』 제2세대는 대략 제4장에서 제8장에 걸쳐 그려진다. 그 가운데 제6장 「승리자 애나」는 신혼기의 갈등이 임신과 출산을 계기로 애나 측의 일방적인 승리로 귀결되어 안정화되는 초기 국면을 추적하고, 제7장 「대성당」은 신혼 초로 플래시백하여 링컨 대성당에 대한 윌과 애나의 상반된 반응이라는 특정 사건에 집중한다. 제8장 「아이」에서는 윌과 어슐라의 부녀관계가 조명된 후, 이즈음 윌 브랭권이 겪는 모종의 변모 과정과 아내와의 관계의 최종 단계까지 밀도 높게 파헤친다.

그런데 제2세대 남녀의 격렬한 사랑과 갈등은 상당히 난해하고 복잡하게 펼쳐져서 일관되고 평이한 해석이 쉽지 않다. 다양한 성서와 신화의 인유로 겹겹이 보강되어 인물의 상징성을 높인 것도 어려움에 한몫한다. 가령 만삭의 애나가 벌거벗고 춤추는 기이한 장면의 의미와 원인이 무엇인지, 그리고 교회 건축에서 느끼는 신비감에 몰두해서 "인류의 위대성을 무시"하고 "인류의 직접적인 중요성을 인정하지 않"던(1권 233면) 윌이 무슨 연유인지 관능적이고 감각적인 인물로 진화하면서 "목적지향적 인류 전체와 하나 되기를 갈구했다"는(1권 350면) 서술에 내적 일관성이 있는 것인지 고개를 갸웃할 수 있는 것이다. 사실 작중인물 스스로도 자신들이 빠져든 갈등을 이해하지 못하며, 그렇기에 싸움은 더 치열해질 수밖에 없다.

제2세대의 서술에서는 애나와 윌 양측의 상반된 입장을 번갈아 제시하는 교차적 방식이 두드러진다. 어슐라 세대에 가면 더 자주 발견되지만 여기서도 작중인물과 서술자의 목소리가 겹쳐지는 자유간접화법이 사용되는데, 독자로서는 누구의 목소리에 얼마만큼 동의하거나 거리를 둘지 섬세하게 균형을 잡아야 한다. 먼저, 신혼의 윌이 세상을 바라보는 특이한 관점이 등장한다. 그에게 현실 세계는 '껍데기'요 '죽은 세계'이며, "그는 자신이나 아내에 관한 생각에는 관심이 없었다. (⋯) 그의 진정한 존재는 '무한'과 '절대'를 느끼는 그의 어두운 감정적 경험에 달려 있었다"고(1권 233면) 서술된다. 이에 반해 애나는 바깥세상과의 교류에 거리낌이 없다. 또한 "인간 정신의 전능함"이라는(1권 255면) 그녀의 무기는 애나 자신이 원래 추구한 것이 아니라 남편의 "의문의 여지 없는 이런 개념들"을(1권 253면) 파괴하기 위해 채택된 반작용일 가능성이 크다. 돌이켜보면 애나 역시 자신을 '더 높은 형태의 존재'로 키우고자 한 아버지의 열망으로부터 독특한 방식으로 '도피'했다. 어머니 리디아의 "생각을 배제하는 지식"에서(1권 152면) 심각한 결핍을 인식하면서도 사유(thought)의 모험으로 뛰어들기를 거부했다. 묵주 자체를 치워버리고 라틴어 기도문의 감동을 일상어로 옮기려는 노력을 외면했던 것이다. 그런 점에서 '지식'과 '인간 정신'에 대한 그녀의 집착은 그의 "정신을 잠자도록" 내버려둔(1권 254면) 월의 퇴행적인 면모의 극복이라기보다, 그에 대한 반발이요 이면일 수 있겠다. '서곡'에 잠재한 남녀의 불균형이 위협적인 모습으로 드러나기 시작한다.

둘의 관계가 양성(兩性)갈등으로 집약되는 것도 제1세대와 다른 점이다. 갈등은 월의 일이자 예술이기도 한 '아담과 이브' 목판을 두고 벌어진다. 처음 애나와의 사랑이 피어날 때는 그의 예술적 열망도 커져갔지만, 아내의 혹독한 비판을 받은 직후 그는 목판을 태워버린다. 성서 해석을 두고도 싸움이 이어진다. 가나의 잔칫집에서 물이 포도주로 변한 일화를 무조건적으로 받아들이는 월에게 애나는 그것을 역사적 '사실'로 받아들이라고 몰아친다. 그런데 이 두 사건 저변에 공통적으로 깔린 것은 월의 남성중심적인 면모이다. 애나가 문제 삼는 것이 월의 작업 전체가 아닌 유난히 작고 뻣뻣하게 만든 '이브' 형상이고, 가나의 결혼식에서 "여자여 나와 무슨 상관이 있나이까"라는 물음과 "무슨 말씀을 하시든지 그대로 하라"는 대목도 월이 사랑하는 구절인 것이다. 결국 그들은 "상호보완적 관계가 아니라 상극임을 깨달았다. 그는 변하지 않았다. 그 자신은 별개의 존재로 있으면서 그녀가 그의 일부이자 그의 의지의 연장이 되기를 기대하는 것 같았다"는(1권 249면) 애나의 목소리는 상당 부분 서술자의 동의를 얻는다. 월의 이런 면모에서 제3세대의 스크리벤스키로 이어지는 여성에 대한 의존과 존재적 무능은 이미 예고되고 있다.

물론 애나의 문제도 그에 못지않다. 그녀는 남성을 자신의 "환한 반사체"(1권 249면) 정도로 인식하고 아이 아버지 이상의 의미를 비웃는다. 그러다 임신을 계기로 상황은 일변한다. 그녀는 침실에서 벌거벗은 채 부른 배를 내밀며 "그의 존재를 무효화하는 춤"에(1권 270면) 몰아지경으로 빠져드는데, 그것은 여성적 충일감의 표현인 동시에 "아무도 함께 기뻐해줄 이가 없"다는(1권 269면) 항변이기도 하다. 둘의 사랑이 윌의 창조적 활동으로 이어지지 못했듯이, 생명 잉태의 '사건'에서 남성의 자리가 원천적으로 부정되는 장면인 것이다. 어슐라를 낳는 순간 애나는 '승리자'(Victrix)로 선언되지만, 제6장 말미에서 로런스는 '미지로의 모험'을 내려놓고 얻은 '모성'의 승리가 온전한 성취가 아님을 담담한 어조로 서술한다.

앞서 언급했듯이 제7장 「내싱딩」은 제6장의 비교적 앞부분의 시간대로 되돌아간다. 윌의 패배가 확정되는 핵심 사건이 독립적으로 다루어짐으로써 제2세대 갈등의—중세에서 근대로 넘어가는—역사적 전형성을 은유적이면서도 정면으로 부각한다. 로런스는 예술로서의 중세 성당이란 "삶의 완성을 나타내는 기하학적 상징"인 남성적 기둥과 여성적 아치의 완벽한 조화이자, 수직적인 일원성과 수평적인 다원성의 총화라고 요약한 바 있다(「토머스 하디 연구」 제7장 65-67면). 그러나 이곳에 대한 윌의 반응은 통상적인 종교적 경외심과 판이하고, 창조적 활동의 극치로서 성당 건축물에 대한 현재적 감흥과도 거리가 멀다. 그것은 '시간을 넘어서는 절정'이요, 삶이 정지된 상태에서 맛보는 절대적 감정으로 특정된다. 그런데 그의 종교적 흥분상태가 노골적인 성적 언어를 차용하여 묘사되는 점이야말로 특이하다. 그에게 성당은 '여성'(she)이자 자궁이며 "열정적인 교접"의(1권 302면) 대상인 것이다. 성적인 이미지이기는 마찬가지지만, 여기서는 '서곡'의 풍요롭고 활달한 생명의 교류가 느껴지지 않으며 오히려 노팅엄에서의 그의 일탈 이후 애나와 더불어 도달하는 '절대미'(Absolute Beauty)의 기미까지 보인다. 한편, 애나가 가고일의 "교활한 작은 얼굴들"을(1권 301면) 무기 삼아 남편의 수직적인 열정을 무너트리고 성당을 "죽은 물체"로(1권 300면) 확정 짓는 시도에도 일면적으로 치닫는 근대적 다원성에 대한 작가의 경고가 엿보인다고 하겠다.

윌이 노팅엄에서 돌아온 이후 이들의 결혼 생활은 새로운 국면으로 돌입한다. 종교적 외피 속에 숨어 있던, 정신으로부터 분리된 감각이 마침내 표면으로 떠오른다. 여성의 육체에 대한 감각적 탐닉으로 이어지는 윌의 절대미에 대한 집착은 실상 정신과 감각의 분열을 예고하는 시대적 징후이며, 이 점이야말로 그를 근대적 특징을 체현한 인물로 만든다. 제7장 이후 그는 상상력 없는 지식과 기교만으로 만들어지는 복제품 생산에 재능을 보이고, 나아가 민주적 교육의 확산을 의미하는 공교육에 봉사하는 인물로 다시 태어난다. 남편에 대한 애나의 신랄한 공격은 윌의 파편적 면모에 대한 정당한 대응인 면도 있으나, 그 나름의 문제점을 배태하고 있다. 남성의 존재를 부인하는 애나의 '대모'(Magna Mater)적 면모 역시 균형적 관계를 이루기 위해서는 넘어서야 할 장벽이기 때문이다.

세상과 자신에 대한 책임

제3세대 어슐라의 이야기는 시기적으로 현재 우리 삶의 형태와 가장 가까울뿐더러, 여성의 사회 진출에 따르는 성취와 좌절을 본격적으로 다루고 있어 많은 독자들의 공감을 받아왔다. 로런스 자신도 편집자에게 쓴 편지에서 이 소설의 씨앗이 "여성이 스스로 책임지는 주도적인 개인이 되는 것"이라고 밝힌 바 있는데, 이전 어머니 세대의 삶에 의문을 던지며 새 길을 모색하는 어슐라가 근대 여성의 표상처럼 받아들여지곤 했던 것이다. 그녀의 행로는 제10장과 제14장 두차례의 '넓어지는 원'을 거치며 코세테이 마을을 떠나 직장 생활과 대학으로, 런던과 빠리까지 확장된다. 보편교육이 시행되고 결혼에 대한 전통적 관념과 성별 영역이 점차 사라지며 뜻있는 누구나 여성참정권 운동에 동조하던 때이자, 밖으로는 보어전쟁이 발발하고 지배층은 식민지 경영을 당연한 임무인 듯 받아들이던 시대였다.

역자 역시 대학 시절 『무지개』를 읽으며 어슐라와 동일시하던 독자의 한 사람이었다. 특히, 그녀가 결의에 차서 '완전한 사회적 독립'을 다짐하는 장면을 숨죽여 읽으며 전율했던 것 같다. 그렇다고 그 대목에 숨은 두려움과 그녀 앞에 펼쳐질 과제의 엄중함까지 이해한 것은 아니었다. 당장 어슐라에게는,

평일의 세계만이 중요했다. 그녀 자신이, 어슐라 브랭귄이 평일의 삶을 감당해내야 하는 것이다. 그녀의 육신은 세상의 평가에 좌우되는 평일의 육신이어야 했다. 그녀의 영혼은 세상의 지식에 따라 평가되는 평일 세계의 가치를 갖추어야 했다.

그래, 행동과 행위로 된 평일의 삶을 살 일이었다. 따라서 자신의 행동과 행위를 선택할 필요가 있었다. 사람은 세상에 대해 자신의 행위를 책임지지 않으면 안 되었다.

아니, 세상에 대한 책임만이 아니었다. 자기 자신에게도 책임을 져야 하는 것이었다. 그녀 속에는 일요일 세계의 어떤 혼란스럽고 괴로운 잔재가 끈질기게 남아, 이제는 벗어던져버린 환영의 세계와의 연관성을 고집하는 것이었다. 어떻게 사람이 자신이 부인한 것과의 관계를 지속할 수 있다는 건가? (2권 41면)

'평일의 세계'만이 중요하게 여겨지는 시대가 되었지만, 어슐라는 '일요일 세계'의 잔재와의 연관을 끈질기게 놓지 않는다. "자신이 부인한 것과의 관계를 지속"하는 자기모순의 위험도 늘 수반된다. 그렇지만 '평일의 세계'와의 대면으로부터 도피해 성급히 결혼한 애나의 선택지는 이제 더이상 유효하지 않고, 아버지 윌의 경우에서 보듯이 '일요일 세계'에 대한 어쭙잖은 집착으로는 세상은 물론 자기 자신을 책임지는 새로운 '평일의 세계'를 열 수도 없는 것이다. 학과 공부를 감당하고 감옥 같은 교사 생활을 견뎌내면서, 그리고 스크리벤스키와의 길고도 지독한 관계를 통과하면서 어슐라는 '평일의 세계'의 진상을 직면해나간다.

어슐라 이야기의 큰 비중을 차지하는 스크리벤스키와의 관계는 제11장과 제15장에서 주로 다루어진다. 둘의 관계가 결혼으로 이어지지 않고 심한 환멸을 낳고 종결된다는 점이 앞 세대들과 다르고, 인물 간의 불균형도 눈길을 끈다. 처음부터 스크리벤스키는 어슐라에게 '외부 세계'와 동일시된다. 그는 고아에다 군대를 집으로 여기는 대영제국의 공병대 장교다. 개인으로서는 공허한 남성이며, 결국 "거대한 전체 사회라는 구조물, 국가, 현대 인류를 구성하는 일개 벽돌에 불과"하다고(2권 108면) 선언된다. 그렇지만 스크리벤스키에 대한 묘사를 보면 그에게 일말의 가능성이 없던 것은 아니다. 어슐라와 있는 순간만은 그는 "미정(未定)의 상태"가 되어 "그의 이전 형태가 느슨해지더니 잿빛의 희미한 다른 자아가 마치 봉오리에서 피어나듯 천천히 움직"인다(2권 79면). 제15장 「환희의 쓴맛」에서도 기성 사회를 벗어나 육체적 만족을 만끽하는 동안만은 두 사람의 관계가 간신히 유지되다가 결국 깨지고 만다. 그는 제2세대의 윌보다 명백히 후퇴한 단계의 남성으로 보인다. 중요한 것은 그에게는 자신과 등치되는 '외부 세계'와 대결할 힘도, 그럴 뜻도 없다는 사실이고, 어슐라의 표현으로 그것은 '자기 자신에 대한 책임'의 방기와 다르지 않다.

제11장과 제15장의 언어는 스크리벤스키의 세계 내부로 밀접하게 들어가면서도 동시에 거부할 수밖에 없는 어슐라의 이중적이고 모순적인 모습을 포착하고 있기에 더욱 어렵게 다가온다. 밀렛(Kate Millett) 같은 이는 달빛 아래 정사 장면에서 파괴적으로 그려지는 어슐라의 모습 —— 애나의 경우보다 훨씬 격렬한데 —— 이 로런스의 여성혐오적 성향을 드러낸다고 비판한다(*Sexual Politics*, Garden City: Doubleday 1970, 260–62면). 그렇지만 소설 자체를 섬세하게 읽다보면 적대적인 두 존재들, "휴전 상태에서 만난 적"인(2권 275면) 이 연인들의 대결이 탁월한 예술로서 형상화되었다는 데 동의할 수 있을 것 같다. 제11장에는 두 사람이 운하 쪽으로 산책하다가 거룻배에 사는 남자와 그의 가족을 만나는 장면이 나온다. 지금도 팔레스타인에서 벌어지고 있듯이 '생활공간'(Lebenstraum)을 차지하기 위한 전쟁이 삶의 유일한 의미인 스크리벤스키의 한계가 조명된 후, 바로 이어서 물 위에 사는 진정한 '노마드'의 진짜 '생활'이 제시되는 것이다. 어슐라는 계급적 구분을 넘어 그들과 따스한 삶의 풍요를 나눈다. 온 세상을 재로 만드는 스크리벤스

키의 죽음 같은 불모성이 아닌 다른 삶이 있음이 증명된다. 마지막 장에서 보듯이 그와의 관계는 결국 유산(流産)되지만, 이 배에서 어슐라는 갓난아기를 품에 안고 자기 이름을 물려준다.

제15장의 재회 전후의 장면도 절묘하다. 대학 졸업반이 된 어슐라에게 인도 부임을 위해 아프리카에서 귀국한 스크리벤스키가 찾아온다. 그를 바깥에 세워둔 채로 어슐라는 현미경 아래 단세포생물 관찰에 몰두하다가 생명의 진정한 목적에 대한 어떤 깨달음에 눈뜬다.

> 돌연, 그녀의 의식 속에서 온 세상이 현미경 아래 생물의 세포핵처럼 강렬한 빛을 내며 신비하게 번득였다. 돌연, 그녀는 강렬하게 번득이는 앎의 빛 속으로 가뭇없이 사라져버렸다. 그게 다 무엇인지 그녀는 이해할 수 없었다. 다만 그것이 제한된 기계적 에너지가 아니며, 자기보존과 자기주장이라는 목적만도 아님을 알았다. 그것은 어떤 절정의 달성이자 무한한 존재였다. 개별적 자아는 무한과 일체였다. 자기다운 자기가 되는 것은 지고하고 빛나는 무한의 승리였다. (2권 273면)

앞서 살펴본 제1세대 톰 브랭귄의 깨달음과 이어지는 발견이지만, 그보다 훨씬 의식화된 발화(發話)의 형태를 띤다. 그러다 어슐라는 자신에게 닥치는 변모를 정지시킨 채 다시 스크리벤스키의 '신세계'로 돌아선다. 그녀 속의 이중성이 작동하는 또 한번의 극적인 장면이다. 하지만 자신의 선생인 위니프리드와의 관계에서도 그랬듯이 어슐라는 기어이 미망을 깨고 나간다. 자신을 "공격해오는 이 모든 거대한 해체 속에서도 그녀는 자기 자신으로 남아 있었다. 그녀가 변함없이 자기 자신이라는 사실이 그녀가 겪는 모든 고난의 놀라운 핵심이었"던(2권 131면) 것이다. 식물학 시간의 이 발견 이야말로 스크리벤스키와의 결혼과 그의 세계가 대표하는 "삶의 저 거대하고 확립된 기성 '관념'"을(2권 108면) 거부하게 하는 힘인 것이다.

어슐라가 벗어나려고 분투하는 세력들의 계급적 성격에 대한 묘사도 눈여겨볼 만하다. 스크리벤스키에게 거룻배의 부부는 하층 계급 이외의 다른 정체성이 없다. 그와 같은 부류로 링컨셔 해안에 모인 사교계 인사들은 "견고하고 편하게 얄팍한 친밀함을 스스럼 없이 나누는"(2권 325면) 이들로서, 그들은 너무도 자연스럽게 스크 리벤스키와 함께 인도에서 '선진 문명'을 전파할 것이다. 위니프리 드 주위의 인사들도 마찬가지다. "젠체하는 지역사회 내에서는 그 들의 겉모습이 그렇듯 거의 온순하게 행동했지만 속으로는 울분 에 씨든"(2권 131면) 그들은 이슐리의 눈에 비친 외산촌 톰과 처음 부터 동질적인 무리인 것이다. 이들로부터 도피하지도, 이들에게 투항하지도 않으면서 어슐라는 그녀 삶의 한계를 벗어나려는 투쟁 을 벌인다. 그것은 이 세계의 진상을 밝히는 과정일 뿐 아니라, 자 기 자신에 대해 책임지는 태도이기도 하다. 마지막 장의 '무지개' 는 어슐라의 새로운 모험의 시작을 약속하고, 그 모험은 『연애하는 여인들』에서 계속 이어진다.

번역 대본으로는 케임브리지대학교 출판부(Cambridge University Press)가 1989년에 간행한 정본 *The Rainbow*를 선택했다. 이 판본 은 의욕적으로 기획되어 2018년 완간된 총 40권에 달하는 로런 스 전집의 하나로서, 편집자 마크 킨케드위크스(Mark Kinkead-Weekes)는 여러 사정으로 오염이 심한 로런스의 텍스트를 원본에 가깝게 만들기 위해 이전 자료들을 철저히 수집, 분석하여 확정하고 자세한 주석까지 제공하였다. 국역본에서는 편집자의 원주를 반영하되 자연스러운 글의 흐름을 위해 역주를 최소한으로 줄였다. 번역 작업은 로런스의 언어와 사유를 이해해나가는 어렵지만 보람된 과정이었다. 숨어 있거나 드러난 실수와 오역 들은 기회 닿을 때마다 수정할 것을 약속드린다.

출간 과정에서 좋은 책을 만드는 데 편집자가 얼마나 중요한지 새삼 느꼈다. 실무를 맡은 창비 문학출판부와 정편집실 김정혜 실장의 노고에 감사드린다. 늘 곁에서 응원하고 막히는 대목마다 의논 상대가 되어준 한기욱 교수께도 고마움을 전한다. 백낙청 선생님은 역자가 1982년 책으로 처음 뵌 후 오늘에 이르기까지 긴 세월 부족한 제자를 이끌어주시며 로런스의 '사유 모험'에 동참하게 해주셨다. 그 인연과 은혜를 다 알기 어려우나, 이번 『무지개』 번역이 스승님께 작으나마 보은(報恩)이 되기를 손 모아 희망한다.

강미숙(인제대 리버럴아츠교육학부 교수)

작가연보

1885년 9월 11일 영국 잉글랜드 중부 노팅엄셔의 탄광촌 이스트우드
에서 광부인 아버지 아서 로런스(Arthur Lawrence, 1846~1924)
와 소중산층 출신 어머니 리디아 비어절(Lydia Beardsall, 1851~
1910) 사이에서 3남 2녀 중 넷째로 태어남.

1891~98년 보베일 공립 초등학교 입학 및 졸업.

1898~1901년 이스트우드 출신 최초로 주 장학금을 받아 노팅엄 고등학교 입
학 및 졸업.

1901년 헤이우드 의료기구 제조회사에서 석달간 사무원으로 일하다가
심한 폐렴에 걸려 그만둠. 둘째 형 어니스트 사망.

1902년 해그스 농장의 체임버스 가족을 자주 방문. 『아들과 연인』(Sons

and Lovers)에 나오는 미리엄의 모델이 된 제시 체임버스(Jessie Chambers)와 사귀게 되며, 두 사람은 '비공식적인 약혼 관계'로까지 발전함.

1902~06년 이스트우드에서 초등학교 견습 교사를 하다가 국비장학생 시험에 최우등 선발되어 1906년 노팅엄대학의 2년제 교사자격증 과정에 입학.

1906~08년 시, 단편 및 첫 장편('흰 공작' The White Peacock이란 제목으로 1911년 출간)을 쓰기 시작. 『노팅엄셔 가디언』(*Nottinghamshire Guardian*)지의 1907년 크리스마스 공모에 단편 「전주곡」(A Prelude) 당선.

1908~11년 런던 근교 크로이던의 초등학교에서 교사 생활. 1909년 『잉글리시 리뷰』(*English Review*)지에 시 다섯편이 처음 실리고 뒤이어 포드 매덕스 휴퍼(Ford Madox Hueffer, 훗날 소설가 Ford Madox Ford로 활약)를 만나게 됨. 휴퍼는 로런스의 천재성을 알아보고 작품 활동을 격려하며 그를 런던 문학계에 소개. 1910년에는 두번째 장편 『침입자』(*The Trespasser*)를 쓰고, 『폴 모렐』(*Paul Morel*, 후에 '아들과 연인'으로 제목을 변경) 집필에 착수. 제시 체임버스와의 관계가 끝남. 대학 동창인 루이 버로스(Louie Burrows)와 약혼하나 뒤에 파혼함. 1910년 10월 어머니가 암으로 사망. 6월에 「국화 냄새」(Odour of Chrysanthemums) 발표. 편집자 에드워드 가넷(Edward Garnett)과 우정을 쌓음.

1912년 3월에 노팅엄대학 시절 프랑스어를 배웠던 위클리 교수의 아내인 프리다 위클리(Frieda Weekley, 독일 귀족 출신으로 결혼 전 이름은 Frieda von Richthofen, 1879~1956)를 만나 사랑에 빠짐. 6주 후 프리다의 모국인 독일로 함께 도피했다가 알프스산을 넘어 이딸리아 가르냐노에 정착. 이곳에서『아들과 연인』최종 본 탈고.

1913년　　첫 시집『애정시편』(*Love Poems and Others*) 출간. 후에『무지개』(*The Rainbow*)와『연애하는 여인들』(*Women in Love*)로 발전하게 될 소설『자매들』(*The Sisters*) 집필을 시작해 여러차례 개작. 5월에『아들과 연인』출판. 6월에 잠시 귀국하여 평론가 존 머리(John Middleton Murry) 및 작가 캐서린 맨스필드(Katherine Mansfield)와 교유 시작.

1914년　　2~5월에 걸쳐『자매들』을 '결혼반지'(The Wedding Ring)로 제목을 바꾸어 개작. 6월 남편으로부터 이혼 승낙을 얻어낸 프리다와 정식으로 결혼하기 위해 영국으로 돌아옴. 단편집『프로이센 장교』(*The Prussian Officer*)에 싣기 위해 전에 썼던 단편들을 개작. 8월에 1차내전이 터지는 바람에 이딸리아로 돌아가지 못함.「토머스 하디 연구」(Study of Thomas Hardy) 집필.『결혼반지』를 둘로 나누어 어슐라의 조부모와 부모 세대 부분을 확장 보강한 앞부분을 중심으로『무지개』개작. 뒷부분은 후에『연애하는 여인들』에 포함하기로 결정. 오톨라인 모렐(Ottoline Morrell), 씬시아 애스퀴스(Cynthia Asquith), 버트런드 러셀(Bertrand Russell), 포스터(E. M. Forster) 등과 사귐. 전쟁에 대한 절망과 분노가 깊어감.

1915년　　미국 플로리다에 이상적인 공동체를 세울 계획을 하고, 러셀 등과 혁명적인 반전(反戰) 정당을 만들 계획도 하지만 모두 실패. 9월 30일『무지개』출간. 그 직후인 10월에 압류되고 11월에 음란물로 판결받아 판매 금지를 당함. 징집 대상자 신체검사에서 불합격했으나 영국을 떠나는 허가를 받지 못함.

1916년	콘월 지방에 거주하며 『연애하는 여인들』 집필 시작. 여행기 『이딸리아의 황혼』(*Twilight in Italy*)과 시집 『아모레스』(*Amores*) 출간.
1917년	『연애하는 여인들』이 여러 출판사에서 거절당하는 가운데 개작을 계속함. 미국행 시도도 실패. 『미국 고전문학 연구』(*Studies in Classic American Literature*, 1923년 출판)에 포함될 에세이 집필 시작. 시집 『보라! 우리는 해냈다!』(*Look! We Have Come Through!*) 출간. 로런스의 반전사상과 프리다의 국적 등이 겹쳐 첩자 혐의를 받고 거주지 콘월에서 추방당함. 런던에서 『아론의 막대』(*Aaron's Rod*) 집필 시작.
1918년	청소년을 위한 개설서 『유럽 역사의 움직임들』(*Movements in European History*)을 쓰기 시작(1921년 옥스퍼드대 출판부에서 간행). 네번째 시집 『신작 시편』(*New Poems*) 출간.
1919년	인플루엔자로 심하게 앓음. 종전으로 출국이 가능해져 피렌쩨를 거쳐 이딸리아를 여행하다가 까쁘리에 정착.
1920년	씨칠리아의 따오미나로 이주. 『연애하는 여인들』 초판이 미국에서 비공식으로 출간.
1920~21년	장편 『길 잃은 젊은 여자』(*The Lost Girl*)와 최근 발굴된 미완성 장편 『미스터 눈』(*Mr. Noon*), 여행기 『바다와 싸르데냐』(*Sea and Sardinia*) 및 정신분석 관련 저서인 『정신분석과 무의식』(*Psychoanalysis and the Unconscious*, 1921년 출간)과 『무의식의 환상곡』(*Fantasia of the Unconscious*, 1922년 출간) 집필. 『아론의 막대』 완성. 단편집 『잉글랜드, 나의 잉글랜드』(*England, My England*)와 중편집 『무당벌레』(*The Ladybird*)에 들어갈 작품들을 개작.

1922년	프리다와 함께 씰론(지금의 스리랑카)을 방문하여 불교도인 브루스터 부부(Earl and Achsah Brewster)를 만난 후 남태평양을 거쳐 오스트레일리아에 도착. 여기서 여름을 지내며 장편 『캥거루』(*Kangaroo*, 1923년 출간) 집필. 9월에 메이블 다지 루한(Mabel Dodge Luhan)의 초대로 미국 뉴멕시코주 타오스에 정착. 훗날 에세이 「뉴멕시코」(1928)에서 술회한 대로 이곳에서 거대한 물질적·기계적 발전의 현시대로부터 해방되는 경험을 함. 『아론의 막대』 및 『잉글랜드, 나의 잉글랜드』 출간. 『미국 고전문학 연구』 개고.
1923년	『미국 고전문학 연구』 『캥거루』 등 간행. 시집 『새, 짐승, 꽃』(*Birds, Beasts and Flowers*) 완성. 프리다와 함께 멕시코의 차빨라에서 여름을 보내며 『께쌀꼬아뜰』(*Quetzalcoatl*, 뒤에 『날개 돋친 뱀』*The Plumed Serpent*으로 개작) 쓰기 시작. 몰리 스키너(Mollie Skinner)의 장편을 『수풀 속의 소년』(*The Boy in the Bush*)으로 개작(이듬해 두 사람의 공저로 간행). 8월에 프리다가 영국으로 돌아가고 12월에 로런스가 뒤따라감.
1924년	런던의 까페 로열 식당에 친구들을 초대하여 뉴멕시코 타오스의 목장에 공동체를 만들자고 제안했으나 도러시 브렛(Dorothy Brett)만이 수락하여 3월에 로런스 부부를 따라 뉴멕시코로 감. 그해 여름 키오와 산장에 머물며 「말을 타고 가버린 여자」(The Woman Who Rode Away) 『쓴트모어』(*St. Mawr*) 「공주」(The Princess) 등의 중·단편을 씀. 로런스의 아버지 사망. 10월 멕시코 오아하까로 가서 『날개 돋친 뱀』 집필.
1925년	2월에 말라리아에 걸려 거의 죽을 뻔함. 멕시코시티의 의사가 로런스가 폐병으로 죽어가고 있다고 선고. 이때부터 본격적인

투병 생활을 하며 작품 활동을 이어감. 미국으로 힘겹게 돌아와 타오스의 산장에서 집필 계속. 수상집 『호저(豪豬)의 죽음에 관한 명상』(*Reflections on the Death of a Porcupine*) 출간. 9월 로런스 부부는 유럽으로 돌아가서 이딸리아에 거주.

1926년 『날개 돋친 뱀』출간. 「처녀와 집시」(The Virgin and the Gipsy)를 씀. 프리다와 싸우고 몇주간 별거. 늦여름에 마지막으로 영국 방문. 돌아와서 『채털리 부인 1차본』(*The First Lady Chatterley*) 씀. 단편 「해」(Sun)를 『뉴코터리』(*New Coterie*)에 발표(한정판 소책자 『해』*Sun* 동시 간행). 올더스 헉슬리 부부(Aldous and Maria Huxley)와 가까이 지냄. 그림 그리기 시작.

1927년 『채털리 부인의 연인』(*Lady Chatterley's Lover*) 두번째 버전을 씀('존 토머스와 제인 부인' John Thomas and Lady Jane이라는 제목으로 1972년에야 영국에서 간행되었고 그에 앞서 1954년에 이딸리아어판이 나옴). 중편 「달아난 수탉」(The Escaped Cock)과 기행문 『에트루리아 유적 탐방기』(*Sketches of Etruscan Places*)를 씀. 『채털리 부인의 연인』최종본 집필 시작.

1928년 단편집 『말을 타고 가버린 여자』(*The Woman Who Rode Away and Other Stories*) 출간. 6월에 프리다와 스위스 여행. 몸이 쇠약해져 신문 기고나 짧은 시, 그림 외에는 일을 못 함. 『시전집』(*Collected Poems*) 출간. 프랑스 남부 방돌에 정착. 『채털리 부인의 연인』이 피렌쩨에서 비공식 출간되어 큰 소동이 일어남.

1929년 6월 로런스의 그림들이 런던의 위런 화랑에 전시되었으나 바로 그날 경찰에 의해 외설 혐의로 압수. 빠리와 에스빠냐의 마요르까 방문. 이딸리아에서 병으로 쓰러져 독일로 옮겼다가 프랑스 방돌로 돌아옴. 장차 그중 일부가 『쐐기풀』(*Nettles*)과 『최

후의 시편들』(*Last Poems*)로 묶여 나올 일련의 시를 씀(각기
1930년과 1932년에 출간. 그러나 온전한 내용은 'The 'Nettles'
Notebook'과 'The 'Last Poems' Notebook'이라는 제목으로 케
임브리지판 *Poems* (2013)에 와서야 수록됨). 수상록『계시록』
(*Apocalypse*, 1931년 출간) 집필.

1930년   의사의 권고로 2월 프랑스 방스의 요양원에 입원했으나 차도가
없자 올더스 헉슬리 부부와 프리다가 근처의 집으로 옮김. 3월
2일 사망, 방스에 묻힘.

1935년   유골을 화장하여 뉴멕시코 키오와 산장으로 옮겨 안장.

1956년   프리다 사망. 키오와 산장의 로런스 묘소 곁에 묻힘.

1960년   『채털리 부인의 연인』이 영국과 미국에서 출간.

1979~2018년   케임브리지대 출판부에서 *The Cambridge Edition of the Letters
and Works of D. H. Lawrence* 전40권 간행 사업을 시작하여 첫
책으로 *Letters* 제1권이 나왔고 *Poems* 제3권으로 전집이 완간됨.

고전의 새로운 기준, 창비세계문학

오늘날 우리는 인간의 존엄과 개성이 매몰되어가는 시대를 살고 있다. 물질만능과 승자독식을 강요하는 자본주의가 전지구적으로 확산되면서 현대사회는 더 황폐해지고 삶의 질은 크게 훼손되었다. 경제성장만이 최고의 선으로 인정되고 상업주의에 물든 문화소비가 삶을 지배할수록 문학은 점점 더 변방으로 밀려나고 있다. 삶의 본질을 성찰하는 문학의 자리가 위축되는 세계에서는 가진 자와 못 가진 자 할 것 없이 모두가 불행할 수밖에 없다.

이 시대야말로 인간답게 산다는 것의 의미가 무엇인지 근본적인 화두를 다시 던지고 사유의 모험을 떠나야 할 때다. 우리는 그여정에 반드시 필요한 벗과 스승이 다름 아닌 세계문학의 고전이라는 점을 강조한다. 고전에는 다양한 전통과 문화를 쌓아올린 공동체의 경험이 녹아들어 있고, 세계와 존재에 대한 탁월한 개인들의 치열한 탐색이 기록되어 있으며, 새로운 세상을 꿈꾸는 아름다운 도전과 눈물이 아로새겨 있기 때문이다. 이 무궁무진한 상상력의 보고이자 살아 있는 문화유산을 되새길 때만 개인의 일상에서 참다운 인간적 가치를 실현하고 근대적 삶의 의미와 한계를 성찰하는 지혜를 얻을 수 있을 것이다.

'창비세계문학'은 이러한 문제의식에서 출발한다. 세계문학의 참의미를 되새겨 '지금 여기'의 관점으로 우리의 정전을 재구성해야 할 필요성이 그 어느 때보다 절실하다. '정전'이란 본디 고정된 목록으로 존재하는 것이 아니라 그때그때 주어진 처소에서 새롭게 재구성됨으로써 생명을 이어가는 것이다. 우리는 먼저 전세계 문학들의 다양성과 차이를 존중하면서 국가와 민족, 언어의 경계를 넘어 보편적 가치에 기여할 수 있는 가능성에 주목하고자 한다. 근대를 깊이 성찰한 서양문학뿐 아니라 아시아와 라틴아메리카, 중동과 아프리카 등 비서구권 문학의 성취를 발굴하고 재평가하는 것 역시 세계문학의 지형도를 다시 그리려는 창비의 필수적인 작업이 될 것이다.

여러 전집들이 나와 있는 세계문학 시장에서 '창비세계문학'은 세계문학 독서의 새로운 기준이 되고자 한다. 참신하고 폭넓으면서도 엄정한 기획, 원작의 의도와 문체를 살려내는 적확하고 충실한 번역, 그리고 완성도 높은 책의 품질이 그 기초이다. 독서시장을 왜곡하는 값싼 유행과 상업주의에 맞서 문학정신을 굳건히 세우며, 안팎의 조언과 비판에 귀 기울이고 독자들과 꾸준히 소통하면서 진정 이 시대가 요구하는 세계문학이 무엇인지 되묻고 갱신해 나갈 것이다.

1966년 계간 『창작과비평』을 창간한 이래 한국문학을 풍성하게 하고 민족문학과 세계문학 담론을 주도해온 창비가 오직 좋은 책으로 독자와 함께해왔듯, '창비세계문학' 역시 그러한 항심을 지켜 나갈 것이다. '창비세계문학'이 다른 시공간에서 우리와 닮은 삶을 만나게 해주고, 가보지 못한 길을 걷게 하며, 그 길 끝에서 새로운 길을 열어주기를 소망한다. 또한 무한경쟁에 내몰린 젊은이와 청소년 들에게 삶의 소중함과 기쁨을 일깨워주기를 바란다. 목록을 쌓아갈수록 '창비세계문학'이 독자들의 사랑으로 무르익고 그 감동이 세대를 넘나들며 이어진다면 더없는 보람이겠다.

2012년 가을
창비세계문학 기획위원회
김현균 서은혜 석영중 이욱연 임홍배 정혜용 한기욱

창비세계문학 103

무지개 2

초판 1쇄 발행 / 2025년 10월 31일

지은이 / D. H. 로런스
옮긴이 / 강미숙
펴낸이 / 염종선
책임편집 / 정편집실·김가희
조판 / 한향림
펴낸곳 / (주)창비
등록 / 1986년 8월 5일 제85호
주소 / 10881 경기도 파주시 회동길 184
전화 / 031-955-3333
팩시밀리 / 영업 031-955-3399 편집 031-955-3400
홈페이지 / www.changbi.com
전자우편 / lit@changbi.com